尋秦記

新編
完整版

Vol.
02

黃易

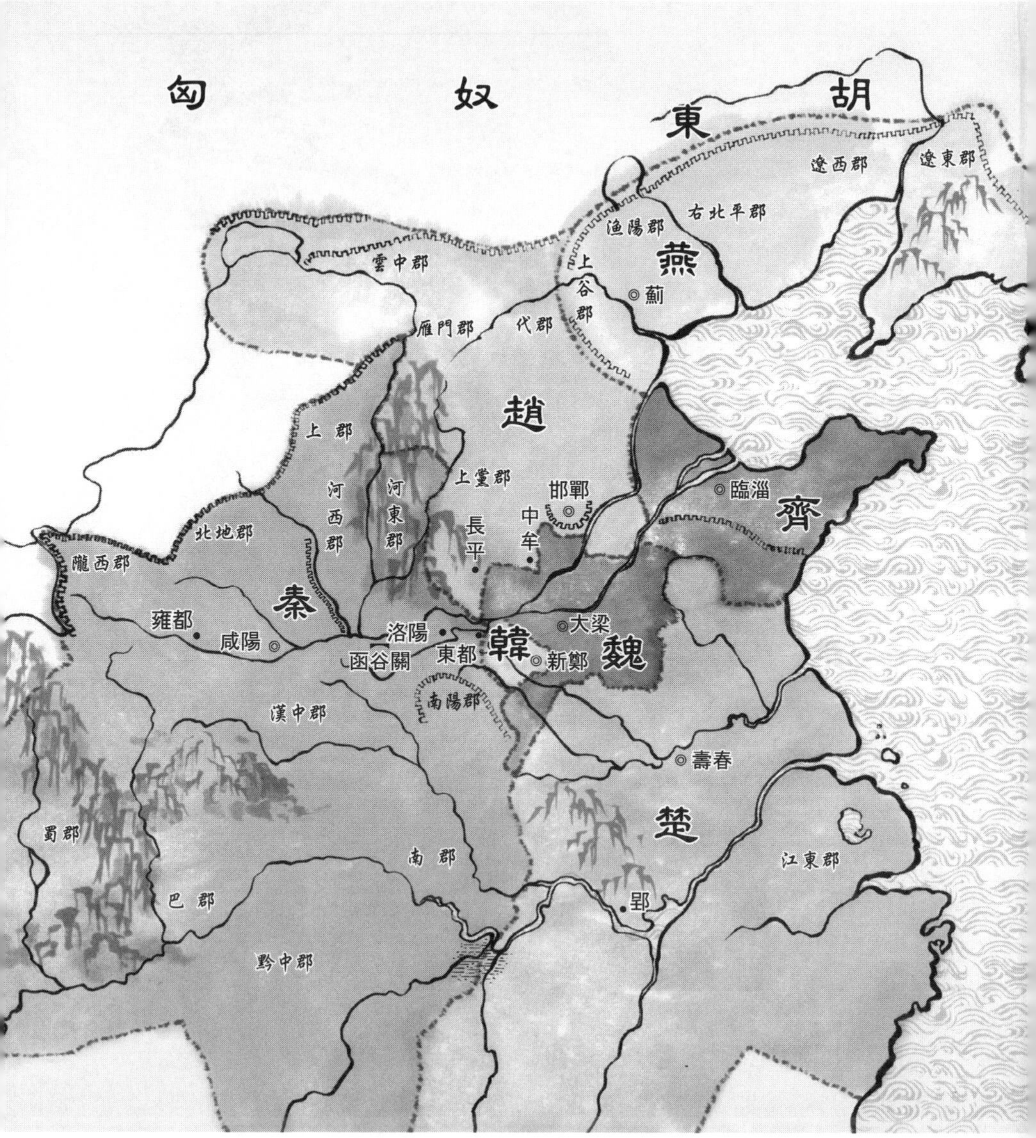
匈
奴
東
胡
遼西郡
遼東郡
右北平郡
漁陽郡
燕
薊
上谷郡
雲中郡
雁門郡
代郡
趙
上郡
河西郡
河東郡
上黨郡
邯鄲
中牟
長平
臨淄
齊
北地郡
隴西郡
秦
雍都
咸陽
洛陽
函谷關
東都
韓
大梁
新鄭
魏
南陽郡
漢中郡
壽春
楚
蜀郡
南郡
江東郡
巴郡
郢
黔中郡

戰國七雄分佈簡圖

尋秦記

卷02

目錄

第一章　楚墨符毒

紀嫣然問起項少龍來歷，信陵君忙道：「這位是來自趙國的首席劍手項少龍，嫣然勿要忘記。」

紀嫣然含笑看了項少龍一眼，眼光回到韓非身上，項少龍雖鬆了一口氣，知道她仍未「看上」自己，卻又禁不住大大失望，似感到被傷害了，矛盾之極。

譚邦湊近項少龍低聲道：「這是紀嫣然的規矩，只能由她詢問名字身分，老夫來這裡不下二十次，她仍未問過我是誰呢！少龍你已使她留有印象的了。」

項少龍湧起男性的尊嚴，暗忖橫豎自己不可追求她，何用看她的臉色做人，只見她獨對韓非談笑，其他人只能在旁乾瞪眼，無名火起，當然也有點被冷落了的妒忌和醋意，長身而起。

信陵君一呆問道：「少龍！你要幹甚麼？」

紀嫣然也轉過頭來望向他，俏目異采一閃，顯是發覺到他完美的體格和威武的風采。

項少龍故作瀟灑哈哈一笑道：「紀小姐確是麗質天生，項某有幸拜見，告辭了！」

紀嫣然微一愕然，然後像看穿他心意般淺笑道：「項先生還會在大梁逗留多少天呢？」

項少龍見她毫無留客之意，心中氣苦，深感大失面子，表面卻裝出不在乎的樣兒，淡淡道：「怕還有好幾天吧！」

信陵君等也無奈站起來，陪他一道離去。

回信陵君府途中，馬車內信陵君怨道：「少龍你也不知自己錯過了甚麼好機緣！紀嫣然難得有這麼多的笑容，說不定會彈琴唱歌娛賓呢！唉！」言下大為惋惜，可知紀嫣然的歌聲琴藝是多麼卓異。

項少龍想的卻是離開時囂魏牟盯著他的惡毒眼神，這傢伙並非有勇無謀之輩，手下能人又多，自己的處境確實非常危險。

回到信陵君府，來到雅夫人處，雅夫人立即把他拉進房內，道：「我聯絡上烏卓和成胥，傳達了你的指示，烏卓亦要傳話給你，他們在大梁的眼線，不知是否因這次事件牽涉到信陵君和龍陽君的鬥爭，所以躲起來不肯與他接觸，現在只能靠自己了，他還說會設法混入城來。」

項少龍一聽之下心情更壞，頹然倒在雅夫人的秀榻上。

雅夫人上來為他脫靴子，柔聲道：「雅兒已發現地道的入口，你該怎樣獎賞人家？」

項少龍大喜坐起來，把她擁入懷裡，痛吻她香唇後道：「夫人眞箇本事！」

雅夫人喜不自勝地在他耳旁細語，詳細告訴他秘道入口的所在後，歎道：「偷《魯公秘錄》或者不大難，如何離開魏國和躲避追兵卻是難如登天。《魯公秘錄》這麼重要的東西，信陵君定會每天加以檢查，一旦發覺不見了，自然想到是我們動的手腳。」

項少龍也大感頭痛。

這時信陵君使人來找他，要他立刻去見。

侍從領他到那晚他偷聽信陵君姊弟說話的內宅大廳，分賓主坐好後，信陵君正容道：「安釐有諭令下來，請你後天把趙倩送入王宮，當晚他將設宴款待你這特使。」

項少龍心中一懍，知道關鍵的時刻迫在眉睫。

信陵君沉聲道：「龍陽君今次會藉比劍為名，把你殺害。出手的人定是囂魏牟，那樣安釐和龍陽君便不須負上責任，因爲囂魏牟是齊國來的賓客。」

項少龍心中叫苦，若是光明正大和囂魏牟比武，自己的贏面實在小得可憐，只是膂力一項，他已非常吃虧。

信陵君低聲道：「龍陽君現在對你恨之入骨，肯定不會讓你生離大梁，而因他有大王在背後撐腰，我恐怕都護你不得，少龍有甚麼打算？」

項少龍心中暗罵信陵君，歎道：「有甚麼辦法？只好見一步走一步算了。」

信陵君仔細打量他好一會兒後，深吸一口氣道：「少龍若想今次得以免難，還可享到無盡的榮華富貴，只有一個辦法，你想知道嗎？」

項少龍心叫「來了」，扮作怦然心動道：「君上請指點！」

信陵君道：「就是殺死安釐這昏君和龍陽君。」

項少龍裝作嚇了一跳的驚叫道：「甚麼？」

信陵君冷然道：「無毒不丈夫，他不仁，我不義。安釐身邊也有我的人在，可把兵器暗藏宮裡，只要你殺死安釐，我的人便可立即取出兵器把龍陽君等人殺個精光，那時我登上王位，兼有你這猛將爲助，趁秦國無力東侵的良機統一三晉，天下還不是我們的嗎？你更可殺趙穆報仇雪恨，否則回到趙國你亦是死路一條。」

他描繪出來的前景的確非常誘人，但項少龍早知全是騙自己的話。點頭道：「這確是唯一的方法，但安釐王必有人貼身保護，我又不可以公然拿武器，如何殺得了他呢？」

信陵君見他沒有反對，雙目發光般興奮地道：「我本來打算把匕首藏在你那一席的几底，不過也不大妥當，現在既猜到在席上囂魏牟會向你挑戰，那你便可以在擊敗囂魏牟後，接受安釐的祝賀時，出奇不意把他殺死，再憑你的劍術製造點混亂，我們就有機會動手。同一時間我的人會攻入王宮，何愁大事不成。」

項少龍心想若我給囂魏牟幹掉又怎麼辦呢？心中一動，這時不乘機多佔點便宜，就是笨蛋，正容道：「只要我無後顧之憂，少龍便把性命交給君上，盡力一試。」

信陵君皺眉問道：「甚麼是你的後顧之憂？」

項少龍道：「當然是雅夫人和趙倩，假若她們能離開大梁，我便心無掛慮，可以放手而爲了。」

這叫「開天索價，落地還錢」。他當然知道信陵君不能放趙倩走，卻不怕讓雅夫人離去，因爲後天無論刺殺是否成功，信陵君也可預先吩咐下面的人把雅夫人追截回來。

果然信陵君道：「趙倩萬萬不可以離開，因爲你還要送她入宮去。至於雅夫人嘛……少龍你既然有這要求，我定可設法辦到。」

項少龍放下一半心事，道：「君上的大王根本不會讓趙倩成爲儲妃，爲何還要迎她入宮？」

信陵君歎道：「少龍太天眞了，安釐可輕易地使趙倩不明不白的死去，然後向外宣稱她病死，還把遺體送回趙國，趙王亦難奈他何。這樣做雖著跡了點，卻是安釐沒有辦法中的最佳辦法。」

項少龍聽得遍體生寒，更增救美之心。

信陵君道：「只要你殺死安釐，不是一切均可迎刃而解嗎？」

項少龍搖頭道：「我這人就是這樣，做甚麼事都不想連累其他人。若趙雅、趙倩不在，甚麼事我均可一力承擔下來，縱然失敗遭擒也不會出賣君上，但若想到可能會牽累她們，我怕到時不敢下手就糟了。」

信陵君拿他沒法，強壓下怒氣，點頭道：「這事讓我想想，總有辦法解決的。」

項少龍聽他這麼說，心中暗喜，又想起烏卓說過會設法混入城來，道：「爲不使安釐起戒心，我這兩天最好不要只躲在君上府內，輕輕鬆鬆四處蹓躂，那安釐更不會防我。」

信陵君皺眉道：「這怎麼成，龍陽君會找人對付你的。」

項少龍笑道：「他才不會這麼蠢，看過沙宣那麼容易給我殺掉，現在又有囂魏牟代他出手，兩天時間竟等不及嗎？我是爲君上好，希望計劃更易成功。」

信陵君因有求於他，不想太拂逆他的請求，歎道：「你還有甚麼要求呢？我最近剛收到幾個楚國送來的歌舞姬，聲色藝俱全，讓本君派兩個供你享樂吧！」

項少龍自問小命能不能保住尚在未知之數，哪有興趣和美女胡混，肅容道：「這兩天我不應沾染任何女色，以保持最佳狀態，嘿！若能殺死安釐，君上就算不送我美女，我也會向你提出請求呢！」

信陵君眼中閃過嘲弄之色，哈哈笑道：「假若事成，你要魏國的王后、公主陪你都沒有問題。」

兩人對望一眼，各懷鬼胎的笑起來。

項少龍離開信陵君的內宅，朝雅夫人的彩雲閣走去，穿過園林，一婢女匆匆擦身而過，把一團東西塞往他手心，項少龍愕然接著時，婢女加快腳步，沒進林木裡去，由於她低垂著頭，連她的長相如何都沒有看清楚。

項少龍攤手一看，原來是條摺疊整齊的小絲巾，打開後只見上面繪有一幅精緻的地圖，旁邊還有幾個小字，寫著：「風橋候君，申酉之交，紀嫣然。」

項少龍心中大奇，細看地圖，正是由信陵君府到那風橋的走法。哈！這個才女眞想得周到，竟然用這種方式約會自己，自是不想讓別人知道。想不到她表面擺出一副高不可攀的驕傲樣兒，其實還不是渴望男人。

一顆心立時灼熱起來，旋又想起目前四面楚歌的處境，苦笑搖頭，在園中一個小亭坐了下來，考慮應否赴約。

足音響起，一名府衛趕來道：「公子有請兵衛大人！」

項少龍大訝，隨府衛回內堂去見信陵君。

信陵君欣然道：「少龍眞有本領，嫣然剛差人送來口訊，邀本君和你今晚酉時中到她的小築繼續今天未完的辯論，可見她對你印象非常好，待會我遣人把你送去吧！」

項少龍嚇了一跳，暗叫好險，剛才那條絲巾原來是個陷阱，這次才是眞的，自己確是粗心大意，差點上當。主因還是對自己的魅力過分有自信，不由羞愧交集。

信陵君見他神色古怪，訝然道：「少龍不高興嗎？大梁人無不以能參加嫣然的晚會為榮呢！」

項少龍正思忖是誰想佈局害他，聞言苦笑道：「我還是不去爲妙，以免分了心神。」

信陵君笑道：「不要那麼緊張，也切莫以爲嫣然會這麼容易就對你動芳心。你今天妙論連篇，所以引起她少許興趣罷了！若不去反會惹起別人懷疑。」

項少龍道：「剛才君上說找人送我去，難道君上自己不去嗎？」

信陵君唉聲歎氣道：「她邀我僅是禮貌上不得不如此，目標仍只是你，去吧！錯過了嫣然的晚會，我也要爲你惋惜。」

其實項少龍不知多麼渴望可以再見到這風格獨特的美女，今午的貿然離席是基於大男人的自尊心，這時既有信陵君的推波助瀾，把心一橫道：「我自己去吧！順便隨處逛逛。」

信陵君笑著答應了。

項少龍回到彩雲閣時，趙倩和趙雅兩人正在大廳閒聊，見他回來，自是笑靨如花，非常高興。他見趙倩在座，不敢說出信陵君剛才那番話，怕嚇壞了這柔弱的公主。

雅夫人會意，笑道：「來！公主！讓我們一齊伺候項郎入浴！」

趙倩雖不介意和項少龍親熱，甚至讓他動手動腳，卻從未試過裸裎相對，立時俏臉飛紅，駭然逃掉。

雅夫人半眞半假，扯著他到浴池。項少龍和這動人的美女鴛鴦戲水時，把信陵君要他刺殺魏王的事說了出來。

雅夫人身體變冷，雖有小昭等八女不斷傾進熱水，仍於事無補，失色道：「後天那麼快！怎辦才好？」

項少龍道：「刺殺魏王之事自然萬不可行，無論成功與否，我也休想活命，所以現在唯一的選擇，是如何盜取《魯公秘錄》，然後全體安全逃去。」

雅夫人愁眉不展道：「你倒說得輕易，這是魏人勢力最強大的地方，魏王和信陵君均有嚴密防範，寸步難行，怎逃得出去呢？」

項少龍緊摟著她，香了下她臉蛋後道：「放心吧！信陵君裝模作樣，亦要讓你和成胥離去，否則我便拒絕執行他的刺殺行動，問題是你們怎樣可避過他的追截，更可慮是說不定他會瞞著我，私下把你們押送往別處去。」

雅夫人埋首入他懷裡，顫聲道：「他定會那麼做的，而且人家怎捨得離開你呢？要死便死在一塊兒好了。」

項少龍道：「今次輪到我不許你說這個『死』字，信任我吧！」頓了頓道：「雅兒是偷情報密件的高手，今次專程來偷《魯公秘錄》，不會事前全沒有計劃過吧！」

雅夫人道：「當然有周詳計劃呢！只沒有想到是個陷阱。我根據郭縱得來那畫有雲梯製法的殘卷，配製一個帛卷，只要能把眞正的《秘錄》偷出來，由我和小昭等八人一齊動手，有把握把卷首的一大截摹繪出來，包保維肖維妙，若信陵君查卷時只看卷首的一截，絕發覺不到給我們動了手腳，不過卻最少需要十天的時間才行。」

項少龍靈機一觸道：「既是如此，不若你盡一晚的時間，粗略臨摹卷首的一截，然後把其他部分割下來，接上空白的假卷，那便更有把握將信陵君瞞過。」

雅夫人歡喜得摟緊了他，獻上香吻，讚歎道：「雅兒眞蠢，這麼好的方法竟想不到。」旋又滿懷愁苦的道：「可是怎樣才可離開魏國呢？若信陵君把你和倩兒留下，我們縱然成功逃掉仍是沒有用。」

項少龍道：「天無絕人之路，我們定有一個兩全其美的辦法。」

雅夫人俏目發亮，道：「『天無絕人之路』、『兩全其美』，項郎的說話既新鮮又動聽，雅兒愛煞你哩！」

項少龍莞爾道：「現在讓我去看看可不可以碰上烏卓，此人智勇雙全，又熟悉魏國的形勢，定可想出妥善之法。今晚我要赴紀嫣然的晚會，到時我會偷偷溜回來。」

兩人再商議一會兒細節後，項少龍帶齊裝備，出門去了。

步出信陵君府，來到街上，一個人撞過來道：「兵衛認得我嗎？」

項少龍愕然望去，只覺非常面善，好一會兒才記起是少原君手下的著名家將，與被他殺死的徐海齊名的蒲布，喜道：「原來是蒲布兄。」

蒲布把他拉進一間食館去，坐下後低聲道：「我們之中大部分人都對少原君心灰意冷，更不願留在陰險難靠的魏人中苟安偷生，希望跟隨兵衛，幹一番轟轟烈烈的大事。」

項少龍皺眉道：「可是我現在是自身難保，趙、魏均不是我容身之處，你們跟隨我，恐怕連性命都要賠掉。」

蒲布道：「我們共有四十八人，均是有膽識、不畏死的人，早想過各方面問題，才下決心追隨兵衛。只看兵衛這種顧及我們的態度，我們便心甘情願為兵衛賣命。以兵衛的人才，遲早可大有作為，請收容我們吧！」

項少龍心中一動問道：「你們不是住在信陵君府嗎？」

蒲布道：「我們一部分人隨少原君住在府內，有些則暫居在附近一所行館，現在只等兵衛的指示。」

項少龍有過教訓，暗忖暫時仍不能這麼信任此人，和他定好聯絡的方法後，問道：「你們是否全是趙人？」

蒲布搖頭道：「甚麼國的人都有，兵衛放心！我們是眞心敬服你的爲人和兵法，絕無異心。」

項少龍道：「好吧！你先回行館，靜候我的命令。」

蒲布大喜而去。

他前腳剛去，烏卓便坐入他位子裡，項少龍大喜，忙和烏卓密議對策。

與烏卓分手後，太陽仍在西牆之上，他見時間尙早，順步依地圖指示，來到那風橋處，果然橋如其名，寒風呼呼，過橋的人很少，且匆匆來去。

橋的兩端均爲樹林，房舍稀疏，非常僻靜，是動手殺人的理想地方。

照道理龍陽君或囂魏牟實不用多此一舉，要佈局在這裡殺他，另一個仇人少原君更不會蠢得壞他舅父的大事，究竟是誰人要騙他到這裡來呢？

想到這裡，好奇心大起，看準敵人尙未來到，先一步躲到橋底下，利用鉤索，把自己緊附在橋底，那樣就算有人查探橋下，一時亦察覺不到他的存在。

項少龍耐心等待，到過了約定的時刻，密集輕巧的足音在橋上響起，似乎敵人都沒有穿上鞋子。

項少龍心叫好險，若自己眞以爲佳人有約，這次便定要吃大虧。

有人在上面叫道：「鉅子！項少龍怕不會來了，到此的路上連人影也看不到。」

橋下的項少龍嚇了一跳，難道是趙墨的領袖嚴平？

一把雄健的聲音道：「這小子怎會識穿我們的陷阱呢？眞是奇怪！」

項少龍認得不是嚴平的聲音，卻更感頭痛，上面這班人不是「齊墨」便是「楚墨」，想不到他們消息如此靈通，竟猜到鉅子令在自己身上，眞是一波未平一波又起。

先前那人道：「鉅子！現在應該怎辦才好？」

那鉅子冷笑道：「他以爲躲在信陵君府我們便找不到他嗎？別人怕信陵君，我符毒怎會怕他？」

他那手下低聲道：「聽說後天他要赴魏王的晚宴，龍陽君和囂魏牟必不會放過他，所以若要動手，只有今晚和明晚。」

符毒沉吟半晌後道：「我們還要預備一下，就明晚動手吧！若可以的話，順手宰掉信陵君，那日後我們大楚對付起魏人時，會輕鬆多了。」

項少龍暗慶自己來了，聽到這個大陰謀，同時亦知道來的是楚墨，不禁心中感謝老天爺。

對方既有內應，自然深悉信陵君府的形勢和防守力量，還敢進入府內殺人和搶東西，顯然實力驚人。

但現在既知對方陰謀，那就是完全不同的一回事。

第二章　舌戰群雄

項少龍來到紀嫣然的雅湖小築時，門前停著十多輛華麗的馬車，比今午的陣仗更是盛大。

他把名字報上門衛後，今午見過的其中一位俏婢迎了出來，引著他繞過之前見到紀嫣然的樓舍，提燈籠在前引路，穿過一條林間小徑，眼前一亮，一間簷前掛滿綵燈的大平房呈現面前，隱有人聲傳出。

項少龍忍不住問俏婢道：「今晚還有甚麼客人？」

俏婢淡淡答道：「今晚都是小姐特別邀來的貴客，除項先生今天曾見過的韓非、鄒衍和囂魏牟三位先生外，還有龍陽君、徐節大夫和白珪將軍。」

項少龍倒吸一口涼氣，這紀嫣然的面子眞大，白珪正是平原夫人要改嫁的人，自是非同小可，龍陽君則是魏王身旁的大紅人，亦應約前來赴會，可見她在魏國的地位多麼崇高。那徐節雖不知是何許人，當非無名之輩。

旋又奇怪，龍陽君應是對女人沒有興趣的，來此既不是爲紀嫣然的美色，又是爲甚麼呢？難道是要折辱自己出氣？說到學識，自己拍馬都追不上這些飽學之士，要他發言豈非立即當場出醜，不由心兒忐忑急跳。

步入廳內，只見擺開了一桌筵席，女婢所說的人全在場，都背靠軟墊，舒適地圍桌坐在地蓆上。另兩位美婢迎來爲他解下外衣，脫去靴子，幸好是寒冬時分，厚厚的綿衣覆蓋下，除非伸手觸摸，便不會發覺他衣內的裝備。

室內燃著了火炕，溫暖如春。

龍陽君依然是那副「酥媚入骨」的樣兒，還主動向他介紹其他人。

那白珪年紀最大，看來不會少過五十歲，但非常強壯，兩眼神光閃閃，予人精明的印象。並且對項少龍神態傲岸，只冷冷打個招呼，便和身旁典型儒生模樣的大夫徐節交頭接耳，自說私話。

項少龍的座位設在韓非和鄒衍的中間，韓非旁的位子仍空著，顯是紀嫣然的主位，接著依次是龍陽君、白珪、徐節和囂魏牟。

項少龍見不用和囂魏牟面面相對，心中舒服了點。

鄒衍對項少龍相當冷淡，略略打個招呼後，逕自和同是齊人的囂魏牟交談，再沒有理睬項少龍。反是韓非因項少龍今午仗義執言，對他很有好感，雖拙於言詞，仍使項少龍在這「冰天雪地」裡找到一絲溫暖。

紀嫣然這時才出現，一身雪白羅衣，豔絕的容光，立時吸引了所有人的目光，連那龍陽君都不例外，看得目瞪口呆，囂魏牟更差點淌出口涎來，韓非則漲紅了臉，總之神態雖不一，卻均被她吸攝著心神。

紀嫣然含笑環視眾人，黑白分明而又帶點矇矓的眸子神光到處，連項少龍也湧起銷魂的感覺，她的身體帶著浴後的香氣，更是引人遐想。

她才坐下，便笑著道：「先罰項先生一杯，日間怎可未終席便離開呢？」

眾人立即順她的意思起鬨，當下自有俏婢斟酒並奉上美食。

項少龍欣然和她對飲一杯後，紀嫣然那對勾魂攝魄的翦水雙瞳滿席飄飛，檀口妙語連珠，使與席者無不泛起賓至如歸的感覺，不過她似乎對韓非、鄒衍和大夫徐節特別看重，對他們的殷勤和笑容亦多了點，反不大在意項少龍和囂魏牟這對大仇家。

事實上項少龍對他們所談的風月、詩辭歌賦，眞的一竅不通，想插言表現一下亦有心無力。

吃喝得差不多時，在眾人的力邀下，紀嫣然使人捧來長簫吹奏了一曲。

項少龍不知她吹的是甚麼曲調，只知她的簫技達到了全無瑕疵、登峰造極的化境，情意纏綿，如泣如訴，不由像其他人般完全投入簫音的天地裡，聽得如癡如醉。

紀嫣然一曲奏罷，讓各人誠心讚許後，嫣然一笑，向囂魏牟道：「囂先生請恕嫣然無禮，斗膽向先生請教一個問題。」

囂魏牟不知是否受到席間氣氛的感染，又或蓄意討好紀嫣然，爭取好感，說話斯文多了，柔聲道：「只要出自小姐檀口，甚麼問題囂某也樂意回答。」

紀嫣然嬌媚一笑道：「人與禽獸的不同，在於有無羞恥之心，先生認爲如何呢？」

眾人知道此次晚宴的戲碼開始了，均停止飲食，靜聆兩人的對答。

項少龍來前還以爲紀嫣然會對他另眼相看，刻下見到紀嫣然對自己愈來愈冷淡，正想怎麼找個藉口，好溜回去把《秘錄》偷出來，讓雅夫人和八婢摹抄，故不大留心他們的對話。

囂魏牟顯是有備而來，笑道：「小姐怕誤會了在下的意思，我並不是說人和禽獸全無分別，只不過在一些本質上，例如求存、繁殖全無二致吧！所以禽獸亦有很多值得我們學習的地方，例如禽獸便不會說謊騙人，比我們眞誠多了，故人只有忠於自己的本性和眞誠，才能盡情去享受生命。」接著向項少龍冷哼一聲，道：「項兄對小弟這番說法，又有甚麼高見？」

項少龍這時正想到楚墨的符毒，聞言一呆道：「甚麼？噢！在下沒有甚麼意見。」

眾人包括紀嫣然在內，均爲之愕然，露出輕蔑之色。

項少龍心中苦笑，自己又不是雄辯家，就算聽清楚他的話，也辯答不來。幸好自己打定主意不追求紀嫣然，受窘也沒甚麼大不了的。

大夫徐節不屑地瞥項少龍一眼，道：「囂先生所言大有問題，人和禽獸的不同，正在於本質的不同。人性本善，所以發展出仁者之心；禽獸爲了果腹，全無惻隱之心，恣意殘食其他禽獸，甚至同類都不放過。若人不肖至去學禽獸，還不天下大亂嗎？」

囂魏牟這大凶人，給崇尚孟子學說的儒生如此搶白，哪掛得住面子，冷冷道：「人不會殘殺其他動物嗎？徐大夫現在吃的是甚麼呢？」

徐節哈哈一笑道：「這正是茹毛飲血的禽獸和我們的分別，而且我們吃的只是飼養的禽畜，禽獸懂得這麼做嗎？」

囂魏牟顯然不是此人對手，一時啞口無言。

徐節旗開得勝，在紀嫣然前大有面子，矛頭指向韓非道：「韓公子的大作，徐節也曾拜讀，立論精采，可惜卻犯下令師荀況的同一毛病，認定人性本惡，所以不懂以德政感化萬民的大道，專以刑法治國，行欺民愚民之政，以公子的才華，竟誤入歧途至此，實在令人惋惜。」

韓非呆了一呆，想不到徐節如此不客氣，對他提出不留餘地的批評，心中有氣，雖滿腹高論，但氣極下更是結結巴巴，說不出話來。

龍陽君、白珪、鄒衍均臉現冷笑，「欣然」看著他受窘。紀嫣然則蹙起黛眉，既有點為韓非難堪，又對他的張口結舌頗為不耐。

項少龍這旁觀者，忽然明白紀嫣然舉行晚會的背後意義，就是希望能找出一種治國的良方，所以對韓非另眼相看，並找來魏國的重要人物，好讓他們接受新的學說和思想。

徐節見韓非毫無反辯能力，更是趾高氣揚，得意放言道：「至於公子否定先王之道，更是捨本逐末，正如興建樓閣，必先固根基，沒了根基，樓房便受不起風雨，這根基正是先聖賢人立下的典範。」

這些話正是針對韓非提出不認為有一成不變的治國方法的主張，韓非認為沿襲舊法若如守株待兔，所以不應墨守成規，而要針對每一時期的眞實情況採取相應的措施。這想法當然比倡言遵古的儒家進步，只恨韓非沒有那種好口才說出來。

項少龍見韓非差點氣得爆血管，心中不忍，衝口而出道：「廢話！」

話出口才知糟糕，果然眾人眼光全集中到他身上，徐節更是不屑地看著他冷笑道：「項兵衛原來除帶兵打仗外，對治國之道亦有心得，下官願聞高論。」

項少龍感到紀嫣然的灼灼美目正盯著自己，暗忖怎可在美人之前顏面掃地，硬撐道：「時代是向前走的，例如以前以車戰為主，現在卻是騎、步、車不同兵種的混合戰，可知死抓著以往的東西是不行的。」

紀嫣然失望地歎道：「項先生有點弄不清楚徐大夫的論點了，他說的是原則，而不是手段，就像戰爭還是戰爭，怎樣打卻是另一回事。」

龍陽君嬌笑道：「項兄你劍術雖高明，但看來書卻讀得不多，現在我們和韓公子爭論的是『德治』和『法治』的分別呢！」

徐節朗聲頌道：「爲政以德，譬如北辰，居其所而眾星共之。」頓了頓又唸道：「道之以政，齊之以刑，民免而無恥；道之以德，齊之以禮，有恥且格。」

這幾句乃孔子的名言，意思是治國之道，必須從道德的根本做起，才可教化群眾，使國泰民安，與法治者的著眼點完全不同。

項少龍大感沒趣，覺得還是趁機會早點離去較妥當點，甚麼爲政以德，自己連箇中是甚麼道理都弄不清楚。早走早著，以免出醜，站起來施禮告辭。

眾人爲之愕然，想不到尚未正式入題，這人便臨陣退縮。

紀嫣然不悅地看著他道：「若項先生又像日間般說兩句便溜掉，嫣然會非常不高興的。」

龍陽君還未「玩」夠他，怎捨得讓他走，亦出言挽留。

項少龍心想我理得你紀嫣然是否高興，橫豎對她來說，自己只是個可有可無的陪客，正要不顧一切拂袖而去，忽地發覺韓非正輕扯他的衣袖，心中一軟，坐了下來。

紀嫣然喜道：「這才像個男子漢大丈夫，項先生似乎刻意壓抑，不肯表達自己的想法，嫣然眞的很想得聆高論呢！」

項少龍心中苦笑，你紀小姐實在太抬舉我了，我比起你們來，實只是草包一個，哪有甚麼料子可抖出來給你聽。

徐節今晚佔盡上風，暗慶說不定可得美人青睞，哪肯放過表現的機會，步步進逼道：「項先生認爲法治和德治，究竟孰優孰劣？」

項少龍見他眼中閃動嘲弄之色，心中有氣，豁了出去道：「不是孰優孰劣的問題，是行得通或行不通的問題。德治純是一種理想，假設天下間只有聖人而無奸惡之徒，那不用任何手段也可以人人奉公守法。事實顯然並非如此，也永遠不會成為事實，所以我們需要一種人人都清楚明白的法律和標準，去管束所有人，讓他們遵守，做到這點後，再談仁義道德、禮樂教化，我的話就是這麼多了。」

眾人齊齊為之一怔，這對二十一世紀的人來說，是人人都知道的道理，但對這時代的人來說，卻比韓非的法治理論更徹底和更新鮮。

紀嫣然的俏目亮了起來，重新仔細打量項少龍，咀嚼他的話意。

韓非露出深思的神色，不自覺地點頭。

鄒衍沉吟不語，似乎想著些甚麼問題。

徐節當然不會這麼易被折服，不過再不敢輕視對手，正容道：「假若一個國家只靠刑罰來維持，那豈非掌權者便可任意以刑法來欺壓弱者？」

白珪道：「上好禮，則民莫敢不敬；上好義，則民莫敢不服；上好信，則民莫敢不用情。這乃為君之道，若上自好刑，人民會變成甚麼樣子呢？項先生請指教。」

項少龍哈哈一笑，深深望了紀嫣然一眼後，才向白珪和徐節道：「這只是法治不夠徹底，把治權全交在君主手裡罷了！假若法律之前人人平等，天子……嘿……大王犯法，與庶民同罪，例如任何人無故殺人，都要受刑，那誰還敢隨便殺人？我並沒有說不要仁義道德，那是任何法律後面的基本精神，如此法治、德治結合為一，方為眞正的治國之道。絕對的權力，只會使人絕對的腐化。」

當他說到「大王犯法與庶民同罪」時，紀嫣然「啊」一聲叫起來，而韓非雙目亦立即為之一亮，其他各人包括囂魏牟在內，莫不露出驚詫駭然的神色。尤其最後那兩句，更若暮鼓晨鐘，重重敲在各人的心窩上。

對生活在君權至上時代的人來說，這確實是石破天驚的說法。

項少龍暗忖自己的料子就是那麼多，再說下去講多錯多，長身而起道：「在下已把心中愚見，全說了出來。嘿！我還有急事待辦，告辭哩！」

紀嫣然皺眉怨道：「先生才說到精采處，這就要走了嗎？是否討厭嫣然？」

鄒衍硬把他拉得坐回席上，笑道：「項兵衛把我說話的興趣也引出來呢！鄒某想請教這種徹底至連君主也包括在內的法治，如何可以行得通？」

龍陽君道：「項兄的治國之道，比我們所說的仁者之政更理想呢！」

囂魏牟冷笑道：「也更不切實際！」

項少龍苦笑道：「是的！現在還行不通，但卻是朝這方向發展，終有一日，會出現立法、司法和行政三權分立的局面。君主是由人民選出來的，到那時才會有……嘿……法國大……噢！不，眞正的博愛、平等和自由。」

他差點衝口說出法國大革命來，幸好口收得快，吞回肚裡去。

他這番話更是石破天驚，眾人一時消化不來，對於長期生活在君主集權制的人來說，這是多麼難以接受的想法，但又是非常刺激和新鮮。

項少龍見各人眉頭大皺，心想此時不走，更待何時，離座而起，立即遠離席位，施禮道：「小子胡言亂語，各位請勿擺在心上。」掉頭便走，連紀嫣然喚他也不理了。

第三章　偷天換日

項少龍回到信陵君府時，耳朵似還聽到紀嫣然的呼喚。

當每一個往訪她的客人無不用盡一切方法希望能留下不走時，他卻剛好相反，彷彿怕給她纏著般溜之大吉。

不過此女確是風格獨特，初聞她的才豔之名時，還以爲她是那種多愁善感的林黛玉型，或拒人於千里之外、崖岸自高的絕世美人。見面後始知道她其實充滿對生命的熱情，不斷在尋求眞理，渴望著有識見的人能找出治國的良方，甚或眞的還在找尋心目中完美的夫婿。

但那卻絕不可以是他項少龍。現在的他既無時間且不適合和任何女人發生關係，他要把所有精力用於保護拯救雅夫人和趙倩主婢等人，那是他義不容辭的責任。若因別的美女分神，鑄成恨事，他會抱憾終身。

他雖然風流成性，卻有強烈的責任感，何況他深愛著這些嬌嬈們。

藉府內透出的燈火，他繞了個大圈，以工具爬上信陵君府背靠著的險峻後山，然後輕鬆的潛入府內，迅若狸貓地來到一座樓房旁的樹頂處。

這是屬於信陵君府內宅的範圍，守衛森嚴，不時可見牽著惡犬的守衛，一組一組巡邏著，幸好他身上撒了雅夫人帶來的藥粉，否則早躲不過這些畜牲靈敏的鼻子。

時近亥時之末，即晚上十時許，小樓仍有燈光透出來，不知是甚麼人仍未入睡。

據雅夫人說這應是信陵君家眷居住的地方，假若樓下有人，他便很難不動聲息地進入秘道裡。

滿心焦慮地苦候大半個小時後，他終於耐不住性子，決定冒險一試，因爲臨摹需時，沒有時間再等下去。

他舉起手上的寶貝，發動機栝，索鉤破空飛去，橫過三丈的空間，輕巧地落在屋脊處，緊扣在那裡。接著飛鳥般滑去，悄無聲息來到屋簷之上。看準落腳處，他翻到屋瓦下二樓被欄杆圍著的露臺上，掩到窗外，往樓內望去。

那是個陳設華麗的房間，除簾幔低垂的矮榻外，還有梳妝銅鏡等女兒家閨房的東西，燈火明亮，床內傳來男女歡好的呻吟和喘息聲。

項少龍心想此處既是秘道的入口，住的自是信陵君信任的人，說不定是他的嬌妻愛妾，信陵君若要人侍寢，大可把這裡的女人召去，不用「遠道」來此，難道是他的妻妾在偷男人嗎？

不過這時無暇多想，待要翻往下層，下方人聲傳來，一組巡衛來到樓下，竟停下來，低聲說話。

項少龍心中叫苦，等了半晌，下面的人仍未有離去的意思，猛一咬牙，拔出一枝飛針，由窗縫中伸進去，輕輕挑開窗閂，把窗拉開，翻進房內，一陣風隨之捲入房內。

項少龍暗叫不妙，尚未關上窗子時，一把男人的聲音在帳內道：「枝春你定是沒有把窗子關好，看！窗被風吹開來哩！」

聲音熟悉，竟然是少原君。

叫枝春的女子訝道：「沒有理由的，讓我去把它關上，天氣眞冷！」

項少龍大吃一驚，這個房間雖大，卻沒有藏身之地，那矮榻離地不足一尺，想鑽進去也辦不到，人急智生下，滾到蠟燭旁，伸手把燭芯捏熄。

那枝春剛坐起來，「啊」的一聲叫道：「吹熄了蠟燭哩！」

項少龍哪敢遲疑，躡足來到門旁，試推一下，應手而開，心中大喜，在枝春移動的聲音掩蔽下，閃了出去，順手掩門。

外面是個無人的小廳，一道樓梯通往樓下，另外還有兩個房間。

驀地身後傳來開門的聲音，項少龍魂飛魄散，箭步前衝，及時躲到廳內一幅屏風之後。

這時一位全身赤裸的豔女，由房內走出來，年紀絕不超過二十，長相清秀，肌膚嫩白，胴體豐滿，非常迷人，枝春風情萬種地朝屏風走來。

項少龍嚇了一跳，這才發現腳下放的正是尿盂、夜壺類方便之物，忙由屏風另一邊閃了出去，伏在地上，以免被燭光照出影子。此時枝春剛步入屏風裡，一出一入，正好看他不著。

項少龍暗叫好險，匍匐爬到樓梯旁，在屏風內「咚咚」聲響時，往下面走去。

剛到抵樓梯轉角處，下方人聲傳來，最少有四個男人的聲音。

項少龍呆立轉角處，心中叫苦，假若今晚偷不到《秘錄》，那便慘了。

他轉過彎角，由樓梯處探頭往下面的大廳望去，只見四名武士圍坐蓆上低聲閒聊，自己若走下去，無論如何小心，也休想瞞過他們，急得他差點搥胸頓足。

萬分焦急中，樓上枝春清脆的聲音傳下來道：「還有人在嗎？」

有人應了一聲，往樓梯走來。

項少龍暗叫不好，今趟是前後均無去路，給夾在中間，把心一橫，拔出一枝飛針，全神貫注著往樓梯走來的武士，同時貼入牆角，不教對方隔遠便看到自己。

那人邊走邊應道：「夫人有甚麼吩咐？」

項少龍恍然大悟，那枝春是少原君由趙國帶來的兩名姬妾之一。

那武士來到樓梯口，猛地和項少龍打個照面，「啊」的一聲叫起來，竟是與蒲布齊名的另一家將高手劉巢。

項少龍本要擲出飛針，見到是他，連忙收手。

枝春的聲音傳下來道：「劉巢！甚麼事？」

劉巢驚魂未定，和項少龍交換個眼色，應道：「沒甚麼！剛見到有隻耗子走過，嚇了一跳。」

女人最怕是這些小動物，枝春亦不例外，顫聲道：「少君肚子餓，小盈她們又睡著了，麻煩你們到膳房使人弄些酒菜來。」說完逃命般回房去了。

劉巢湊上來，低聲道：「我們正在談起兵衛，兵衛到這裡有甚麼事，我們怎樣才可幫上忙？」

項少龍把心一橫，告訴他盜取《秘錄》的事。

劉巢見項少龍如此信任他，大喜道：「兵衛請稍等一下！」

回去向其他三人打個招呼後，才請項少龍出來。

項少龍先吩咐其中一人往膳房打點酒菜，然後在廳內仔細搜索，最後由廳搜到房內，才在一張榻下找到地道入口的暗門。

劉巢道：「兵衛放心下去，我們給你把風。」

項少龍心中一動道：「最好你和我一起下去，必要時可由你把那東西放回原處。」

劉巢欣然答應，合力抓著銅環，掀起石板，走下十多級石階，來到秘道裡，只見一端通往信陵君內堂的方向，另一端卻通往後山處，顯是可安全逃離信陵君府的秘道，因爲誰也不會想到險峻的石山竟有逃路。

劉巢取來一個燈籠，照亮了地道後，兩人朝信陵君寢宮的方向推進。來到另一道往上通去的石階時，項少龍停了下來，仔細觀察敲打地道的牆壁，發現其中一面牆壁內另有玄虛。

兩人試著推推看，牆壁紋風不動。項少龍靈機一觸，逐塊石磚檢查，終發現其中之一特別凸出少許，嘗試用力一拉，石磚應手而出，露出裡面的鎖孔。

兩人大喜，項少龍取出開鎖工具，依雅夫人傳授的方法，不一會兒把鎖打開。

當門推開時，燈籠照耀下，兩人看呆了眼，原來竟是座藏寶庫。

廣大的地下石庫裡放置十多箱珠寶珍玩，其中兩箱打了開來，在燈火下玉器、金銀閃閃生輝，炫人眼目。

項少龍沉聲道：「切不要把這事告訴其他三個人，到我們有方法離開大梁時，才順手偷走幾件作盤纏，記著萬勿妄起貪念，否則人爲財死，鳥爲食亡，到時連命也要丟掉。」

劉巢亦是英雄人物，給他提醒，心中懍然道：「兵衛教訓得好！劉巢知道了。」同時湧起對項少龍不爲寶物所動的尊敬。

項少龍迅速搜索，好一會兒才在牆角的暗格發現一個更隱密的暗格，取出一個長方形的鐵盒，打開一看，正是用重重防腐防濕藥布包裹的《魯公秘錄》。

翻卷一看，項少龍放下心來，因爲這圖卷的絲帛已舊得發黃，兼且長達十多丈，又厚又重，換了他是信陵君，也不會每次檢查均要由頭看至尾，所以他的計劃是絕對可行的。

略一細看，只見其上畫滿各類攻防工具的圖樣，又詳細註明材料的成分和製造的程序，令人歎爲觀止。

時間無多，兩人匆匆離去。

項少龍一覺醒來，雅夫人和八名婢女仍在辛勤臨摹，是時天仍未亮。

雅夫人早把假卷和一截眞卷接駁妥當，又以礦物顏料把卷邊染黃，弄得維肖維妙，不愧仿摹的專家。

項少龍要趁夜色行事，取過只有開頭一截是眞貨的《秘錄》，輕輕鬆鬆送回地下密室內，這本來絕難辦到的事，因有劉巢等人的幫助，變得輕而易舉起來。

回到雅夫人處，天已微明，雅夫人等累得筋疲力盡，上榻休息。項少龍摟著她睡了一覺，直到信陵君派人來找他，才匆匆梳洗往見。

信陵君看來也是一夜沒睡，不知是否故示親切，在內進的偏廳接見他，坐下後笑道：「爲了你的事，昨夜我一夜沒睡苦思，終於想出了妥善的安排。」

此時有美婢奉上香茗，信陵君吩咐道：「我有事要和兵衛商量，所有人都不得踏進這裡來！」婢女領命去了。

信陵君順口問道：「昨晚有沒有打動嫣然的芳心？聽說龍陽君和囂魏牟都應邀去了。」

項少龍歎道：「不要說哩！那種聚會哪有我插言的餘地！」

信陵君不同意地道：「並不是這樣，你的想法很有創造性，譚邦便很欣賞你呢！」

項少龍暗忖欣賞我有啥用，還不是給你做成功的踏腳石和犧牲品。

信陵君見他默然不語，順口問道：「少龍吃過早點嗎？」

項少龍一摸肚皮，搖了搖頭。

信陵君叫道：「人來！」旋又拍額歎道：「我眞糊塗，剛把人趕走，你坐一會兒，讓我吩咐下人把早點弄來。」起身出外去了。

項少龍大喜，跳將起來，第一個目標便是潛入內進，那像個辦公的地方，放滿卷宗一類的東西，旁邊有道側門，外邊是個大天井，天井後看來是浴堂一類的地方。

時間無多，他推開側門，果然是信陵君的寢室，匆匆瞥一眼，自然發現不到地道的入口。他急步搶前，揭開榻底一看，地道進口赫然入目，奇怪的是有枝銅管由地下探出來，延往榻上，變成一個銅製的龍頭，有若床頭的別緻裝飾。

項少龍立時出了一身冷汗，匆匆回到內廳，這時信陵君剛好回來，笑道：「早點立即奉上，來！讓我告訴你我的計劃。」

項少龍心中想的卻是那枝銅管，分明是通往地道和密室的監聽器，裡面的聲響會由銅管傳到信陵君床端的龍頭去，設計巧妙。幸好昨晚他沒有上床睡覺，自己的行動才未被發覺。

信陵君道：「我會使人假造文書，今天送到大王處，讓趙雅和貴屬全體返回趙國，只留下你和趙倩兩人。趙雅是我邀來的客人，龍陽君亦無權反對。」

項少龍心忖你這是自說自話，以你的權力，放走他們僅是舉手之勞。同時亦由此知道他實際上是半個人都不會放行，只是做戲給自己看。當下詐作大喜道：「那眞好極了，不過可否讓他們早點走呢？」

信陵君先臉現難色，才道：「假若這麼小的事亦做不到，會教少龍小看我了，好吧！我會安排雅夫人等今午出城，與貴屬會合後立即起程，少龍放心好了。」

項少龍心中暗笑，問道：「那趙倩的問題又如何解決？」

信陵君道：「我會派人假扮她讓你送入宮去，再找隱秘地方把她藏起來，我信陵君向天立誓，無論事情成功與否，我也會把她不損毫髮地送回趙國去。」

項少龍暗叫厲害，那等若他有人質在手，不虞他項少龍不依照吩咐行事，就算失敗遭擒，也不敢把他供出來，確是老謀深算之極。

這時早點送到。

信陵君看著他吃東西，笑道：「少龍滿意我的安排嗎？」

項少龍扮作十分感激的道：「非常滿意，到時我一定不會有負所託！」

信陵君像已成功了的開懷大笑，他見項少龍不反對他扣留起趙倩，還以為他完全信任自己，對項少龍疑心盡去。

兩人各懷鬼胎時，下人來報，紀嫣然來找項少龍。

兩人同時發怔，紀嫣然竟會上門來找男人，這真是天大奇事。

信陵君雙目射出強烈的嫉妒之色，以乾咳掩飾道：「少龍你去見她吧！說不定她看上你呢！」

項少龍卻是眉頭大皺，他今天有無數事等著去做，全是與生死攸關的重要大事，無論紀嫣然的吸引力多麼大，他亦不可把時間耗在她身上。

思索間，隨下人來到外宅的客廳裡。

紀嫣然外披一件白毛裘，嫺雅恬靜站在一個大窗旁，看著外面的園林美景，連一個隨從都沒有。廳內闃無一人，但所有後進的出入口和側門處都擠滿爭著來偷看她風采的府衛和婢女下人，可見她的吸引力，便像二十一世紀娛樂圈的超級巨星，幸好這時尚未有索取簽名這回事，否則她的玉手必定忙個不停。

項少龍來到她身後，低聲道：「紀小姐！」

紀嫣然優美地轉過身來，朝他甜甜一笑道：「可以騰點空閒時間嗎？」

看到她笑臉如花，項少龍硬不下心腸斷然拒絕，點頭道：「若只是一會兒，便沒有問題。」

紀嫣然聽到只是一會兒，幽怨地橫他一眼，輕輕道：「那隨嫣然來吧！」領先往大門走去。

項少龍心中奇怪，這美女究竟要帶自己到哪裡去呢？

馬車由信陵君府的大門開出，朝東馳去。車廂內只有項少龍和紀嫣然，車身搖晃，他們不斷地互相碰觸。

項少龍偷看她美麗的側面，不施半點脂粉，美靨洋溢著青春的光輝，嬌軀香噴噴的，誘人至極。

紀嫣然忽地唸道：「絕對的權力，使人絕對的腐化，嫣然還是首次聽到這麼一針見血和富有智慧的話，先生眞有勇氣。昨夜你走後，所有人包括嫣然在內，都失去了說話的興趣。嫣然一夜沒睡，反覆思量先生說過的每一個字，並想著先生說這話時那深信不疑的神采。」

項少龍心中叫苦，這叫無心插柳，可是自己哪有時間和她談情說愛？

紀嫣然面容冷了下來，淡淡道：「項先生爲何會和信陵君來見嫣然呢？」

項少龍很想說只是信陵君的安排，不關他的事，但怎忍心如此傷害這絕世美人兒，歎道：「紀小姐總是會如此逐個詢問慕名來訪的客人嗎？」

紀嫣然亦輕輕一歎，柔聲道：「項先生是第一個令嫣然想問這問題的人，坦白告訴嫣然，她是否令你生厭？所以每次都急著要走，現在又想著怎樣離開這輛馬車呢？」

白他一眼後續道：「我從未見過像你那麼測不透的人，說話都藏在心底裡，逼得沒有法子才露上半手。嫣然多麼希望和你秉燭夜談，暢所欲言呢！」

項少龍放下心來，看來她仍未愛上自己，只是生出好奇之心，希望多知道點他的想法。當然，若此刻他發動攻勢，把二十一世紀的精采理論揀幾個出來取悅她，說不定可佔得花魁，奪取芳心。只歎刻下眞是有心無暇，還要快點聯絡上烏卓和蒲布，安排逃出大梁這迫在眉睫的急事。

馬車停了下來。

項少龍愕然往車窗外望去，原來到了一塊林中空地處，四周靜悄無人。

紀嫣然伸出纖美的玉手，輕輕推了推他的肩頭，眼中異采連閃道：「若還覺得嫣然並不討厭，便下車吧！」

項少龍更是糊塗，討厭她與否和下車有甚麼關係呢？

禁不住她連番催促，茫然步下馬車去。

紀嫣然向駕車的大漢道：「你躲到遠處去，半個時辰後才可回來。」

大漢領命去後，紀嫣然脫下白毛裘，露出內裡的武士勁服，項少龍登時眼前一亮，目瞪口呆地盯著她身上無限美好的曲線和威風凜凜的英姿。

紀嫣然拔出腰間佩劍，嬌笑道：「項少龍！我是奉大王之命來把你殺死的，應戰吧！」

項少龍愕然道：「小姐說笑吧！」

紀嫣然臉寒如冰，秀眸射出深刻、銳利的光芒，嬌哼道：「誰和你說笑？看劍！」

項少龍但見眼前盡是劍光，不敢怠慢，拔劍出鞘，「噹」的一聲架著這美女凌厲無比的一劍，只覺對方力道沉雄，毫不遜色於男兒的臂力，更使他震驚的是對方的劍似帶著一種黏力，使自己無法展開劍勢。

紀嫣然像變成一頭雌豹般，又似鬼魅地倏退忽進，腰肢如裝上彈簧有力地扭動，把腰腕之力發揮盡致，劍勢若長江大河，無孔不入地攻來。

項少龍又氣又怒，使出墨子劍法，苦苦守持，擋了十多劍後，才找到一個反攻的機會，一劍劈在對方劍鋒上。

紀嫣然的臂力自然及不上項少龍，仗的只是劍法精微，教項少龍有力難施，這下給對方劈個正著，忙往後退開。

紀嫣然嬌笑道：「終於肯露出眞功夫哩！」

項少龍被她先前一輪急攻，殺得招架乏力，雖說自己輸在失了先手，主因仍是對方劍法高明，更勝連晉半籌，此刻哪還敢讓她，一劍當胸搠入，角度、力道與時間均拿捏得無懈可擊。

紀嫣然秀眸閃亮，在電光石火間側身讓開胸口要害，長劍由下而上，絞擊在飛虹劍上。

項少龍差點寶刃脫手，大駭下橫移開去。

紀嫣然劍光大盛，輕易地搶回主動，劍勢開展，「嗖嗖」聲中，奔雷掣電般連環疾攻，不教對方有絲毫喘息的機會。

項少龍此時才眞正體會到她爲何可在魏國以劍術排名第二，實在勝過自己一籌，不過這只是純以劍法論，自己的長處卻是身體沒有任何部分不是厲害武器，今次若要活命，不得不以奇招取勝。一邊運劍封架，極盡墨子劍法擅守的本領，另一方面暗察地形，看看有甚麼反敗爲勝的妙法。

紀嫣然愈打愈勇，每一個姿勢都是那麼活力十足，既可怕又好看誘人。

這時項少龍不住後退，背脊撞上一棵大樹。紀嫣然哈哈一笑，長劍吞吐不定間，忽然一劍抹來，項少龍橫劍掃擋。

「噹」的一聲脆響，項少龍的飛虹劍應聲脫手飛出。

紀嫣然呆了一呆，因爲明顯地是項少龍故意甩手，讓她把劍劈飛，而她用猛了力道，身子不由往同方向撲傾過去。

「砰」的一聲，紀嫣然的粉臀被項少龍飛起的一腳掃個正著，劇痛中不由自主往旁邊仆跌，倒入厚軟的草地裡。

紀嫣然大駭翻身，正要藉腰力彈起，項少龍已整個飛撲過來，壓在她動人的身體上，兩隻大手鐵箍般抓緊她手腕，立時使她動彈不得。

項少龍笑嘻嘻湊下臉去，在離開三寸許處的距離看著她的秀眸，道：「不服氣嗎？」

紀嫣然全身放軟，鬆開握劍的手，俏臉轉紅，愈發嬌豔明媚得不可方物，柔聲道：「嫣然怎會不服氣呢？」

項少龍臉色一沉道：「那你怎樣向你的大王交差？」

兩人肢體交纏，陣陣銷魂蝕骨的感覺激蕩來回，偏又要說著這類敵對的話，項少龍眞的不知是何滋味。

紀嫣然放棄反抗的軟躺地上，眨了眨美麗的大眼睛，道：「甚麼交差？嫣然不明白項先生你在說甚麼。」

項少龍看著她打從心底透出來的喜色，逐漸明白過來，憤然立起道：「原來你在騙我。」

紀嫣然嗔道：「還不拖人家起來嗎？」

項少龍氣得差點不想理她，終是很難狠心對待這美女，伸手把她拉起來。

紀嫣然施禮道：「不要怪嫣然好嗎？若非如此，怎能試出你的蓋世……嘻……蓋世腳法，人家那處仍很疼呢！」

項少龍苦笑搖頭，走去拾起飛虹劍，還入鞘內，掉頭便走。

馬車回府途中，紀嫣然一副喜不自勝、得意洋洋的嬌憨神態，不住偷看氣鼓鼓的項少龍，溫柔地道：「項少龍你發怒的神態眞好看！」

項少龍爲之氣結，狠狠瞪她一眼道：「想不到才藝雙全的紀才女也會騙人，還扮得這麼像。」

紀嫣然白了他千嬌百媚地一眼道：「你不奇怪爲何人家想試你的劍法嗎？」

項少龍挨在椅背上，蹺起二郎腿，擺出個滿不在乎的樣子，失笑道：「你想看看項某人是否有資格做你的未來夫婿，是嗎？」

紀嫣然抿嘴赧然道：「只說對一半，因爲尙未到那種地步，而你亦只是勉強及格罷了。」接著「噗哧」一笑道：「直到今天，你還是第一個入圍者，若你眞想追求人家，嫣然可以盡量予你方便和機會。」

項少龍暗忖此女妙不可言，皺眉道：「愛情是男女間一種微妙的感覺，發乎自然，哪有像你這般諸多考較的。」

紀嫣然秀眸閃著難以形容的光采，微笑道：「說得非常動聽，比任何人都要好，所以嫣然知道你只是因某種原因扮作不喜歡人家，但你看人家的眼神卻透露出你內心的秘密。尤其剛才你把人家壓在草地上時，嫣然更清楚你對我的心意。」

項少龍暗叫慚愧，又是啞口無言，只懂呆瞪著她。

紀嫣然喜孜孜地道：「究竟要回信陵君府，還是回嫣然的雅湖小築？」

項少龍一震醒了過來，暗罵自己給她迷得失魂落魄，嚷道：「快轉左！」

紀嫣然發出命令，在抵達信陵君府正門前，轉入另一條街去。

項少龍道：「請在前面街口停下，我要下車。」

紀嫣然再發出命令後，幽怨地道：「項先生，紀嫣然眞是令你那麼毫不留戀嗎？」

項少龍感到一陣神傷魂斷，暗歎一口氣後，湊到她小耳旁柔聲道：「小姐是項某人一生所遇到的女子中最動人的尤物，但時地上太不適當了，很快小姐會明白我的苦衷，忘了我吧！好嗎？」猛下決心，走下車去。

他站在街頭，紀嫣然掀簾喚道：「項先生！」

項少龍暗歎一聲，移到窗旁。

紀嫣然深深看著他，俏目閃動智慧的采芒，臉色平靜地柔聲道：「嫣然明白了，若有甚麼困難，記著紀嫣然會不顧一切來幫助你。」

第四章　長街血戰

項少龍在一間荒棄了的舊宅內見到烏卓。這生死與共、絕對可靠的戰友道：「我們已依你吩咐，在營地下打了一條地道通到營後一座山林裡。又派人由地道穿過去，趕造十多艘木筏，密藏在一條接連大溝小河旁的叢林中，順水而去，兩天可抵達齊國南面邊境。」

項少龍大喜道：「雅夫人她們今天黃昏前會回到營地去，你教成胥裝模作樣，堅持明天才上路，那信陵君便不會提防我們。」

烏卓皺眉問道：「那你如何混出城來呢？信陵君定會使人把你看緊。」

項少龍道：「我絕不能離開，否則誰也逃不掉。要憑那條地道把人撤走，最少要一個時辰。太陽下山你們便須立即行動，弄些假人以掩人耳目，所有戰甲、馬匹和重型裝備都要留下來。抵齊境後再設法由牧民處買些馬匹，晝伏夜行，定可安然回到趙國去，總之秘訣在『隱秘』兩個字，你當自己是馬賊就行。」

烏卓色變道：「那孫姑爺怎麼辦？我丟下你回去，主人定會要了我的命！至少我也要留下來陪你。」

項少龍肅容道：「這是命令，你定要照我的話去做，沒有了你，成胥定成不了事。」接著放軟聲音安慰他道：「我絕不會不愛惜自己生命的，而且還有周詳的計劃，不但足可自救，還可帶走趙倩。」

烏卓仍是搖頭，項少龍歎一口氣，坦然向他說出整個計劃。

烏卓聽罷沉吟一會兒後，道：「孫姑爺若三個月內回不到趙國去，我烏卓便刎頸自盡，以報答孫姑爺比天還高的情義。」

項少龍既感動又無奈，再商談了一些細節，分手後，通過巧妙的聯絡手法找到蒲布，密談一番，施施然回到信陵君府。

信陵君拉著他吃午飯，飯後項少龍到彩雲閣見雅夫人。

雅夫人早得到信陵君方面的通知，收拾好行囊，見他回來，不顧一切撲入他懷裡，痛哭道：「沒有你，雅兒怎也不走！」

項少龍大感頭痛，又哄又嚇，最後被迫說出整個計劃，雅夫人知道這是他們唯一保命的方法，才含淚答應。

起程的時候到了，趙倩那邊主僕三人抱頭痛哭，一副生離死別的樣子，令聞者心酸。

在項少龍的再三催促下，翠綠、翠桐兩婢才揮淚上路。

信陵君親自陪他們出城，抵達營地時，成胥依足項少龍吩咐，堅持待到明天才起程。項少龍詐作無奈地向信陵君打了個眼色，接受成胥的提議。

信陵君笑道：「放心吧！我特別調來一營輕騎兵，明天清早護送他們回去好了。」

項少龍早看到那在附近監視的魏兵軍營，只看規模便知兵力不少於二千人，心中暗笑，和信陵君返城去也。

兩人並騎而行，信陵君道：「由現在開始，少龍最好留在府裡，一來養足精神，免得節外生枝，壞了大事，我已派人把趙倩送往隱秘處藏好，好使少龍心無旁騖，應付明天的宴會。」

項少龍聽得一顆心立時掉往萬丈深淵裡，若趙倩被他扣押了起來，自己豈非完全被這奸人控制？但他表面還要裝出感激的樣子。

天啊！怎辦好呢？

信陵君若無其事地問道：「紀嫣然今早找你幹甚麼？」

項少龍這時想到的卻是若信陵君明早發覺雅夫人等全體溜掉，自會懷疑自己的眞誠，那時會怎樣對付他和趙倩？聞言強顏笑道：「我也不知她找我做甚麼，東南西北扯著我說了一會兒後便走了。」

信陵君暗忖只要她沒有看上你便成，再不說話。

項少龍心情極壞，神不守舍地回到信陵君府，回到住處，把那四名豔婢女趕走後，坐立不安，心焦如焚時，「卜」的一聲，一顆包著帛布的石子擲了進來。項少龍取下帛布，原來是劉巢的傳訊，大意說信陵君加派人手監視他項少龍，所以不敢來和他見面，趙倩則被帶到平原夫人的住所軟禁起來，他們會緊密留意她，布底還畫了張簡單的地圖，指出平原夫人所在的建築物。

項少龍立時鬆了一口氣，只要知道趙倩還在府內，便不致一籌莫展。同時猜到信陵君不安好心，明天將會照樣把趙倩由平原夫人代他送入宮去，把自己當作傻子和蠢蛋。

天色漸暗。項少龍放開心懷，讓四名美婢回來服侍他梳洗沐浴，再出外廳與信陵君共進晚膳，虛與委蛇一番。

席間項少龍道：「今晚我想獨自一人練劍，最好不要派人來伺候我。嘿！沒有雅夫人，那些婢女又那麼動人，我怕一時忍不住就糟了！」

信陵君不疑有他，欣然答應。暗忖只要我多派人手監視，趙倩又在我手上，還怕你飛了去嗎？

項少龍回到屋裡，立即在屋頂弄個小洞鑽出去，把索鉤射出，連接到附近一棵大樹，才回到屋裡，正要綁上木劍，敲門聲傳來。

項少龍無奈下忙解卸裝備，走出房去，把門拉開，只見平原夫人豔光四射的立於門外，以複雜無比的眼神深深地看著他。

他心叫不妙，無奈下把她迎了進來。

平原夫人輕移玉步，往他寢室走去。

項少龍立時魂飛魄散，榻上放滿見不得光的東西，怎能容她闖進去，人急智生下，搶前兩步，從後把她攔腰抱個正著。

平原夫人嬌吟一聲，癱軟靠入他懷裡，淚水涔涔流下臉頰。

項少龍一生從未試過有那麼多女人爲他流淚，大感頭痛，把她扭轉身來，逗起她梨花帶雨的俏臉，扮作手足無措地道：「甚麼事？」

平原夫人閉上眼睛，咬緊牙關，強忍著哭聲，只是搖頭，滿臉淒楚。

沒有人比項少龍更明白她矛盾的心情，既要狠心陷害他，讓他去送死，又忍不住來見他，這是何苦來由！

平原夫人撲入項少龍懷裡，用盡氣力抱著他，俏臉埋入他寬闊的胸膛，不住飲泣。

項少龍暗暗叫苦，給她這樣纏著，還怎樣去救趙倩，若楚墨那批苦行僧般的劍手殺到，自己可能連性命都不保。

平原夫人平靜了點，咬著他的耳輪低聲道：「少龍！抱我入房！」

項少龍差點要喊救命，那間房怎「見得人」，忙道：「夫人！不是要遲些才可以嗎？」

平原夫人跺足嗔道：「人家要現在嘛！還不抱我進去？」

項少龍把她攔腰抱起。

忽然門環再次叩響，兩人同時一呆。

下人的聲音在門外響起道：「夫人，君上有急事請你立即去見他。」

項少龍放下平原夫人，扮作無奈地攤手歎了一口氣，卻心知肚明是信陵君接到平原夫人來找他的報告後，怕乃姊感情用事，壞了大計，於是派人來將她請走。

平原夫人先是泛起怒容，接著神色一黯，應道：「來了！」

撲上前摟緊項少龍，獻上一個摻雜快樂、痛苦和訣別等種種複雜情緒的火辣辣熱吻後，低頭推門去了，再沒有回過頭來。

項少龍這時也不知應恨她還是愛她，但剛才的一吻，確使他有永世難忘、銷魂蝕骨、愛恨難分的感覺。

當項少龍來到平原夫人居住的大宅院時，趙倩淒涼無依的芳心正苦苦地想念著項少龍，他已成了美麗公主唯一的希望。

她一方面對項少龍有近乎盲目的強大信心，又深怕他不知自己被軟禁在這裡，兩個反覆交替的想法把她折磨得苦不堪言時，形影不離地貼身看守她的兩個健壯婦人先後渾身一震，分別暈倒地上，軒昂俊偉的項少龍則飄然出現房內。

趙倩欣喜若狂，撲入項少龍溫暖安全的懷裡去，嬌軀劇烈地顫抖著。

項少龍把她抱往由窗門看進來視線難及的角落，伸手便解她的棉袍。

趙倩縱使對項少龍千肯萬肯，仍嚇一大跳，暗怨這人爲何在如此險境，還有興趣來這一套。剛想抗議，項少龍愛憐地吻她的香唇，繼續爲她脫掉羅裙。

趙倩給他靈活的手指拂過敏感的肌膚，弄得又癢又酥軟，六神無主時，才發覺項少龍已解下背上的小包裹，爲她只剩下棉布內衣的動人肉體穿上一套耐寒的厚暖衣褲，加蓋一件黑色的護甲背心。項少龍蹲了下來，再爲她換上遠行的靴子。

趙倩感動得熱淚盈眶，心中充滿幸福和感激，這時就算爲項少龍而死，她亦是心甘情願。

一切停當，項少龍站起來，像抱著這世上最珍貴的寶物般緊擁著她，低聲道：「小寶貝聽話嗎？」

趙倩拚命點頭。

項少龍取出布帶，把美麗的公主兜縛背上，又把她修長的玉腿繞過腰間，用布帶繫緊，兩人立時二合爲一，再無半點隔閡。

這些布帶，是雅夫人應他請求趕製出來，項少龍受過訓練，深明適當裝備的重要性，故此事前的準備功夫做得非常充分。

趙倩伏在他強壯的背上，先前所有愁思苦慮一掃而空，舒服滿足得差點呻吟起來。

項少龍來到窗旁，往外望去，輕輕推開窗門，側耳傾聽。一隊巡邏守衛剛在屋外經過。待他們遠去，項少龍揹著趙倩竄出窗外，輕巧地落到外面的草坪上。

在以前軍訓時，他常背負數十公斤的東西翻山越嶺，鍛練體力，這麼一位輕盈的美女，自然絲毫影響不了他的行動。

在園林中，他忽而靜匿不動，忽而疾風般狂奔，迅速靈巧地移動前進，目標當然是少原君那座兩層樓房。

驀地東南角鐘鼓齊鳴，接著人聲沸騰，還夾雜著惡犬狂吠的聲音。

項少龍嚇了一跳，循聲望去，只見那方火焰沖天而起，在這星月無光的晚上，分外觸目驚心。

他心叫符毒你來得正是時候，趁所有人的注意力均集中至起火處，迅速朝少原君的住處竄去。

喊殺聲震天價響，兵刃交擊聲由項少龍住的那座平房方向傳來。

項少龍此時到達少原君那所房子後的花叢，只見少原君領著劉巢等人，由屋內持兵器奔出，往打鬥聲傳來的方向撲去。

他心中暗笑，從劉巢早打開了的窗門爬入房內，駕輕就熟鑽進地道，把入口關上後，奔下地道，朝後山的方向走去。

他的靴子底墊了軟綿，雖是迅速奔跑，仍然踏地無聲，不虞會給信陵君聽到，何況信陵君現在怎也不會還待在榻上。

奔跑一會兒後，地道以九十度角折往南方，再一盞熱茶的工夫，他來到地道另一端的出口。

他取出開鎖的工具，打開出口的鐵門，再鎖好後，沿門外往上的石級，直達通往地面最外一層的出口。外面是一個茂密的叢林，位於信陵君府南牆之外。

項少龍封好地道，研究了方向，朝大梁城最接近的城牆奔去，只要能離開這座城市，逃生的機會便大得多了。

黑夜的街道闃無人跡，有若鬼域，只恨家家戶戶門前掛有風燈，雖是燈光黯淡，又被北風吹得搖晃不定，仍極難掩蔽行蹤。

項少龍盡量避開大街，只取黑暗的橫巷走。驀地蹄聲驟響，項少龍這時剛橫過一條大街，在竄入另一道橫巷前，已被敵人發現，呼叫著策馬馳來。

項少龍大感懍然，想不通信陵君爲何可以這麼快騰出人手，到來追他？

這時想之無益，惟有拚命狂奔。

趙倩緊伏在他背上的身體輕輕顫抖，顯是非常緊張，使他更是心生愛憐。這金枝玉葉的美人兒，竟也要受到這等災劫！

奔出橫巷後，剛轉入另一條大街，左方蹄聲急響，十多騎狂風般捲至。項少龍知道避無可避，把心一橫，移往一旁，背著房舍，面向敵人。

來人紛紛下馬，其中一人大笑道：「項少龍，今天看你還能逃到哪裡去？」

竟然是以禽獸爲師的囂魏牟，他的左右手寧充和征勒當然亦在其中。

項少龍心中暗數，對方共有十九人，無一不是驃悍強橫之輩，幸好對方顯是匆匆趕來，沒有攜帶弩弓、勁箭等遠程攻擊的可怕武器，否則只是扳動機栝，便可把把他兩人殺死。

十九人分散開來，以半月形的陣式把他圍得全無逃路。

囂魏牟冷笑道：「早想到你會臨陣退縮，所以日夜不停監視著你，哈！你背上就是那美麗的公主吧！今晚我保證可令她快樂地死去。」

他的手下聞言肆無忌憚的淫笑起來。

囂魏牟加上一句道：「老子享受過後，你們人人有分！」

這些凶人更是怪叫連聲，顯然已視趙倩爲他們囊中之物。

項少龍依著以前軍訓教過的方法，以深長的呼吸，保持心頭的冷靜，同時解開縛緊趙倩的布帶，吩咐道：「倩兒！這是生死關頭，你定要提起勇氣，怎也要躲在我背後。」

趙倩本被嚇到失魂落魄，但聽到項少龍冷靜自信的聲音，勇氣陡增，站穩地上，可是由於雙腳血氣未復，一陣痲軟，忙按上他雙肩，靠在他背上。

囂魏牟以機不可失，一振手中重劍，喝道：「上！」

項少龍拔出木劍，攞開門戶，一聲不響，鷹隼般銳利的眼神，緊盯著分左、中、右三方撲來的敵人。

囂魏牟領著其他人逼過來，收緊對項少龍的包圍。

兩旁房舍被驚醒的人探頭出窗想看個究竟，給囂魏牟的人一聲喝罵，嚇得縮了回去，不敢觀看。

三把長劍，同時往項少龍攻到。

項少龍一見對方的聲勢劍法，便知是強悍的對手，手下已是如此，囂魏牟當然更是厲害。不過這時已無暇多想，暗藏飛針的手一揚，正中左方敵人的面門，右手木劍「啪」的一聲擋開正中攻來那人的長劍，趁對方長劍盪起的一刻，側身飛出一腳，猛踢在對方下陰要害，然後拖劍掃開右方另一個攻擊者。

中針者仰天倒跌，當場斃命。

中腳者往後拋跌，再爬不起來。

囂魏牟哪想得到他如此強橫，勃然大怒，大喝道：「上！」仗劍搶先攻來，不讓他再有取出飛針的機會。

項少龍左手拔出腰間的飛虹劍，對他這曾受嚴格訓練的特種戰士來說，左右手均是同樣有力且靈活，不像一般人那樣只慣一手可用。

項少龍大叫道：「倩兒跟緊我！」倏地橫移，避開囂魏牟。

趙倩踉蹌隨在他背後，殺氣劍光三方湧至。

項少龍知道此乃生死關頭，退縮不得，湧起沖天豪氣，誓要拚死維護背後的嬌女，右手木劍，左手飛虹，邁開馬步，狂攻而去，氣勢的凌厲威猛，遠超敵人。

一陣鐵木的交鳴聲，項少龍與敵方兩人同時濺血，他的胸口被敵劍劃中，幸好有背心護甲，敵刃雖鋒利，亦只能割破一道缺口，劃出一條半寸許深的傷口。另一劍劈向他腰間，正砍在束腰的鋼針處，夷然無損。

這類近身搏鬥凶險萬分，不是你死就是我亡，尤其項少龍爲保護身後的趙倩，對敵劍更是避無可避，所以一交手便見血，只看最後是誰倒下來，才算分出勝負。

攻擊的五人中，一人被飛虹割破咽喉，立斃當場，另一人被他木劍掃中持劍的手臂，長劍噹啷墜地，踉蹌退開，其他三人被他迴劍迫開。

驀地兵刃破風聲及大喝聲在右方響起，項少龍運劍往右旋盪，只見囂魏牟由右方搶至，揮劍當頭劈來。同時趙倩一聲尖叫，另一敵人由左方貼牆掩至，目標當然是他身後的趙倩。

征勒和寧充這兩個劍術僅次於囂魏牟的高手，亦由正前方一先一後殺至，力圖一舉殲滅項少龍。這些人均爲身經百戰之徒，一出手便不予項少龍任何逃避機會。

囂魏牟那迎頭劈來的一劍，看似簡單，其實隱含變化，隨時可改爲側劈，只是那一劍，已教項少龍難於應付，甚至不敢分神，其他攻勢僅能靠聽覺去判辨。

項少龍左手的飛虹用盡吃奶之力，重重揮擋征勒正面攻來的一劍，把對方震得連退三步，然後左手一揮，飛虹脫手而出，化作一道電芒，閃電般貫入往趙倩撲去的凶徒胸甲裡。同一時間木劍往上斜挑，卸去囂魏牟必殺的一劍，再擺出墨子劍法玄奧的守式，木劍似攻非守，以囂魏牟的凶悍，亦嚇了一跳，暫退開去。

此時寧充的一劍，剛由正前方抹往他的頸項。項少龍的木劍已來不及擋格，人急智生下，整個人離地躍高。

「噹」的一聲，寧充斬頸的一劍，變成掃在他腰間放滿鋼針的袋上。

寧充大吃一驚，項少龍的木劍橫劈而來，掃在他頭側處。頭骨爆裂的聲音傳來，寧充往側拋跌，撞得兩個由左側撲來的敵人同時變作滾地葫蘆。

這時另一敵人覷準時機，趁他落地，搶前一劍當胸刺來。項少龍勉強避開心房的位置，敵劍破甲而入，刺進他左脅。椎心劇痛傳遍全身，在趙倩淒然尖叫中，項少龍飛起一腳，狂蹴在對方胯間，那人劍勢未盡，早被踢得連人帶劍往後仰跌，剛巧撞倒另一個想衝前攻擊的敵人。

劍刃由項少龍左脅猛抽而出時，鮮血亦隨之狂湧。

交手至今，項少龍雖受一輕一重兩處劍傷，但敵人卻被他連殺四人，重創三人，死者包括寧充這一流的高手。所有人均殺紅了眼，剩下的十二人瘋狂攻至。

囂魏牟更是暴怒如狂，再度由右方撲至，一劍下劈。

項少龍自知受傷後，更非囂魏牟對手，大叫：「倩兒跟我走！」往左方貼牆移去，手中木劍展至極致，擋格敵人狂風掃落葉的攻勢。

囂魏牟反被己方之人擋在外圍，氣得他一把扯開自己的手下，擠身入內，撲前狂攻。

躲在項少龍身後的趙倩見三方面盡是刀光劍影，鮮血不住由愛郎身體濺出，勉強跟上十來步後，雙腿發軟，再也支持不住，坐倒地上。

項少龍這時已不知受了多少劍傷，感到趙倩跌倒身後，心叫完了，發起狠性，不顧自身，運起神力，一下橫掃千軍，把撲來的敵人掃得東倒西歪，再擋住囂魏牟的一記重劈。

囂魏牟這一劍乃全力出手，他的臂力本來勝過項少龍，加上後者劇戰下力盡身疲，木劍立時脫手墜地。

項少龍全身十多處傷口一齊爆裂濺血，危急間飛起一腳，撐在囂魏牟小腹處，把這凶人迸得踉蹌後退，但顯然傷不了他。

兩把劍攻至。項少龍危急下拔出飛針，兩手一揚，右手飛針貫敵胸而入，另一針卻因左臂的嚴重劍傷牽制，失了準頭，只中敵肩，那人的劍仍不顧針傷劈來。

項少龍暗忖今次眞的完了，反手拔出匕首，正要先一步殺死趙倩，以免她受人淫辱，弩機聲響，一枝弩箭電射而至，橫穿過那人的頸項，把他帶得橫跌開去，當場倒斃。

敵我雙方同時往發箭處看去，只見一個戴著猙獰面具的怪人，身披黑色長袍，策馬馳至，拋開手上弩弓，拔出長矛，幻出漫天矛影，殺進戰圈來。

敵人駭然回身應戰。那人矛法凌厲無匹，加上是生力軍，眞是當者披靡，殺得敵人前仰後翻，轉眼來到項少龍旁，矛勢擴大，把囂魏牟等全部迫開，沉聲低喝道：「還不上馬！」

項少龍認出是紀嫣然的聲音，大喜下將趙倩舉上馬背，再拾起木劍，用盡最後的力氣，躍到趙倩背後。

紀嫣然純以雙腳控馬，手中長矛舞出千萬道光芒，再次迫開了狂攻上來的囂魏牟，殺出重圍，載著二人落荒逃去。

第五章　高樓療傷

項少龍發了無數的噩夢。他夢到時空機把他送回二十一世紀，並審判他擾亂歷史的大罪。一忽兒舒兒和素兒都七孔流血來找他，怪他不爲她們報仇。然後無數不同臉孔出現在他眼前，包括父母、親友、美蠶娘、烏廷芳、趙王、趙穆等等，耳內不時響起哭泣聲，鬼魂哀號！

隱隱中他知道自己正徘徊於生死關頭。不！我定要活下去，爲人爲己，我也不可以放棄！身體忽寒忽熱，靈魂像和身體脫離了關係，似是痛楚難當，但又若全無感覺。

在死亡邊緣掙扎不知多久的時間後，項少龍終於醒過來。恍惚間，他似乎回到了二十一世紀軍部那安全的宿舍裡。

一聲歡呼在榻旁響起，趙倩撲到榻沿，淚流滿面，又哭又笑。項少龍還未看清楚趙倩，眼前一黑，昏迷過去。

再醒過來，項少龍精神和身體的狀況都好多了。趙倩歡喜得只知痛哭。

項少龍軟弱地用手爲她拭掉眼淚，有氣無力地問道：「這是甚麼地方，我昏迷多久了？」

一把熟悉的聲音在入門處響起，道：「這是老夫觀天樓最高的第五層，少龍你昏迷了足有九天，換過別個人傷得這麼重，失血這麼多，早一命嗚呼。但你非凡人，所以絕對死不了，可見天數有定，應驗不爽！」

項少龍呆了一呆，只見一人來到床頭，竟是齊人鄒衍。

他一直對這人沒有甚麼好感，更想不到他會冒死救自己，大訝道：「先生爲何救我？」

坐在床沿的趙倩道：「鄒先生眞的對你有救命之恩，若非他精通醫術，悉心醫治你……」

鄒衍哈哈一笑，打斷趙倩的話，俯頭細看著項少龍道：「眞正救你的人是紀嫣然，老夫只是適逢其會吧！這個觀天樓乃老夫研究天文的地方，亦是大梁最高的建築物，包保沒有人會查到這裡來。況且老夫和你非親非故，不會有人懷疑到老夫身上。」

項少龍精神轉佳，逐漸恢復說話的氣力，不解道：「先生仍未回答我先前的問題。」

鄒衍微笑道：「這事要由頭說起。三年前，老夫在齊國發現一顆新星，移往天場上趙、魏交界的地方，便知這時代的新聖人終於出現，於是不遠千里的來到大梁，找尋新主。」

項少龍聽得一頭霧水，道：「甚麼是天場？那裡竟有趙國和魏國嗎？」

鄒衍傲然道：「天人交感，地上發生的每一件事，都是上應天兆。老夫五德終始之學，便是根據天上金、木、水、火、土五星而來，以天命論人事。天場就是把天上依照地上的國家地域分區，例如有客星犯天上某區的主星，那區的君主便有難，百應不爽。」

項少龍這時哪有精神聽這些充滿迷信色彩的玄奧理論，問道：「那和我有甚麼關係？」

鄒衍看了看正睁大美目瞧他、露出崇拜目光的趙倩，更是興致勃勃，放言高論道：「怎會和你沒有關係？就在你來到大梁的同時，那顆新星剛好飛臨天場上大梁的位置，於是鄒某便知新聖人駕臨。初見你時雖覺你有龍虎之姿，一時還未醒覺，到那晚你說出石破天驚的治國之論，終猜到你是新聖人，不過仍要到你那晚遇襲，始絕對肯定老夫沒有看錯你。」

說完跪下來，恭敬地叩了三個頭。

項少龍啼笑皆非，忙求他站起來，道：「前一部分我可以明白，但為何我遇襲受傷，反更堅定先生的信念？」

鄒衍道：「在你遇襲那天的下午，紀小姐鬱鬱不樂回到雅湖小築，被我再三追問，說你不肯追求她。於是老夫對她說，天上新星被另一顆星凌逼，恐怕你當晚會有劫難。因此紀小姐才能及時把你救出，送到老夫這裡。試問少龍你若非新聖人，怎會如此巧合？」

項少龍聽得啞口無言，一陣疲倦襲上心頭，勉強吃藥後又沉沉睡去。

項少龍醒過來時，比上一次又好多了，可以坐起來吃東西，十多處劍傷均結了痂，只有脅下的傷口仍非常痛楚，其他的均無大礙。

鄒衍出外去了，這原始天文臺最上層只餘趙倩一人，美麗的公主欣喜地餵他喝著落了珍貴藥材的稀粥。

項少龍憐惜地道：「倩兒！你消瘦了。」

趙倩柔聲道：「比起你為我的犧牲，這算甚麼，那晚看著你為怕我受傷，用身體硬擋賊子的利劍，人家的心都碎了。」接著擔心地道：「嫣然姊三天沒有來過，真使人掛心。」

項少龍精神一振問道：「她常來看我嗎？」

趙倩點頭道：「她不知多麼著緊你，每次來都幫我為你洗傷口和換藥。」

項少龍一呆道：「那豈非我身上甚麼地方都給你兩人看遍？」

趙倩赧然點頭，喜透眉梢，神態誘人之極。

項少龍心中一蕩，抓著她柔荑道：「我定要報復，好好看遍我們公主的身體。」

趙倩輕輕抽回玉手，繼續餵他吃粥，羞紅臉道：「看便看吧！」

項少龍湧起無盡的柔情蜜意，美人恩重，哪能不心生感激。微笑道：「不但要看，還要用手來研究，公主反對嗎？」

趙倩耳根紅透了，不依地橫他一眼，更不敢答他，但神情卻是千肯萬肯，項少龍暢快得歎息起來。

足音在樓梯間響起，兩人同時緊張起來。

紀嫣然嬌甜的聲音傳上來道：「不用怕！是嫣然來哩！」

趙倩大喜，迎出門外。不一會兒兩女挽臂出現在項少龍眼前。

紀嫣然也消瘦了，但看到他一對明眸立時閃起異采，與他的目光糾纏不捨。

項少龍道：「小姐救命之恩，項少龍永世不忘。」

紀嫣然毫不避嫌地坐到榻沿處，先檢視他的傷口，才放心地鬆了一口氣道：「不要說客氣話，你復元的速度真是驚人，你不知那晚滿身鮮血的樣子多麼嚇人，累得人家都為你哭哩！」接著粉臉一紅，又道：「嫣然還是第一次為男人哭哩！」

趙倩笑道：「嫣然姊對你不知多麼好！」

項少龍心中一蕩，大膽地伸手握著紀嫣然的玉手，柔聲道：「看來我不但及格，還更進一步進入小姐的芳心裡，對嗎？」

紀嫣然嗔望了他一眼，若無其事道：「對不起！仍只是在及格的階段。」話雖如此，玉手卻全無收回去的意思。

項少龍心中充滿愛意，微笑道：「只要及格便有機會，紀小姐不是會盡量方便我嗎？」

趙倩見他們的對答有趣，在旁不住偷笑。

紀嫣然瞪趙倩一眼後，向項少龍道：「人家千辛萬苦來到這裡，還坐到你身邊來，不是正方便你嗎？」

項少龍被她一言驚醒，回到冷酷的現實來，問道：「外面的情況如何？」

紀嫣然平靜地道：「信陵君、龍陽君和囂魏牟正全力搜尋你，城防比以前加強數倍，連城外和河道都佈滿關防和巡兵，恐怕變成鳥兒才可飛出去。」

項少龍膽戰心驚地問道：「其他人呢？」

趙倩親熱地坐到紀嫣然身旁，道：「放心吧！倩兒早問過嫣然姊，他們全部安全逃走，一個也沒給逮著。」

項少龍鬆了一口氣，不過想起信陵君，便笑不出來，他失去《魯公秘錄》，怎肯放過自己？

紀嫣然臉色沉了下來，道：「這幾天魏人分區逐家逐戶搜索你的行蹤，最後終會搜到這裡來。暫時他們只留意我，還沒有懷疑到鄒先生，可是一天你不離開大梁，仍是非常危險。」

趙倩輕輕道：「姊姊你這麼有本事，必定有辦法的。」

紀嫣然道：「我無時無刻不在想辦法，但城防那麼嚴。」忽記起一事向項少龍問道：「你腰上佩帶的那東西很奇怪，連鄒先生那麼見多識廣的人都沒見過，是從哪裡弄來的？」

項少龍知道她說的是攀爬用的索鉤和腰扣，答道：「那是我自己設計，由趙國的工匠打製的，只要到達城牆，我便有方法帶倩兒越牆而去。」

紀嫣然大為驚異，用心地看了他好一會兒，輕歎道：「愈和你接觸，愈發覺得你這人不可測度。不過現在的情況下，你想到達城牆不被哨樓上的人發現，根本沒有可能，就算走出城外，亦避不過城外以萬計的守軍，所以還是要另想辦法。」

趙倩湊到她耳邊悄悄道：「姊姊是不是愈來愈喜歡他呢？」

紀嫣然俏臉一紅，房內突然響起搖鈴的聲音。

項少龍還未知發生甚麼事時，紀嫣然色變道：「有敵人來了！」

紀嫣然扶起項少龍，趙倩則手忙腳亂地收拾染有血跡的被單，收起所有與項少龍有關的東西。

項少龍驚駭地問道：「躲到哪裡去？」

紀嫣然扶著他到一個大櫃處，拉開櫃門，只見裡面放滿衣物，哪有容人的空間。接著她伸手一推，衣物奇蹟似的往上升起，露出裡面的暗格。

這時趙倩已收拾妥當，還垂下幕帳，趕過來合力攙扶項少龍避入暗格裡。紀嫣然把載著衣物的外格拉下，櫃門竟自動關上，巧妙非常。

那原供一人藏身的空間，擠了三個人在裡面，緊迫度可想而知。三人側身貼在一起，趙倩動人的身體緊壓他背上，而紀嫣然則與他臉對著臉擠壓至潑水難入的地步。

他可以清楚地感到紀嫣然胴體曼妙的曲線，尤其是他身上只有一條短褲，其刺激香豔處差點使他忘記眼前的凶險。

紀嫣然比趙倩還要高一點，俏臉剛好擱到他肩頭上，輕輕耳語道：「這是鄒先生為自己設計的救命之所，想不到給我們用上了。」

空間雖窄小，卻沒有氣悶的感覺，顯然設有巧妙的通氣孔。

項少龍有感而發想著，這時代的人無論身分多麼尊崇，仍有朝不保夕的恐懼，所以鄒衍有藏身的暗格，信陵君亦有他逃生的秘道。

暗格內忽地多了些奇怪的響聲。項少龍用神注意，原來兩女的呼吸急速起來，胸脯起伏下，貼體廝磨的感覺更強烈。幸好項少龍身體仍相當虛弱，不致有男性生理上的反應，否則會更加尷尬。

兩女的身體愈來愈柔軟無力，項少龍心中一蕩，忍不住一手探後，一手伸前，把她們摟個結實。紀嫣然還好一點，趙倩「嚶嚀」一聲，纖手由後探來，摟緊他的腰，身體火般發燙。腳步聲響起，自然是有人逐層搜查，最後來到最高的一層。

信陵君的聲音在外廳響起道：「本人還是第一次來參觀鄒先生的望天樓，噢！這是甚麼玩意？」

鄒衍平靜答道：「這是量度天星方位的儀器，鄒某正準備繪製一幅精確的星圖。」

信陵君顯然志不在參觀，推門而入道：「噢！我還以為房內另有乾坤，原來是先生的臥室。」

鄒衍笑道：「我的工作只能在晚上進行，沒有睡覺的地方怎行。」

信陵君道：「不若讓我到先生的觀星臺開開眼界。」

腳步聲轉往上面的望臺去，三人正鬆一口氣。再有人步入房內，仔細搜索，還把櫃門拉開，真個甚麼都沒有遺漏。

三人的心提到喉嚨處，暗罵信陵君卑鄙，引開鄒衍，讓手下得機大肆搜索。擾攘一番後，信陵君和鄒衍往樓下走去。

三人輕鬆了點，立即感到肢體交纏的刺激。趙倩和紀嫣然都是黃花閨女，雖說對項少龍大有情意，仍是羞得無地自容。趙倩和項少龍親熱慣了，還好一點；紀嫣然卻從未試過這樣擠在男人的懷抱裡，一顆芳心不由鹿撞狂跳，在這寂靜的環境裡怎瞞得過項少龍的耳朵，只是這點，已可教她羞慚至極。

也不知有意還是無意，三人似都有點不願離開這安全的空間。

項少龍的嘴唇輕揩紀嫣然的耳珠，輕輕地道：「喂！」

紀嫣然茫然仰起俏臉，黑暗裡感到項少龍的氣息全噴在她臉上，心頭一陣迷糊，忘了說話。

項少龍本想問她可以出去了嗎？忽感對方香唇近在眼前，暗忖若此時還不佔她便宜，何時才佔她便宜？重重吻在她濕潤的紅唇上。

紀嫣然嬌軀劇顫，終學趙倩般探手緊摟他，仰起俏臉，任這男子進行非君子的欺暗室行爲。

腳步聲又再響起。雖然明知外面看不到裡面的情況，紀嫣然仍嚇得把紅唇移開了項少龍那使她銷魂蝕骨的大嘴。

接著鄒衍在櫃外壓低聲音喚道：「可以出來哩！」

項少龍大感不妥，以信陵君這樣的身分地位，鄒衍沒有理由不送他至樓外的，若是如此，就不會這麼快返回來。還有是人都走了，以鄒衍的從容瀟灑，沒有理由這麼壓得聲音又沙又啞來說話。

趙倩此時完全迷醉在項少龍強烈的男性氣息裡，根本不理會其他事情。

紀嫣然卻是神思恍惚，迷糊間以爲眞是鄒衍在外呼喚，正要答話，項少龍的嘴再封了上來。

紀嫣然暗叫冤孽，心想這人爲何如此好色，連鄒衍的呼喚都不理。

那人又在外面呼喚兩次。紀嫣然驀地恢復澄明神智，知道有點不對勁，同時明白了項少龍並非那麼急色。

外面那人低罵道：「君上眞是多此一舉，明明沒有人，仍要我逐層樓扮鄒衍叫喚三次，嘿！」罵完後下樓去了。

三人同時抹過冷汗，信陵君非常謹愼，亦可見他手下能人眾多，這人學鄒衍的聲音維肖維妙，只是低沉和嘶啞少許。

紀嫣然自負才智，雖說剛才被項少龍吻得神魂顚倒，仍感羞愧，更對項少龍的機智佩服得五體投地。

腳步聲再響起，接著櫃門打開，前格往上升起。兩女羞得全把頭埋入項少龍頸後。

項少龍尷尬地看著鄒衍，苦笑道：「看來我並非甚麼新聖人，因爲我完全沒有聖人的定力。」

鄒衍啞然失笑道：「我看你復元得比我想像中的聖人還要快。」

第六章　逃出大梁

五天後，項少龍已能下榻行走，除脅下的傷口仍時有作疼外，體力精神全回復過來。

他和趙倩的感情亦進展至難捨難離的地步，雖終日躲在房內，日子毫不難過。

紀嫣然自那日之後，便沒有再來過，據鄒衍說信陵君一直懷疑她，監視得她很緊。

項少龍相信大梁的戒備終會鬆弛下來，因爲人性就是那樣，沒有可能永遠堅持下去。而且如此毫無遺漏的搜索仍徒勞無功後，誰都會懷疑他們已遠走高飛。

這一晚兩人郎情妾意，正鬧得不可開交時，紀嫣然來了，看到臉紅耳赤的趙倩，自己的俏臉亦不由飛起兩朵紅暈，更使她明媚照人，美豔不可方物。

項少龍見這美色尤勝趙倩的美女來到，心中暗喜，正要對她展開手段時，鄒衍走了上來。

紀嫣然嬌嗔地白了他一眼，怪他對自己愈來愈不規矩，才鶯聲嚦嚦道：「我四日前派人到城外假扮你們，還揹著假造的木劍，故意讓人發現影蹤。現在終於收效，昨天信陵君親自領兵，往楚境追去，大梁的關防亦放鬆下來，是你們離開的時候哩！」

項少龍和鄒衍同時拍案叫絕，想不到紀嫣然有此妙計。難得的是她直到成功了方說出來，顯示出過人的涵養。

紀嫣然幽怨地看項少龍一眼，俏臉現出淒然不捨之色。

項少龍一愣，道：「你不跟我們一起走嗎？」

紀嫣然搖頭道：「嫣然想得要命，但假若如此一去，誰也知道我和你有關係，那嫣然將會牽累很多人，說不定包括鄒先生在內，信陵君那天來搜這望天樓，正因嫣然常藉口來觀星，所以惹起他的疑心。」

項少龍亦知這是事實，歎道：「那何時我們才可再見面呢？」

紀嫣然嫵媚一笑道：「放心吧！嫣然一生最大的願望是能輔助新聖人統一天下，使萬民不再受戰亂之苦，今後怎肯把你放過。」

項少龍搖頭苦笑道：「我絕不相信自己是新聖人，縱使能回趙國，亦是艱難重重，危機四伏。你若要找眞的新聖人，最好耐心點去尋找，免得看錯了人，將來後悔莫及。」語氣中充滿酸澀之意，自是以爲紀嫣然愛上他的緣故，全是因他是那新聖人。

紀嫣然臉上掠過奇異的神色，垂頭不語。

鄒衍正容道：「你說的反更證實你是新聖人，因爲代表你那粒特別明亮的新星正被其他星宿凌逼，照天象看，你最少要二十年才可一統天下，在這之前自是危機重重。」

項少龍聽得渾身一震，瞠目結舌看著鄒衍，首次不敢小覷這古代的玄學大師，因爲秦始皇的確約在二十年後才統一六國，成爲中國歷史上第一個皇帝。

紀嫣然忽然道：「鄒先生、倩公主，嫣然想請兩位到廳外待一會兒，嫣然有話和項少龍說。」

鄒衍和趙倩會意，走出房外，還關上門。

紀嫣然仍低垂螓首，沉聲道：「項少龍，我要你清楚知道，紀嫣然歡喜上的是你這個人，與你是否屬新聖人一點關係都扯不上。」

項少龍曉得剛才的話傷害了她，大感歉意，伸手過來摟她。

紀嫣然怒道：「不要碰我！」

項少龍乃情場高手，知她放不下面子，哪會理她的警告，撲過來把她壓倒蓆上，痛吻著她的香唇。

紀嫣然象徵式地掙扎兩下，便生出熱烈回應，恨不得與他立即合體交歡。

唇分後，紀嫣然淒楚道：「明天清早，韓非公子會押運借來的一萬石糧食回韓國，嫣然早和他說好，其中一輛糧車底部設有暗格，可無驚無險把你倆帶離大梁。項郎！嫣然註定是你項家的人，無論如何也會去尋你，切莫忘記人家！」

項少龍和趙倩擁臥在糧車底的暗格，果如紀嫣然說的無驚無險地離開大梁，往濟水開去，到那裡後會改爲乘船，沿河西上韓境。

外面正下著遲來的大雪，車行甚緩，加上暗格底墊有厚棉被，所以兩人並不覺太辛苦，反感到這是個溫馨甜蜜的小天地。

兩人親熱一番後，都自動壓下情火，免一時控制不住發生肉體關係。

趙倩看著暗格的頂部，由衷地道：「我從未見過比嫣然姊更美、更有本事的女孩子，略施手法，便把我們舒舒服服送出大梁。」

項少龍欣賞著她美麗的輪廓，想的卻是另一回事，微笑道：「你會否介意不當這個公主？」

趙倩側轉過來，用手支起白裡透紅的臉蛋，秀眸閃著亮光，深情地瞧著他道：「倩兒只介意一件事，就是不能做項少龍的女人，其他的都不介意。」

項少龍愛憐地輕吻了她的朱唇，沉吟道：「那就好辦，讓我設法把你藏起來，然後報稱你被囂魏牟殺害，那你就不用回宮做那可憐的公主了。」

趙倩大喜道：「你真肯爲倩兒那麼做？不怕父王降罪於你嗎？」

項少龍哂道：「我是新聖人，哪會這麼容易被人修理的。」接著嘻嘻一笑道：「其實我還是爲了自己，我憋得實在太辛苦。」

趙倩霞燒玉頰，埋首入他懷裡，又羞又喜以蚊蚋般的聲音道：「項郎你甚麼時候要人家，倩兒就甚麼時候給你。」

項少龍心中感動，用力把她摟緊。

趙倩柔情似水的道：「倩兒不是請項郎爲我殺趙穆報仇的嗎？倩兒現在改變主意，只希望和項郎遠走高飛，其他一切都不想計較。」

項少龍心中暗歎，那舒兒的仇又怎麼算？趙穆與自己，是勢不兩立的了。

車子停下來，原來已抵達濟水岸旁的碼頭。

三艘韓國來的雙桅帆船，載著一萬石糧貨和這對患難鴛鴦，朝韓國駛去。

項少龍和趙倩在韓非的掩護下，脫身出來，躲在一個小船艙裡。船上雖全是韓兵，韓非仍小心翼翼，免得洩露風聲。

兩人樂得恣意纏綿，尤其解開了不能結合的枷鎖，想到很快會發生甚麼事，項少龍這風流慣的人故不用說，連一向斯文嫺淑的公主也開始放浪起來。

韓非派心腹送來晚餐，兩人並肩坐在地蓆上，共進美點。

項少龍想喝點酒，趙倩硬是把他的酒壺搶走，嬌癡嗲媚地道：「不！趙倩不准你喝酒，人家要你清清楚楚知道在做甚麼事。」

項少龍看著她的俏樣兒，搖頭晃腦道：「酒不醉人人自醉，待會看到公主橫陳褥上的美麗身體時，項某一定醉得一塌糊塗，怎還清醒得來？」

趙倩夾了一塊雞肉送進他口裡，喜孜孜地道：「說得這麼動聽，哄得本公主那麼開心，就賞你一塊雞肉。」

項少龍用口接過雞肉，撲了過來，摟著她伸手便解她的衣扣，笑道：「讓我來看看公主的嫩肉兒。」

趙倩大窘，欲拒還迎地以手撐拒著，最後的勝利者當然是項少龍，怪手由領口探入她羅衣內。美麗的小公主全身酥軟，蜷入他懷裡，羞喜交集地承受，柔聲道：「外面下著雪哩！」

項少龍一手溫香，哪有閒情理會外面下雪還是下霜，貼上她臉蛋揩摩著道：「我現在做的事算不算監守自盜？」

趙倩「噗哧」笑起來，手指刮了幾下他的臉，表示他應感羞慚。

項少龍心中充滿溫馨，古代的美人兒比二十一世紀的美女更有味道。因爲在這以男性爲中心的社會，她們把終身全託付到男人手上，所以更用心，更投入，沒有半點保留。

趙倩忽然想起紀嫣然，道：「你知不知嫣然姊不是魏人，而是越國貴族的後代，所以才這麼美豔，武術這麼好。」

項少龍奇道：「你怎會知道？」

趙倩道：「當然知道，你昏迷時，她和我說了很多話。」頓了頓笑道：「你猜韓國借糧為何偏派了個最不懂說話的韓非公子來？原來韓王惱他終日遊說他改革政體，所以故意讓他做一件最不勝任的工作，好折辱他。」

項少龍搖頭歎道：「韓國已經夠弱的了，還有個這樣的昏君，拿借糧的大事來玩手段。」

趙倩道：「不過韓王今次料錯了，韓非公子因為有嫣然姊為他奔走遊說，終於打動魏王，使他借出糧食，不過可是要歸還的。」

項少龍一震道：「有點不妥，看來魏國真的會來攻打趙國，否則不須討好韓國。」

趙倩嗔道：「不要提這種掃興的事好嗎？」

項少龍連忙認錯，笑道：「來！讓我看看公主的美腿！」探手過來給她脫小綿褌。

趙倩一聲尖叫，離開他懷抱。

項少龍坐起來，移到她身旁，伸個懶腰，舒服得呻吟起來，含糊不清地嚷道：「來！讓我們幹一件畢生難忘的盛事！」

三天後，船隊進入韓境。

項、趙兩人與韓非殷殷話別，韓非使人牽來一匹渾體烏黑、神駿之極的駿馬道：「項兄！這是紀小姐最寵愛的坐騎，特別囑我帶來好給你做路上腳力。」

趙倩「啊」的一聲叫起來，認得是那晚紀嫣然來救他們時騎的駿馬，歡喜地撫摸牠的馬頭。

項少龍見美人恩深義重，不由滿懷思念，歎了一口長氣。

韓非當然明白他的心情，伸手與他握別道：「此次魏國之行，最大收穫是多了嫣然這位紅顏知己和認識項兄這種胸懷遠大的英雄人物。這匹馬名『疾風』。珍重了！」

項少龍收拾情懷，與趙倩騎上疾風，電馳而去，老遠還看到韓非在向他們揮手。

兩人曉行夜宿，沿韓、魏邊境北上，往趙國進發。紀嫣然還為他們預備乾糧和簡單營帳等荒野之行的一切必需品，使他們不用為此煩惱。

今次返趙的感受比之赴魏之行大不相同，心情輕鬆多了，趙倩初嘗男歡女愛滋味，由少女變作小婦人，快樂得像隻小雲雀般，不住在項少龍耳邊唱著趙國的小調，令項少龍平白多了一種享受。

愈往北上，天氣愈冷，霜雪交襲時，只好找山野洞穴躲避。十多天後，他們抵達韓國邊境廣闊的疏林區，越過此區，便會再進入魏境，接著要走三天才可到達趙國的邊界。

這是韓國著名的狩獵場地，屬於低丘陵地帶，是針葉樹和闊葉樹的混合林，喬木、亞喬木、灌木等品種繁多。黑熊、馬、鹿、山羊、野兔隨處可見，還有是無處不在的野狼，有時整群追在疾風後，要項少龍回馬用飛針射殺數頭，野狼爭食同類的屍體，才無暇追來。

兩人一騎，在白霜遍地的林木間穿行，樹梢披掛雪花霜柱，純淨皎潔得令人屏息。

這天來到一條長河的西岸，河心處尚未結冰的河水夾著雪光雲影滾滾流往東北。氣候更轉嚴寒，兩人全身連頭緊裹在厚棉袍裡，還要戴上擋風的口罩，才勉強抵著風雪。地上積雪及膝，連疾風都舉步維艱，唯有下馬徒步行走，希望找到人家，借宿以避風雪。

雖然冷得要命，但一望無際的茫茫林海雪原，變幻無窮的耀目雪花，令這對恩愛的情侶目不暇給，歎爲觀止。

四周萬籟俱寂，只有腳下鬆軟的白雪被踐踏時發出聲響。偶爾遠方傳來猛虎或野狼的嗥叫，則使人毛骨悚然。

午前時分，狂風忽起，雪花像千萬根銀針般忽東忽西，從四方八面疾射而至，令他們眼都睜不開來，腳也邁不穩。捱了一會兒，疾風再不肯前進。

項少龍暗忖怎也要避過這場風雪，只恨前不見人，後不見舍，忽然記起以前軍訓時曾學過建造愛斯基摩人的冰屋，快捷兼妥當，童心大起，到河旁結冰處以利刃切割冰磚，在趙倩懷疑的眼光下，砌成一間可容人畜的大冰屋，下面鋪以營帳棉被，還斬來柴枝，在裡面生起火來，登時一屋暖氣，風雪反變成浪漫樂事，疾風亦回復平時的安詳神態。

趙倩見愛郎這麼本事，對他崇拜得五體投地，益發誠心討好逢迎，讓他享盡溫柔滋味。兩人擁眠被內，肢體交纏，說著永不厭倦的情話，最後相擁酣睡。天明時，忽被異聲驚醒過來。

他們留心一聽，竟是雀鳥在天上飛過時嬉玩吵鬧的聲音。詫異中，爬起來從透氣的小雪窗往外望去，只見天色放晴，大雪早無影無蹤。

兩人大喜，連忙收拾行裝，依依不捨地離開留下甜蜜回憶的冰屋。

項少龍怕凍壞疾風，以布帛把牠的四條腿裹緊，還以棉布包紮肚腹處，以免寒氣侵入內臟。又造了一個簡陋的雪橇，行裝全放到上面去，由疾風拉拖而行，項少龍則牽著牠，和趙倩並肩繼續朝北而去，這時兩人已分不清楚踏足處屬於韓國還是魏國的領土，畢竟邊界只是人爲的東西，大自然本身絕不認同。

嬌生慣養的趙倩走不到半里路便吃不消，坐到雪橇上，由疾風輕鬆地拖拉著。林木像一堵堵高牆，層層疊疊，比比皆是，不見涯際，穿行其中，使人泛起不辨東西的迷失感覺，幸好項少龍行軍經驗豐富，幾天前趁著夜空晴朗時，找到北極星的位置，認定地形，才不致走錯了方向。

腳下白雪皚皚，不時見到雪地上動物的足跡，縱橫交錯，織成一幅幅奇特的圖案，當然他們亦留下另一組綿延不斷的痕跡。

好的天氣維持不了多久，午後又開始下雪，還愈下愈大。項少龍心中叫苦，正不知應否停下來還是前進之際，七間木構房子出現左方林木之間。兩人大喜，朝房子走去。

這幾間木屋築在石砌的基座上，松木結構，扶梯連著迴廊，人字形的屋頂積滿白雪，屋前後墨綠和深褐色的林木參天而立，挺拔勁秀。他們一見便心中歡喜，到了房子前，高聲呼喚，卻沒有人回應。

趙倩忽然尖叫一聲，指著最大那間木屋的門口處，只見上面血跡斑斑，怵目驚心。

項少龍走近一看，血跡仍相當新鮮，顯然發生在不久之前。於是吩咐趙倩留在外面，自己推門進屋，不一會兒臉色陰沉的走出來，再查看其他屋子後，回到趙倩身旁道：「倩兒不要驚慌，這裡剛發生了可怕的罪行和慘劇，看來這裡的所有男女老幼，均被集中到這間屋內虐殺，連狗兒都不放過，女人全有被姦污過的痕跡。」

趙倩色變道：「是誰幹的惡事？」

項少龍道：「不是馬賊便是軍隊，否則不能如此輕易控制這些強悍的獵民。」

趙倩顫聲道：「我們怎辦才好？」

項少龍尙未答話，蹄聲響起。

兩人驚魂未定，回頭望去，只見一人一騎，由遠而近，馬上坐著一名魁梧大漢，馬後還負著一頭獵來的野鹿。

那人年紀在二十五、六間，手足比一般人粗壯，兩眼神光閃閃，面目粗豪，極有氣概，隔遠見到他們，高聲招呼道：「朋友們從哪裡來的？」又大叫道：「滕翼回家哩！」

項少龍和趙倩交換了一個眼神，均爲歸家的壯漢心下惻然。

那叫滕翼的大漢轉瞬馳近，兩眼射出奇怪的神色，盯著沒有親人出迎的房子，顯是感到事情的不尋常處。

項少龍搶前攔住他，誠懇地道：「朋友請先聽我說幾句話。」

滕翼敏捷地跳下馬來，冷冷望向他問道：「你們是甚麼人？」

項少龍道：「我們只是路過的人，裡面……」

滕翼一掌推在他肩上，喝道：「讓開！」

以項少龍的體重和穩如泰山的馬步，仍被他推得踉蹌退往一旁，雖是猝不及防，已可見滕翼的膂力何等驚人。

滕翼旋風般衝入屋內，接著是一聲驚天動地的慘呼和令人心酸的號哭，正是男兒有淚不輕彈，只是未到傷心處！

趙倩鼻頭一酸，伏到項少龍肩頭陪其垂淚。

驀地一聲狂喝，滕翼眼噴血焰，持劍衝出來，指著項少龍道：「是不是你幹的？」

項、趙兩人愕然以對。

滕翼顯是悲痛憤怒得失去理性，一劍迎頭劈來。

項少龍早有防備，拔出木劍，硬擋他一劍，另一手推開了趙倩。項少龍被他劈得手臂發麻，暗懍此人臂力比得上囂魏牟時，滕翼已不顧生死，狀若瘋虎般攻來，劍法大開大闔，精妙絕倫。

項少龍怎想得到在這雪林野地會遇到如此可怕的劍手，連分神解釋都不敢嘗試，運起墨子劍法，只守不攻，且戰且退，擋格對方百多劍後，滕翼忽地一聲淒呼，跪倒地上，抱頭痛哭起來。

趙倩驚惶地奔過去，躲在項少龍背後，叫道：「大個子！裡面的人並不是我們殺的。」

滕翼點頭哭道：「我知道！你用的是木劍，身上沒有血跡，只是我一時火燒腦。」接著哭得倒在雪地上。

滕翼跪在新立的墳前，神情木然。就在泥土下，埋葬了他的父母、兄弟、妻子和兒女等親人。自給自足的幸福生活再與他無緣，他甚至不知仇人是誰，只好盡生命的所有力量去尋找。仇恨咬噬著他淌著血的心，趙倩陪著流淚飲泣。

項少龍來到滕翼旁，沉聲道：「滕兄想不想報仇？」

滕翼霍地抬頭，眼中射出堅定的光芒，道：「若項兄能使滕某報仇雪恨，我便把這條命交給你。」

項少龍暗忖此人劍法高明，勇武蓋世，若得他之助，眞是如虎添翼。點頭道：「滕兄是否想過賊子爲何把所有人集中到一間屋子之內？」

滕翼一震道：「他們是想留下其他六間屋住用。」

項少龍對他敏捷的思路非常欣賞，道：「所以他們一定會回來，而且是在黃昏前。」

滕翼兩眼爆起仇恨的強芒，俯頭親吻雪地，再來到項少龍身前，伸手抓著他的肩頭，感激道：「多謝你！你們快上路吧！否則遇上他們便危險了。」

項少龍微笑道：「你若想盡殲仇人，就不應叫我離去。」

滕翼看了趙倩一眼，搖頭道：「你的小妻子既美麗心腸又好，我不想她遭到不幸，我的三個兄弟雖及不上我，但都不是容易對付的，可見敵人數目既多，武功又好，我們未必抵擋得住。」

項少龍充滿信心的道：「若正面交鋒，我們自然不是對手，但現在是有心計算無心，就完全是另一回事。趁此刻尚有點時間，我們立即動手佈置。」

第七章　雪地殲仇

項少龍與滕翼挨坐在屋內窗子兩旁的牆腳，靜心守候兇殘敵人的來臨。

滕翼的情緒平復下來，顯出高手的冷靜和沉穩，但眼裡深刻的苦痛和悲傷卻有增無減。

項少龍想分他心神，問道：「滕兄是否自小便在這裡狩獵維生？」

滕翼默想片刻，沉聲道：「實不相瞞，我本有志於爲我韓國盡點力量，所以曾加入軍伍，還積功陞至將領，後來見上面的人太不像樣，只知排擠人才，對外則搖尾乞憐，心灰意冷下帶著家人，隱居於此，豈知……」

蹄聲隱隱傳來，兩人精神大振，爬起來齊朝窗外望去。雪花漫天中，在這銀白色世界的遠處，一隊人馬緩馳而至。

項少龍一看下眼也呆了，失聲道：「至少有六、七十人！」

滕翼冷冷的道：「是九十至一百人。」

項少龍仔細看了一會兒，驚異地瞧他一眼，點頭道：「你的觀察很準確。」

滕翼道：「項兄你還是走吧！憑我們兩人之力，加上陷阱也對付不了這麼多人。」

項少龍本來頭皮發麻，暗萌退走之念，現在明知滕翼決意死戰，反激起豪氣，沉聲地道：「滕兄不要這麼快便洩氣，只要我們能堅持一會兒，天色一黑，將大利於我們的行動，哼！我項少龍豈是臨陣退縮的人。」

滕翼感激地看他一眼，再全神貫注逐漸逼近的敵人。

天色轉黯，項少龍用足目力，劇震道：「是囂魏牟！」心中湧起強烈的歉意。

滕翼早聽過他的事，一呆道：「是齊國的囂魏牟！」旋即歎道：「項兄不要自責，這完全不關你的事，你亦是受害者罷了！」

項少龍見他如此明白事理，心結稍解，也更欣賞這甘於平淡隱居生活的高強劍手。

這時大隊人馬來至屋前外邊的空地處，紛紛下馬。

項少龍和滕翼兩人埋伏的那棟房子，正是慘劇發生的地方，照常理，囂魏牟的人絕不會踏進這間屋子裡來。

囂魏牟臉色陰沉，征勒站在他旁，臉色亦好不了多少。看著手下們把馬鞍和行囊由馬背卸下，搬進其他屋內，囂魏牟咒罵一聲，暴躁的道：「我絕不會錯的，項少龍詐作朝楚國逃去，只是掩眼法。而他若要回趙，僅有三條路線，諒他也不敢取道我們的大齊和魏國，剩下只有這條韓境的通道，但爲何仍找不到他呢？」

征勒道：「我們是乘船來的，走的又是官道，比他快十來天也不出奇，現在我們佈置停當，只要他經過這裡，定逃不過我們設下的數十個崗哨。」

囂魏牟道：「記得不可傷趙倩！」話畢朝項、滕兩人藏身的屋子走來。

項、滕兩人大喜，分別移到門旁兩個大窗，舉起弩弓，準備只要他步進射程，立即發射。

征勒叫道：「頭子！那間屋……」

囂魏牟一聲獰笑道：「這麼精采的東西，再看一次也是好的，我最愛看被我姦殺的女人。」說完大步走去。

項、滕兩人蓄勢以待。

忽地遠處有人大叫道：「頭子！不對勁！這裡有座新墳。」

項、滕兩人心中懊悔，想不到囂魏牟這麼小心，竟派人四處巡視。知道機不可失，機栝聲響，兩枝弩箭穿窗而出，射往囂魏牟。

此時這大凶人距他們足有三百步之遙，聞破風聲一震往旁急閃。

他本可避開兩箭，但項少龍知他身手敏捷，故意射偏少許，所以他雖避過滕翼的箭，卻閃不過項少龍的一箭，貫肩而過，帶得他一聲慘嚎，往後跌去，可惜未能命中要害，不過也夠他受的了。

這時近百人有一半進入其餘六間屋內，在外的四十多人睹變齊聲驚呼，朝他們藏身的屋子衝來。

項少龍和滕翼迅速由後門退去，來到屋後，燃起火箭，朝其他屋射去。

這些屋頂和松木壁均被他們下過手腳，在外面抹上一層易燃的松油，一遇火立即蔓延全屋，連閉上的門窗亦被波及。北風呼呼下，進屋的人就像到了個與外隔絕的空間，兼之奔波整天，都臥坐歇息，哪知道外面出了事，到發覺有變時，六間屋全陷進火海裡。一時慘號連天，有若人間地獄。

那些朝屋子衝殺過來的十多個賊子，眼看衝上屋臺，忽地腳下一空，掉進項、滕早先佈下的陷阱去，跌落十多尺佈滿向上尖刺的坑底裡，哪還有倖免或活命的機會。瞬息間，近百敵人，死傷大半，連首領囂魏牟都受了傷。

滕翼兩眼噴火，一聲狂喊，衝了出去，見人便殺。項少龍由另一方衝出，兩枝飛針擲出，先了結兩個慌惶失措的賊子，拔出木劍，朝囂魏牟的方向殺去。

囂魏牟被征勒和另一手下扶起來，移動間肩頭中箭處劇痛椎心，自知無法動手，雖見到大仇人項少龍，仍只能恨得牙癢癢的，而己方只剩下二十多人，憤然道：「我們走！」

征勒和手下忙扶他朝最近的戰馬倉皇逃去。

項少龍眼觀八方，大叫道：「囂魏牟逃哩！」

眾賊一看果然不假，又見兩人武技強橫，己方人數雖佔優勢，仍佔不到半絲便宜，轉眼再給對方殺了五人，心膽俱寒下，一鬨而散，紛紛逃命去了。

項少龍和滕翼見機不可失，全力往囂魏牟奔去。

幾個忠於囂魏牟的賊子返身攔截，給如猛虎出柙的兩大高手，幾個照面便了帳。

項少龍踢飛一名敵人後，迅速追到囂魏牟身後。征勒見離馬匹尚有十步距離，拔劍回身，攔截項少龍。

項少龍大喝一聲道：「滕翼！追！」一劍往征勒劈去。

征勒不愧一流好手，運劍格擋，奮不顧身殺來，一時劍風呼嘯，殺得難解難分，最要命是征勒全是與敵偕亡的招數，項少龍一時亦莫奈他何，惟有等待他銳氣衰竭的一刻。

這時囂魏牟已跨上馬背，滕翼剛好撲至，一劍劈出。

一個手下剛要回身應戰，竟被滕翼連人帶劍，劈得濺血飛跌七步之外，可知他心中的憤恨是如何狂烈。

囂魏牟強忍傷痛，一夾馬腹，往外衝出。滕翼一聲暴喝，整個人往前撲去，大手一探，竟抓著馬的後腳。戰馬失去平衡，一聲狂嘶，往雪地側跌，登時把囂魏牟拋下馬來。

征勒扭頭一瞥，立時魂飛魄散。

項少龍哪肯放過時機，「嚓嚓嚓」連劈三劍，到第三劍時，征勒長劍盪開，空門大露。當滕翼撲過去與囂魏牟扭作一團，項少龍木劍閃電刺入，征勒一聲慘哼，整個人往後拋飛，立斃當場。

此時囂魏牟臨死掙扎，一手捏著滕翼喉嚨，正要運力捏碎他的喉骨，卻給滕翼抓著露在他肩外的箭簇大力一攪，登時痛得全身痙攣，手也鬆了開來。

滕翼騎在他身上，左手用力一拔，弩箭連著肉骨鮮血噴濺出來，囂魏牟痛不欲生時，他的右拳鐵錘般連續在他胸口重擊十多記，骨折聲爆竹般響起，囂魏牟七孔濺血，當場慘死。然後滕翼由他身上倒下來，伏往雪地上，失聲痛哭起來。

意料之外地，項少龍由囂魏牟身上搜到他失去的飛虹劍，心中不由感慨萬千。

項少龍把趙倩由隱蔽的地穴抱起來時，趙倩擔心得臉青唇白，嬌軀抖顫。

大雪已停，繁星滿天，壯麗迷人。

項少龍愛憐地地痛吻她香唇，把她攔腰抱起來，往墳地走去。

滕翼割下囂魏牟的首級，在墳前焚香拜祭。

項少龍放下趙倩，問道：「滕兄今後有何打算？」

滕翼平靜地道：「我甚麼都沒有了，除一人一劍外，再無掛慮。項兄若不嫌棄，以後我滕翼便跟隨你，甚麼危難艱險也不會害怕，直至被人殺死，好了結這悽慘的命運！」

項少龍大喜道：「我喜歡還來不及，但滕兄不須如此鬱結難解，不若振起意志，重過新的生活吧！」

滕翼搖頭道：「項兄不會明白我對妻兒和親人的感情，那是我生命的一切，現在我已一無所有，除了項兄的恩德外，我再不會對任何人動感情，那太痛苦了。」

趙倩鼻頭一酸，飲泣起來。

滕翼歎道：「唉！愛哭的小公主！」

項少龍摟著趙倩，淡淡道：「囂魏牟的首級很有價值，滕兄有沒有方法把它保存下來？」

滕翼道：「這個容易得很，包在我身上好了！」

有滕翼這識途老馬，路上輕鬆多了。他不但是出色的獵人，也是燒野味的高手，又懂採摘野生植物作佐料，吃得項、趙兩人讚不絕口。

滕翼對大自然有著宗教般的虔誠，深信大自然充滿各種各樣的神靈，每到一處，必親吻土地和禱告祈福。

五天後，他們抵達靠近魏境的一個大村落，數百間房子和幾個牧場分佈在廣闊的雪原上，風景優美，充盈著寧洽的氣氛，實是這戰亂時代中避世的桃源。

滕翼不但和這裡的人非常稔熟，還備受尊敬，幾個放羊的小子見到他來，立時飛報入村，還有人打響銅鑼出迎。

趙倩看得有趣，展露出甜甜的笑容。

沿途不住有男女老幼由屋內走出來向滕翼打招呼，男的忍不住盯著趙倩，女的卻在偷看項少龍。

十多條狗兒由四方八面鑽出來，追在他們馬後，還對滕翼搖頭擺尾，表示歡迎。

「滕大哥！」

聲音由上方傳來，項、趙兩人嚇了一跳，抬頭望去，只見一個十六、七歲的瘦削青年，手足纖長，臉容不算英俊，但整個人卻有種吊兒郎當的瀟灑，掛著樂天坦誠的笑容，兩腳搖搖晃晃的，竟坐在一棵參天大樹掛滿冰霜雪花的橫幹上，離地足有三丈的距離，教人擔心他會坐不穩掉下來，那就糟糕。

趙倩驚呼道：「小心點啊！不要搖晃了！」

那青年「啊」的一聲，似乎這時才知道危險，慌得手忙腳亂，更保持不了平衡，仰跌下來。

趙倩嚇得閉上美目，卻不聞重物墜地的聲音。再睜開眼時，只見那青年兩腳掛在樹上，雙手環胸，正笑嘻嘻向她眨眼睛。趙倩狠狠瞪他一眼，怪他裝神弄鬼嚇唬自己。

項少龍看得自歎不如，由衷讚道：「朋友好身手。」

滕翼喝道：「荊俊還不下來！」

荊俊哈哈一笑，表演似的連翻兩個觔斗，輕巧地落到雪地上，向趙倩一揖道：「這位氣質高貴的美麗小姐，請問有了夫家沒有？」

趙倩沒好氣地橫他一眼，暗忖自己正緊靠項郎懷裡，他卻偏要這麼問人。

滕翼不悅道：「修修你那張沒有遮攔的油嘴吧！這位是趙國金枝玉葉的三公主，怎輪到你無禮？」

荊俊一震往項少龍望來，嚷道：「這位定是大破灰鬍和人狼的項少龍了！」

滕翼和項少龍大奇，交換個眼色後，由前者問道：「你怎曉得？」

荊俊道：「聽邊境的魏兵說的，並囑我替他們留心項爺和公主的行蹤，若有發現，會給我一百個銅錢。」

趙倩驚駭然道：「你不會那麼做吧？」

荊俊毫不費力躍了起來，往後一個空翻，然後跪倒地上，抱拳過頭道：「當然不會，在下還立下決心追隨項爺，到外面闖闖世界，項爺請答應小子的要求。」

項少龍心中亦喜歡此人，看著滕翼，表示尊重他的意見。

滕翼點頭道：「荊俊是這裡最優秀的獵人，精擅追蹤和偷雞摸狗之道。今次我特別到這個村子來，是想項兄見見這終日夢想要到外面見識闖蕩的小子。」

項少龍哈哈一笑道：「起來吧！以後跟我好了！」

荊俊喜得跳起來，連續翻三個觔斗，叫道：「讓小子先去探路，明早必有報告！」轉瞬去遠。

項少龍見他這麼乖巧，心中大悅。那晚他們住進族長兼村長的家裡，接受最熱烈的招待。

晚宴時，村裡的長者齊集一堂，非常熱鬧，臨睡前，滕翼向兩人道：「今晚假若聽到異響，切莫出來，因爲會有人來偷村長的女兒。」

項、趙兩人大奇，爲何有賊來偷女人，也不可理會。

滕翼解釋道：「是本地的風俗，婚禮的前一晚舉行偷新娘的儀式，大家裝作若無其事，新郎偷了姑娘回家後，立即洞房，明早天亮前回到娘家舉行婚禮，你們可順便喝杯喜酒。」

鑼鼓的聲音把睡夢中的愛侶驚醒過來，天還未亮，項、趙兩人睡眼惺忪由溫暖的被窩爬起來，匆匆梳洗穿衣，走出廳堂時，早擠滿來參加婚禮的人。

他們和滕翼被安排坐在主家之後觀禮，村長和四位妻子坐在最前排，那對新婚夫婦穿紅衣，頭頂冠帔，各跪一方，手上都捧著一筐鮮果。賓客們拍手高歌，表示祝賀。

趙倩看得眉開眼笑，湊到項少龍耳邊道：「項郎啊！倩兒也要那樣穿起新娘喜服嫁給你。」

項少龍心中一甜，道：「有朝一日逃出邯鄲，我們立即學他們般舉行婚禮好嗎？」

趙倩願意地猛點頭。

這時有人把七色彩線拴在一對新人的手腕上，人人唸唸有詞，祝賀他們白頭偕老，永結同心，儀式既簡單又隆重。

接著在村心的大宗祠外筵開數十席，全村的人都來了，穿上新衣的小孩更是興奮雀躍，他們的歡笑和吵鬧聲爲婚宴增添喜慶的氣氛。

酒酣耳熱時，荊俊回來，湊在滕、項兩人身後低聲道：「魏、趙間的邊防比平時嚴密了很多，人人摩拳擦掌要拿項爺和公主去領賞，幸好我知道有條隱秘的水道，若趁大雪和夜色掩護，定可偷往趙國去。」

項少龍喜道：「希望快點下雪就好了！」

滕翼仰望天色，道：「今晚必有一場大雪。」

滕翼的預測果然沒有令人失望，一團團的雪球由黃昏開始從天而降，這時四人早越過韓、魏邊境，造好木筏，由滕、荊兩人的長桿操控，次晨順風順水，安然回到趙境。

第八章　驚聞噩耗

次日黃昏時分，四人來到滋縣城外進入趙境的關防，趙倩扮作男裝，充當荊俊的弟弟，由於根本沒有任何戍軍的將領曾見過美麗的三公主，所以一日未進邯鄲，亦不虞會被人揭破身分。

城牆上的守軍剛喝止四人，看清楚是項少龍，那把關的兵頭不待上級下令，立即開關放人入城，態度恭敬得不得了，可見項少龍已在趙軍中建立起崇高的地位和聲望。事實上項少龍不斷把戰勝後斬獲的賊眾首級，以及俘獲的武器、馬匹送回趙國，首先知道的正是這些守軍，對項少龍自然是刮目相看。

項少龍等四人在趙軍簇擁下，策馬朝滋縣馳去。趙倩騎術相當不錯，高踞馬上，儼然是個美少年。尚未抵滋縣，忽地前面一隊趙軍馳來。

兩隊人馬逐漸接近，項少龍認得帶頭的兩名將領，一人為守城將瓦車將軍，另一人赫然是大仇家趙穆。

趙倩和項少龍一齊色變，這時已避無可避，惟有硬著頭皮迎上去。

趙穆拍馬衝來，瓦車忙緊追在他身後。兩隊人馬相會，紛紛跳下馬來。

趙穆看到女扮男裝的趙倩，立刻認出，兩眼閃起貪戀的光芒，跪下施禮道：「巨鹿侯拜見三公主！」

嚇得瓦車和其他人忙拜伏地上。

項少龍心中叫苦，趙穆出乎意外的現身，破壞了他本以為天衣無縫的安排，還得應付趙倩被查出破去處子之身的後果。

趙倩反出奇地鎮定，道：「巨鹿侯請起！」

這回輪到項少龍領滕翼和荊俊向趙穆行禮，兩人均已清楚項少龍和趙穆間的關係，扮出恭敬的神色，心中當然在操這奸鬼的祖宗十八代。

趙穆吩咐瓦車道：「三公主沿途必受了很多勞累驚嚇，快護送鳳駕回城休息。」

趙倩相當乖巧，望也不望項少龍，隨瓦車先行一步。

趙穆和項少龍並騎而行，讚許道：「雅夫人和成胥早將大梁發生的事報告大王，大王對少龍應付的方法和機智均非常欣賞。唯一的麻煩，是安釐那昏君遣使來責怪大王，說連三公主都未見過，便給你劫走。這事相當麻煩，看來還有下文。」

項少龍假裝完全信任並忠心於他，道：「還請侯爺在大王前美言幾句。」

趙穆言不由衷應道：「這個當然！」

問起滕翼和荊俊兩人。

項少龍道：「他們是曾幫助過卑職的韓人，卑職已把他們收為家僕。」卻沒有說出囂魏牟的事。

趙穆問道：「少龍回來途中沒遇上敵人嗎？」

項少龍直覺感到趙穆這話大不簡單，而且以趙穆的身分，怎會特地到這裡等他？難道趙穆和囂魏牟有不可告人的秘密關係？同時記起囂魏牟曾說過不可傷害趙倩的話，說不定就是應諾了趙穆要把人交給他。

口上應道：「卑職碰到囂魏牟，斬下他的首級！」

趙穆一震失聲道：「甚麼？」

項少龍更肯定自己的猜測，趙穆若非清楚囂魏牟的實力，怎會如此震驚。

聽項少龍再重複一次後，趙穆沉吟頃刻，側過臉來，盯著他道：「據我們在大梁的探子說，你逃出信陵君府那晚曾被囂魏牟和他的手下圍攻，後來有人救了你，還把你送出大梁，那人是誰？」

項少龍更肯定趙穆和囂魏牟兩人秘密勾結，因爲當時事情發生得非常快，那處的居民又怕惹禍不敢觀看，而且旁人不清楚圍攻者是囂魏牟和他的手下，只會誤認是魏國兵將。趙穆現在如此清楚當時發生的事，唯一道理是消息來自囂魏牟。

心中暗恨，表面卻若無其事地歎道：「我也想知道仗義出手的好漢是誰，但他把我和公主帶離險境便離去，連姓名都沒有留下。」

趙穆皺眉道：「你當時不是身受重傷嗎？」

項少龍肚內暗笑，奸賊你終於露出狐狸尾巴，若不是囂魏牟告訴你，怎會老子受傷多重也一清二楚。故作奇怪望著道：「誰告訴你卑職受重傷，都只是不關緊要的輕傷吧！」

趙穆也知自己露了底，乾咳兩聲掩飾心中的尷尬。這時人馬進入滋縣的城門，項少龍心道放馬過來吧！看看誰是最後的勝利者。

次晨，項少龍等和趙穆天明起程，沿官道走了兩天後回到邯鄲，立即進宮參見趙王，滕翼和荊俊則被他安排先到烏家去。趙王在議政廳接見他，只有趙穆相陪一側。

行畢君臣之禮後，孝成王由龍椅走下石階，來到他身後負手道：「少龍！你教我怎樣處置你才好？你成功盜回《魯公秘錄》，又殺死灰鬍，去我大趙一個禍患，立下大功。但你卻又不遵照寡人的吩咐，自作主張把三公主帶回來，教我失信於魏人，說吧！寡人應賞你還是罰你。」

項少龍裝作惶然，跪下道：「小臣知罪，但實是迫於無奈，魏人根本……」

趙王打斷他道：「不必多言，你要說的話雅王妹早告訴寡人，但終是沒有完成寡人交給你的使命。安釐王若違反婚約，便由得他失信毀約好了，現在卻變成是他可來指責寡人，你教寡人怎樣交代？」

項少龍無名火起，差點想把孝成王活活捏死，這麼不顧女兒幸福死活的父親，怎配做一國之君，沉著氣解下背上載有囂魏牟首級的包裹，放在身前，道：「大王把這個囂魏牟的首級送回給魏王，他便知道與囂魏牟合謀的事被我們悉破，再不會追究此事了。」

趙王愕然看著包裹，然後望著趙穆，有點不知如何處理項少龍的提議。

趙穆故作好人的道：「少龍你的提議很大膽，可是魏王隨口一句便可把與囂魏牟的關係推得一乾二淨，甚至可說是你陷害他。唉！少龍的經驗仍是嫩了一點。」

項少龍早預料到奸鬼會這麼說，微微一笑道：「他和我們都是在找藉口吧！大王只須對安釐說，我為拯救公主，被迫躲避囂魏牟的追殺逃回邯鄲。魏境實在太不安全，魏人若想迎娶公主，請他派人來迎接公主好哩！看他怎麼辦？」

趙穆想不到項少龍竟想出這麼一個方法來，一時無言以對。

趙王呆了半晌，點頭道：「這也不失為權宜之計，就這麼辦，看看安釐那老傢伙如何應付？」再對項少龍道：「暫時算你功過相抵，保留原職，好好休息幾天吧！有事寡人自會召你入宮。」

項少龍抹了一把冷汗，連忙告退。

項少龍剛離殿門，成胥迎上來，卻沒有久別重逢的歡欣，沉著臉低聲道：「雅夫人在等項兵衛。」歎了一口氣。

項少龍湧起不祥的感覺，深吸一口氣，問道：「發生甚麼事？」

成胥眼中射出悲憤神色，咬牙切齒道：「妮夫人死了！」

項少龍劇震道：「甚麼！」

成胥神色黯然道：「事情發生在你離去後的第三天，早上侍女進她房內時，發覺她拿著鋒利的匕首，小腹處有個致命的傷口，床榻全被鮮血染紅。」

項少龍像由天堂墜進地獄，全身血液凝結起來，胸口似被千斤重錘擊中，呼吸艱難，身體的氣力忽地消失，一個踉蹌，差點仆倒地上，全賴成胥扶著。

他臉色變得蒼白如紙，淚水不受控制地流下面頰。想起妮夫人生前的一往情深，溫婉嫻雅，如此橫死，這世界還有公道可言嗎？

成胥扶他站了好一會兒後，項少龍咬牙問道：「她絕不會是自殺的，那些侍女甚麼事都不知道嗎？」

成胥歎道：「我們回來後就知道這麼多，那些侍女全被遣散，想找個來問問也辦不到。朝內的人又懾於趙穆淫威，不敢過問，大王現在完全被趙穆操縱，他說甚麼都不會反對。」

項少龍失聲道：「趙穆？」

心中逐漸明白過來。趙穆見妮夫人從了他，妒念大發，向趙妮用強，趙妮受辱後悲憤交集，竟以死洗雪自己的恥辱。

趙穆這個禽獸不如的奸賊！

一陣椎心刺骨的痛楚和悲苦狂湧心頭，項少龍終忍不住失聲痛哭起來。

項少龍緊摟趙雅，像怕她會忽然如趙妮般消失。

雅夫人陪他垂下熱淚，淒然道：「項郎啊！振作點，趙穆現在更不會放過你和烏家，你若不堅強起來，遲早我們會給他害死。」

項少龍道：「小盤在哪裡？」

雅夫人道：「現在他暫由王姊照顧，這小孩很奇怪，哭了幾天後，便沉默起來，再沒哭過，只說要等你回來。」

說到最後一句時，趙盤的聲音在門外狂嘶道：「師父！」

項少龍推開雅夫人，抱緊衝入他懷裡的趙盤。

這小公子消瘦了很多，悲泣道：「師父！是趙穆這奸鬼害死娘的，盤兒心中很恨！」

項少龍反而冷靜下來，問道：「告訴我那晚發生過甚麼事？」

趙盤道：「我甚麼都不知道，那天大王使人送了些糕點來，我吃後昏睡過去，醒來時娘已給人害死，連遺體亦給移走。娘很慘啊！」又失聲痛哭起來。

雅夫人忍不住心酸，伏在項少龍背上泣不成聲，一片愁雲慘霧。

項少龍探手擁著雅夫人，沉聲道：「由今天開始，小盤你跟著雅王姨，你娘的仇，我們一定要報，卻不可魯莽行事，否則只會教趙穆有藉口對付我們，明白嗎？」

趙盤用力點頭，道：「小盤完全明白。這些天來，每天我都依師父教導練劍，我要親手殺死趙穆。」

項少龍向趙雅道：「雅兒好好照顧小盤，暫時趙穆應仍不敢對付你和倩兒，但小心點是必要的。你可否把倩兒接出來到宮外的夫人府和你同住，同時要趙大等加強防衛，免得趙穆有機可乘？」

趙雅道：「王兄平時雖不大理會倩公主的事，但現在因著她與魏人的婚約，這樣接她出宮，可能會有困難，不過我會想辦法，我取得《秘錄》，王兄對我非常重視，說不定可說服他。」

項少龍想起一事，教趙盤先出廳去，然後向趙雅說出已和趙倩發生肉體關係的事。

趙雅色變道：「怎麼辦才好？趙穆必會慫恿王兄使人檢查趙倩是否完璧，若發現有問題，肯定不會放過你。」

項少龍道：「趙穆現在心神大亂，一時可能想不到這點。」又皺眉道：「你們究竟憑甚麼知道倩兒是否仍是處子？」

趙雅道：「主要是看她的處女膜是否完整。」

項少龍暗忖原來如此，又道：「由甚麼人進行檢查？」

趙雅道：「應該是由晶王后親自檢視，因爲趙倩乃千金之軀，其他人都不可碰觸她的身體。」

項少龍想起趙王后，心中升起一絲希望，道：「無論如何，先設法使倩兒離開王宮險地，然後再想如何與趙穆鬥法。」

此時陶方領著烏廷芳和婷芳氏二女趕到，別後重逢，自是一番欣喜。若非妮夫人的死亡，這實是人生最歡樂的時刻，現在卻是另一回事。

在烏家城堡的密室內，舉行了項少龍回來後的第一個重要會議。除烏氏倮、烏應元和陶方外，還有子弟兵的大頭領烏卓，現在他已成爲項少龍最親密和可靠的戰友。

烏氏倮首先表示對項少龍的讚賞，道：「少龍在魏境大展神威，震動朝野，現在無人不視少龍爲趙國最有前途的人物，但亦惹起趙穆派系的妒忌。」

烏應元道：「現在我們已別無選擇，惟有投靠秦人，還有活命的機會，否則只好坐以待斃。」

各人均心情沉重，秦、趙以外的五國中，魏和齊均對項少龍恨之入骨，燕國現在自身難保，正被廉頗率兵進攻，韓國又積弱不振。剩下的楚則嫌太遠，和烏家又沒有甚麼交情，所以投靠秦國成爲唯一的出路。

項少龍心中苦笑，自己坐時空機來到戰國時代，開始時想要投靠尚落難於此的秦始皇，後來事情一波未平一波又起，令他連喘氣的時間都沒有，想不到兜兜轉轉，最後仍是回到這條老路上。

烏應元道：「我上月曾和圖先派來的人接觸過。」看到項少龍茫然的樣子，解釋道：「圖先是呂不韋的頭號家將，智勇雙全，劍術高明，與我的交情相當不錯。」接著歎道：「據圖先說，秦國的莊襄王雖名正言順坐上王位，但因人人懷疑孝文王是被他和呂不韋合謀害死，兼且莊襄王長期做質子居於趙，呂不韋暫時仍很難坐上相國之位。」

陶方色變，道：「若呂不韋被排擠出來，我們也完了。」

烏氏倮道：「我們現時正在各方面暗助呂不韋，幸好此人老謀深算，手段厲害，絕不容易被人扳倒，只要莊襄王仍站在他那一邊，事情便有可爲。」

烏應元接著道：「這正是最關鍵的地方，莊襄王最愛的女人是朱姬，最疼愛的兒子是嬴政，只要能把她母子送返咸陽，可牢牢縛著莊襄王的心，而這事只有我們有可能辦到，雖然並不容易。」

陶方怕項少龍不了解，解釋道：「朱姬本是呂不韋的愛妾，他爲討好莊襄王，所以將她送給莊襄王做他的妻子。」

烏氏倮道：「此女又名趙姬，國色天香，精通諂媚男人之道，對呂不韋非常忠心，若有她在莊襄王旁，可保證莊襄王不會對呂不韋起異心。」

項少龍忍不住問道：「嬴政究竟是呂不韋還是莊襄王的兒子，今年多少歲？」

烏應元愕然道：「這事恐怕只有朱姬自己才知道了。嬴政出生於長平之戰前，現在至少超過十三歲，看樣子應是十五、六歲之間。」

項少龍眞的大惑不解，若照史書，秦始皇幾年後登位才十三歲，史書怎會錯得這麼厲害？

烏應元道：「我和圖先有協議，設法在最短的時間內把朱姬母子送返咸陽，所以眼前當務之急，不是殺死趙穆，而是設法聯絡朱姬母子，看看有甚麼辦法將他們神不知鬼不覺帶離邯鄲。」

項少龍沉聲道：「我們手上有多少可用的人？」

烏卓答道：「我們手下主要有兩批武士，一批是招攬回來的各國好手，不過這些人並不可靠，有起事來說不定臨陣倒戈；另一批是烏卓爲乾爹在各地收養的孤兒和烏家的親屬子弟，人數在二千之間，都是絕對可信任，他們肯爲烏家流血甚至犧牲性命。」

項少龍道：「若要運走朱姬母子，最大的障礙是甚麼？」

陶方道：「仍是趙穆那奸賊，最大的問題是他哄得嬴政對他死心塌地。」

項少龍咬牙切齒地道：「又是這奸賊！」

烏氏倮道：「切莫小覷趙穆，這傢伙不但控制孝成王，又與郭縱聯成一黨；這裡最大的趙族武士行館、墨者行會和他同一鼻孔出氣，像廉頗、李牧這種握有軍權的大將，仍不敢過分開罪他，少龍你現在成了他的眼中釘，更要步步爲營，否則隨時橫死收場。」

項少龍一呆問道：「甚麼是武士行館？」

陶方道：「那是專門訓練職業武士的場館，趙族武士行館的場主是趙霸，武藝高強，遇上他時要小心點，在邯鄲，他的勢力很大呢！」

眾人又商量了行事的細節後，項少龍返回他的隱龍居去。

陶方陪他一道走，道：「我們的人到過桑林村你說的那山谷去，屋子仍在，但到現在尚見不到美蠶娘回來。不過你放心吧！我會盡力找到她的。」

項少龍平白又多了件心事，來到這時代超過一年的時間，無論人事和感情都愈陷愈深，悲傷和歡樂交替衝擊他的心情，使二十一世紀離他更爲遙遠。

有時眞難分得清楚，這兩個時代，哪一個更像夢境。又或人生根本是一場大夢，時間只是一種幻覺，時空機則是可使人經歷不同幻覺的東西。就算製造時空機出來的馬瘋子，恐怕亦弄不清楚這些令人迷惑的問題。

陶方又道：「你那兩位朋友我安排了他們住在你隱龍居旁的院落。嘿！荊俊和滕翼剛好相反，荊俊見到美女立即兩眼放光，滕翼則半點興趣都沒有，眞奇怪！」

隱龍居在望，項少龍停了下來，簡單向陶方道出滕翼的悽慘遭遇，然後和陶方分手，先去看滕、荊兩人。荊俊正摟著個美婢在親熱，見到項少龍嚇了一跳，站起身來，頗有點手足無措。

項少龍笑道：「盡情享受吧！不用理我！」逕自入內廳找滕翼。

滕翼獨自一人默坐蓆上沉思，不知是否念起死去的妻兒親人。項少龍坐到他身旁，向他解釋目前的形勢。

滕翼聽後，道：「若有兩千死士，破城而出不成問題，只是對付追兵比較困難一點，如果容許的話，我希望親自訓練這兩千人。」

項少龍想了想道：「讓我和烏卓商量一下。」

滕翼道：「就說讓我當他的副手吧！對於行軍打仗，我曾下過很多功夫研究古往今來的兵法，以前當將領時，曾長期與秦人和魏人作戰，頗有點心得經驗。」

項少龍知道此人不尙虛言，這麼說得出來，定是非常有把握。大喜道：「事不宜遲！我們立即去和烏卓談談。」

滕翼對他坐言起行的作風非常欣賞，欣然答應。當下項少龍領他去見烏卓，兩人一見如故，暢論兵家爭戰之道，話語投機，頗有相逢恨晚之慨。

項少龍心中歡喜，怕烏廷芳怪他丟下她不理，留下兩人，自行走了。妮夫人的慘死重新燃起他對趙穆的仇恨，同時亦明白先發制人的重要性。

眼前的首要大事，是先與嬴政取得聯繫，然後是逃離邯鄲。想到這裡，不由牽腸掛肚地思念著美蠶娘。

老天爺對她已非常殘忍，但願不會再有不幸的事發生在她身上。自己亦應修身養性，除非有能力保護自己心愛的女子，否則不應再招惹情孽。對熟知項少龍的人來說，便知他這思想上的轉變是多麼令人難以相信。

第九章　各施奇謀

項少龍踏進隱龍居大廳，烏廷芳、婷芳氏領著春盈等四婢跪迎門旁，依著妻婢的禮節，歡接凱旋歸來的丈夫。

他想不到烏廷芳等這般乖巧，正不知如何還禮，手足無措時，烏廷芳笑著請他坐上主位處，和婷芳氏親自動手爲他寬衣，四婢則歡天喜地到後進的浴堂爲他準備熱水。

項少龍享受著小家庭溫馨的氣氛，不由又想起命薄的妮夫人。烏廷芳成熟豐滿多了，人也懂事了許多，不但沒有怪他戚然不樂，還和婷芳氏悉心伺候他，撫慰他受到嚴重創傷的心。

迷迷糊糊中，加上長途跋涉之苦，項少龍也不知自己如何爬到榻上，醒來時已是夜深人靜的時分。

寬大的榻上，溫暖的被內，身上只有薄褻衣的烏廷芳緊摟著他，睡得又香又甜。項少龍略一移動，她便醒過來，可知她的心神全擺在愛郎身上。

烏廷芳柔聲問道：「肚子餓嗎？你還未吃晚飯呢！」

項少龍擁緊她道：「有你在懷裡，其他一切都忘了。」

烏廷芳歡喜地道：「你回來眞好，沒有了你，一切都失去了生趣和意義，芳兒不想騎馬，不想射箭，甚麼都不想，每天都在計算著你甚麼時候會回來，從未想過思念一個人會是這樣痛苦的！」

續道：「雅姊回來後，芳兒每天去纏她，要她說你們旅途的事，她和人家都對你崇拜得不得了，我早說過沒有人可鬥贏你的。」

項少龍想起妮夫人，心中一痛，湊到她耳邊道：「先吃我的乖芳兒，再吃我遲來的晚飯好嗎？」

烏廷芳赧然道：「當然好！人家等待你，等得頸兒都長哩！」

次晨，烏氏倮使人來喚他和烏廷芳，要二人去與他共進早膳。

烏廷芳見到爺爺，施展嬌嗲頑皮的看家本領，哄得老人家笑得嘴也合不攏來。

席間烏氏倮向項少龍道：「烏卓回來後，詳細報告少龍魏國之行所有細節，我們聽得大感欣悅，少龍你不但智計過人，有膽有識，兼且豪情俠義，芳兒得你爲婿，實是她的福分。」

烏廷芳見這最愛挑剔的爺爺如此盛讚夫君，開心得不住甜笑。

項少龍不好意思地謙讓，烏氏倮道：「這兩天我們擇個時辰，給你和廷芳秘密舉行婚禮，婷芳氏做你的小妾，少龍有沒有意見？」

項少龍起身叩頭拜謝，烏廷芳又羞又喜，垂下俏臉。

坐回席位時，烏氏倮續道：「趙雅現在對我們的成敗，有著關鍵性的作用，只有通過她，才有可能接觸到嬴政母子，幸好她迷上你，少龍須好好利用這個關係。」

烏廷芳嗔道：「爺爺啊！雅姊和少龍是眞誠相戀的。」

烏氏倮歎道：「小女兒家！懂甚麼？」

項少龍不想在這事上和他爭辯，亦很難怪他，因爲趙雅的聲名實在太壞了，沒有人肯相信她會從一而終，自己都不那麼有把握。

烏氏倮道：「昨晚郭縱使人傳來口訊，邀請少龍今晚到他的府上赴宴，慶祝成功盜取《魯公秘錄》，陪客還有趙穆、趙墨的鉅子嚴平和昨天向你提過的趙族武士行館的趙霸，這般陣仗，恐怕不只慶功宴那麼簡單。」

項少龍聽得眉頭大皺，問道：「我可否帶些人去？」

烏氏倮道：「當然可以！你現在身爲我烏家孫婿，更立下軍功，身分不比往昔，沒有些家將隨身，怎成樣子。」

項少龍問道：「少龍一直有件事弄不清楚，孝成王和趙穆等全是趙姓，是否有血緣關係，爲何他們可弄得如此一塌糊塗？甚至可以同姓通婚。」

烏氏倮驚異地望他一眼道：「我反給你說糊塗了，你們山野的人，從不講究血緣親疏，爲何竟對這些事計較起來？」

項少龍記起自己的「眞正出身」，胡謅道：「我只奇怪爲何王族的人也學我們那樣。」

烏氏倮怎會猜到他乃來自另一時空的人，就算坦白告訴他也不相信。烏氏倮解釋道：「姓趙的人有兩種，一種是眞正趙族的人，但經過這麼多世代，血緣關係已淡得多了，根本沒有人理會，甚至鼓勵同姓通婚。另一種是被趙王賜予『趙姓』的人，趙穆便是其中一個例子。」

項少龍恍然點頭。

烏氏倮又道：「天下有兩個人少龍你不可不防，就是魏國的信陵君和齊國的田單，這兩人均非常厲害，手下高手如雲，你既盜得《魯公秘錄》，又殺了囂魏牟，他們必不肯放過你。除非他們不動手，否則必是經過深思熟慮的驚人手段，絕不容易應付。」

項少龍雙目一揚道：「少龍已心有準備，爺爺放心！」

烏氏倮仰天長笑，伸手一拍他肩頭道：「好！果然是我的好孫婿。」

知彼知己，百戰不殆。

即使在二十一世紀，情報搜集仍是首要之務，只不過那時可倚賴人造衛星，現在卻要靠人的耳朵和眼睛。項少龍爲此和陶方商議一番，定下如何刺探趙穆對付他們的策略，又把情報網擴大至郭縱、趙霸、嚴平和趙穆的兩隻走狗，大夫郭開和將軍樂乘等人，這才和烏廷芳前往雅夫人宮外那座夫人府。

滕翼和荊俊兩人成爲他的貼身侍衛，只要他踏出府門，便形影不離地跟隨他。烏卓還另外精挑十名手下做他的隨從，這批人均曾隨他到魏國去，早結下深厚的主僕之情，合作起來自然如臂使指。

邯鄲城的街道比之前多了點生氣，行人轉多，看服飾，聽口音，很多是來自別處的行腳商人，可見趙國正逐漸恢復因長平一戰而嚴重受損的元氣。

項少龍和烏廷芳並騎而行，後面是滕翼和荊俊，前後是烏家的子弟親兵，途人無不側目。他禁不住心生感慨，想起當日初到邯鄲，前路茫茫，連一個婷芳氏都保不住，心中不由百感交集。不過眼前一切，只像建築在沙灘上的城堡，一個浪頭湧來，便會消失得了無痕跡。

事實上整個國家也適合這比喻。

一場大夢的感覺再次湧上心頭。爲何生命總有渾渾噩噩的造夢感覺？只有在一些特別的時刻，例如刀劍相對，又或昨晚和烏廷芳的抵死纏綿，才能清楚地體會到生命和存在。

無論如何，投入到這時代裡，他亦很難像其他人般去感受眼前的一切。因為他始終是來自另一時代的人，多了二千多年的歷史經驗，故比這時代任何一個賢人智者看得更眞實、更深入和更客觀。

在烏廷芳不住向他投以又甜又媚的笑容中，人馬進入雅夫人的府第去。

趙雅在主廳迎接他們。

項少龍特別向她介紹滕翼和荊俊，低聲道：「荊俊的夜行功夫非常好，穿房越舍，如履平地，若我有急事通知你，會差遣他來找你。」

定下幾種簡單的聯絡訊號後，雅夫人邀功地媚笑道：「倩兒在裡面等你呢！」

項少龍又驚喜又奇怪的問道：「孝成王竟肯答允你這樣的要求？」

雅夫人著他和烏廷芳前往內堂，滕、荊兩人則留在外廳。邊行邊道：「我向王兄獻策，說要傳授倩兒媚惑男人的秘法，好使她將來做了別國的王妃，也能好好利用天賦本錢，發揮有利於我大趙的作用。王兄這人並不很有主見，給我陳說一番利害後，終於答應。」

項少龍暗讚趙雅機靈多智，道：「原來趙穆本來並不姓趙，只不知他是甚麼人，底細如何？」

趙雅道：「這事邯鄲沒有人敢提起，因為趙穆會不擇手段對付追究他過往身世的人，他來趙時只有十四歲，是由一個內侍引介，由於趙穆劍法高明，人又乖巧，兼且投合王兄愛好男色的癖習，所以很快得到王兄的歡心，那時王兄尚未登上王位，但因兩人關係的密切，連我們都說不了話。只想不到，如今趙妮充滿疑點的死亡，王兄竟任得趙穆隻手遮天，現在宮內所有人都對王兄心寒，但又有甚麼用呢？」

項少龍強迫自己不再想妮夫人，冷靜地道：「那引介的內侍還在嗎？」

趙雅道：「王兄登上王位不久，那內侍臣被人發覺失足掉下水井淹死。當時我們沒有懷疑，現在給你這麼問起來，我想這人應是被趙穆害死，以免洩露他身世的秘密。」

項少龍道：「那內侍是否趙人？」

雅夫人想了想，道：「我也弄不清楚，不過並不難查到。」

項少龍道：「調查的事至緊要秘密進行。」

雅夫人嗔道：「得了！這還需要你吩咐嗎？」

項少龍剛要說話，趙倩已夾著一陣香風投入他懷裡，嬌軀抖顫，用盡氣力把他摟緊。

烏廷芳笑道：「三公主，原來你對他這麼癡纏呢！」

趙倩不好意思地離開項少龍的懷抱，拖起烏廷芳的小手，往雅夫人清幽雅靜的小樓走去，兩女「吱吱喳喳」說個不停，神態非常親熱。

四人登上小樓，喝著小昭等奉上的香茗，享受早上明媚的天氣。

樓外的大花園變成一個銀白的世界，樹上披掛著雪花。

項少龍向烏廷芳和趙倩道：「兩個小乖乖，花園這麼美，爲何不到下面走走？」

兩女對他自是千依百順，知他和雅夫人有要事商量，乖乖的下樓去，到園中觀賞雪景，項少龍這才向雅夫人說出嬴政的事。

雅夫人深深望他好一會兒後，道：「項郎莫怪雅兒好奇，似乎你初到邯鄲，便對嬴政很有興趣，那時你應仍不知道烏家和呂不韋的關係，爲何如此有先見之明？」

項少龍爲之啞口無言，以趙雅的慧黠，無論怎麼解釋也不妥當。因以他當時的身分地位，是根本連嬴政這人的存在都無由得知。

雅夫人坐入他懷裡續道：「無論你有甚麼秘密，雅兒都不會管，只要你疼惜人家便行。」

項少龍心中感動，吻了她香唇後道：「有沒有法子安排我和嬴政見上一面。」

雅夫人歎道：「安排你們見上一面毫無困難，最多是雅兒犧牲點色相，問題是不可能瞞過趙穆，而且見到嬴政反會累事，這人終日沉迷酒色，與廢人無異。又相信趙穆是他的恩人和朋友，一個不好，他反向趙穆洩露你的秘密，那便糟了。」

嬴政眞是如此這般一個人嗎？

項少龍大感頭痛道：「他的母親朱姬又如何？」

雅夫人道：「她是個非常精明厲害的女人，現在三十多歲，外表看來絕不比我年老多少，是罕見的迷人尤物，趙穆早和她有一手，但我看她只是爲了求生存，故與趙穆虛與委蛇。這個女人野心極大，絕不會對任何人忠心，包括呂不韋在內。」

項少龍靈機一觸道：「這就好辦，我便由她入手。」

暗忖只要她有野心，絕不會甘於留在邯鄲做人質，那老子便有機會了。

回到烏府後，吃過午飯，雅夫人的家將來找他，請他立即到夫人府去，還特別提醒他不要帶烏廷芳去。項少龍聽得心中起了個疙瘩，又感一頭霧水。與烏廷芳和婷芳氏話別後，著滕翼及荊俊一起匆匆趕往夫人府。

趙雅在大廳截著他們，臉色凝重地道：「晶王后來哩！」又咬牙切齒道：「趙穆這奸賊眞的一步都不肯放過你。」

項少龍的心往下沉去，道：「看來惟有立即進宮向孝成王請罪。」想不到半天都拖不來。

雅夫人道：「情況仍未至如此地步，晶王后要親自見你呢！」嘻嘻一笑道：「長得好看的男子總是佔便宜一點的。」

項少龍苦笑一下，到內廳見晶王后。

晶王后背著他立在窗前，喝退隨從婢女，冷冷道：「項少龍你的膽子眞大！是否不怕死？連三公主的處子之軀也敢玷污！」

項少龍暗忖做戲也要做得逼眞點，跪了下來道：「少龍對公主是誠心誠意，絕無玩弄之心，請晶王后體察下情。」

晶王后倏地轉過身來，鳳目生威，臉寒如冰地叱道：「本后哪管得你們是否眞心相愛，若大王得知此事，定以爲你把三公主帶回邯鄲，只爲一己之私，而且監守自盜乃欺君大罪，連大王亦找不到饒你的藉口。現在看你仍不知事情輕重，枉我還當你是個人物。」

項少龍心中暗感不妙，看她臉色語氣，絕非以此威脅自己與她偷情那麼單純，確是大大低估了她。想起平原夫人說過她是三晉合一計劃裡的其中一個婚約安排，而她則是嫁來趙國的韓國王族美女，心念一動，道：「少龍知罪，晶王后救我！」

晶王后稍解冰寒臉色，歎道：「項少龍！你給我站起來！」

項少龍長身而起，肅立不動。

晶王后轉回身去，望著窗外白雪處處的冬林，緩緩道：「這事教我怎麼辦？若爲你隱瞞，遲早給人發現，連我也不能免罪。假若魏人立即接回三公主，你說會有甚麼後果？」

項少龍放大膽子，來到晶王后鳳軀之後，柔聲道：「晶王后放心，魏王根本是悔約，兼且趙穆亦會從中破壞，所以婚約必然如此拖延下去，過得一年半載，就算三公主再要嫁人，晶王后也可推得一乾二淨。」

趙王后默然半晌，沉聲道：「我這樣冒生命之險爲你們隱瞞，對我有甚麼好處？」

項少龍心叫機會來了，斷然道：「晶王后若有任何吩咐，項少龍赴湯蹈火，萬死不辭。」

晶王后仍不回過身來，淡淡道：「那你就給我殺一個人吧！」

項少龍移前，緊貼她的背臀，兩手探出，用力箍緊她柔軟的小腹，咬她耳朵道：「晶王后要殺的人是否趙穆？」

晶王后嬌軀一陣抖顫，靠入他懷裡道：「和你這樣機靈的人交手，省卻很多廢話，趙穆一天不死，趙國便沒有半分希望，我這王后亦是虛有其名，你明白嗎？」

項少龍道：「明白！還有一個人吧！是嗎？」

另一個人自然是孝成王，只要除去趙穆和孝成王，晶王后的兒子便可登上王座，晶王后那時升級做太后，而兒子年紀尚小，朝政自然落到她手上，屆時趙倩是否處子，還有誰關心？

這時代的人爲了爭權，沒有人不心狠手辣，妻殺夫，子弑父，無所不用其極。晶王后被他摟得嬌軀發軟，卻仍非常清醒，輕輕道：「這是你說的，我要對付的人只一個趙穆。唉！大王不是不想重用你，卻因你成了烏家的人，而烏應元則和秦人暗中往來密切，遲早是誅族之禍。但你若除掉趙穆，或者我可以護著你，說不定還可以重用你。」

項少龍將她的嬌軀扳轉過來，貼身摟緊，晶王后怎受得住，臉紅如火，呼吸急促，春情蕩漾。

項少龍重重吻在她朱唇上，兩手貪婪地摸索著。

一來因為她不可侵犯的尊貴身分，二來她的肉體豐滿迷人，三來因她動情後的媚態，項少龍忍不住戲假情真，恣意享受。

晶王后竭盡所有意志和僅餘的力量，抓著他一對放肆的怪手，離開他充滿侵略性的嘴，嬌喘道：「我從不信空口白話，三天內，我要你給我一個滿意的計劃，行嗎？」

最後一句充滿軟語相求的話兒，似乎她對項少龍不乏情意。

項少龍暗想這女人厲害得有點像平原夫人，只能對她曉以利害，使她清楚自己的利用價值，才可合作愉快，吻了她一下臉蛋道：「何用三天之久，現在我便能給你一個答案。」

頓了頓，續道：「對付趙穆，不出文的和武的兩途，武的方法自然是把他刺殺；文的是查出他的底細，再設計構陷他。照我猜測，他該是別國派來的奸細，設法從內部瓦解我大趙的朝政。否則若還對大趙有絲毫愛心，也不會那樣胡來。」

晶王后鳳目亮起來，用心看著他道：「你這人大不簡單，但記緊對付趙穆要又快又狠，否則會反中他的奸計，陷於萬劫不復之地。」

項少龍眼中射出強烈的仇恨，咬牙切齒地道：「只是妮夫人的慘死，我便和他勢不兩立，晶王后安心吧！」

晶王后主動獻上香吻，然後道：「少龍！我要回宮了。記著不可隨便找我，我會和你聯絡的。」

看著她的背影消失在門外後，項少龍仍沒有輕鬆下來的感覺。只看這女人不立即要求和他歡好，便知她能對自己的肉慾控制自如。這種女人最是可怕，隨時可掉轉槍頭對付自己，而他項少龍只是她手上一件有用的工具而已。

項少龍緊摟著趙倩道：「沒有事哩！」

趙倩憂慮地道：「眞的不用怕嗎？若倩兒拖累你，倩兒只好……」

項少龍伸手捂著她的小嘴，向趙雅道：「你要好好照顧倩兒，我會派荊俊領幾名好手充當你的家將，必要時逼得動手亦在所不計。」

雅夫人道：「千萬不要！在邯鄲我有足夠的力量保護自己和倩兒，更何況王兄現在仍很倚重我呢！」把項少龍拉到一旁，低聲道：「你要我去查那引介趙穆的內侍，已有點眉目，據宮內一個老宮女說，那叫何旦的內侍是楚人，甚得先王愛寵和信任，但這情報有甚麼用呢？」

項少龍道：「現在還不知有甚麼用，趙穆很有可能是楚國派來的人，任務是要令三晉永遠不能再統一起來。」

雅夫人點頭道：「這猜測很有道理，也解釋趙穆爲何和囂魏牟有聯繫，因爲趙穆正代表楚、齊兩國的共同利益，他們都不想見到三晉合一。」

項少龍皺眉苦思道：「儘管知道這事，一時間亦難利用來打擊趙穆。」

雅夫人笑道：「這事包在我身上，別忘記我是僞造的專家，只要有點頭緒，便可僞造出楚人給趙穆的秘密信件。再巧妙點使它落在王兄手上，我和晶王后更在旁煽風點火，將有得趙穆好受。」

項少龍高興得摟著她親了幾口道：「我會要陶方監視任何與趙穆接觸的楚人，若能找到眞憑實據，當然更理想。」

和雅夫人及趙倩兩女親熱一番後，項少龍趕回烏氏城堡，剛踏入門口，門衛向他道：「鉅子嚴平先生來找孫姑爺，刻下由大少爺招呼他。」

項少龍心叫不妙，硬著頭皮到烏應元的大宅與他相見。

烏應元見他回來，找個藉口開溜，剩下兩人對坐廳中。

嚴平木無表情地道：「項兄在魏大展神威，令所有人對你刮目相看，但也把項兄推進險境，項兄不會不知吧！」

項少龍對他的直接和坦白頗有點好感，但因元宗的事，很難與這人合作，歎道：「不招人忌是庸材，這是無法避免的。」

嚴平把「不招人忌是庸材」這句反覆唸兩遍後，動容道：「項兄言深意遠，失敬失敬！」接著雙目厲芒閃現，盯著他道：「難怪元宗肯把鉅子令交給你。」

項少龍皺眉道：「鉅子不是早已斷定鉅子令不在我這裡嗎？爲何忽然又改變想法？」

嚴平平靜地道：「道理很簡單，因爲鉅子令並不在元宗身上。」

項少龍訝道：「此事你到今天才知曉嗎？」

嚴平冷然道：「那天我們圍攻元宗，雖重創他，終給他突圍而出，最近才知他溜到楚國去，並因傷勢復發而亡。楚墨的符毒顯然在他身上找不到鉅子令，故有夜襲信陵君府之舉。不過折兵損將下，仍給你逃脫。」接著苦思不解地道：「眞不明白符毒爲何會知道元宗把鉅子令交了給你。」

項少龍心想，當然是趙穆洩給楚人知道。由此推之，趙穆確和楚人有密切的聯繫，所以楚人才可以迅速得到最新的消息。

嚴平道：「鉅子令對外人一點用處都沒有，反會招來橫禍，項兄若能交還給本子，嚴平必有回報。」

項少龍眞有點衝動得要把鉅子令就這樣給他，免得平添勁敵。可是元宗寧死不肯把鉅子令交給嚴平，必然有他的道理，而元宗犧牲自己，好使他安然逃往邯鄲，自己說甚麼都不可有負所託。所以即使這樣做對他有百害無一利，他仍要堅持下去。

微微一笑道：「鉅子令不在元兄身上，可能是他藏起來，又或交給其他人，爲何鉅子肯定在項某身上呢？」

嚴平不悅地道：「項兄是不肯把鉅子令交出來了，這是多麼不智的行爲，現在邯鄲想置項兄於死的人很多，若我幫上一把，項兄應付得來嗎？」

項少龍冷笑道：「元兄之死，說到底亦應由你負上責任，這個仇項某人尙未和你算，竟敢來威嚇我。」

嚴平霍地起立，淡淡道：「好！項少龍！算你有膽識！今晚若你可安然無恙到達郭府，便讓本子領教閣下的墨子劍法吧！」

大笑三聲，旋風般走了。

項少龍暗忖我這人是自小被嚇大的，難道怕你不成？往找滕翼、烏卓等人去。

第十章　三大殺招

元宗眞的死了！

一股悲傷襲上項少龍心頭，想起當日落魄武安，元宗不但供應食住，還傳授他墨子劍法，那三個月的相處，使自己在這亂世裡具備求生的籌碼和本錢，眞個義高情重。若非知道元宗因嚴平而致死，他也不會和這趙墨的鉅子決裂，故雖爲此平白多了幾百個苦行者式的可怕對手，心中仍感痛快。

他臥伏一張長几上，享受著春盈等四女給他浴後的按摩推拿，盡量讓自己鬆弛神經，好應付今晚的連場大戰。

這是個強者稱雄、無法無天的世界，否則他早就通報公安機關，申請人身保護。

他的手把玩著那方鑄了一個「墨」字的鉅子令，感覺其奇異的冰寒。

嚴平和符毒這些墨家的叛徒，爲何如此不惜一切要得到鉅子令？元宗身上沒有鉅子令和楚墨夜襲信陵君府兩事，自然是趙穆告知嚴平，好教他來找自己麻煩。此君非常狠毒，幾句話立使他陷身險境。

他仔細研究手中符令。以前他在二十一世紀看的武俠小說，總愛描寫甚麼令牌，只要拿在手中，對某一門派和組織的人便有至高無上的權威，可以指揮命令他們。不過這鉅子令顯然沒有這個作用，否則元宗舉起它來便成，不用拚命逃生。

所以這鉅子令必然有某種實質的價値，非只是鉅子身分的象徵那麼簡單。若是如此，元宗爲何不告訴自己，是否因爲他也未曾悉破這秘密，因此心中存疑，沒有說出來？

烏廷芳和婷芳氏兩女笑著走進浴堂，到他身旁几沿坐下，兩對纖柔的小手加入爲他按摩肩膀。他不由舒服得閉上眼睛，手指卻在鉅子令上摩挲著。

當他摸著那個「墨」字時，字體內上方的兩點似若微不可察地轉動少許，嚇得他睜眼細看。再用力以拇指摩擦，兩個凸出的圓點卻是紋風不動。心中一歎，待要放棄，忽地想起若這麼容易發現鉅子令可能存在的秘密，元宗早便發現，於是又專心研究起來。

烏廷芳在旁笑道：「項郎啊！這是甚麼寶貝，你看它比看我們更用神哩！」

婷芳氏則道：「這東西眞精巧！」

項少龍笑應著，以指頭用力向那兩個圓點按下去，可是仍是沒有任何反應。

烏廷芳這時頑皮起來，俯身輕嚙他的耳朵，往後一扯。項少龍舒服得呻吟起來，正要放下鉅子令來對付她，忽地靈機一觸，按下沒有作用，那可否扯上來呢？

遂吩咐春盈找來一個小鉗子，夾著其中一個圓點，用力往上一拉。「得」的一聲，圓點應手而起，由令身升起近半寸。項少龍精神大振，猛坐起來。

眾女不解地簇擁著他，趁熱鬧一齊研究他手中的令牌。項少龍又把另一點拔高，變成由「墨」字上方凸起兩枝小圓柱出來。他不由緊張起來，嘗試順時針轉動小圓柱，果然應手旋動，發出另一聲開鎖般的微響。

眾女嘖嘖稱奇。

烏廷芳挽著他的手臂道：「裡面定藏了東西，項郎快扭另一邊看看。」

項少龍深吸一口氣，壓下緊張的心情，扭動另一邊的小柱。試了一下，卻是動也不動，但轉往逆時針的方向，異事發生了。

「得」的一聲下，鉅子令上下分了開來，露出藏於其內約五寸許高的一個小帛卷。眾女齊聲歡呼。項少龍心頭震盪，知道自己在神推鬼使下，終於發現鉅子令的秘密。

小帛卷在榻上攤開，長達二十尺，密密麻麻佈滿圖像和蠅頭小字。前半截是上卷「墨氏兵法」，下半截的下卷竟是劍法，卷首寫著「墨氏劍法補遺三大殺招」。

項少龍大感興趣，用神觀閱，心中狂喜。原來三大殺招全是攻擊的劍法，與墨子劍法的以守為主大相逕庭，不知是否墨翟晚年心態轉變，創出這主攻的三招，以補劍法的不足。

名雖為三招，但每招至少有百多個圖像，可知複雜至何等程度。最巧妙的是這三招全與防守有關，故可天衣無縫地配合在元宗傳授的墨子劍法裡。

第一式名為「以守代攻」，只見那些栩栩如生的人像，由打坐、行走，以至持劍作勢，騰躍蹲滾，各種姿勢，應有盡有。每圖均有詳細文字說明練習和使用的方法。眞是句句精妙，字字珠璣，使人對墨翟的才情智慧，生出無限景仰。

第二式名為「以攻代守」。若說第一式穩若崇山峻嶺，第二式便若裂岸驚濤，有沛然莫禦的威力。只此兩式，實已道盡劍道攻守的竅要，配合起墨子劍法，威力增強不知多少倍。

第三式名為「攻守兼資」，變化更形複雜，卻非前兩式的混合，而是玄奧之極的劍法，不但攻中有守，守中有攻，最厲害處是變化無窮，隨時可由攻變守，由守變攻，看得項少龍心神俱醉。

這時他已無暇研究上卷的兵法，拿起木劍，來到園中，專心一意地把這三招的劍式，演練起來。

眾女則坐在園中的小亭裡，看著愛郎苦心專志地揮劍起舞。

項少龍邊看邊練，開始時停停看看，練到得心應手，每劍揮出，或砍或劈，或刺或削，其中均隱含劍道的至理。不知不覺間他沉迷在奇奧巧妙的劍法裡，渾然忘記一切，這種美妙的感覺，自由元宗處學懂劍法後，還是首次嘗到。

木劍在帛卷的指引下，運力用勁忽似輕巧起來，破空之聲反收斂淨盡，變成沉雄的呼嘯，更增加了使人心寒膽喪的威勢。

他又配合原本的墨子劍法，再度演練，一時劍氣縱橫，劍勢亦靜亦動，靜時有若波平如鏡的大湖，動時則似怒海激濤，變化莫測。

眾女看得心神俱醉，只覺項少龍每一姿態莫不妙至毫巔，每一個動作都表現出人類體能的極限，既文雅又激烈，形成驚天地、泣鬼神的氣勢。

時間飛快溜走，到滕翼、荊俊和烏卓三人來找項少龍時，他才知道不知不覺練了三個時辰劍法。

對於未習墨子劍法的人來說，要練這三式可能三年仍沒有成果，但對項少龍來說，三個時辰足可使他脫胎換骨，得益不淺。

項少龍一點勞累的感覺也沒有，心中奇怪，墨翟那種奇異的呼吸方法，必是與人體神秘的潛力有關，假若自己日後能依他的打坐法練習養氣，可能效用更為神奇，說不定真能成為武俠小說中所說的高手那樣，擁有神妙的內功。

匆匆梳洗更衣後，他到廳堂見烏卓等三人。

滕翼驚異地看著他道：「項兄神采飛揚，像變成另一個人似的，是否有甚麼喜慶之事？」

烏卓也道：「孫姑爺眼神比前更銳利，使人驚歎！」

項少龍心中暗喜，岔開話題道：「眼下有多少人手可動用？」

烏卓道：「我們人手充足，調動五、六百人全無問題，可是如此一來，會暴露出我們的實力，長遠來說是有害無利。」

項少龍信心澎湃地道：「不若就我們四個人，再加上你精選出來的十名好手，去闖他一闖！」

三人同時愕然，這樣豈非強弱懸殊太大？

項少龍道：「若是正面交鋒，我們自是有敗無勝，但現在我們的目的是要安全抵達郭府，當是兩回事。」

荊俊道：「若只是我一個人，定有把握神不知鬼不覺偷到郭府去。」

烏卓忽地興奮起來，道：「與孫姑爺並肩作戰，實是最痛快的事，來！我們研究一下。」由懷中掏出一幅帛畫，赫然是邯鄲縱橫交錯的街道圖。

烏卓指著城內一座小丘道：「郭府就在這山丘之上，正式的道路只有兩條，分別通到郭府的前、後宅，其他不是亂石就是密林。」

滕翼道：「只要抵達山丘處，憑亂石密林的掩護，就不用怕他們的弩箭等遠距離攻擊的武器，亦不怕他們人多勢眾。」

烏卓道：「問題是他們必會派人監視我們，那他們便可以在距離約半里的路途上，於任何一個地點截殺我們。」

項少龍苦思片刻，道：「我們可以用明修棧道，暗渡陳倉的……噢！」

看到他們愕然望著他，才想起暗渡陳倉的故事發生在楚漢相爭的時代，他們自然聞所未聞。忙改口道：「烏卓你可以同時派出三輛馬車，分向三個不同的方向出發，那些墨者自然要追蹤每輛馬車，到發現車內無人，早被分散實力，那時我們才出發，教他們方寸大亂，應接不暇。」

三人一聽均感此計可行。

荊俊道：「我們可利用掛鉤攀索越過民居，跟蹤我們的人，定給鬧個手忙腳亂，不知如何是好！」

眾人愈說愈興高采烈，就像已打贏這場仗般。

最後項少龍道：「若我是嚴平，必把人手留在郭府所在的山丘腳下，那時我們可以藉密林和他們打一場硬仗。」

滕翼神情一動道：「不若由我和荊俊先溜到那裡去，預早佈下陷阱，那就更有把握。」

荊俊最愛鬧事，跳起來道：「事不宜遲，趁離宴會尚有兩個時辰，我們立即帶齊傢伙，趕去佈置。」

烏卓站起來，興奮地道：「你要甚麼東西，我都可供應給你。」

三人離去後，項少龍回到寢室，取出裝備和裝滿飛針的束腰，紮好在身上，吻別眾妻婢，趕去與烏卓會合，途中遇上臉現喜色的陶方。

陶方一把扯著他道：「我們眞幸運，查到一個身分神秘的人，剛在今天見過趙穆，聽他口音應是楚人無異。」

項少龍喜道：「拿著他沒有？」

陶方道：「他仍在城內，動手拿他說不定會打草驚蛇，根據探子的調查，他在旅舍的房間只訂至明早。一旦他踏出邯鄲城，我們立把他生擒活捉，囚在我們的牧場內，我不信他的口硬得過我們的刑具。」

項少龍一把摟著陶方的肩頭，往外走去，哈哈笑道：「若給我們拿著那奸鬼的陰謀證據，我們就要他好看。」

兩人來到正門後的大廣場上，烏卓早預備三輛馬車，恭候他的指示。

陶方問道：「你一個人，爲何要三輛馬車？」

項少龍笑道：「三輛馬車都不是我坐的，而是贈給嚴平那短命的傢伙！」

大笑聲中，放開陶方去了。

第十一章　郭府夜宴

細雪漫漫，天氣嚴寒。幸好沒有狂風，否則更教人難受。

烏卓、項少龍和十多騎策馬離府，人人頭戴著竹笠，遮掩大半面目，馳出烏府。到了街上立時分道揚鑣，兩人一組，各朝不同方向奔去。

先是有三輛馬車，現在又有這惑敵的手法，就算嚴平的三百名手下全在府外守候，亦很難同時跟蹤這麼多的「疑人」，何況誰說得定項少龍是否其中一個。

這一著是要逼嚴平的墨者武士，只能退守在郭家大宅下的山路和密林處。項少龍和烏卓循著一條精心選擇的路線，迅速離開烏府外的園林區，到了民居林立兩旁的大道，不往郭府的方向馳去，反冒著雨雪，轉左往相反的方向。他們無暇理會對方是否跟在背後，到了一所大宅前，發出暗號。

宅門立即打了開來。

這大宅的主人是個和烏府有深厚交情的人，自然樂意與他們方便。兩人也不打話，闖宅而入，再由後門來到宅後的街上，這才往郭府所在的「秀越山」快馬奔去。

這一手由烏卓安排，就算眞給人綴上，亦可將對方甩掉，漂亮之極。

雨雪迎臉打來，項少龍忽地一陣茫然。來到這古戰國的時代裡，雖只短短年許的光陰，但他已有著頗多慘痛無比的傷心事。舒兒、素女的橫死，已使他受到嚴重的創傷，但趙妮的慘死，更直到這一刻也難以接受，偏又是殘酷無情的現實。

忽然間，三位芳華正茂的美女，便永遠消失在這塵世間，就算他殺死趙穆或少原君，仍改變不了這個事實。現在他的大恩人元宗也證實死了。唉！這一切究竟爲了甚麼？

自己也隨時會給人殺死，那是否一種解脫？死後會否和他們有再見的機會？自有生命開始，生死的問題便一直困擾著人類。那是否只是一次忘情投入的短暫旅程，人的存在並非至墳墓而止，這問題從沒有人能解答或證實。宗教的答案，天堂地獄，又或生死之外，很可能只是一種主觀的願望。但沒有了又不行，死後空無所有，是很難被接受的一回事。

並騎身旁的烏卓道：「孫姑爺！前面就是秀越山。」

項少龍一震醒來，收攝心神，往前望去。這時他們剛離開民房區，到達山腳處，只見一條山路直通丘頂，上面古木成林，隱見巨宅崇樓，極具氣勢，但卻看不到有伏兵的形跡，山腳處有座牌樓，寫著「郭氏山莊」，卻沒有人把守。

兩人轉入道旁刻有與滕、荊兩人約定暗號的疏林裡，躍下馬來。樹木草地積蓋白雪，景象純淨迷人，卻不利隱藏或逃跑。烏卓在另一棵樹腳處找到刻記，向項少龍打了個手勢，領先深入林內。

項少龍把墨子劍連著趙倩爲他造的革囊揹在背上，左手持著失而復得的飛虹劍，追在烏卓背後。忽爾四周無聲無息地出現幢幢人影和火光，把他們團團圍困。

「鏘！」烏卓背上兩支連鋌來到手上，暴喝一聲往前方突圍攻去，不讓敵人有時間摸清地形和鞏固包圍網。

項少龍正傷痛心愛美女和元宗的死亡，滿腔怨憤，拔出木劍，拿在右手，隨在他背後，殺往林內。

對方想不到他們如此凶悍，正面攔截烏卓的兩名趙墨行者倉忙下一個往後退了一步，另一人長劍揮來。

「鏗鏘」兩聲，刃鋋交擊，在黑暗裡迸起一陣火花。

烏卓欺對方膂力及不上自己，盪開長劍，令敵人門戶洞開，使了個假動作似要向另一人攻去時，左手連鋋迴轉過來，閃電破入對方的空門裡。那人也是了得，迴劍守中，擋格連鋋，豈知卻忘了烏卓右手的連鋋，只見精芒一閃，烏卓扭腰運鋋由下而上，直沒入對方小腹。

那行者幾曾想到烏卓的連鋋角度如此刁鑽，一聲慘叫，往後跌退，鮮血激濺在雪地上，當場斃命。烏卓毫不停留，兩鋋化作兩道電光，隨撲前之勢，往另一行者攻去。

戰鬥終於拉開序幕。

這些行者人人武技高強，怎想到只兩個照面便給名不見經傳的烏卓殺掉一人，都紅了眼，圍攻上來，一時殺聲震天。緊跟在烏卓身後的項少龍進入墨子劍法守心的訣竅，敵人的一舉手、一投足都看得清清楚楚，更由於大家的劍法來自同一源頭，使他對敵人的攻勢瞭若指掌，甚至看到所有不足和破綻。

他暴喝一聲，左手飛虹狂格猛挑，右手墨子劍重砍硬劈，左右手竟分別使出柔剛兩種截然不同的勁道和招式來。他的眼神燃燒著憤怒的火焰，神色則冷酷平靜，就像換了個人似的，氣勢懾人之極。兵刃交擊中，三名行者同時受創，其中一人傷於烏卓鋋下，另兩人自是由項少龍包辦。

一聲大喝響自項少龍右方，一名特別高大，看來有點身分的行者，手持鐵棍排眾而來，由一棵樹後搶出來，右腳踏前，左腳後引，俯傾上身，在火光下閃閃發亮的鐵棍直戳項少龍心臟而來，又準又狠又急。項少龍見他移動時全無破綻，知道遇上行者中的高手，不敢怠慢，左手飛虹使出墨子劍法三大殺招裡的「以守代攻」，迴劍內收，劍尖顫動，也不知要刺往敵人何處，應付左側撲來的兩名行者；右手墨子劍則施出「以攻代守」的「絞擊法」，化作一道長芒，游蛇般竄出，和對方鐵棍絞纏一起。

墨子劍法最利以寡敵眾，雖同時應付兩方攻勢，仍絲毫不亂。兼且是著重感覺而不只著重目視，所以儘管蒙上雙眼，亦可與敵周旋，在這種黑夜暗林的環境裡，只憑外圍的幾個火把照明下，對項少龍尤爲有利。

那持棍行者想不到項少龍忽然使出這麼精妙的一招來，只覺有若狂龍出洞、勁道驚人的一棍，觸上對方木劍時，有種泥牛入海的感覺，虛虛蕩蕩，半點力道都用不上。大吃一驚下，本能地抽棍後退，驀地小腹下劇痛，原來給項少龍飛起一腳，命中要害。縱使他比一般人忍痛的能力強上十倍，仍要慘嚎一聲，往後仰跌，再爬不起來。這一腳當然與墨子三大殺招無關，對一個二十一世紀的人來說，自不會墨守成規。

另一方的兩名行者，還以爲項少龍改採守勢，挺劍硬攻，哪知光影暴漲，一人給齊腕斬掉右手，另一人大腿中劍，慘哼聲中，往後退去，撞得己方想補入空隙的人左仆右跌，亂成一團。誰想得到項少龍劍法如此精妙狠辣，大別於墨子劍法一貫溫淳的風格。

烏卓的表現毫不遜色，硬撞入兩個敵人之中，手移到連鋌的中間，施出近身肉搏的招數，雖給敵人的劍在臂上劃出一道口子，但同時刺入其中一人胸口，另一敵人則給鋌尾迴打，正中耳門。

倏忽間兩人推進丈許之遠，背後弩機聲響，兩人同時閃往樹後，弩箭射空。他們雖殺傷對方多人，可是行者武士潮水般由四周湧來，形勢仍非常不利。項少龍見勢色不對，飛虹劍回到鞘內，探入外袍裡左手拔出飛針，連續施放。這一著大出敵人意料之外，登時有數人中針倒地。

對方見項少龍手揚處，立有人受傷或仆死，如施魔法，紛紛避往樹後。兩人哪敢遲疑，朝暗黑處疾進，剎那間沒入林木深處。行者們給拋在身後，仍紛紛追來。

另一個問題來了，在如此漆黑中逃亡奔走，哪看得到滕、荊兩人留下的暗記，幸好就在此時，左前方遠處傳來一聲夜梟的鳴叫，維妙維肖。兩人知定是荊俊這狡計多端的小子弄鬼，大喜下循聲摸去。

樹林愈趨濃密，積雪深厚，確是舉步維艱。不知撞斷多少樹枝，前方上空一點火光，像星火般掉下來，原來是荊俊手持火熠子由樹上輕輕鬆鬆跳下來，向兩人眨眼道：「這邊走！」兩人如遇救星，忙隨他去。

不一會兒奔上斜坡，來到一塊大石處，上方叢林裡隱見郭家透出來的燈火。滕翼巍然現身石上，單膝跪地，手持大弓，臉容肅穆，凝視下面逼來的火光和人聲。三人來到他身後。

烏卓奇道：「你想幹甚麼？」

滕翼沒有答他，烏、項兩人大奇，在這種密林裡又看不清楚敵人，強弓勁箭何來用武之地？

驀地下方慘叫連連。

荊俊雀躍道：「掉進去哩！」

他們兩個都是優秀的獵人，自是設置獸坑的一流高手。「嗖！」一枝勁箭，離開了滕翼扳滿的強弓，射入密林，一聲慘嘶應箭而起。

荊俊佩服地道：「滕大哥的『夜林箭』名震韓境，連走過的耗子都避不過。」

說話間，滕翼以驚人的熟練手法，連射三箭，眞的箭無虛發，必有人應箭慘叫。這時項、烏兩人才發覺下面再沒有半點火光，原來持火把者無一倖免的都給滕翼射殺，火落到雪地上，哪還不熄滅。滕翼的勁箭一枝接一枝往下射去，每箭必中一人，聽得烏、項兩人五體投地，心想幸好他不是敵人，否則死了也不知是甚麼一回事。

滕翼放下強弓，淡然道：「沒有人再敢上來了！」

荊俊跳起來道：「我們早綁好攀索，又劈開通路，只要沿索而上，可及時到郭府赴宴。」

項少龍想不到這麼容易便突破趙墨的重圍，可見戰略實在是至爲重要的事。再想到可在嚴平身上試試三大殺招的威力，不由湧起萬丈豪情，低喝道：「我們走！」

郭家山莊位於山丘高處，沿山勢而建，雖不及烏氏山城壘堡森嚴的氣勢，卻多出烏氏城堡欠缺的山靈水秀，宅前是兩列參天的古柏，大門燈火通明，左右高牆均掛了風燈，亮如白晝。項少龍在門口報上姓名，立時有自稱是管家高帛的中年男人，親自爲他們引路入府。

通過一條兩旁園林小築的石板道，一座巍峨的府第赫然矗立前方。只看這宅第，便知郭縱富比王侯的身家。

路旁兩邊廣闊的園林燈火處處，採的是左右對稱的格局，使人感到腳下這條長達二十多丈的石板路正是府第的中軸線，而眼前華宅有若在這園林世界的正中處。園內又有兩亭，都架設在長方形的水池上，重簷構頂，上覆紅瓦，亭頂處再扣一個造型華麗的寶頂，下面是白石臺基，欄杆雕紋精美。先不論奇花異樹、小橋流水、曲徑通幽，只是兩座亭子，盡見營造者的品味和匠心。

園內植物的佈置亦非常有心思，以松柏等耐寒的長青樹爲主調，配以落葉樹和四季花卉，組成蒼鬱的綠化環境，現在雖是滿園霜雪，雨雪飄飛，仍使人想起春夏時的美景。林木中不時看到由別處搬來的奇石，倍添園林內清幽雅緻的氣氛。

那座主宅在園林的襯托下，更是氣象萬千，比之趙宮也不遑多讓，乃坐北朝南的格局，面闊九開間，進深四間，呈長方形，上有重檐飛脊，下有白石臺基的殿式大門。宅前還有小泉橫貫東西，上架兩座白玉石欄杆的石橋，宏偉壯觀得使人難以置信。

荊俊這長居山林的小子看得目瞪口呆，湊到項少龍耳邊低聲道：「這樣大的房子，怎睡得著覺呢？」

項少龍見管家高帛遙遙在前領路，聽不到他們的對答，笑應道：「摟個美人兒，還怕睡不著嗎？」

荊俊立時眉飛色舞，顯是想到今晚回烏府後的節目。

項少龍想起趙宮，忍不住又聯想到香魂已杳的趙妮，憶起在御園內與她調情的動人情景，心中絞痛，恨不得插自己兩刀來減輕噬心的痛苦。待會還要和趙穆虛與委蛇，自己是否忍受得了呢？

滕翼見他臉色忽轉蒼白，明白到他的心事，伸手過來用力抓他臂膀一下，沉聲道：「大事爲重。」

兩人交換了一個眼神，泛起肝膽相照的知己感覺。項少龍強壓下內心傷痛，硬逼自己腦內空白一片，步上石橋，踏著長階，往府內走去。府內筵開十六席，分列大堂左右。當項少龍四人入內時，其他客人均已到齊，郭縱殷勤迎客，爲他逐一引見諸人。

趙穆今晚示威的帶來一群家將，只看他們驃悍的外型便知是厲害的劍手，主從十二人，佔去四席。

嚴平白巾麻衣，孤身一人，腳上破例穿上對草鞋，有種獨來獨往的驕傲和瀟脫，若非有元宗的仇恨築成在兩人間不能逾越的阻隔，說不定項少龍會和他攀點交情，現在則只能以這時代最常用的方法，就是以武力來解決。

初見面的趙氏武士行館館主趙霸，聽名字以爲他是個彪形大漢，其實他比一般人矮上少許，可是骨骼粗大，一切向橫發展，胸闊背厚，脖子特別粗，與背肌形成使人印象深刻的三角形肌肉，令人想到任你捏他脖子，亦休想能把他捏得斷氣。膚色黝黑，顴骨顯露，方形有如鐵鑄的面容，閃閃有神如銅鈴般的巨目，體內似充盈無盡的力量，移動間自具威勢和氣度，連項少龍亦看得有點心悸。他以前當特種部隊，打架乃家常便飯，最懂觀察對手，看到趙霸，立時把對方列入最難應付的敵人行列。

趙霸有四個弟子隨他來赴宴，當然都是一流的劍手，最引人注目是其中竟有一個叫趙致的年輕姑娘。乍看下她並沒有奪人心魄的豔色，但玉容帶著某一種難以形容的滄桑感，配以秀氣得驚人的鳳眼，瘦長的臉龐，性感的紅唇，極具女性的魅力。尤其她身長玉立，比趙霸高了整個頭，只比項少龍矮上兩寸許，這麼高的姑娘，因大量運動練成的身形體格，予人鶴立雞群的出眾感覺。

趙霸和趙致等對項少龍非常冷淡，介紹時只略略點頭，表現出掩不住的敵意。當荊俊忍不住上下打量趙致時，此女更露出不悅神色，秀目閃過駭人的殺機，嚇得荊俊不敢再看她。

另兩位客人赫然是趙穆的文武兩大走狗。大夫郭開生得仙風道骨，留著五綹長鬚，只是眼睛滴溜亂轉，正如雅夫人所說的滿肚子壞水，眾人中亦以他表現得對項少龍等最是親熱，更使人印象深刻的是他那把陰柔尖細的嗓子。將軍樂乘與郭開都是三十開外的年紀，兩眼若閉若開，似有神又似無神，予人耽於酒色的印象，身材瘦長，手足靈活，一身將服，亦頗具威勢。兩人均有幾個家將跟隨，佔去四席。

接著是郭縱的兩個兒子，郭求和郭廷，均爲平平無奇之輩，反是十多個家將裡，有個智囊人物叫商奇，無論風度、氣質，均使人知道此人足智多謀、學識豐富，不可小覷。

介紹過後，郭縱招呼各人入座，首先請項少龍坐於右方第一席的上座，項少龍推辭不果，惟有坐入這代表主賓的一席。對面的主家席自是郭縱，接著依次是趙穆、趙霸和郭開。

項少龍的下首則是一直臉色陰沉的嚴平，其次是樂乘，郭縱的兩個兒子則陪於末席。事實上直至此刻，項少龍仍弄不清楚郭縱爲何要設這慶功宴，假設剛才自己被人創傷，於郭縱面子上亦不好看。

酒過三巡後，郭縱欣然道：「老夫一生都是伴著個打鐵爐做人，現在年紀大了，粗重的事交給兒子，閒來只是踩踩窮山野地，找尋穴鐵脈，研究一下器械兵刃的型制。對我來說，沒有東西比先聖魯公的手錄更珍貴，少龍今次攜寶而回，別人或者不知少龍的功勞多大，但老夫卻最清楚。來！爲我大趙中興有望乾一杯。」

眾人紛紛舉杯，只有嚴平半點都不碰几上美酒。項少龍心中叫苦，郭縱這麼一說，分明指趙國的興衰由他一手包辦，在這爭權奪位的時代，怎會不招人妒忌。

果然趙穆和樂乘臉上都閃過不悅的神色，趙霸則凶光閃爍，只有郭開仍擺出一臉歡容，嚴平則依然是那麼毫無生氣、半死不活的表情。

項少龍偷偷留意那別具風格的趙致，她每次舉杯，總是淺嚐即止，不像其他人灌得一滴不剩。

烏卓在項少龍耳旁低聲道：「郭縱想害你！」

項少龍點頭表示知道，揚聲答謝道：「郭先生過獎了，末將只是奉大王和侯爺之命盡心辦事，所有事均聽大王及侯爺指示，末將幸好有點運道，不負所託，我看這一杯應敬的是侯爺。」

眾人慌忙向趙穆舉杯，項少龍等自是邊飲酒邊心中詛咒，暗罵趙穆這殘暴的奸鬼。

那美女趙致想不到項少龍對答如此得體，眼中亮起訝異之色，細心打量起項少龍。

趙穆的臉色好看了點，哈哈大笑，欣然喝酒，好像功勞眞是全歸於他的樣子。不過誰都知道以他的城府，絕不會被項少龍區區數語打動，這表面的歡容只是裝出來給人看的。

郭縱向立在身後的管家高帛打個手勢，後者立時傳令下去，頃刻後，數十名美婢如花蝴蝶般捧著熱葷美食擺到席上，又殷勤爲客人添酒。項少龍特別留意嚴平，他几上只有青菜麥飯，顯見郭縱特別照顧他的「需要」。

郭縱哈哈一笑道：「老夫的宴會一向必有歌舞娛賓，但今天鉅子肯賞臉來敝府赴宴，所以節目安排上有點改變。」

大力拍一下手掌，忽然十多個女子由後方的兩扇側門擁出，幾個觔斗來到堂心立定，表演起各種既驚險又精采的雜技百戲。當其中兩女絕無可能地在另兩女的肩頭凌空翻身，交換位置，再立定在對面下方的女子肩上時，除嚴平外眾人無不拍掌叫好。

荊俊低聲自負地道：「看過我的身手才拍掌吧！」

項少龍爲之莞爾，荊俊始終是個大孩子，充滿好勝心。眾女表演了變化萬千的疊羅漢後，在眾人掌聲中退出堂外。

郭縱笑道：「真正要向之喝采的人是致姑娘，我這些家婢的身手，都是由她一手訓練出來的。」

眾人聞言忙向趙致喝采，其中又以荊俊叫得最厲害，使人惱笑皆非。

趙致盈盈起立，淡淡還禮，似對讚賞毫不在意，予人甚有涵養的印象。

郭縱忽地乾咳兩聲，正容向項少龍道：「老夫聽說少龍與鉅子間有點小誤會，不若由老夫當個和事佬，把事情解決。」

項少龍心中大恨，郭縱似乎沒有一句話不爲他著想，其實一直在煽風點火，挑撥離間，原因自是因他項少龍與烏家的關係。幾句話便弄到他十分難堪，現在就算他肯交出鉅子令，亦開罪了趙穆，因爲他把擁有鉅子令一事瞞著這奸鬼；但假若他不讓郭縱做「和事佬」，郭縱便有藉口對付他了。

幸好嚴平冷然道：「郭先生這和事佬做得太遲了，現在本子和項兵衛的事，只能依從墨門的方式解決。」

眾人不問可知，那種方式捨武力再無他途。趙墨行者伏擊項少龍一事，這些位於邯鄲權力最上層的人怎會不知道，亦明白嚴平方面吃了大虧，種下不可解的深仇。

趙穆從容道：「一位是大王最看重的客卿，一位是大王最寵愛的御前劍士，誰也不願看到任何一方有失，不若明天由本侯稟奏大王，由他定奪。」

郭開和樂乘立即心中暗笑，嚴平在趙國地位尊崇，最近對付燕國的入侵時又在輔翼守城上立下大功，對著趙王都平起平坐，若把這事攤在他面前，不用說吃虧的定是項少龍。

他兩人的想法郭縱這老奸巨猾的狐狸怎會不知道。他與烏氏倮不和非是一朝半日的事，而有關烏應元和呂不韋的關係，亦是由他透露予趙王知曉，現在烏家出了個這麼厲害的孫姑爺，無論如何也要毀掉。起先他並不明白趙穆的心意，經過言語試探後，立時有了默契。不過現在孝成王非常看重項少龍，又有烏氏倮在後面撐腰，他們不敢公然明槍明刀對付這由無名小卒變成有身分、有地位的年輕劍手，只好大玩手段。

趙穆先打出查察貞操的牌子，哪知晶王后另有居心，爲項少龍隱瞞了眞相。於是他選中劍術高明、手下高手如雲且身分超然的嚴平，告訴了元宗身上沒有鉅子令的事，挑起兩人間的矛盾。再由郭縱藉擺慶功宴爲名，實是製造嚴平殺他的良機。如此連環毒計，確是厲害。

趙穆如此一說，嚴平首先反對道：「侯爺的好意心領了，鉅子令乃本門至寶，一刻也不能留在外人手上，此事必須立即解決。」

眾人心中暗樂，知道嚴平要向項少龍挑戰。

趙霸一陣大笑，吸引各人的注意力後，道：「項兵衛宮宴與連晉一戰，聲震趙境，可惜趙某剛到別處考核行館兒郎的劍技，未能目睹盛況，至今仍耿耿於懷。下面的兒郎均望能見識到項兵衛的絕世劍術，這絕對是切磋性質，希望項兵衛不吝賜教。」

烏卓等均皺起眉頭，世上竟有這麼不公平的事，這豈非採車輪戰法。而且讓嚴平先摸清項少龍的劍路，對他提供大大便利。

出乎眾人意料之外的，趙致倏地起立，抱劍來至項少龍席前，含笑道：「請兵衛指點！」

項少龍心道我和你有甚麼深仇大恨呢？竟來向我挑戰。正要拒絕，滕翼已向躍躍欲試的荊俊打了個眼色，這小子大喜跳了起來，一點几角，凌空翻了個觔斗，越過趙致的頭頂，落在她後方，笑嘻嘻道：「有事弟子服其勞，師父對師父，徒弟對徒弟，便讓小子和致姑娘親熱一番。」

項少龍等見這小子忽然變作項少龍徒弟，又口沒遮攔，語意輕佻，均感好笑。其他人見荊俊身手靈活如猴，心中懍然，暗忖趙致今回遇到對手，因為趙致亦正以靈巧多變名著邯鄲。

趙霸一向崖岸自高，極為自負，暗忖項少龍哪有資格和自己平起平坐，心中狂怒，冷喝道：「小致便領教這位小兄弟的技藝吧！」

趙致知道乃師暗示她下辣手，兼之她又最恨男人向她調笑，應命一聲，猛一轉身，長劍電掣而去，飆刺荊俊心藏，姿態既美，手法又疾又狠，確是一流的劍法。

眾人見她突然發難，均以為荊俊猝不及防，難以閃躲。連項少龍和烏卓的兩顆心亦提到喉嚨頂，怕他有閃失。只有滕翼像嚴平般毫無表情，似若儘管地裂天崩，也不能使他臉上的神色有絲毫改變。

第十二章　公開決裂

荊俊想不到對方招呼都不打一個，便立即動手。不過他一生在山林出沒，於猛獸群裡打滾長大，比這更凶險的情況不知遇上過多少次，哈哈一笑，使了個假動作，似要往左橫移，到長劍臨身時，才差之毫釐般往右移開，閃到趙致的左後側，比鬼魅還要迅疾。

趙穆和郭縱交換個眼神，都看出對方心中的驚異，項少龍有此子為助，確是如虎添翼，這樣看來，那烏卓和滕翼亦非易與之輩，不由使他們對項少龍的實力重新估計起來。

趙致夷然不懼，這一劍純是試探荊俊的反應，這刻已知對方身手靈活之極，嬌叱一聲，兩腳一撐，離地而起，一個大空翻，手中利刃化作千萬點劍花，凌空往荊俊灑去。

趙霸的人立即高聲喝采。

項少龍見趙致劍法既好看又嚴密，非只是花巧靈動，心中大訝，亦由此推知趙霸必然非常厲害。同時想到當日連晉號稱無敵邯鄲，趙穆、嚴平這些身分超然的人，當然不會與連晉動手，可是趙霸這武館的主持人，為何竟任得連晉橫行？

心中一動，似已捕捉到箇中因由，但又不能清晰具體地描畫出來，那種微妙的感覺，令項少龍頗為難受。

場中兩手空空，只在腰間插了把長匕首的荊俊，終於亮出他的兵器。只見他手往懷內一抹，一團黑忽忽的東西應手而出，先射往趙致的右外檔，然後加速彎擊回來，「噹」的一聲擊中趙致長劍。

趙致的劍花立被撞散，人也落到地上。

荊俊那東西則飛返頭上，不住隨右手的動作在上空繞圈，原來是把半月形銀光閃閃的「飛陀刃」，兩邊均鋒利無比，尤其彎若牛角的尖端，更使人感到可怕的殺傷力。

項少龍還是初次見到他這獨門兵刃，暗忖若以之擊殺猛獸，當是不費吹灰之力。

荊俊笑嘻嘻瞧著不知如何應付他武器的趙致，一對眼趁機賊兮兮的上下打量她。

趙霸喝道：「旁門左道的兵器，怎可拿來在大庭廣眾中見人。」

一聲大笑在大門處響起，只聽有人道：「趙館主此言差矣！天下間只有殺人或殺不了人的兵器，哪有甚麼旁門左道可言？」

眾人愕然望去，只見大將李牧在十多名家將簇擁下踏進門內，後面追著高帛和幾名郭家的府衛，顯是連通報也不及。

項少龍趁機把荊俊喝回來。趙致眼中閃過森寒的殺機，悻悻然回座去了。

郭縱這老狐狸笑呵呵離座迎客，滿臉笑容道：「大將軍何時回來的，否則今晚怎也不會漏了你。」

李牧虎虎生威的目光掃視全場所有站起來歡迎他的人，當他瞧到趙穆，虎目殺機一閃，才迅速斂去，冷冷笑道：「希望郭先生不會怪我不請自來就好。」眼睛盯著表情尷尬的趙霸道：「館主負責為我大趙培育人才，切莫墨守成規，本將軍長期與匈奴作戰，見慣戰場上千變萬化之道，兩軍對壘，唯一的目的是勝過對方，哪管用的是甚麼武器。」

趙霸氣得臉色發黑，卻是啞口無言。

李牧轉向項少龍，語氣立轉溫和道：「少龍立下大功，今天我來是要向你敬酒三杯，給我拿酒來！」

這趙國除廉頗外的一代名將，甫至便震懾全場，連趙穆這麼霸道的人，亦不敢出言開罪此軍方的第二號人物。

樂乘和郭開更噤若寒蟬，不敢搭口。

項少龍心中訝異，想不到這代表趙國軍方的人物竟會公然表示對自己的支持，使他不致勢單力孤，一籌莫展。

只有嚴平仍踞坐席上，不賣帳給李牧。

李牧亦不怪他，逕自和項少龍對飲三杯，還坐入項少龍席內。

烏卓等三人慌忙離座，由郭縱使人在席後另安排席位，安置他們和李牧的隨員。

各人坐定後，趙穆乾咳一聲道：「大將軍風塵僕僕，不知邊防情況如何？」

李牧冷冷道：「巨鹿侯還是第一次問起匈奴之事，本將今次趕回邯鄲，為的卻是妮夫人的事情，我徵詢過廉相國的意見，均認為她的自殺疑點頗多，故決定由軍方聯名上書，求大王徹查此事，侯爺乃一手處理此事的人，當知李牧所言非虛，我還要向侯爺請教呢！」

項少龍恍然大悟，記起趙倩曾說過趙妮乃趙國曾大破秦軍的一代名將趙奢的媳婦，兼之因堅守貞節而甚得人心，更得軍方擁戴，所以趙穆不敢碰她。現在趙穆色膽包天把她害死，他與軍方趙奢系統將領們的鬥爭再無轉圜餘地，變成正面交鋒，所以李牧現在才毫不客氣，擺明要對付趙穆。

趙穆的臉色立時變得非常難看，但衝著李牧的軍權地位，仍不敢翻臉發作。

郭開陰聲細氣地道：「妮夫人因思念亡夫自盡而死，乃千眞萬確的事，大王最清楚其中情況。大將軍不把精神放在邊防上，是否多此一舉？」

項少龍想不到圓滑如郭開者，竟會如此頂撞李牧，可見軍方和趙穆一黨的鬥爭，已到白熱化的地步，再不顧對方顏面。

李牧不愧強硬的軍人本色，仰天長笑道：「我們就是怕大王給小人蒙蔽，故不能不理此事。爭勝之道，先匡內，後攘外，若說此乃多此一舉，眞是笑話之極。」

郭縱一向不參與任何派系的鬥爭，各派亦因他的舉足輕重而對他加以拉攏，使他能左右逢源，這時見火藥味愈來愈濃，勢頭不對，插入打圓場道：「今晚不談國事，只談風月，老夫安排了一場精采絕倫的美人舞劍，請各位嘉賓欣賞如何？」

尚未打出手勢，嚴平沉聲喝道：「且慢！」緩緩站起來，拔出背後比一般劍長了至少一半的鉅子劍，冷然望著項少龍道：「項兵衛，今晚不是你死，就是我亡，讓本子看看叛徒元宗傳你甚麼絕技？」

由於嚴平身分特殊，李牧也找不到插嘴和干預的理由。

項少龍知道此戰避無可避，心想這一仗就當是送給元宗在天之靈的祭品，若非以眾凌寡，嚴平休想傷得這墨家大師的半根毫毛！霍地立起，兩眼寒芒電閃，盯著嚴平道：「誰是叛徒？鉅子你見到墨翟他老人家才辯說吧！」

嚴平怒哼一聲，顯是心中非常憤怒，移步堂心，擺開門戶。

堂內鴉雀無聲，人人均知道嚴平的劍法深不可測，當然有人暗中叫好，有人卻爲項少龍擔心。

趙穆則在偷笑，若殺了嚴平，儘管孝成王知道項少龍情非得已，亦必然大大不悅。若嚴平殺了項少龍，去此眼中釘，更是心頭大快。所以無論結果如何，對他均是有百利無一害。

項少龍離開席位，出乎眾人意料之外的，他竟往對席的趙穆走去，兩眼寒芒閃閃，一點不讓地瞪著趙穆。

趙穆和一眾手下泛起戒備的神色，有人更手按劍把，準備應付任何對趙穆不利的行動。

項少龍來到趙穆席前立定，微微一笑，解下腰間的飛虹劍，連鞘放在趙穆眼前席上，淡淡道：「這把劍還給侯爺，它既曾痛飲囂魏牟的鮮血，當沒有辱沒侯爺贈劍厚意。」再深深盯了這與他有深刻血仇的奸賊一眼，才轉身往立在堂心的嚴平走去。

囂魏牟雖因他而死，但眞正下手殺囂魏牟的卻是滕翼，項少龍這麼說，是故意激怒趙穆，同時讓他知道自己已悉破他的陰謀。還劍的行動表示要和他劃清界線，公開對抗。

在這一刻，他連趙孝成王也不放在眼內，更不要說趙穆了。亦只有這樣公開決裂，他方可得到廉頗和李牧等軍方的全力支持。

趙穆果然氣得臉色陣紅陣白，難看之極。其他人還是首次知道囂魏牟給人殺了，齊感愕然，紛紛交頭接耳，連李牧和嚴平亦閃過驚訝神色。

不用再和趙穆這大仇人做戲，項少龍大感輕鬆，兩眼凝視嚴平，伸手拔出墨子木劍，心中湧出騰騰殺氣，像熱霧般蒸騰著，同時心頭一片澄明，萬緣俱滅，連元宗的恩仇也置諸心外，天地間只剩下他的墨子木劍和對方的鉅子劍，再無他物。

嚴平雖然穩立如山，毫無破綻，可是項少龍卻似完全明白敵人的所有動向和意圖，一絲不漏地反映在他有若青天碧海的心境裡。

這正是墨翟三大殺招「守心如玉」的心法，藉著奇異的呼吸方法，專一心志，而與趙穆的決裂，更使他像立地成佛、忽然得道的高僧，達到這種劍道的至境。

在旁觀者眼中，項少龍忽地化作另一個人似的，淵渟嶽峙，靜若止水，但又涵蘊爆炸性的力量和殺氣。

趙穆和趙霸同時泛起駭然之色，他們乃用劍的大行家，自然知道這種境界最能發揮劍術的精要。嚴平露出凝重的神色，他深明墨子劍法重守不重攻之理，欺項少龍年輕氣躁，打定主意，決定不作主攻。若非項少龍顯露出如此可怕的氣勢，他絕不會這般忍手謙讓。

項少龍眼光落到對方的鉅子劍上。燈火下，有若暴長磷光的劍體散發著一種無可名狀的璀璨光芒，纖塵不染，可見極為鋒利。

心中不由奇怪起來，墨子劍法以拙為巧，如此鋒快的長劍，不是與墨子劍法的精神相違背嗎？除非嚴平另有絕活，否則這種劍絕發揮不出墨子劍法的精華。想到這裡，心中已有計較，提起木劍，一步一步，緩慢有力的向嚴平逼去。

嚴平雙目射出陰鷙厲芒，緊盯著項少龍雙肩。

大堂落針可聞，只剩下項少龍似與天地萬象相合無間、充滿節奏感的足音。眾人泛起一種奇怪的感覺，就似一切均在項少龍的掌握中，萬物都向他俯伏叩首，豈知此正為墨氏三大殺招的精神。

項少龍心湖內浮現大梁鄒衍的觀天臺，憶起漫天星辰的美景，心中湧起萬丈豪情，一聲裂帛般的大喝，使出三大殺招「以攻代守」的招式，墨子劍似縮似吐，倏忽間依循一道玄奧無匹，含著物理深義的徑路，直擊嚴平面門。

以嚴平如此沉狠之人，亦吃了一驚，只覺對方劍勢若長江大河，滔滔不絕，假若自己只採墨子劍法的守式，立時會陷於捱打之局，更驚人的是對方的劍勢隱隱剋制墨子劍法，偏又是墨子劍法中不能懷疑的招數，無奈下，鉅子劍化作點點寒芒，以攻對攻。

項少龍正是要逼他施出壓箱底的本領，這時見計得逞，驀然後退，使出「以守代攻」其中的「回劍式」。

嚴平大喜，還以為對方優越的劍法只是曇花一現，旋又落回墨子劍法的老套裡。他這套劍法乃出於自創，名為「破墨」，專門用來對付墨門內的敵人，所以對殺死項少龍成竹在胸，怎肯錯過如此良機，忙搶前狂攻，早忘了剛擬好以守為主的策略。

項少龍腦際澄明如鏡，見對方劍芒暴漲，目標卻是自己的右肩，那亦是他故意露出來的破綻。「以守代攻」乃墨氏三大殺招的首式，內中包含一百二十勢，每勢均有一個破綻，而這些破綻無不是精心佈置的陷阱，引敵人入彀，這正是「以守代攻」的精義。

此時見嚴平中計，哈哈一笑，閃電移前，嚴平登時刺空。

項少龍略一沉腰，墨子木劍電疾回旋，不偏不倚重重砍在對方劍上。他知道嚴平劍法高明，火候老練，絕不會輸於自己，縱使自己有三大殺招傍身，始終是剛剛學會，未夠純熟，所以不求傷敵，但卻把握機會，以比對方長劍至少重上三、四倍的木劍，又憑自己過人的臂力，硬逼對方比拚內勁。

嚴平立吃了大虧，右手痠麻，鉅子劍差點甩手墜地。

項少龍亦心中懍然，原來嚴平表面看來精瘦如鐵，臂力卻非常驚人，那反震之力，亦使他右手一陣痲痺。

嚴平悶哼一聲，往橫移開，使出墨子劍法的守勢，門戶森嚴至潑水難進。

旁觀諸人看得目瞪口呆時，項少龍劍交左手，由一個完全意想不到的角度，木劍似燕子翔空般彎向外檔，再迴擊而來，掃往嚴平右肩。

嚴平哪想得到對方左手使劍同樣厲害，右手血氣尙未復元，不得已再退一步，變成面向敵人，鉅子劍使出巧勁，往木劍斜挑而出，意圖化去對手重逾千鈞的橫掃。

項少龍大笑道：「你中計了！」

木劍一絞，已與對方寶刃纏在一起。

人影乍合倏分。表面看來兩人毫無損傷，但人人都瞧出嚴平吃了大虧，臉色蒼白無比。

項少龍「嚓嚓嚓」連進三步，往嚴平逼去。嚴平咬著牙關，相應後退。兩人又同時齊往左移，似若有根無形的線，把兩人牽纏。

嚴平不愧長年苦行的人，神情很快回復正常，像沒有受傷那樣。

原來嚴平剛才被項少龍起腳掃中小腿側，若非他馬步沉穩，又立即橫移化力，早仆倒地上，但仍隱隱作痛，知道不宜久戰，沉吼一聲，鉅子劍疾如流星似地往對方擊去。

項少龍鬥志如虹，數算著嚴平的呼吸和步調，當對方出招前，早由對方轉急的呼吸和步伐輕微的變化洞察先機，覷準虛實，使出三大殺招最厲害的「攻守兼資」中的「忘情法」，把自己投進死地，全憑稍佔優勢的先機，和對方比賽本能和直覺的反應。

一聲慘哼，嚴平長劍墜地，踉蹌跌退，臉色若死人，左手捂著右肩，鮮血由指隙泉湧而出。這一劍雖不致命，但嚴平短期內將難有再戰之力，右手會否給廢掉，仍在未知之數。

當下有人搶出，要攙扶這心高氣傲的人。

嚴平站直身體，喝開撲來的人，瞪著項少龍道：「爲何要手下留情？」

項少龍回劍到背後革囊裡，淡淡道：「元兄雖因你而死，但始終是你墨門本身的鬥爭，與我項少龍無干，爲何要分出生死？」

嚴平沉聲道：「剛才你使的是甚麼劍法？」

項少龍平靜答道：「是本人自創的劍法，鉅子感覺還可以嗎？」

嚴平眼中射出深刻的仇恨，喝一聲「好」，頭也不回，朝大門走去，連劍也不要了。

第十三章　始皇之母

嚴平黯然敗走後，項少龍乘機告辭。

李牧欣然送他一程，著隨從讓三匹馬出來予滕翼等三人，項少龍被他邀到馬車上去，車隊緩緩開下郭家山莊。

李牧沉吟半晌，喟然道：「我們今次是忍無可忍，孤注一擲，藉妮夫人的事與趙穆作最後的周旋。」接著伸手搭上他的肩頭，語重心長地道：「我和相國一直留心你，少龍你是我大趙這數代人裡難得的人才，且是這麼年輕。」再歎一口氣道：「假設今次大王仍要維護趙穆，少龍立即離開趙國，到別處闖天下，不要像我們般瞎守著這完全沒有希望的國家。」

項少龍愕然道：「我們得到了《秘錄》，爲何大將軍仍這麼悲觀？我看大趙的人丁正興旺起來，只要再多幾個年頭，便能恢復元氣……」

李牧打斷他道：「少龍你對國事認識尙淺，縱沒有長平之戰的大傷元氣，我們亦有先天的缺陷，就是不斷寇邊的匈奴，使我們爲了應付他們，國力長期損耗。所以各國中惟我大趙人丁最是單薄，雖是名將輩出，但建國後從來只有守成的分兒，沒有擴張的能力。」

項少龍打從深心中喜歡這與廉頗齊名的蓋世名將，忍不住道：「大將軍既看清楚這點，爲何戀棧趙境不去？」

李牧望向車窗外，眼中射出悲天憫人的神情，輕輕吁出一口氣道：「人非草木，孰能無情，我長期守衛北疆與匈奴作戰，和邊塞的住民建立了深厚的感情，若我棄他們而去，凶殘狠毒的匈奴人還有誰能抵擋，我怎忍心讓他們任人屠戮？唉！」言下既無奈，又不勝唏噓。

項少龍心中感動，斷然道：「大將軍可否把上書大王一事，推遲兩天？」

李牧兩眼精光一閃，瞪著他道：「你似乎有點把握，究竟是甚麼妙招？」

項少龍對他是打從心底生出欽佩之情，毫不隱瞞把趙穆可能是楚人派來顛覆的間諜一事說出來。

李牧大力抓著他肩頭，眼中閃動出希望的燄芒，道：「少龍你眞行，我們從未曾想過由這點入手對付趙穆，我還會在邯鄲留上幾天，讓我們緊密聯絡，配合上書的時間。」

兩人仔細商議一會兒後，已抵達烏氏城堡，下車前，李牧拉著他道：「少龍你仍是血氣方剛，很難抵受誘惑，你須緊記酒色害人，縱是鐵漢，也受不起那種日以繼夜的銷蝕，少龍定要切記。」

項少龍知道自己的風流事蹟，尤其是與雅夫人的韻事，已廣為流傳，所以李牧才有此忠告，老臉一紅，俯首受教。

剛踏入烏府，府衛便把他和烏卓請去與烏應元見面，滕、荊兩人逕自回後宅休息。

烏應元由陶方陪著，在內宅的密室接見他們，聽取此行的報告後，稱讚他們一番才道：「圖先剛派人和我聯絡，說呂不韋的形勢相當不妙，他在秦國的敵人正利用疏不間親之理，在莊襄王前撥弄是非排斥他，莊襄王為人又優柔寡斷，說不定會被打動，所以把嬴政母子送返咸陽一事刻不容緩，有她母子二人在莊襄王身邊，呂不韋的地位可穩如山嶽，甚至可坐上相國之位，否則連我們的希望也破滅。」

項少龍的血液裡仍流著被李牧打動的情緒，皺眉道：「可否拖遲幾天，看看扳倒趙穆一事是否有轉機？」

烏應元凝神瞧他道：「我知少龍恨不得把趙穆碎屍萬段，但這始終是私人恩怨，少龍應以大局為重，現在烏家的命運已落在你肩頭上，一個不好，勢是堡破人亡之局。」

項少龍沉吟道：「若扳倒趙穆，大趙或仍有可為……」

烏應元不耐煩地打斷他道：「這只是妄想，就算殺掉趙穆，在孝成王這種昏君手上，趙家乃註定是亡國之奴，趙太子亦非好材料。烏家唯一出路，是依附大秦，才有希望。」

項少龍垂頭無語，亦心知肚明自己因與李牧一席話後，被對方忘我的偉大精神打動。還是烏應元這個不折不扣的生意人厲害，不論感情，只講實際收益來得高瞻遠矚，因為歷史早證明他的說法正確無誤。

烏應元心中極疼愛這女婿，知自己語氣重了，聲音轉向溫和，道：「我知少龍智計過人，不知對送回嬴政母子的事，有甚麼頭緒？」

項少龍振起精神道：「現在時間尚早，待我休息一會兒，便去找朱姬，只要能說服她，事情才有望成功。」

烏應元等三人同時愕然，現在已是戌時，還說時間尚早？難道他要半夜三更摸入朱姬的香閨嗎？

項少龍浸在浴池裡，心情矛盾之極。他是個極重感情的人，坐時空機來到的第一個地方是趙國，與趙人相處了這段時日，赴魏時又與趙軍相依為命，建立起緊密的感情，下意識地把趙國視為自己的國家，希望能為它盡一點力。但他又知道即管幹掉趙穆，趙國仍不會好得到哪裡去，這種兩頭不著岸的心情，自是使他愁思難禁。

身旁的婷芳氏柔聲問道：「少龍在想甚麼呢？」

另一邊的烏廷芳帶點醋意地道：「當然是想著雅姊和倩公主！」

項少龍雖左擁右抱著兩個粉嫩膩滑的玉人兒，卻想起李牧勸他不要縱情酒色的告誡，苦笑道：「和你們兩個美人在一起，怎會想起其他女人。我只是因今晚有要事去辦，不能陪你們，所以才心中苦惱。」

烏廷芳諒解地道：「陶公剛通知我們了，項郎放心去吧！我們兩人會乖乖的等你回來，噢！忘了告訴你，自你到大梁去後，婷姊每晚都和芳兒同床共寢，說親密話兒，今晚我們姊妹就在榻上等你回來。」

項少龍心叫天啊，若每次她們都要雨露均霑，想不酒色傷身怕難矣！

烏廷芳又興奮地道：「想不到嚴平都不是你對手，眞希望你能挫挫那趙霸的威風。」

項少龍想起趙致，忍不住出言相詢。

烏廷芳有點尷尬地垂頭道：「聽說她是連晉那壞蛋的情人之一，你殺了連晉，她自然恨你入骨哩。」

項少龍心中恍然。趙霸對自己充滿敵意，或與此有關，而非和趙穆有任何勾結，但當然也可能是另有原因。在這時代，又或在二十一世紀，誰有權勢，便自有依附之人，此乃千古不移的至理。

項少龍看時間差不多了，向正為浴池添加熱水的春盈道：「給我請滕翼和荊俊兩位大爺來。」

紛紛雨雪，漫漫不休地灑往古城邯鄲。項少龍和滕翼兩人隱身暗處，注視隱透燈火的大宅。

項少龍在滕翼耳旁笑道：「荊俊這小子定是心中暗恨，因爲我把他從有女人的溫暖被窩中抓了出來。」

滕翼冷哼道：「他敢？我警誡過他，若太荒唐的話，就把他趕回家去。」

項少龍暗忖，有滕翼看管著荊俊，這小子想放肆亦不易。

風聲響起，身手比常人敏捷靈巧十倍的荊俊由牆上翻了下來，迅疾來到兩人隱身處，低聲道：「想不到裡面這麼大！我找到朱姬的住處了。」

項少龍點頭道：「我們去吧！」

三人從暗處閃出，來到高牆下。項少龍望往雨雪紛飛的夜空，暗忖這樣月黑風高，更適合幹夜行勾當，誰會在如此嚴寒天氣下不躲在被窩裡，連守衛也要避進燃著火炕的室內去呢。

際此萬籟俱寂的夜深時分，他們像置身在與眾不同的另一世界裡。尤其項少龍想起即可見到把中國第一個皇帝孕育出來的美女，心頭既興奮又刺激。

項少龍仔細體味著這奇異的情緒，隨著荊俊迅速攀過高牆，來到莊院之內。裡面房舍連綿，教人難以一目了然，亦使人想不通以嬴政的質子身分，爲何竟佔用這麼大的地方。

他們落腳處是個長方形的露天院子，對著高牆的是一列房舍，看來是傭僕居住的地方。荊俊展開身法，熟門熟路的在前引領，一口氣越過數重屋宇，到了一座園林之內，花木池沼，假山亭榭，相當不俗。

荊俊指著園林另一邊一座透出燈光的兩層樓房道：「我剛才偷聽侍女說話，朱姬應是住在那裡，卻不知是哪個房間。」

滕翼細察環境道：「我們就在這裡爲你接應把風，若見形勢不對，荊俊會扮鳥叫通知你。」

項少龍點頭答應，往樓房潛去，揀了個沒有燈光透出的窗戶，看準情況，穿窗閃入。

這是個小廳堂模樣的地方。躡足至往外去的木門，貼上耳朵，聽得外面無人時，推門而出。

外面是一條走廊，一端通往外廳，另一端通往樓上的階梯。屋內靜悄無聲，看來婢僕們早進夢鄉。

這個想法還未完，梯頂處足音響起。項少龍忙躲回門內，奇怪爲何這麼晚仍有人未睡覺。

足音抵門前停下，項少龍大叫不妙，這時來不及由窗門離去，匆忙下避到一角，蹲在一個小櫃後，雖不是隱藏的好地方，總好過與來人面面相對。

果然有人推門而入，接著是杯盤碰撞的聲音。項少龍知道對方不曉得有人藏在暗處，放膽探頭一看，原來是兩個俏丫鬟。

其中一婢女打了個呵欠道：「最怕就是他了，每次來夫人都不用睡覺，累得我們要在旁伺候。」

另一婢道：「夫人平時話也不多半句，見到他卻像有說不完的話。」

先說話的婢女笑道：「總好過服侍那個色鬼，身體都不行了，還要靠討厭的玩意發洩，香姊給他一連三晚弄得只剩下半條人命。唉！」

項少龍心中一沉，這色鬼不用說就是嬴政，現在由婢女口中說出來，看來雅夫人說的一字不假。

究竟是甚麼一回事？雄才大略的秦始皇怎會是如此一個人？將來他憑甚麼誅除呂不韋，又統一六國，奠定中國龐大的基礎規模？

嘮嘮叨叨下，兩婢女捧著弄好的香茗去了。

項少龍知道有人未睡，不敢由樓梯上去，改由窗戶離開，覷準二樓一間燈火昏暗的窗戶，往上攀去，才到半途，一隊巡衛由花園的小路提燈而至。項少龍大吃一驚，因爲若是朱姬宿處，巡衛自然特別留心，絕不會錯過他這吊在半空中的人。猛一咬牙，加速往上升去，倏忽間穿窗進入屋內。

那是女性住的大閨房，地上滿鋪厚軟的地蓆，秀榻內空空如也，除几椅梳妝鏡外，牆上還掛滿畫，美輪美奐，項少龍正懷疑是朱姬的寢室時，兩婢女熟悉的腳步又在門外響起。

項少龍心中叫苦，這叫前面有狼，後面有虎，幸好房中一角放了個大櫃，無可選擇下，撲過去，拉開一看，內裡共分兩格，下格雖堆有衣物，仍可勉強擠進去，哪敢遲疑，忙縮進去，剛關上櫃門，兩婢女便推門進來。

接著是整理被褥的聲音，不一會兒兩婢女離開，卻沒有把門掩上。

項少龍心中叫苦，看情況朱姬和情夫隨時進來，自己豈非要躲在這裡聽朱姬的叫床聲。今晚看來很難接觸朱姬，若在有烏廷芳和婷芳氏兩人在的被窩中度夜，自然比蜷曲在這裡強勝百倍。況且滕、荊兩人久候他不出，可能會弄出事來。

苦惱間，一重一輕兩種足音由遠而近，接著是關門聲。

項少龍心叫天啊！閉上眼睛，聽天由命。

外面傳來衣衫窸窣的摩擦聲和男女親熱的呻吟聲。

項少龍閒著無事，不由猜測朱姬這情夫的身分。照理該不會是趙穆，明知明天軍方將領會向孝成王翻他的帳，目下好應去向趙王獻媚下藥，蠱惑君心。因爲說到底，趙王對趙妮有著一定的感情，若眞的知道下手害她的人是趙穆，說不定會不顧「夫妻」恩情，把趙穆處死，趙穆怎可大意疏忽。可是朱姬母子一直被置於趙穆的監視下，其他人想接近亦須趙穆首肯才成。

那這人會是誰呢？

一把柔情似水的聲音在櫃外的房內響起道：「人家託你的事，辦得如何？」

項少龍心中叫絕，只聽聲音，便知這女人很懂利用天賦本錢迷惑男人，難怪剛登王位的莊襄王對她如此念念不忘。呂不韋既挑中她媚惑莊襄王，自非泛泛之輩。

那情夫道：「現在局勢不明，仍未是回秦的時刻。」

項少龍嚇了一跳，立時認出是大夫郭開那個娘娘腔。想不到原來竟是他，難怪能與朱姬搭上，只不知趙穆是否曉得此事。

朱姬嗔道：「有甚麼不明朗的，現在異人登上王位，只要我們母子返回咸陽，政兒就是繼承王位的儲君，還有甚麼好顧忌的！」

親吻的聲音再次傳來，朱姬嬌吟的聲音比前加劇，顯是郭開正施展調情手段，安撫朱姬。

只聽得朱姬嬌呼道：「不要！」

郭開道：「春宵一刻値千金，難得有這機會，來！到帳內再說。」

朱姬微怒道：「你只是對人家身體有興趣，一點不關心妾身的心事。你說吧！爲何答應人家的事卻不做？」

郭開急忙道：「你不知我已做了很多功夫嗎？只是現在莊襄王剛登位，各方面看得你們很緊，兼且呂不韋目前地位不穩，隨時有坍臺的危險，無論怎樣計算，你也絕不應於此時偷回咸陽去。」

項少龍逐漸明白過來，朱姬以美色誘惑趙穆黨內郭開這重要人物，想借助他的力量逃離邯鄲。只不知郭開是否眞想背叛趙穆，還是存心騙色，看來當是後者居多。只要想想郭開正得勢當權，在趙國內又有龐大親族，無論他是多麼自私的人，一旦面對生與死的選擇，怎能不爲父母兄弟、妻子兒女著想。

最尷尬的更是若郭開到秦國去，肯定要失去朱姬甚至丟掉性命，因爲朱姬另外兩個男人，無論呂不韋或莊襄王，都會因妒忌把他郭開殺死。

以郭開那麼精明的人，怎會不考慮到切身的問題？朱姬亦當明白這道理，只是心切歸秦當王后，甚麼都顧不得了。

朱姬果然默不作聲。

郭開柔聲道：「來吧！天氣這麼冷，有甚麼地方比被窩更舒服呢？」接著是寬衣的聲音。

朱姬的聲音道：「你先到帳內去，我落了妝便來陪你。」

郭開顯然非常疲乏，打個呵欠，上榻去了。

外面傳來朱姬脫衣的聲音和解下頭飾的微響。奇異的聲音響起，原來是郭開的鼻鼾聲。

項少龍受到感染，眼皮沉重起來，快要睡著時，足音逼近。他立時睡意全消，暗忖不是這麼巧吧！朱姬竟要來打開櫃門取她的性感睡袍？想猶未已，櫃門被拉了開來。

項少龍人急智生，撲將出去，摟著她倒在蓆上，一手捂著她的小嘴，把她豐滿而只穿著單衣的動人肉體壓在身下，同時湊到她耳旁低喝道：「我是項少龍，奉呂不韋之命來找你！」

重複三次，朱姬停止掙扎，嬌軀放軟。榻上傳來郭開有節奏的打鼾聲。

項少龍叫了聲謝天謝地，仰起少許，登時和朱姬面面相對。

他不由心兒急跳，只見身下女子，生得妖媚之極，充滿成熟女性的風情，一對會說話的眼睛，亦在閃閃生輝的打量他。

項少龍登時全面感受到她豐滿迷人的肉體，一陣心旌搖蕩，熱血騰湧。嚇得忙壓下慾火，以免對方察覺。

緩緩挪開捂著她濕軟小嘴的大手，朱姬的花容月貌，盡呈眼下。

她絕不是烏廷芳、雅夫人又或紀嫣然那種完美精緻的美麗，臉龐稍嫌長一點，鼻梁微曲，朱唇豐厚了些，可是配起她秀媚的俏目，卻形成一種蕩人心魄的野性和誘惑力，尤其極具性格的檀口，唇角微往上彎，使男人感到要馴服她絕非易事。

我的天啊！這就是秦始皇的生母！他一直在尋找秦始皇，卻從沒夢想過可這樣佔他母親的便宜。

如蘭的體香、髮香，衝鼻而入。

朱姬一瞬不瞬地瞧著他輕輕道：「我知你是誰，因為趙穆現在最想除去的人是你。」

項少龍收起意馬心猿，湊下去在她耳旁道：「希望你清楚烏家和呂先生的關係，他派圖先來和我們接觸，要盡快把你們母子弄回咸陽去。」

朱姬側過俏臉，先向他耳朵吹一口氣，耳語道：「有圖先來我就放心，你們有甚麼計劃？」

項少龍苦忍耳腔內的痕癢，強壓下侵犯她的衝動，卻捺不住輕嚙了她圓潤的耳朵，道：「首先要和你取得聯絡，了解情況，才能定下逃亡的細節，我……」

榻上傳來翻身的聲音，兩人大吃一驚。

朱姬急道：「明晚再來！我等你。」

項少龍忙滾往一側。朱姬敏捷地站起來，這時榻帳內傳出郭開的召喚。

朱姬俏臉微紅，俯下俏臉橫項少龍一眼。

項少龍忍不住色心大動，伸手握上她的小腿，緊捏一下，才放開來。那種銷魂的感覺，比之眞正歡好，更要動人。

朱姬又白他一眼，才往臥榻走去。

當她弄熄燈火，鑽入帳幔裡時，項少龍清醒過來。不由暗叫這女人好厲害，匆匆離去。

這時就算他弄出聲響，郭開也絕不會聽到。

第十四章　進退無路

吃過早點，項少龍往見烏氏倮父子，卻沒見到烏卓和陶方。他記起與趙穆接觸的可疑楚人，曉得兩人定為此事忙去了。當他報告了昨晚見到朱姬的情況後，烏氏倮父子都沉吟起來。

烏應元皺眉道：「這個女人非常厲害，沒哪個男人能逃過她的引誘。但是郭開為何如此斗膽，那裡的婢僕應是趙穆的人，他這樣做登榻之賓，怎瞞得過趙穆？」

烏氏倮道：「趙穆很多事都放下去給郭開辦，那裡的人說不定是由郭開一手部署的，所以才可以這麼肆無忌憚，監守自盜。」轉向項少龍道：「你那兩名新收的家將是難得的人才，好好的籠絡他們，財富、女人，可任他們要求。」

項少龍唯唯諾諾應道：「我曉得的了。」暗忖若純講利害關係，怎可持久相依？

烏應元道：「少龍現在似乎可輕易把他們母子偷出來，問題只在如何離開邯鄲，沿途又如何逃過追兵的搜捕？」頓了一頓懷疑地道：「這是否太容易了點呢？」

項少龍只擔心另一方面的事，道：「我們烏家有這麼龐大的親族，眷屬不下千人，怎逃得出趙國？」

烏應元微笑道：「這事我在兩年前便安排妥當，烏家生意遍佈天下，所以一直以來，不斷有人被安排到別處去管理生意和牧場，最近更藉口開發新的牧場，連廷威也送了出去，免他花天酒地時洩露口風。」

項少龍這才恍然，難怪見不到烏廷威，道：「趙王既知岳丈和呂不韋交往的事，現在我們又不斷把家族的人調離邯鄲，怎會不起疑心呢？」

烏應元道：「他們始終止於懷疑，卻從沒有抓到甚麼眞憑實據，而且無論郭家或我們，均與各國權貴有往來，還不時爲趙王進行秘密外交，若非趙穆從中煽風點火，和呂不韋有交情算得甚麼一回事？」

項少龍更是不明白，問道：「趙穆爲何欲去我烏家而後快？」

烏氏倮一掌拍在几上，怒道：「還不是郭縱這傢伙從中弄鬼，不知從哪裡查到我們族譜內有秦人的祖先，又查得烏氏乃秦人邊地一個大姓，自此趙王對我們疑忌日深，趙穆只是順應趙王心意，落井下石吧！」

項少龍至此才弄清楚來龍去脈。

烏應元回到先前的話題，道：「郭開既已秘密搭上朱姬，得怎樣想個方法，利用此事打擊郭開和趙穆的關係。若沒有郭開給趙穆出壞主意，趙穆會容易對付多了。」

烏氏倮嘴角逸出一絲高深莫測的笑意，道：「這事容後再說。」轉向項少龍道：「你最好想個較具體的計劃，今晚見到朱姬時好堅定她的信心，以後合作起來容易一點。」

這時下人來報，有客人找項少龍。

項少龍心中奇怪，究竟是誰來找他？項少龍現在在烏家的身分更勝從前，儼然爲烏氏倮、烏應元外最重要的人物，因此就在主宅大廳內接見客人。

他出到廳堂，來的竟是少原君的舊將劉巢和蒲布，兩人見到項少龍後跪拜地上。

項少龍大喜，上前把兩人扶起，驚喜交集地道：「我天天都在盼你們來，終給我盼到了。」

兩人見項少龍如此重視他們，感激得熱淚盈眶。

項少龍問起大梁的事，原來自項少龍攜美逃出信陵君府，信陵君暴跳如雷，又發覺《魯公秘錄》除了頭一截外，被人偷龍轉鳳盜走，氣得差點自殺，更懷疑乃姊平原夫人向項少龍透露消息，於是對她兩母子冷淡起來。

少原君因此變得脾氣暴躁，終日打罵家將，蒲布等乘機請辭。沒有信陵君的支持，少原君亦難以支撐二百多個家將的局面，索性將他們遣散，於是蒲布等聯同四十多人回到邯鄲。他們均爲這裡的地頭蛇，打聽到項少龍安然無恙，立即來找他。

項少龍靈機一觸，使人向烏應元要了一筆鉅款，塞給兩人道：「你們找個地方落腳，記得不要洩露與我的關係，儘管盡情享樂，當我要你們辦事時，自會找你們。」

蒲布兩人知他正與趙穆展開生死鬥爭，聞言心領神會，又見他出手比少原君闊綽十倍，人品卻要好上百倍，哪還不死心塌地追隨他。

劉巢道：「我們在邯鄲都是很吃得開的人，現在正式離開平原府，不若我們詐作投靠趙穆那群奸黨的人，好充當公子的耳目。」

項少龍暗忖這果然是好主意，誰想得到一向與自己爲敵的平原府家將，竟是他的人呢！與他們商量投靠的對象後，又研究聯絡的方法，兩人才興高采烈地告辭。

項少龍心情輕鬆起來，往找滕翼，見他正訓練烏家的子弟兵，想起特種部隊的觀念，對他道：「你看看我的提議是否可行？在這二千子弟兵中，揀出大約一百個最優秀的，名之爲『精兵團』，把他們帶往牧場隔離起來操練，學習各種不同技能，假若人人學得你和荊俊的一半身手，那時要強闖進質子府救人，亦非沒有可能的事了。」

滕翼先聽得眉頭大皺，暗想一百人能成甚麼大事，直到項少龍把自己以前在特種部隊的嚴格訓練和取強汰弱的方式說出來，這經驗豐富的猛將亦要五體投地，道：「如此訓練方式我尚是首次聽到，少龍你實是無可比擬的軍事天才，戰爭到了你手上已變成一種藝術。」

項少龍心中暗笑，若把刀、劍、箭變成槍炮，只是這個古代特種部隊，便可征服六國，統一天下，那時何懼區區一個趙穆。

兩人又詳細研究訓練的方式和裝備後，項少龍才領著荊俊和十名隨身保鏢往雅夫人府去了。

策騎路上時，項少龍想起不知去向的美蠶娘，恨不得立即掉轉馬頭，走到桑林村去看個究竟。又想起遠在大梁的紀嫣然，一時滿懷憂思，不能自已，愁眉難舒。

與他並騎而行的荊俊，遊目四顧，看著街上的行人，忽然有感而發的道：「小俊很感謝項大哥和滕大哥，沒有你們把我帶到這麼刺激好玩的地方來，生活不知怎麼過才好。」

項少龍拋開心事，笑道：「但也可能會害你丟了小命！」

荊俊嘻嘻一笑，灑脫地道：「那就只好認命！正是因爲有隨時丟命的危險，和美女玩起來時才特別有味道，那種感覺就像我五歲那年，首次幫著爹一起去獵虎的情景！」

項少龍失聲問道：「五歲的小孩走路都不穩妥，你能夠幫甚麼忙？」

荊俊也笑起來道：「這我就忘記哩！只記得當猛虎掉進陷阱時，那可怕的吼嘯聲，嚇得我把尿撒到褲襠裡去哩！」

項少龍忍不住哈哈大笑，愁懷稍解。

後方蹄聲響起，眾人聞聲扭頭往後望去。

一騎由遠而近，策馬者外披頭罩斗篷，一時看不清楚面容，到奔至近處才認出是誰。

荊俊的眼立即亮起來。

項少龍微感驚愕，喚道：「致姑娘要到哪裡去？」

趙致放緩馬速，來到項少龍另一邊，別過臉來，冷冷看著項少龍道：「兵衛要到哪裡去？」

荊俊在那邊向她眨眼道：「致姑娘還未回答項大哥的話哩！」

趙致見到荊俊就心中有氣，覺得他比任何人都要討厭，怒道：「大人說話，沒有你插嘴的餘地！」

項少龍失笑道：「姑娘錯了，小俊是我的好兄弟，他的話就是我的話。」

荊俊想不到項少龍這麼抬舉他，立時神氣起來，挺起胸膛，故意惋惜地歎氣道：「我還以爲致姑娘是來找我荊俊的哩！」

趙致氣得俏臉煞白道：「誰要找你？」

不知爲何，荊俊的舉止動作，總令她看不順眼、芳心生氣。

荊俊呵呵一笑道：「那你來找誰啊？」

項少龍不禁莞爾，這小子對調戲女人頗有一手。

趙致知道落入荊俊的說話陷阱去，若她答是來找項少龍，因荊俊先前語氣暗示的意思，便變成她是動了春心來找項少龍。若答不是，自然找的是他荊俊了。

事實上趙致亦弄不清楚來找項少龍有何目的，昨晚項少龍大勝在邯鄲有崇高武術地位的宗師級人物嚴平，震懾在場各人。一向自視甚高的趙霸亦生出怯意，尤其現在更有軍方在背後爲項少龍撐腰，趙霸哪還敢捲入政、軍兩大勢力的鬥爭中，宴後立即告誡諸徒，特別針對趙致，不准她惹項少龍。

但趙致心高氣傲，回家後愈想愈不忿，今早起來便不自覺策馬往烏府去，途中竟巧遇項少龍等人，所以追了上來。

這時不禁語塞，漲紅了俏臉。

項少龍不知她和連晉的關係親密至何等程度，輕歎道：「當時在那種被迫分出生死的決戰裡，不是連晉死就是我項少龍亡，而且連晉和趙穆使弄陰謀詭計在先，我則是光明正大和他比拚高下，誰能怪我呢？」

趙致微一錯愕，垂下俏臉。

連晉與趙穆以春藥消耗項少龍體力一事早傳遍朝中權貴，趙致亦有耳聞，卻硬逼自己不去理會。不知怎的，現在由項少龍輕描淡寫地說出來，卻使她深信不疑，或者那是因爲項少龍昨晚表現出不畏強權、光明磊落的態度所致。

她對連晉的愛雖強烈，卻純出於異性間表面的吸引力，連晉利用她懷春少女的情懷，乘虛而入，攫奪了她的芳心。這種初戀滋味雖令她難忘，仍未到刻骨銘心的地步，當連晉完美的形象被破壞後，這段情愫隨風消散，一時間腦內一片空白，茫然不知何以遣懷。

項少龍對她的轉變了然於胸，微微一笑道：「致姑娘，讓荊俊送你回家好嗎？」

趙致吃了一驚道：「我不用人送！」拍馬馳進左旁的橫街去了。

項少龍向荊俊使個眼色，荊俊大喜，拍馬追去，不理途人側目，大嚷道：「致姑娘等等我！」

項少龍心中欣然，趙致這妮子眞的不錯，與荊俊無論年紀和外型均極相配。最主要是他看出荊俊對她一見傾心，不過看來若要把她追到手，這小子還要費一番功夫。

忽然間項少龍醒悟到自己改變了很多，若在以前，對女人他是多多益善，來者不拒，現在不知是否擁有太多美女，又或接連受心愛人兒橫死的慘重打擊，他對女人的心意已淡多了，有點不願涉足情場的心境。

每一個人出生後，都要面對身旁的人的死亡，而最後則以自己的死亡作終結。這一年來，他歷盡了這種生離死別的噬心痛楚。

他想起昨夜與朱姬的事，當時雖是慾念大作，卻與愛情半點關係都扯不上，純是基於異性相吸的本能衝動，可又是那麼難以抑制。今晚見她時可要小心點，否則若和她發生肉體關係，事情會更複雜。只希望她不會挑逗自己，這女人實在太懂得引誘男人。

夫人府在望，項少龍暗歎一口氣，拍馬而去。眾親衛忙策馬緊隨，十一騎旋風般捲進趙雅的夫人府去。

雅夫人到王宮去了，夫人府內只有趙倩和公子盤。

趙盤一下子成熟很多，再沒有像以前般整天溜去玩，又或調戲侍女、連群結黨恣意生事。

趙倩可憐他悲慘的遭遇，陪他讀書認字，而趙盤在美麗公主表姊面前，亦轉了性般努力學習。

項少龍看得心酸苦痛，把趙盤領到花園，悉心傳授他墨子劍法，又使手下和他對打搏擊。

趙盤忘情地習武時，項少龍和一旁觀看的趙倩閒聊起來，道：「想不到這孩子變得這麼懂事。」

趙倩兩眼一紅，道：「他最愛的人是妮姨，現在他心中充滿仇恨，不但恨趙穆，也恨父王，所以他要以你這個師父爲榜樣，學得智勇雙全，好爲妮姨報仇雪恨。」

項少龍看著公子盤臉上那與他年紀不相稱的陰鷙專注和堅毅不拔的神情，心中湧起一股寒意。他有種直覺，趙盤將來定非普通的人，雖暫時仍很難猜到他可以有甚麼作爲。

趙倩低聲道：「他肯接受我，一方面因爲我是你的人，另一方面是因我和他一樣，都痛恨父王和趙穆。」

項少龍心頭一陣難受，道：「你父王不是最敬重妮夫人嗎？爲何竟會這麼坐看趙穆行凶？至少應徹查此事，何況此事已惹起軍方的不滿，使趙國面臨長平之戰以來最大的危機。」

趙倩幽幽一歎道：「沒有人能明白父王的，以前他並不是這個樣子。自長平之戰後，他整個人變了，優柔寡斷，凡事三心兩意，甚至有點怕面對朝臣，尤其是軍方的將領，任得趙穆大權獨攬，隻手遮天。像妮夫人這件事，他本應嚴責禁衛徹查，但趙穆介入後，三招兩式便大事化小，小事化無，教宮內所有人都對他心淡了。」

項少龍由趙倩的話，看到長平之戰對趙國的另一種影響。該戰之敗，主要是因孝成王幼稚之極的中了秦人的離間計，以趙括代廉頗，亦可說是新上任君主和當權老將的權力衝突。

經此趙國有史以來最傷根本元氣的挫折後，孝成王失去信心，變成一個逃避現實的人，甚至害怕對著群臣默責的眼光。於是趙穆乘虛而入，在精神和肉體上滿足他的需求。

趙王變成同性戀者，說不定亦是一種自暴自棄、帶點自虐式的毀滅性行為。當然亦有可能是天生的生理追求，眞正原因，恐怕孝成王自己都難弄得清楚。

趙倩淒然道：「我仍在懷念當時逃出大梁的日子，希望每晚有你疼愛人家。少龍啊！甚麼時候我們離開這醜惡的地方，找個無人的荒野，讓倩兒為你生火炊飯，你則打獵來維持生活？」

項少龍心中苦笑，若他留在美蠶娘的小谷不走，或者能以這種方式終老山林，可惜現已勢成騎虎，欲罷不能。就算到了秦國去，面對的可能是更複雜的權力鬥爭。在這古戰國的時代裡，看來並沒有桃花源式的樂土。否則美蠶娘不會險被土霸強姦，滕翼亦不致妻亡子滅了

他歎了一口氣，把桃花源的故事說給趙倩聽，當美麗的三公主心神俱醉，靈魂飛到那人類憧憬的樂土時，趙雅神色凝重地回來了。

項少龍和她避入靜室商議。

趙雅歎道：「李牧在戰場上是無可比擬的猛將，但在權謀手段上卻太魯莽了，更低估趙穆對王兄的影響力。」

項少龍心叫不妙，問道：「發生甚麼事？」

趙雅沒有直接答他，苦惱地道：「他們不明白王兄自長平一戰後，最怕是別人說他犯錯，現今李牧擺明要逼王兄承認在妮姊一事中有疏忽和包庇囟嫌之責，他怎肯接受？」

項少龍皺眉追問道：「究竟發生了甚麼事？」

趙雅頹然看著他道：「昨晚宴會後，趙穆立即進宮找王兄，說些甚麼話沒有人知道，想來是指責軍方借題發揮，想動搖王兄寶座之語，對你當然亦不會有好說話。」

項少龍這才明白甚麼叫昏君誤國，當權力集中到一個人手上時，這個人便成勝敗的關鍵。現代的民主制度雖充滿缺點，但總比由一個昏君操縱所有人的生死勝過百千倍。

趙雅續道：「今早王兄召我入宮，詳細詢問你的事，又逼人家說出和你眞正的關係，教我差點招架不來。」

項少龍懍然道：「你如何答他？」

趙雅神色不自然起來，道：「當然不會說眞話，不過看來他仍相信我沒有迷上你，或者是因爲我以前的聲譽太壞了吧！」言罷垂下俏臉，滿懷心事的樣子。

項少龍托著她下頷，抬起她的粉臉，道：「現時我牽涉到軍方和烏家兩個系統，你王兄應不敢對我輕舉妄動吧！」

趙雅淒然道：「人家擔心得要死哩！你千萬不要高估軍方和烏家的力量，假若王兄不顧一切，就地把你處決，那時米已成炊，誰也不會眞的爲你與王兄正面衝突。」

項少龍心中湧起怒火，冷笑道：「想殺我項少龍，恐怕孝成王要出動大軍才行，我絕不會俯首就擒的。」

趙雅嗔道：「有時你這人似足有勇無謀之輩，只是王兄的親衛兵團便有二萬人，守城兵達三萬之眾，主帥樂乘又是趙穆的人，有起事來，誰救得了你？你若有不測，人家怎活下去啊！」說到最後，熱淚奪眶而出，可知她是何等悽惶恐懼，卻又似另有別情。

項少龍心疼地把她摟入懷裡，微笑道：「放心吧！曾有人說過我是多災多難的新聖人，所以絕死不了。」

趙雅一呆道：「誰說的？甚麼是新聖人？」頓了頓似不感興趣地道：「現在人家方寸已失，心亂如麻，少龍快教我應該怎樣做？」

項少龍沉吟片晌，道：「還有甚麼選擇，只有逃離邯鄲，始有生路。但走前我定要把趙穆碎屍萬段，才可洩心頭之恨。」

趙雅愛憐地撫著他臉頰道：「你答應要帶雅兒走的啊！」

項少龍肯定地道：「這個當然，不但帶你走，小盤和倩兒亦隨我們走。」

趙雅輕輕道：「是否到秦國去？唉！秦人比任何一國的人更深沉可怕哩！」

項少龍笑道：「別忘了我是新聖人。」站起來道：「恐怕要到秦國才有機會陪伴你們，孝成王的反應大出我意料之外，我要立即找李牧商量，設法緩和你王兄的情緒。」

趙雅陪他往外走去，道：「我會負責偵察宮內的情況，幸好有晶王后站在你那一邊說話，王兄又三心兩意，短期內仍不敢以霹靂手段對付你。」說完忽垂下俏臉，美目掠過複雜難明的神色。

項少龍當然看不到，只是以爲她心中煩困。鄒衍可能深信他是甚麼新聖人，但他卻知道沒有這回事。若有新聖人，就應是嬴政。可是現在那樣子的嬴政，憑甚麼做統一天下的新聖人？

項少龍無限地思念著以前在二十一世紀慣用的尖端武器。在這時代，最厲害的劍手，對付得十來人，亦應付不了百多人，何況是成千上萬受過良好訓練的兵將。所以只能從戰略和謀術入手，才有保命逃生的機會。

忽然間，他對邯鄲生出戀棧不捨的情緒，終於要離開這偉大的古城了。

第十五章　密商大計

項少龍來到李牧在邯鄲的大將軍府，牆內的廣場處聚集過千人馬，整裝待發，似要立即出門的樣子。項少龍心往下沉，由府衛領往見李牧時，李牧正由宅內出來，一身戎裝，見到項少龍，把他拉往一旁，道：「大趙再沒有希望了，今天大王把我召入宮，要我立即趕返北疆應付匈奴，更不給我機會提起趙妮的事，還明言邯鄲由趙穆負責，你快走吧！否則性命難保。」

孝成王的反應，顯然亦出乎這名將的意料之外。

李牧再低聲道：「邯鄲城內的將領有很多是我以前的部屬，我把你的事告訴他們，囑他們暗中幫你一把。」接著說出幾個名字。又道：「假若趙穆派人追你，可往北疆逃來，只要進入我的勢力範圍內，我便有方法保護你，縱使大王也奈何我不得。」

項少龍想不到這個只見過三次面的人如此情誼深重，義薄雲天，感激得說不出話來。

李牧解下佩劍，遞給他道：「這劍名『血浪』，比之『飛虹』更勝數籌，吹毛可斷，破敵甲如無物，以你的絕世劍法，有了它當更如虎添翼，不要拒絕，否則李牧會小覷你了。」

項少龍湧出熱淚，接過這名字可怕的寶刃。

李牧拍拍他的肩頭，喟然道：「哪處可容你，便去哪處吧！說不定有一天我們會在沙場相遇，那時各爲其主，也許要生死相見，我絕不會留情，你亦應該那樣對待我。」言罷哈哈一笑，說不盡的蒼涼悲壯，毅然上馬離府，踏上北征之途。

項少龍百感交集，呆然目送，頓時頗有舉目無親的感覺。抽劍一看，只見晶光燦爛的特長劍體上隱有棗紅血紋，呈波浪狀。劍柄處以古篆鑄有「血浪」兩字。昨夜的喜悅已不翼而飛，現在唯一可做的事，就是靠自己的智謀和能力，使烏家和自己心愛的人兒們，能安全離開這毫無天理的地方。

項少龍茫然離開大將軍府。沒有了李牧這樣德高望重的人主持大局，軍方縱對趙穆不滿，亦不敢犯誅族之險爲趙妮一案仗義執言，更沒有人敢站在他的一方，他也不願牽累其他人，現在只能靠烏家和自己。

李牧被遣返北疆，整個趙國的軍政界全清楚趙王的心意，就是他要與趙穆站在同一陣線，而他項少龍是趙穆最大的眼中釘，自是朝夕難保，時日無多。

雪中送炭沒有多少人肯做，落井下石卻是人人樂而爲之，因爲既可打擊烏家，又可討好趙穆。現在最大的問題是趙穆何時取得趙王的同意，一舉除去烏家和項少龍。

有甚麼方法可拖延趙王下這決定呢？

苦惱間回到烏氏倮城堡，陶方迎上來，道：「那個叫單進的楚人給我們擒來關在囚室，不過這人是硬漢一名，怎也不肯吐露半句話，現在看看少龍你有甚麼意見，說不定要下重刑了。」

項少龍像看到一線希望的曙光，道：「搜過他的行囊沒有？」

陶方歎道：「都是些沒有關係的東西，以趙穆的奸狡，絕不會有這麼容易給人抓到的把柄。」接著頹然道：「就算這人肯乖乖合作，站出來指證趙穆，趙穆仍可推個一乾二淨，反指我們誣陷他。唉！你說孝成王信他的男人還是信我們呢？」

項少龍沉吟道：「只要我們清楚趙穆和楚人的來龍去脈，便可設計對付他，所以絕不可輕易放過任何線索。」

兩人這時來到後宅，由一座建築物的密室入口，進入守衛森嚴的地下囚室。那楚諜單進被綁在木椿上，滿臉血污，精神萎靡，顯是吃過不少苦頭，垂頭默然不語。項少龍雖很同情他，亦別無辦法，這就等若戰爭，對敵人仁慈，簡直就是自殺。

項少龍靈機一觸，把陶方拉到一旁，道：「這人一看便知是不畏死的人，否則楚人亦不會派他來負責這麼重要的任務，但任何人的忍耐力總有限度，只要我們找到那方法，便可摧毀他的意志。」

陶方沒好氣道：「問題是有甚麼辦法？」

項少龍道：「這方法叫『疲勞審訊』，你找十多個人來，不斷問他一些重複的問題，不准他如廁和吃東西，最重要是不讓他睡覺，審問時要以強烈的燈光照著他，我看他能捱得多久。」

陶方還是首次聽得這樣的審訊方法，半信半疑道：「眞會有用嗎？」

項少龍肯定地道：「包保有用，你先使人料理好他身上的傷口，給他換過乾淨的衣服，便可進行。」

又和他說了些審訊的技巧和要問的東西，使陶方亦覺很有道理，項少龍才去找烏應元。

烏應元正在密室內接見客人，知他到來，立即把他請進去。

那是個毫不起眼的行腳商人，身材高頎，可是相貌猥瑣，樣子一點也不討好。

烏應元讓項少龍坐下後，道：「少龍！這位就是圖先生最倚重並有『智多星』之稱的肖月潭先生。」

項少龍心想原來是呂不韋頭號手下圖先派來的密使，如此看來，呂不韋是不惜一切，要在短時間內把朱姬母子接返咸陽了。

肖月潭相當客氣，道：「未到邯鄲，早聞得項公子大名，請勿見怪，現在肖某這樣貌是假的，情非得已，故不能以眞面目示人。」

項少龍恍然，原來這人是易容化裝的高手，表面看不出半點破綻，心中一動道：「那就是說，先生亦可把儲君母子變成任何模樣囉！」

肖月潭點頭道：「項公子的思想非常敏捷，這正是圖爺派肖某人來邯鄲的原因之一，但怎樣把他們偷出來，須靠你們了。」

項少龍正想說把她母子偷出來並不困難，几下給烏應元踢了一腳，忙把話吞回肚內。

烏應元接著道：「假若我們救出她們母子二人，呂先生那方面怎樣接應我們？」

項少龍這才恍然而悟，以他們的實力，又有肖月潭超卓的易容術，救出她母子應不是問題，難就難在烏家要同時全體逃亡，所以烏應元把嬴政母子和烏家掛鉤，逼呂不韋要一併接收他們。

果然烏應元續道：「質子府守衛森嚴，自莊襄王登基後，府內長期駐有一營禁衛軍，邯鄲城禁之嚴，又是天下聞名，除強攻硬闖外，別無他法。不過肖先生請放心，我們已有妥善計劃，包保能把他們母子無驚無險送到城外。」

項少龍知他在誇大其詞，亦沒有想得甚麼救人大計，但換過是他也只好如此騙取對方的信任。

肖月潭道：「敝主曾和莊襄王商量過這個問題，屆時我軍會佯攻太原郡的狼孟、榆次諸城，引開趙人的注意力，而圖爺將親率精兵，潛入趙境接應，只要你們到達轑陽東的漳水西岸，圖爺便可護送你們取魏境或韓境返回我國。」頓了頓又道：「肖某可否先聽你們的奇謀妙計？」

項少龍暗叫厲害，他說了這麼多話，事實上沒有洩露半點圖先率領精兵的位置和路線，因為若要配合行動，圖先須身在趙境才行。

几下再給烏應元踢一腳，顯然要他立刻弄一個根本不存在的計劃出來應付。

項少龍哪有甚麼計劃，故作神秘的道：「肖先生可否等待三天，因為計劃裡最重要的一個環節是聯絡她們母子，這事我仍在進行中，待有頭緒後，其他細節始可作最後取捨。」

肖月潭不滿道：「至少應透露一點情況給肖某知道吧？」

項少龍故作從容道：「先生的出現，令整個計劃生出變化，說不定可借助先生的易容術，使我們遠離邯鄲後趙人仍懵然不覺，所以我要再做新的部署。」

肖月潭臉容稍寬，道：「我有點明白了！」轉向烏應元道：「聽說烏家的歌舞姬名聞天下，肖某怎可錯過。」

烏應元大笑道：「早給先生安排好了！」

項少龍知道再沒有他的事，溜了出去。

踏出烏應元的內宅時，項少龍有種筋疲力倦的感覺。城堡內一片午後的安寧，花園裡婢女和小孩在玩拋球遊戲，傳來陣陣歡笑聲。地上的雪早剷得乾淨，但樹梢上仍掛滿霜花冰柱。

他經過時，較有姿色的婢女都向他大送秋波，頻拋媚眼，以望博得青睞，但他這一向風流自賞的人只感黯然神傷。烏應元雖曾說過會把大部分人早一步調離趙境，但誰都知道那只是指直系至親，至於較疏遠的親屬以及眼前的婢僕，大有可能會被無情地捨棄，最終成為趙人洩憤的對象。

這是無可奈何的事，他項少龍亦沒有辦法。在這群雄割據的時代，人的命運並不是由自己操縱的。天堂會忽然變成可怕的阿鼻地獄！

他並不擔心呂不韋會出賣他們，在這戰爭不息的土地，烏家的畜牧業對軍事和經濟均無比重要，以烏家父子的厲害，定可把部分資源撤出，其他的都不會留下給趙人，那將對趙國造成致命的打擊，更難苟安生存，這亦是趙王自作自受的惡果。

烏應元是雄才大略的人，幾年前便開始不動聲色地部署一切，只瞧他看中自己的眼光，又不惜把最鍾愛的女兒嫁給他，可知他的果敢和高瞻遠矚。

只有這種人，才能在這世界快樂地活下去。

後面口哨聲傳來，尚未來得及回頭一看，荊俊已旋風般趕到他身旁，神態輕鬆。

項少龍大奇道：「得手了嗎？」問的自然是趙致。

荊俊得意萬分地搖頭，悠然道：「她一直不理我，最後給我跟了回家，還拿劍來趕我。」

項少龍愕然道：「那我真猜不到為何你仍可像現在那麼開心高興？」

荊俊嘻嘻笑道：「妙就妙在她親爹原來是個私塾老師，走出來對我嚴詞斥責，說了大堆甚麼非禮勿視、非禮勿言等說話。我其實一個字都聽不入耳，但看在他美麗女兒分上，裝作俯首受教，他或者見我像個讀書的人才，竟說甚麼有教無類，著我每天去上學受教，學做人道理，只要過年過節送些臘肉便成。嘻！當時趙致氣得差點瘋掉，向我乾瞪眼，又毫無辦法，項大哥你說是否精采呢？」

項少龍搖頭失笑，給荊俊這樣的人纏上，趙致這姑娘恐怕有難了，打又打他不過，趕又趕他不走，看她怎樣應付？

荊俊問道：「滕大哥到哪裡去了？」

項少龍答道：「他有特別任務，到城外的大牧場去了。」

說到這裡，心中一動道：「有沒有辦法把數以千計的戰馬弄得四蹄發軟，不能走路？」

荊俊皺著眉道：「餵牠們吃些藥便成，但若數目太多，會困難一點。」

項少龍心想這事應問烏應元才對，烏家的畜牧業乃世代相傳，沒有人比他們更在行。

荊俊興奮地道：「有甚麼事要我辦的？」

項少龍搖頭道：「你放心去讀書吧，須謹記滕大哥的吩咐，不要太過荒唐沉迷，今晚還要到質子府去。」

荊俊答應一聲，歡笑著去了。

項少龍步入他的隱龍居，只想倒頭好好睡一覺，甚麼都不去想。

醒來已是黃昏時分。項少龍回復精神，人也樂觀和振奮多了。

晚膳時，雅夫人的忠僕趙大竟來找他。項少龍還以爲趙雅有甚麼急事，忙拋下碗筷，把他迎入內室。

趙大神情古怪，好一會兒後才道：「今次小人來找公子，夫人是不知道的。」

項少龍大感不妥，誠懇地道：「有事放膽說出來，我會爲你擔當。」

趙大道：「本來我這些當下人的，絕沒有資格管夫人的事，可是我們兄弟數人，心中早視公子爲我們最值得追隨的主人，故再顧及不到其他事了。」

項少龍更覺不妙，催他把來意說出。

趙大猛下決心，沉聲道：「夫人回來後，不到一個月，有個叫齊雨的貴族由齊國出使到邯鄲，這人生得比連晉更要俊秀，才學和劍術在齊國都非常有名，亦是脂粉叢中的高手，可是他來趙後，卻像只對夫人情有獨鍾似的，對夫人展開熱烈追求，大王和趙穆又不斷爲他製造與夫人相處的機會，看來夫人對他亦有點意思。」

項少龍一聽放下心來，他對自己這方面信心十足，亦不相信曾共患難的趙雅會這麼容易移情別戀。

趙大看他神情，焦灼地道：「有些話我不想說也要說，夫人回來後，想你想得好苦，茶飯不思，偏是城內不斷傳出公子死訊的謠言。那齊雨便乘虛而入，有幾晚在夫人房內度過，到公子回來後，夫人把他疏遠，可是他昨晚又來纏夫人，今早才離開。我們兄弟商量後，決定告訴公子。」

項少龍的心立時涼了一大截，以趙雅一向的放蕩，在那種苦思他的情況裡，的確需要其他男人的慰藉和刺激，以排遣痛苦和寂寞。人非草木，孰能無情，這種男女間事，開始了便很難斬斷，兼之齊雨又有不差於他的條件，所以趙雅才會與他藕斷絲連，纏夾不清。

唉！蕩女終是蕩女，那可能牽涉到生理上內分泌的問題，要她長期沒有男人慰藉，會是很困難的一回事。

他心中生出被騙的痛苦感覺。

趙大壓低聲音道：「若夫人只是和男人鬼混，我們絕不會做通風報訊的下作奸徒。夫人有大恩於我們，縱為她死亦心甘情願，但我們卻怕她是給人騙情騙色外，更別有用心，又害了公子，那就不值了。」

項少龍一愣，問道：「究竟是甚麼一回事？」

趙大痛苦地道：「我們曾私下調查這齊雨，發覺他每次與夫人幽會後，立即偷偷去見趙穆……」

項少龍劇震道：「甚麼？」

趙大兩眼一紅，垂下頭去，兩手緊握成拳，顯是心內充滿憤慨。對他來說，項少龍是義薄雲天的大英雄，只有他配得起雅夫人，而趙穆則是邯鄲人人痛恨的人物，可想見他此刻的感受。

項少龍逐漸明白過來。這條男色的詭計可算厲害了！若趙穆可再次控制趙雅，那他們這一方便休想有一人能生離邯鄲，朱姬母子也要完蛋，因為趙雅知悉他們的所有行動和秘密。

不過看來趙雅雖與齊雨糾纏不清，仍未曾把他出賣。想起今天她神色淒然地要自己把她帶離趙國，又怕秦人難靠，當知她心情矛盾。說到底，趙王對她仍是非常疼愛，她是否眞的願意背叛孝成王呢？她之想離開趙國，主因是趙國無望，故不想淪為亡國之人，而齊雨卻可給她這種庇護，把她帶回與秦人間隔著趙國的齊國去。

齊、楚間顯有秘密協議，不擇手段阻止三晉合一，甚至瓜分三晉，所以趙穆既能邀囂魏牟對付他，現在又請得情場高手來向他橫刀奪愛。這事當然有趙王在背後撐腰，因為他不想趙雅與烏家牽上關係；同時亦想通過趙雅盡悉烏家的秘密，時候到了，再把烏家連根拔起，接收所有牧場，去此心腹大患。

項少龍的思路不住擴闊，想起趙妮一事，說不定趙王亦是參與者，因為小盤曾說他是吃下趙王派人送來的糕點而昏睡過去的。趙王容許趙穆這樣做，是以爲妮夫人只是不耐寂寞，才會和項少龍相好，所以只要趙穆能予她同樣享受，便可把她爭取回來，哪知趙妮生性貞烈，被污後竟自殺身亡。

有了這樣的理解，所有不明白的事均豁然而通。那就是趙穆可以隻手遮蓋趙妮血案的原因，因爲根本是趙王首肯的，他更不想自己的惡行暴露，寧願開罪李牧，亦要把這事壓下去。

對於趙國，他是眞正死心。他的復仇名單上，亦多添趙王的名字。現在最頭痛的問題是趙雅，她對齊雨是否已泥足深陷？難怪趙王這麼容易把趙倩交給她。會否晶王后也是在半眞半假地演戲，故意引他行刺趙穆，讓趙王有藉口把烏家剷除？

想到這裡，不由汗流浹背。

趙大道：「公子！現在我們應怎麼辦？」

項少龍歎道：「你們當作完全不知道這件事，以後不要再跟蹤或調查齊雨，這事至爲緊要，明白嗎？」

趙大點頭，欲言又止。

項少龍想起一事，問道：「你們對夫人這麼忠心，難道明知齊雨去見趙穆，也不告訴夫人嗎？」

趙大頹然道：「早告訴她了，卻給她斥責一頓，說齊雨乃齊國來使，趙穆自然要殷勤招待，還說若我們再跟查齊雨，絕不輕饒。」

項少龍心中叫糟，看來齊雨眞的把善變的蕩女迷倒，否則爲何不許趙大追查眞相。自己可以由連晉手上把她奪走，別人當然也可以從他手上搶去，這公平得很。何況雅夫人以前的廣結善緣，正表示她喜貪嘗鮮。

趙大終忍不住道：「若夫人眞的歸了齊雨，我們希望過來追隨公子。」

以趙大的忠心，說出這種背主的話來，可知他們對趙雅是多麼失望和痛心。趙雅曾出賣他一次，今趟會否歷史重演？當她知道逃走無望時，會否因爲齊雨和她的本身利益再次出賣他？

項少龍心內悲痛憤怨，沉聲道：「將來有一天，若我項少龍出人頭地，你們來找我，我必樂意收容你們。」

趙大歡喜拜謝，告辭離開。

項少龍心情惆悵，腦內一片空白，甚麼都不願想。眾女見他神色有異，忙追問緣由，他怎能把心事告訴她們？

項少龍強振精神，暗忖兵來將擋，水來土掩，我還怕了誰來。

強者爲王。

好！就讓我項少龍看看誰才是強者。

第十六章　真假嬴政

北風呼嘯中，項少龍和荊俊兩人無聲無息地躥牆越壁，避過巡邏和崗哨，潛入朱姬樓外的花園裡。

荊俊留下把風，項少龍熟門熟路地來到二樓窗外，輕輕一推，窗門應手而開。

朱姬的聲音在裡面輕呼：「少龍嗎？快進來！」

項少龍一個閃身穿窗入屋，朱姬忙把窗門關上，轉身挨著窗臺，胸口不住起伏，顯是心情緊張。

房內只有一盞暗弱的孤燈，由於放在窗臺那邊的一角，所以不虞會把兩人的影子反射在窗紗上。

燈火強調了朱姬右半邊身體，左半邊沒在暗影裡，使她玲瓏浮凸的身材，更具立體的感覺，誘人至極。

房內燃著了火盆，溫暖如春，所以朱姬的衣衫雖單薄，她卻仍是那麼舒慵適意。她美麗的媚眼像火炬般燃燒著，更具灼人的暖意，一瞬不瞬地盯著項少龍，好像要把他的五臟六腑也研究清楚的樣子。

項少龍還是首次遇到這麼大膽野性、一點不怕男人的女人，心臟不由「霍霍」躍動起來，表面卻冷冷地和她對視。

這是個絕不簡單的女人。

朱姬櫻唇輕啓道：「項少龍！我可以信任你嗎？」

項少龍微微一笑道：「看來夫人沒有可以選擇的餘地了。」

朱姬美目深注道：「就算我可以信任你，你又憑甚麼本事把我們母子帶出去？」

項少龍暗忖我既然可潛到這裡來，自然可把你們帶出去，正要衝口說出來，忽覺不對，改口道：「這正是我來找夫人商量的原因，因爲我猜到趙穆必會把所有人手集中在儲君處。」

朱姬點頭道：「你非常精明，難怪趙穆這麼忌憚你。每次他們說到你時，我都很留心在聽，沒想到不韋竟找到你，眞的很好。」

項少龍聽她提起呂不韋，像提到個陌生人似的，心中懍然，看來她是不會對任何男人忠誠的。男人在利用她，她也在利用男人。

皺眉道：「儲君那裡的情況如何？」

朱姬輕歎道：「除非你率領大軍，攻破邯鄲城，否則休想把他帶走。自異人郎君登基後，趙穆調來二百名身手高強的武士，日夜不停輪班在大宅內陪守他，外面則加建高牆，形成宅內有宅，且長期有一營近千人的禁衛軍在守衛著，若非你能化作鳥兒，休想潛進去見他。」

項少龍聽得眉頭大皺，今天烏應元向肖月潭說起質子府守衛森嚴，不但沒有誇大，還把實情「誇小」了。

朱姬若無其事地淡然道：「而且就算把他救出去也沒用，趙穆乃用藥的大行家，給他餵服一種奇異的藥物，必須定期服用解藥才可沒事，若沒解藥吃，不出十天便立要毒發身亡。」

項少龍整條脊骨似結了冰的冰柱。

我的媽啊！這就是未來的秦始皇？今次眞是進退兩難，還以爲救出她們母子是舉手之勞，自己是太天眞了。

吁出一口涼氣道：「這樣扣著儲君，除了用爲出氣外，對趙人有甚麼好處？」

朱姬淡淡道：「你也應聽過趙穆的陰謀，故意以酒色把他變成廢人，說眞的，趙穆恨不得把他送回去當秦王。現在卻不是時候，因爲會便宜了呂不韋，你明白嗎？」

項少龍當然明白，呂不韋這麼急切把他們母子運返咸陽，就是要加強與莊襄王的關係。這刻他突然發現當朱姬提到兒子時，只說「他」而沒有任何稱呼或直叫他的名字，語氣冷淡得駭人，一時不禁迷惑起來。

朱姬忽然狠狠道：「這小子死了倒好，見到他我便無名火起。」

項少龍呆了起來，人謂虎毒不食子，朱姬爲何會詛咒能令她成爲王太后的寶貝兒子？

朱姬移過來，挽起他的手，拉著他往秀榻走去，柔聲道：「來！到榻上再說。」

項少龍一來已完全失去心情，二來緊記勸誡，不可和這同時是呂不韋和莊襄王禁臠的女人發生曖昧關係，駭然下反手拉著她道：「恐怕時地都不適合吧！」

朱姬沒好氣道：「你以爲人家不知道嗎？只不過那些婢女奉命每隔一段時間便來看我，躲在榻上，安全得多了。」

項少龍心想原來誤會了她，忙隨她鑽入帳內，立時芳香盈鼻。

朱姬著他躺在內側，以錦被蓋過兩人，轉身擠入他懷裡，用力抱緊，小嘴湊到他耳旁輕輕道：「奴家要告訴你一個天大的秘密，但要你先發毒誓，不可以告訴任何人，方可以讓你知道。唉！我亦是別無選擇，不得不告訴你。我在這裡不准踏出屋門半步，又沒有任何可信任的人。」

項少龍心中大訝，甚麼秘密須發毒誓不得外洩那麼嚴重？答道：「我項少龍一言九鼎，答應人的話，絕不食言，夫人放心好了。」

朱姬欣然道：「我知你是言必有信的人，可是奴家仍不放心，你便當遷就人家吧！」

美女軟語相求，無奈下，項少龍只好發了個毒誓，同時心中暗笑，項某人根本不信毒誓會應驗，對我有甚麼約束力？不過既然答應了，自亦不會隨便向人說出來。

朱姬猶豫片晌，壓低聲音道：「他們軟禁的那孩子根本不是我的兒子。」

項少龍差點失聲驚呼。

我的天啊！究竟是甚麼一回事？

朱姬尚未有機會再說話，敲門聲響，婢女在門外道：「夫人睡了嗎？侯爺來了！」

項少龍魂飛魄散，正要跳起身來，朱姬一把將他按住，伸手往前在床飾處一按，項少龍躺處立即變成活板，把他翻到床下的暗格去。剎那間，項少龍由榻上溫暖的被窩，變成躺在有棉被墊底的床下暗格內，幸好還開有通氣孔，不虞活活悶死。

門打了開來，趙穆的聲音道：「美人兒，本侯來探望你了。」

朱姬答道：「侯爺今天精神煥發，定是發生令你高興的事，奴家很替你開心呢！」

這時暗格內的項少龍正猜到身躺處必是郭開這「奸夫」的專用暗格，聞言亦要暗讚朱姬很懂得對男人灌迷湯。接著他「感到」趙、朱兩人在榻沿坐下，還有親嘴聲和朱姬令人銷魂蝕骨「咿唔」喘息的聲音。

好一會兒後，趙穆笑道：「聽說你的呂郎派了圖先到邯鄲來救你，美人兒你高興嗎？」

朱姬嗔道：「你還不知奴家的心意嗎？沒有了你，甚麼地方人家也不想去，而且這只是謠言罷了！誰會蠢得到這裡來送死？」

床下的項少龍心中叫絕，朱姬自是在探聽趙穆的口風。

果然趙穆冷哼一聲，道：「怎會是謠言？現在秦國舊臣正與呂不韋展開激烈鬥爭，要他負上毒殺先王的責任，恐怕連你的莊襄王都護不了他。呂不韋死了，我自會把你們母子送回咸陽，那時可不要把我忘記。」

趙穆雖沒有說出來，項少龍和朱姬都猜到消息定是來自想扳倒呂不韋的秦國權貴。

這秦國外來人和本地權臣的鬥爭，可謂牽連廣泛。主戰場在秦廷，副戰場卻在邯鄲。原本很簡單的事，變得複雜無比，尤其朱姬剛才說的話，更是出人意表，石破天驚。

朱姬大發嬌嗔道：「不回去！不回去！人家絕不回去，由政兒回去好了，我要留在這裡和你長相廝守。」

床下的項少龍聽得目瞪口呆，她怎能說得這麼眞摯感人，若讓她去到二十一世紀，必是演藝界的超級巨星。

趙穆完全受落，和她又親起嘴來，夾雜著趙穆毛手毛腳時引起的衣服摩擦聲，男女的淫笑和呻吟，床下的項少龍大歎倒楣。若兩人在榻上歡好，他就更難受了。

這時他若要刺殺趙穆，確是易如反掌，當然他不會蠢得那樣做。

幸好趙穆談興未盡，停止了對朱姬的侵擾，道：「我今天這麼開心，是因爲趙雅那賤人終於落到我算計裡，難以自拔。沒有人比我更清楚她，既迷戀榮華富貴，又貪新忘舊，不過她對項少龍已是很特別的了。幸好我還有一招殺手鐧，就是教孝成王動以兄妹之情，加上利害關係，哪到她不誠心就範！」

項少龍的心直往下沉，完了！趙雅眞的背叛他。只不知她把自己的事透露了多少給她王兄知道？幸好爲了不使她擔心，很多事他都沒有和她說，否則更不堪設想。

朱姬故意道：「爲何你整天咬牙切齒提著那項少龍，他和奴家有甚麼關係？人家對他一點興趣都沒有。」

趙穆怎知狡婦在探他口風，又或根本不去防範失去自由的美人兒，淡淡道：「怎會沒有關係，烏家一直和呂不韋有聯絡，項少龍是烏家的孫婿，呂不韋若來偷人，自須借助烏家的力量。」頓了頓冷哼道：「項少龍莫落到我手裡，那時我會令他後悔做人。我操他時，你得在旁看熱鬧。」

床下的項少龍聽得咬牙切齒，恨不得撲出去把他殺掉。

朱姬當然知道項少龍在聽著，忍不住喘笑道：「那個毛頭小子怎鬥得過你呢？他遲早總會落到你手裡，任你施爲。」

趙穆顯是聽得興奮，道：「來！上榻吧！」

朱姬總算有點良心，不依道：「半夜三更來弄醒人家，累得人家肚子餓了，哪來的興趣。」

趙穆顯是對她極爲迷戀，忙召人去弄點心給朱姬吃，才滿足地道：「現在趙國沒有人敢開罪我，只待把烏家連根拔起，那時誰敢不看我趙某人的臉色行事。」

朱姬曲意奉承幾句後，柔聲道：「我看項少龍定是不折不扣的蠢材，否則怎會相信以淫蕩聞名天下的趙雅會對他專心一意？」

項少龍惟有苦笑，朱姬這兩句話當然是免費贈給他的禮物。

趙穆哪想得到其中有此轉折，正正經經答道：「你錯哩！趙雅對項少龍確是動了眞情，所以很多事直到此刻仍替他隱瞞。不過我太明白她了，所以她怎鬥得過我，她不想和項少龍一塊兒死，只好乖乖與我合作。」再舒服地歎了一口氣道：「項少龍這小子不但不蠢，還非常厲害，若不是抓著趙雅這弱點，鹿死誰手，尙未可知呢。」

項少龍想起一事，立時冷汗浹背直流。假若趙倩把紀嫣然、鄒衍在大梁救他們一事說了給趙雅聽，再轉告趙穆，那紀嫣然和鄒衍兩人便非常危險。

這時侍女來報，食物準備妥當。趙穆和朱姬步出房外，此時不走，更待何時。

項少龍叫了聲「謝天謝地」，一溜煙走了。

趙倩在榻上輾轉反側，怎樣也無法入睡。沒有項少龍在身旁，她有種淒苦無依的感覺。她又想到趙盤，這失去母親的孩子日漸變得陰沉可怕，只有對她和項少龍時才有點天眞歡慰，連趙雅的帳他也不賣。假設他表現得脆弱一些，趙倩反會好受點。

就在此時，帳幔忽給揭開，正要驚呼時，項少龍熟悉的聲音道：「倩兒！是少龍！」

趙倩哪想到夜深人靜時愛郎會出現榻旁，狂喜下撲過去，死命把他摟緊。

項少龍脫掉靴子，摟她鑽入被窩，先來個長吻，才低聲問道：「你有沒有把嫣然救我們的事告訴雅夫人？」

趙倩何等冰雪聰明，聞言駭然道：「她不是有甚麼不妥吧？爲何說給她聽會有問題？」

項少龍色道：「那是說你已告訴她了！」

趙倩搖頭道：「沒有。但並非我不信任她，而是我曾答應嫣然姊，絕不把這事告訴任何人，所以只把我們編好的故事告訴她。」

項少龍如釋重負地舒了一口大氣。

趙倩嬌軀一顫道：「天啊！夫人究竟做了甚麼事，要勞你半夜三更偷進來問倩兒這樣的問題？」

項少龍愛憐地愛撫她粉背道：「今晚你有沒有見過她呢？」

趙倩道：「聽說她有客人來了，所以我不方便過去。噢！我想起來哩！每次說有客人來，小昭她們的神情都很古怪，似乎充滿怨憤，又無法作聲的樣子，那客人難道是……」

項少龍早已麻木，再不會爲趙雅與齊雨偷歡有任何激動，他乃提得起放得下的灑脫人物。他曾向趙雅提議讓荊俊等人保護她，卻給她堅決拒絕，當時尚沒會意，現在當然明白她是不想讓他知道和齊雨的私情。

趙倩道：「項郎啊！求你告訴人家是甚麼一回事好嗎？」

項少龍道：「這幾天你覺得夫人有甚麼異樣的地方嗎？」

趙倩凝神想了一會兒，思索著道：「給你這樣一說，夫人果然似和以前不同，不時心神恍惚，有次我還發覺她獨自一人在垂淚，問起她時，她只說想起妮夫人，有時又無端端發下人的脾氣。」再不依地催促道：「究竟是甚麼一回事啊！人家的心憋得很難受呢！」

項少龍歎道：「你再想想，她有沒有說過甚麼特別的話，例如我們絕逃不出去諸如此類的話。」

趙倩道：「這倒沒有，但她曾提過呂不韋現在自身難保，隨時有抄家滅族的大禍，我們若隨烏家去投靠他，等若由狼口走進虎口裡。」

項少龍道：「那你怎樣答她？」

趙倩吻了他一口道：「我說只要能跟著你，死也沒關係。」接著一震道：「是了！當時她神情很古怪，回想起來，似乎像既羞慚又後悔的樣子，後來便藉故走了。」

項少龍至此已對趙雅完全死心。趙穆說得對，他比項少龍更了解趙雅，所以可先後兩次利用這善變的女人來害他。

暗歎一口氣後，把情況大約告訴趙倩。趙倩早料到大概的情形，出奇地冷靜。

項少龍道：「你至緊要表現得若無其事。」

趙倩深情地獻上香吻，柔情似水地道：「倩兒曉得了，我對你這新聖人有無比的信心，知你定能領著倩兒和烏家安然度過劫難。」

項少龍臨走前道：「你眞捨得丟下父王，隨我去接受茫不可測的命運嗎？」

趙倩肯定地點頭，道：「只要能離開父王，倩兒甚麼都不怕。人家有件事尚未告訴你，就是娘死後，倩兒的奶娘曾說了句罵趙穆的話，輾轉傳到父王那裡，他便立即賜奶娘毒酒，奶娘臨死前握著我的手垂淚叮囑，若有機會定要遠離王宮，做個平常人家的女兒比做公主強多了。」

項少龍聽得不勝感慨。他眞的不明白王族人的心態，正如他並不明白趙雅那樣。

第十七章　爾虞我詐

項少龍和荊俊回到烏府後，各自返回宿處。分手前，荊俊欲言又止。

項少龍知他心意，道：「白天不會有事的，你放心去上學，不過小心點，現在邯鄲除烏府外，沒有地方是安全的。」

荊俊大喜道：「我是天生的獵人，不會那麼容易成爲獵物的。」

項少龍亦知他狡猾多智，逃走的功夫更是天下無雙，所以並不擔心。

回到隱龍居，眾女好夢正酣。項少龍雖疲倦欲死，但心理和精神被今晚一連串的事影響得太厲害，哪能睡得著，靈機一觸，就在房內榻旁依「三大殺招」卷裡的打坐方法，盤膝打坐運氣，意與心會，心與神守，神與虛合，萬念俱滅，竟無意地進入前所未有物我兩忘的境界，精神超離肉身的羈絆，渾渾融融，到回醒過來時，天色大白，眾女都起床了。

項少龍不理眾女的驚訝，心中暗暗稱奇，自己坐了至少有個把時辰，亦即兩個多小時，卻像睡覺般似若闔了闔眼的工夫，盤交的雙腿亦沒有血氣不暢的麻痺感覺。在特種部隊受訓時，他曾習過氣功，以不同的站樁爲主，卻從沒有這種神清氣爽的感覺，一時間對雅夫人的事再不大放在心上了。

用過早點，他匆匆趕去找肖月潭，後者仍擁美高臥，見他尋來，披上一件棉袍便出來見他。這時肖月潭易容的化裝盡去，露出精癯的面容，與昨天那副尊容眞有天淵之別，頗有儒雅風流的氣質。

客套兩句後，項少龍低聲道：「圖爺來趙的消息，已由貴國反對呂先生的人洩露出來，傳入趙王和趙穆耳裡了。」

肖月潭臉色微變，露出驚異不定的表情。

項少龍續道：「但看來他們仍掌握不到圖爺所在，派人搜索卻是必然的了。」

肖月潭道：「我會使人警告圖爺。少龍，圖爺會很感激你的，這消息太重要了。」

項少龍這才知道肖月潭並不是孤身潛入邯鄲，見到他對自己語氣不同，心中好笑，道：「趙穆對儲君的防範非常嚴密。」遂把昨夜朱姬的一番話轉贈給他，連趙穆對嬴政下藥一事亦不瞞。肖月潭今次眞的臉色大變，默然無語。

項少龍昨夜便感到他主要是想把朱姬母子帶回咸陽，對烏家如何撤往秦境並不熱心。此刻聽到眞實的情況，始明白到憑他們這些外來人，根本絕無可能救出朱姬母子，縱有最高明的易容術仍不管用。正如朱姬所說，除非破城攻入，否則誰可把嬴政帶走？帶走了亦只是落得毒發身亡的結局。

肖月潭深吸一口氣道：「少龍在何處得到這些消息？」

項少龍道：「趙穆身旁有我的人，昨晚終有機會聯絡到朱姬夫人，是由她親口說出來的。」

肖月潭亦不得不佩服項少龍有辦法，猶豫片晌後道：「少龍勿怪我直言，據說趙王早懷疑烏家和我們呂大爺暗中有往來，現在圖爺來趙的事又給洩露出來，誰都猜到是要搶回她兩母子，你們現在可說動彈不得，如何可以進行計劃？」

項少龍胸有成竹地微笑道：「這問題我要明天才可答你，總之仍未到山窮水盡的時候。先生可否先向圖爺傳話，若眞想把儲君母子帶返咸陽，我們雙方必須衷誠合作才成。」

肖月潭知被項少龍識破他們心意，老臉微紅道：「這個當然……當然！嘿！我會告知圖爺的。」

又皺眉道：「趙穆用藥之術，天下聞名，我們如何破解？」

項少龍笑道：「明天我自有令先生滿意的答案。」

肖月潭見他容光煥發，神態輕鬆，信心不由增加幾分，點頭道：「看來我要親自去見一趟圖爺，最快也要三、四天才可回來，希望少龍到時會有好消息見告。」

項少龍再和他密議一番後，告辭離去，途中遇上來找他的陶方，後者精神振奮，項少龍還以為那楚諜一天都捱不了，盡吐實情，豈知陶方只是道：「少龍的方法眞管用，僅一晚他便崩潰了一半，只想睡覺，我看他捱不了多久，就要招供。」

項少龍暗想這亦算好消息，這種手法雖不人道，總比傷殘他的身體好一點，再堅強的人，於這種情況下，也會變得軟弱無比。

陶方道：「少爺今早離城到牧場去，會有多天不回來。」壓低聲音續道：「他是去安排撤出趙國的事宜，十天後是農牧節，我們例行有『祭地』的儀式，由趙王親到牧場主持，到時我們會把部分府眷送往早預備好的密處隱藏，待將來風頭過後，才把他們逐一送往秦國。」

項少龍放下了點心事，以烏應元的深謀遠慮，他認為穩妥的事，絕不易出漏子。

陶方引著他往烏氏倮的大宅走去，邊道：「當日我在桑林村遇到少龍時，已知你必非池中之物，仍想不到你會有今天的成就。」

提起桑林村，項少龍不由想起美蠶娘，神色一黯！想不到來到這古代，牽腸掛肚的事情，比以前更多。

陶方自知其意，安慰他幾句，亦知空口白話沒有甚麼作用，道：「老爺要見你呢！」

烏氏倮在密室單獨接見這孫女婿，開門見山道：「今天找個時間，讓我爲你和芳兒舉行簡單的儀式，正式結爲夫婦。」

項少龍忙叩頭感謝。對烏廷芳他已生出深厚的感情，亦以有這麼一位嬌妻感到欣悅。

烏氏倮皺眉道：「我還以爲你們這麼親密，芳兒會很快有身孕，眞是奇怪……」

項少龍心中懍然，自己雖想過這問題，卻沒有在意。

烏氏倮顯亦不大在意，道：「我要告訴你一件有關烏家生死的大事，這事連陶方都不知道，只有我們烏家直系有限的幾個人才曉得。」

項少龍愕然望著他。

烏氏倮肅容道：「舉凡王侯府第，均有秘道供逃亡之用，這事人人知曉，我們也不例外，有四條逃往府外的秘道，出口都是在城堡附近，但對我們來說，只是作掩人耳目之用。」

項少龍一對虎目立時亮起來，又難以置信地道：「難道竟有通往城外的秘道？」

烏氏倮傲然道：「正是這樣，這條通往城東外的秘道歷時三代七十多年才建成，長達三里，不知犧牲了多少烏家子弟的性命，只是通氣口的佈置便費盡心血，深藏地底十丈之下，挖井亦掘不到，是藉一條地下河道建成，入口處在後山一個密洞裡，還要經後宅一條短地道才可到達，隱秘之極。」

項少龍至此才明白爲何烏家父子，對逃出邯鄲總像胸有成竹的樣子。

烏氏倮道：「所以只要你有本事把朱姬母子帶來烏府，我們便有把握逃出去。」

項少龍大感振奮，信心倍增，最難解決的問題，忽然一下子解決。

烏氏倮旋又頹然道：「這條秘道很不好走，又悶又濕，我年輕時走過一趟，便不再下去，還希望永遠不須以之逃生，現在老了，更是難行哩！」

項少龍道：「聽陶公說農牧節時，我們趁機送走一批人，爺爺你……」

烏氏倮歎氣道：「若我也走了，孝成王那昏君不立刻採取行動才怪，誰都可以走，但我卻不能走。」

項少龍聞言色變。

烏氏倮淡然一笑，頗有點窮途末路的意味，柔聲道：「天下是屬於你們年輕人的，我垂垂老矣，去日無多，再沒有勇氣去面對處身秦國的新生活，也經不起逃亡的驚險和辛勞，所以我早和應元說了，決定留在這裡不走。」

項少龍劇震道：「趙王怎肯放過爺爺？」

烏氏倮哈哈一笑道：「誰要他放過？我連皮都不留下一片給他尋到，我風光了一生，死後自亦不想受辱人前。」

項少龍失聲道：「爺爺！」他首次發自深心對這胖老人生出敬意。

烏氏倮灑脫地道：「莫作婦人孺子之態，我對你非常看重。凡成大事，必有犧牲的人。孝成王想攻破我烏家城堡，必須付出慘痛代價。我真的高興，到這等時刻，我仍有一批捨命相隨的手下。」

頓了頓再道：「你只要帶走朱姬母子，孝成王會立即來攻城，若沒有人擋他們幾日，你們怎能逃遠？」再毅然道：「我意已決，不必多言。」

項少龍知道難以改變他的心意，事實上他是求仁得仁。道：「秘道的事有多少人知道？看來連廷芳都不曉得。」

烏氏倮道：「這樣才能保密，放心吧！知道這事的人非常可靠，這幾天見到烏卓，著他領你去探路，只要到得城外，沒有人比我們這些世代農牧的人更懂生存之道。」再冷哼一聲，道：「他不仁，我不義，孝成王這樣對我，我就要他嘗嘗長平一役後最大的苦果，我要教他舉國無可用的戰馬，讓他坐看趙國逐分逐寸的沒落崩頹。」

看著烏氏倮眼中閃動著仇恨的光芒，項少龍忽然明白到若一個人抱定必死之心，實在是最可怕的。

回隱龍居後尚未坐穩，雅夫人派人來請。項少龍對此早有心理準備，策著紀才女贈送的愛騎疾風來到夫人府，在內廳見到了趙雅。面對玉人，雖近在咫尺，項少龍卻感到兩人的心遠隔在萬水千山之外。特別留意下，果然小昭等諸女都沉默多了，臉兒木無表情，眼內暗含淒楚。趙雅仍是笑靨如花，但項少龍卻看到她笑容內的勉強和心底的矛盾。

她驚異地看他一眼道：「少龍你今天特別神采飛揚，是否事情有新的進展。」跟著壓下音量道：「是否抓到趙穆的痛腳？」

項少龍搖頭道：「哪有這麼容易！」

趙雅道：「那是否朱姬母子方面有新進展？」

項少龍裝出苦惱的樣子，緊鎖雙眉道：「她母子居處守衛森嚴，根本沒有方法闖入去，你有沒有辦法讓我見她們母子一面？」

趙雅垂下頭咬牙道：「讓我想想吧！」

項少龍知道她對自己確有情意，否則不會處處露出有異的神態，扮演得毫不稱職。正容道：「我昨夜想了一晚，決定依晶王后的話，刺殺趙穆。」

趙雅劇震道：「少龍！」仰起俏臉，淒然望向他。

項少龍心中快意，沉聲道：「只要幹掉趙穆，才有機會把朱姬母子劫走，我現在有一批大約五百人的烏家死士，有能力對趙穆公開施襲，只要手腳乾淨點，誰敢指我行凶？」

趙雅茫然看著他。

項少龍當然知道她以爲自己已落入晶王后佈下的圈套裡，只覺無比痛快。賤人你既想我死，我便騙騙你來玩兒。

續道：「但甚麼場合最適宜行動呢？」

趙雅垂下頭去，低聲道：「十天後是農牧節，趙穆會隨王兄到烏氏倮城外的牧場舉行祭祀儀式，唉！少龍須三思才好。」

項少龍感到她內心的掙扎和痛苦，心中微軟，柔聲道：「不要對我那麼沒有信心，我會把五百人分作兩批，一批埋伏途中，伏擊你王兄和趙穆的座駕……」

趙雅失聲道：「甚麼？你連王兄也要……」

項少龍正是要逼趙雅徹底走上背叛他的路上去，只有利用趙雅，他才可騙得趙王和趙穆入彀。不用假裝的眼中也可射出深刻的仇恨道：「你王兄在妮夫人一事上這樣包庇趙穆，不用說正因他亦是罪魁禍首，這種奸惡之徒，何必留他在世上？」

趙雅惶然看著他，忽然像下定決心般垂下頭去，咬著唇皮道：「那另一批人是去攻打質子府搶人了，但你們如何離城呢？」

項少龍胸有成竹地道：「我會在城西開鑿一條通往城外的短地道，烏家在這方面有足夠的人手和專才，保證神不知鬼不覺，到時城外還會備有人馬，走時分作十多路逃走，沿途又有預先設置好的隱藏點，就算大軍追來，亦難以找到我們，何況那時邯鄲城因你王兄和趙穆之死，群龍無首，必亂成一團，若讓晶王后當權，她更不會熱心追我們，這計劃可說萬無一失，到時我再約定你和倩兒碰頭的時間、地點好了。」

趙雅垂頭不語，臉上急遽的變化難以掩飾地盡露在項少龍眼下。

他故作驚奇地道：「雅兒！你怎麼了？我的計劃有問題嗎？」

趙雅一震下回復過來，搖頭道：「沒有問題，只是人家一時接受不來。」

項少龍故意戲弄她道：「這叫『有心算無心』，只要戰術上運用得宜，我包保那昏君和奸臣只有十天的壽命。」

趙雅淒然橫他一眼，沒再作聲。

項少龍知道落足了藥，伸了個懶腰，站起來道：「來！讓我們去看看倩兒和小盤！」

趙雅垂頭低聲道：「少龍！」

項少龍心叫不妙，但又是充滿期望，道：「甚麼事？」

趙雅猶豫片刻，搖頭道：「都是沒有事哩！一切留待到秦國再說。」

項少龍心中暗歎，知道趙雅放過最後一個可挽回他的機會。

兩人的感情至此終結！此後恩斷義絕，兩不相干。

離開夫人府後，他感到痛苦的快感。痛苦是因趙雅的變心，快感則是拋開了這感情的包袱。

自那次趙雅毫無理由讓少原君進入她的寢室，他便知道她在男女之事上意志薄弱，這來自天性。趙妮和她遭遇相同，卻不見她四處勾引男人。現在叫「長痛不如短痛」。想到這裡，立即有種說不出的解脫感。

這十天的緩衝期至關緊要，趙王會故意予他方便，使他從容部署刺殺的行動，好以此為藉口，把烏家龐大的基業連根奪去。若沒有堂皇的藉口，趙王絕不敢動烏家，因為那會使國內有家當的人無不自危，紛紛遷往他國，那情況就糟透，他也可算用心良苦。

現在只要弄清楚眞正的嬴政在哪裡，他便可明修棧道，暗渡陳倉，說不定還可說服烏氏倮一起離去。想到這裡，恨不得插翼飛進質子府，向那妖媚絕代、迷死男人的朱姬問個究竟。

天氣嚴寒，北風呼嘯。街上人車疏落，可以躲在家中的，均不願出來捱凍。

蹄聲響起，一隊騎士出現前方，臨近一看，原來是成胥等十多個禁衛軍。項少龍見到故人，親切地打著招呼迎上去。

哪知成胥愣了一愣，勉強一笑道：「項兵衛，我有急事要辦，有機會再說話吧。」夾馬加速而去。

項少龍呆在當場，心中想到「人情冷暖」、「世態炎涼」這兩句至理名言，看來邯鄲再沒有人是歡迎他的了。

後方蹄聲響起，一騎擦身而過，敏捷地遞了一個棉布團給他，打開一看，原來是蒲布約他見面，上面寫著時間、地點。

項少龍心中一陣溫暖，把棉布撕碎後，回府去也。

第十八章　嬴政之秘

項少龍獨坐隱龍居幽深的園林裡，一道人工小泉由石隙飛瀉而出，形成一條蜿蜒而過的溪流，沿途奇石密佈，層出不窮。這時溪水差不多全結成冰，只餘下中間少許泉水湍流著，蔚爲奇觀。

烏廷芳等都不敢來打擾他。

心中思潮起伏，想起與趙雅初次在邯鄲長街相遇的情景，自己如何展開手段把她征服。又想到她被趙穆在車上毛手毛腳，挑逗得情不自禁的淫浪起來。她的移情別戀其實早有徵兆，因爲她根本抵受不了男人的逗弄。

她只是率性而爲，顧不了是非黑白之分，否則不會明知趙穆禍國殃民，仍和他打得火熱，直至被他害苦，才肯離開他。若換過趙妮、趙倩，哪會受威脅來對付自己。

可是他仍一廂情願地信任她，只看到她媚人美好的一面，便深信她的甜言蜜語。當然，若自己在趙國扶搖直上，他們的關係可能繼續保持下去，現在卻證明了她受不起利慾的考驗。

這時代的人都分外愛使「心術」，愈居於高位的人，愈是如此。曾共患難的成胥變臉不念舊情，亦使他心痛不已。這世界多的是錦上添花，雪中送炭是罕有難得。

思索間，他不自覺地依照墨子的打坐法行氣止念，頃刻便意暢神舒，忽被足音驚醒，原來是陶方來找他。

只見老朋友一臉喜色，到他身旁的大石撥掉薄雪坐下，道：「那小子比猜想中還不行，終於招供出來。」

項少龍一計時間，若由昨天開始問起，至少疲勞轟炸了他超過三十小時，絕非易受的事，欣然道：「可問到甚麼內情？」

陶方有點洩氣地道：「其實他只是個帶訊的人，並不清楚趙穆的底細，純是以口頭方式報告楚國的事，再把趙穆的話傳回給楚國的文信君楚冷，那是楚王寵信的大臣。」

項少龍道：「今次趙穆傳的是甚麼話？」

陶方頹然道：「他只說三個月後請文信君派人送禮物來，就這有點特別，其他便是最近發生，譬如囂魏牟被殺那類的普通消息。」

項少龍心中一動道：「現在是否仍在審問他？」

陶方道：「當然！我怕他只是信口雌黃，所以依足你的話，不斷逼他把細節重複，看看有沒有前後不相符的地方。」

項少龍道：「他以前來過邯鄲沒有？」

陶方搖頭道：「他是首次接觸趙穆，爲怕別人起疑心，相信他們每次都是派不同的人來。」

項少龍道：「往返楚、趙兩地，最快要多少時間？」

陶方道：「若是快馬趕路，因有許多關隘盤查耽擱，只是單程也要兩個月，所以我才懷疑這小子說謊。」

項少龍精通間諜方法，微笑道：「不，他沒有說謊，這是防止被人逼供的暗語，三個月可能是減半的說法，實際上是指半年，送禮來是反話，我早想過若趙穆是楚國派來的人，絕不會讓《魯公秘錄》落入趙人手裡，所以眞正的意思是要楚人半年後派來高手，把《秘錄》盜回去，趙穆對楚國眞是忠心耿耿。」

陶方恍然道：「原來這是反話，取禮才眞，而非送禮。楚人眞狡猾，兼且文信侯早知『禮物』指的是甚麼，故此一聽便知。」

項少龍眼中閃著亮光，道：「最緊要弄清楚他來邯鄲扮的是甚麼身分，用的是甚麼聯絡手法，愈詳細愈好，我正愁殺不了趙穆，今趟眞是精采極了。」

陶方開始明白他的想法，興奮地去了。

陶方後腳才去，荊俊便來找他，一副沒精打采的樣子。

項少龍站起身來，笑道：「看來上課並非那麼有趣，是嗎？」

荊俊來到他面前，頹然道：「把我直悶出鳥來，又不敢開罪未來岳丈大人，還累我破費買十斤臘肉送給他，結果連趙致的小手也碰不到。」

項少龍道：「見不到她嗎？」

荊俊歎道：「見到又有甚麼用，這麼多同窗，難道眞走過去摸她兩把嗎？我看大部分的人，都是爲她去上課的。」

項少龍啞然失笑道：「她也在上課嗎？」

荊俊搖頭道：「開始時，她坐在一角處，騙得我以爲她是陪我上課，不半晌她便笑著跑得蹤影全無，下課後怎也尋她不著。唉！拿劍逼我也不會再去。」

項少龍搖頭歎道：「太沒有耐性了，怎能奪得美人芳心。」

荊俊只是搖頭。

項少龍道：「你陪我到外邊走一趟。」

兩人換過普通裝束，坐上馬車，出了城堡，在轉角處溜下馬車，由荊俊遠遠吊著他，看看有沒有跟蹤的人。半個時辰後，項少龍在城南一處密林裡見到蒲布。

蒲布興奮地道：「事情比想像中還順利，趙穆的頭號手下鄭約明把我們全體招納過去，不是我自誇，平原君還在世的時候，我們這批武士在邯鄲真的是有頭有臉。」

項少龍道：「有甚麼消息？」

蒲布歉然道：「我們剛剛安頓下來，打聽不到有用的消息，看來沒有一年半載，很難取得他們的信任。」

項少龍道：「沒關係，你們就在那裡留一段時間，時機成熟了我會回來找你們，完成一件大事後，才領你們離去。」

蒲布道：「一切全聽項爺吩咐。」稍頓了頓又道：「項爺！我們只希望追隨你。」

項少龍誠懇地道：「我明白的，必不會辜負你們對我的厚愛和期望。」

兩人擬好聯絡的方法後，項少龍道：「你們知不知道有個叫齊雨的齊人？」

蒲布道：「項爺問得真好，我和劉巢的第一個任務就是當他的保鏢，陪他四處玩樂。嘿！這小子對女人很有一手，那些姐兒見到他，都像蜜蜂找到花蜜般黏著不放。」

項少龍心中一痛，想起雅夫人，低聲道：「有沒有陪過他去見雅夫人？」

蒲布道：「這就沒有，但昨晚他不用人陪，溜出使節邸，說不定是去找她。」

項少龍道：「這事你誰也不要說，若沒有甚麼特別事，千萬不要與我聯絡，無論聽到趙穆對我有甚麼不利行動，亦不要來通知我，千萬謹記。」

蒲布知他智計過人，這樣說雖不合情理，但其中必有竅妙，肯定地答應了。

分手後，項少龍回到烏府，意外地發現烏應元、烏卓和滕翼三人全在等候他。

密議室內，烏家幾個最重要的人物，烏氏倮、烏應元、烏卓、陶方和項少龍全體列席，還多了個滕翼，顯示他因項少龍的關係和表現超卓，已取得烏家眾人的信任。

這是有關烏家存亡的最重要會議。

烏卓首先報告道：「我和滕翼依孫姑爺吩咐，在二千精銳裡挑出五百人，照孫姑爺提議的方法逐一測試。嘿！想不到只有七十七個人能過關，明天會開始訓練他們，不過我敢保證他們無一不是能以一擋百的戰士。」

項少龍微笑道：「你們只有十天時間，須好好掌握。」

眾人大奇，問他爲何肯定只有十天？

項少龍歎了一口氣，把整件事說出來，只隱瞞假嬴政一事，因爲他曾答應朱姬要守密。

烏應元眉頭大皺道：「那你怎樣把她母子弄出來呢？弄出來毒發身亡豈非更糟？」

項少龍胸有成竹地道：「這事另有轉折，可是當朱姬要說出來時，趙穆卻來打斷，總之可包在我身上。」眾人始鬆了一口氣，回復希望。

滕翼冷冷聆聽，臉容沒有半分變化，予人一種堅毅不拔的豪雄姿態。

陶方讚道：「少龍智計過人，反利用趙雅去騙倒趙王和趙穆，看來這十天無論我們有任何異舉，他們亦不會干預的了。」

烏氏倮點頭道：「若沒有少龍，今次我們定是一敗塗地，片瓦不留。」轉向兒子道：「秦國那邊的牧場是否弄得差不多了？」

眾人大訝，這才知悉烏應元在秦境內有部署。

烏應元道：「我選了四個地方經營牧場，兩年前已派出經驗豐富的老手去處理，現在頗具規模，足可勉強容納我們移去的物資和牲畜。哼！我眞想親眼目睹孝成王那昏君在我們走後的表情。」

項少龍忍不住問道：「牧場內那麼多牲口，沿途又有趙兵設關駐守，怎走得了？」

烏應元笑著道：「我們不會動這個牧場的半根草，調動的都是接近秦境的幾個畜牧場，這幾年來我們藉口對付秦人，不斷把邊境的牧場擴充，把最好的牲口送到那裡去。」

陶方接口道：「表面上趙人仍與我們烏家保持良好關係，邊境的守軍哪知道這裡的事，只要秦人同意，就算把所有牲口全體遷移，亦不是難事，何況我們只送走最好的牲口，作配種之用。」

烏卓道：「邊防趙軍有很多是我特別安插進去改名換姓的烏家子弟，做起事來非常方便。」

項少龍心中佩服，原來爲救嬴政母子，幾年前烏應元便開始做功夫，所以現在才如此輕鬆從容。

滕翼若無其事道：「不會有任何牲口留給趙人吧？」

烏氏倮淡淡道：「這個當然！」

項少龍心中不忍，想起遍牧場盡是牛、馬屍體的可怖情景，但這亦是無可奈何、不得已而爲之的事。改變話題道：「現在最關鍵的，是我們能把城堡守得多少天，愈久我們愈有把握逃出去。」

滕翼和陶方剛得聞秘道的事，所以明白他的意思。因爲趙人會以爲他們被困在城堡裡，不會派人追捕他們，而朱姬母子亦可由地道離城，故愈守得久，他們便愈逃得遠，甚至在邊防軍接到消息前，早安抵咸陽。

烏卓道：「這事包在我和滕翼身上，這幾天我會秘密由地道把兵員物資和守城的器械運來藏好，滕兄則負責訓練守城的戰術。」

烏應元向陶方道：「陶公最好把外人調往別處，盡量遣散無關的婢僕，歌姬則挑選精良的送出城外，但要裝作秘密的樣兒才成。」

眾人除滕翼、項少龍外，均笑了起來。前者自妻兒慘死後，罕有歡顏；項少龍則是想起烏氏倮與堡偕亡的決定，忍不住道：「爺爺……」

烏氏倮插言道：「這事只能以血來清洗，使烏家後人永不忘記與趙人的仇恨。誰要對付烏家，都要付出慘痛代價。」輕歎一口氣後，眼中射出緬懷的神色，緩緩道：「我們祖先確是秦國貴冑，因鬥爭被迫流落趙國，憑著堅毅不屈的精神，在荒山野地設置牧場，成爲天下首屈一指的畜牧大王。現在我的後代終於返家，而我則能轟轟烈烈而死，人生至此，夫復何求。」

烏卓默然無語，烏應元和陶方神色淒然。

滕翼眼中射出尊敬神色，動容道：「好漢子！」

烏氏倮欣然一笑，辛苦地站起來道：「所以這幾天我要盡情享樂，沒有甚麼事就勿要煩我了。」哈哈一笑，在眾人目送下，哼著小調離室去了。

滕翼和項少龍並肩朝內宅方向走去，問道：「準備怎樣處置倩兒？」

項少龍知他疼愛這美麗的公主，怕自己會把她捨下不顧，保證道：「我怎也要把她帶在身邊。」

滕翼放下心事，轉頭找烏卓去了。

當日黃昏，烏氏倮秘密爲項少龍與烏廷芳舉行婚禮，又爲他納婷芳氏爲妾，正式定下名分。

這晚項少龍和荊俊再度潛入質子府，項少龍駕輕就熟，避過哨崗守衛，來到朱姬香閨，兩人躲在榻上輕聲密語。

朱姬媚豔的臉龐和他共用一枕，玉體毫無顧忌地緊擠著他，由於她是側臥，迷人的氣息有節奏地隨呼吸送入他的耳朵裡，那種誘惑性是沒有男人可以抗拒的。幸好項少龍的眼睛投往羅帳頂部，否則被她那對媚眼一看，保證會不克自持，做出不應該做的事。

在這男權高漲的時代，女人都懂得以她們的天賦本錢控制男人。朱姬正是這類妲己式尤物中的佼佼者，否則莊襄王不會對她念念不忘，而趙穆這雙性戀者和大夫郭開此等精明人物，也不會同時迷戀上她。

朱姬不說正事，先道：「你沒有愛上趙雅那淫婦吧？」

項少龍心道女人即是女人，時間寶貴，朱姬偏有閒情要來管閒事，惟有順著她語意道：「你熟悉她嗎？」

朱姬不屑道：「趙穆以前不時帶她到我這裡來，你說算不算相熟？」

項少龍記起趙雅曾暗示與那假嬴政有曖昧關係，看來就是這種在趙穆指示下做的荒唐事，心頭一陣厭惡，亦有種解脫的感覺，因爲再不用對趙雅負上感情的責任。

朱姬忽地輕笑起來，得意地道：「趙穆雖然狡猾，卻絕非我們的對手，你應知道怎樣好好利用這個淫婦吧！」

項少龍暗叫厲害，給她一口道破自己的計劃，深吸一口氣道：「今次事成，確賴她的幫忙。」忍不住道：「夫人！你的兒子究竟在哪裡？」

朱姬道：「先告訴我你的計劃，讓我看看是否可行，才可以告訴你。」

項少龍歷經變故，學懂逢人只說三分話，扼要地把計劃告訴她，卻隱去烏家地道這最重要的環節，改為由城西出城。

朱姬已非常滿意，溫柔地吻他面頰，纖手撫著他寬闊的胸膛，嬌媚地道：「你腰間硬梆梆的，紮了甚麼東西？」

項少龍道：「就是可以飛簷走壁的工具和殺人於無形的飛針。」

朱姬色變道：「趙雅知不知道你這本領？」

項少龍細心一想，搖頭道：「她雖曾見過，幸好我從沒有解釋用法，而且她看來仍希望我能獨自逃生，應不會向趙穆透露。」

朱姬鬆了一口氣，耳語道：「我們不能只是靠碰運氣，你明晚可否給我帶些烈性迷藥來，必要時，我要自己想辦法溜出去。」

項少龍愈來愈發覺這女人不簡單，皺眉道：「我們就算可迷倒屋內看守你的婢女，亦闖不過守衛那一關。千萬不要相信郭開，他只是在騙你的身體。」

朱姬「噗哧」一笑道：「傻呆子才會相信他，我要迷倒的人正是他，這是我十年來朝思暮想揣度出來唯一可逃走的辦法，我要迷倒他是因看中他的身量和我相差不遠，只要把靴子墊高，衣服內像你般紮些東西便成。」接著歎了一口氣道：「唉！若不找些事情來做，人都要被關得發瘋了。」頓了一頓，聲調、語氣均變成郭開那陰柔尖細的聲音道：「所以我每天模仿他說話的聲調和他的舉止，若非知道絕對逃不遠，我早溜掉哩！」

項少龍爲之絕倒，衷心讚道：「你學得眞是維肖維妙。」

足音由門外傳來，項少龍忙躲進暗格去。婢女推門入房，揭帳看到假裝熟睡的朱姬後，才安心離去，項少龍復鑽出來。

朱姬又靠過來摟著他道：「不韋手下有個精善易容術的人……」

項少龍打斷道：「你說的定是肖月潭，我剛見過他。」

朱姬欣然道：「現在我眞的毫無保留地相信你。好啦！告訴你吧！我雖不懂易容術，但曾因興趣從他處學到些竅訣，悶著無聊時設法假扮郭開的模樣，自信除非相熟的人，否則絕不會看出破綻。」

項少龍心中感歎，由此可知朱姬多麼渴望離開這個囚籠，亦見她在絕境中堅毅不屈的鬥志。

朱姬道：「你至緊要帶迷藥來給我，人是很奇怪的，無論做好事或壞事，開了頭便難以控制，所以趙雅遲早會把你完全出賣，以趙穆的謹慎多疑，必會加派人手看管這裡。」

項少龍同意道：「給你這麼一說，我也有很不好的預感，若讓趙穆知道我有高來高去的本領，定會針對這點加以應付。」說著坐起來。

朱姬訝異地道：「你幹甚麼？」

項少龍沒有答他，移到窗旁，往外看去，剛好一隊巡衛經過。待他們去後，往外面的荊俊打出手勢，不一會兒他靈若貍貓般穿窗而入。項少龍吩咐他回烏家取藥後，看著他安然離開，才回到床上。

朱姬瞪大眼睛看著他道：「原來竟有身手這麼高明的人物助你，難怪趙穆對你如此忌憚。」

項少龍道：「夫人請快點說出有關儲君的事吧！」

朱姬好整以暇地道：「這麼急幹嘛？橫豎要等人拿東西來你才走。你也不知人家心中慼得多麼辛苦，好不容易才有你這個說話的對象。」

項少龍又好氣又好笑，軟語道：「算我求你吧！」

朱姬得意萬分，媚力直逼而來，柔聲道：「少龍！親親人家好嗎？」

項少龍無奈下，別過臉來，只見她那對攝人心魄的媚眼魅力四射，一瞬不瞬地直盯自己。兩雙目光交纏片刻，朱姬香唇主動地印在他嘴上，嬌軀還輕輕地摩擦扭動。陣陣銷魂蝕骨的感覺，遍襲全身，項少龍立時慾焰高漲，難以自制。

朱姬的香唇移開少許，花枝亂顫輕笑道：「我還以爲你是能不動心的怪人，原來和其他男人毫無分別。」

項少龍大感氣憤，亦因此分散了精神，壓下慾火，微惱道：「夫人！」

朱姬伸出兩指，按在他嘴上，哄孩子般道：「不要發怒，人家是眞心想和你親熱的！」

項少龍拿她沒法時，朱姬正容道：「當日爲避人耳目，不韋和異人郎君沒有把我帶走，那時我剛產下一子，尚未足月。他們走後，我知道形勢不妙，說不定政兒會被趙人殺掉洩憤，於是連夜使僕人外出找尋其他嬰孩，好代替政兒。」

項少龍恍然道：「原來現在宅中的假嬴政是這麼來的。」

朱姬苦惱地道：「匆忙下做的事，自然會有錯漏，一時間找不到同齡的嬰兒，惟有以重金買了個三歲的小孩代替。幸好那時沒有人當異人郎君是個人物，連他有沒有孩子都不知道。當夜趙穆發覺呂不韋和異人郎君遁走後，凶神惡煞地來把所有婢僕全體處死，只剩下我和那假兒子，也沒有起疑心。」

項少龍這才恍然，怪不得嬴政的年齡與史書不符，眞實的情況竟是這麼曲折離奇。

長平之戰發生在公元前二六〇年，自己到此已有年多光景，眼前應是公元前二四九年，中間隔了十一年。假設秦始皇是在長平之敗來到趙國後出世，古代訊息不便，說不定已跨了一年，所以嬴政應是在長平之役後一年的年頭出生，那他在公元二四六年登位時，即距今三年後，剛好是十三歲，證實史書無誤。

自己眞笨，竟猜不到嬴政是假的。以前想不通的事，立時貫然而悟。這才合理，以秦始皇的雄才大略，怎會是窩囊的人物。

朱姬由衣服裡掏出一塊式樣特別、刻有鳳凰紋飾的精緻玉墜，解下來珍而重之塞入項少龍手心，又把他手掌闔起來，兩手用力包緊他的鐵拳，柔聲道：「眞正的政兒被送到邯鄲一個剛在長平之役失去兩個兒子的窮人家寄養，說明將來以玉墜相認。政兒頸上戴著同樣的玉墜子，這個是鳳紋，那個刻的是龍紋。」

項少龍道：「那對夫婦知不知道儲君的來歷？」

朱姬眼中射出又喜又憂、心事重重的神色，緊張得呼吸急促起來，嬌喘著道：「當然不會讓他們曉得，只說是富家千金的私生子，當時我想不到會立刻被軟禁起來，知情的僕人又給殺死，所以直到今天你來後，才有機會告訴你這件事。天啊！你一定要幫我把他找來，否則我不要活哩！」

項少龍手心感覺著玉墜傳入手內朱姬肉體的餘溫，充滿信心地道：「我敢以人頭擔保，必可找到他。」他自是信心十足，否則歷史就不會是那樣的了。

朱姬呻吟道：「不要哄我歡喜。」

項少龍道：「我是個有異能的人，預感到的事絕不會錯。」

朱姬半信半疑地看了他一會兒後，湊到他耳旁唸出藏在心內十年，那收養她兒子的人的姓名和住址，項少龍用心記牢。

窗門輕響，荊俊去而復返，手中提著大包迷藥，笑嘻嘻來到帳前，運足眼力打量著朱姬，立時目瞪口呆，忘了說話。

朱姬看得「噗哧」一笑，自是百媚千嬌。

項少龍責備道：「小俊！」

荊俊這才靈魂歸位，道：「這是烈性迷藥，只一點點可教人躺上一天，冷水都救不醒，這包東西有足夠迷倒百多人的分量。」

驀地遠方蹄音驟起，由遠而近。朱姬和項少龍同時一震，曉得朱姬果然料對了趙雅。項少龍更知趙雅不但愈陷愈深，還重新被趙穆控制，否則不會在這等夜深時分，趙穆還派人來重新佈防，顯是趙雅在床上把有關他的本事吐露給趙穆知曉。

匆匆與朱姬約定逃走的時間、地點，兩人迅速離去。剛攀上高牆，衛士已由假嬴政居所那邊擁來，展開新的防衛網。

由此刻開始，這堅強的秦始皇之母，便要靠自己的力量和才智逃生了。

第十九章　偷天換日

翌日清早，迫不及待的項少龍偷偷溜到街上，故意繞了一個圈子，才來到城西貧民聚居的地方。雖說是窮人，生活仍不大差，只是屋子破舊一點，塌了的牆沒有修補罷了。這裡的人大多是農民出身，戰爭時農田被毀，不得已到城市來幹活。

他依照地址，最後抵達朱姬所說的南巷。這時他亦不由緊張起來，抓著一個路過的人問道：「張力的家在哪裡？」

那人見他一表人才，指著巷尾一所圍有籬笆的房子道：「那就是他的家！」接著似有難言之隱，搖頭一歎去了。

項少龍沒有在意，心情輕鬆起來，暗忖應是這樣才對，舉步走去，來到門前，喚道：「張力！張力！」

「咿呀」一聲，一位四十來歲、樣貌平凡的女人探頭出來，驚疑不定地打量項少龍一會兒，問道：「誰找張力？」

項少龍微笑道：「你是張家大嫂吧！」由懷中掏出玉墜，遞到她眼前。

「砰」的一聲，張嫂竟像見鬼似的猛地把門關上。項少龍給她的反應弄得愣在當場，呆子般望著閉上的木門。

不一會兒屋內傳來男女的爭辯聲，項少龍反心中釋然，養育十年的孩子，自然不願交還給別人，惟有在金錢上好好補償他們。

伸手拿起門環，輕叩兩下。頃刻後門打了開來，一名漢子頹然立在門旁，垂著頭道：「大爺請進來。」

項少龍見他相貌忠誠可靠，暗讚朱姬的手下懂揀人。

步入屋中，只見那婦人坐在一角，不住飲泣，屋內一片愁雲，半點生氣也沒有，更不聞孩子的聲音或見孩子衣物。

項少龍皺眉道：「孩子呢？」

那婦人哭得更厲害。

張力雙目通紅，痛心地道：「死了！」

這兩個字有若晴天霹靂，轟得項少龍全身劇震，差點心臟病發，駭然叫道：「死了？」

張力淒然道：「舊年燕人來攻邯鄲，所有十三歲以上的孩子都被徵召去守城，他被燕人的流箭射殺。我們雖受大爺你們的金錢，卻保不住孩子，你殺了我們吧！活下去再沒有甚麼意義了。」

項少龍失聲道：「可是他去年還未足十歲啊！」想起剛才指路那人的神態，才明白是爲他們失去兒子惋惜。

張力道：「只怪他生得比十三歲的孩子還高大，一天在外面玩耍時，被路過的兵哥捉了去。」

項少龍頹然坐下，把臉埋在兩手裡。

天啊！秦始皇竟然死了，怎麼辦才好呢？不！這是沒有可能的，這對夫婦定是騙我。但看其神態，又知是實情，尤其一邊牆的几上正供奉一個新牌位。

張力在懷裡掏出一個玉墜子，遞給他道：「這是從他屍身取來的，他就葬在後園裡，大爺要不要去看看？」

項少龍挪開雙掌，眼光落在玉墜子上。一個荒唐大膽的念頭，不能抑制地湧上心頭。

項少龍來到夫人府，果如所料，趙雅仍未回來。府內多了些面生的人，趙大等他熟悉的卻一個不見，婢女中除小昭和小美外，其他都給調走。

項少龍知道趙雅必有很好的藉口解釋這些安排，但仍很想聽她親口說出來。她愈騙他，他愈可把對她不住淡薄的愛念化成恨意。

趙盤獨自一人在後園內練劍，專注用神，但項少龍甫踏進園內，他立即察覺，如見世上唯一的親人般持劍奔來。

項少龍「嚓」地拔出李牧所贈的名劍血浪，大喝道：「小子看劍！」

趙盤眼中精光一現，揮劍往他劈來。

項少龍擺劍輕輕鬆鬆架格，肅容道：「當是玩耍嗎？狠一點！」

趙盤一聲大喝，展開墨子劍法，向項少龍橫砍直劈，斜挑側削，攻出七劍。到第七劍時，終因年幼力弱，被反震得長劍甩手掉在地上。

趙盤一臉頹喪，為自己的敗北忿忿不平，偏又無可奈何。

項少龍為他拾起長劍，領他到園心的小橋倚欄對坐，正容道：「小盤！你是否真有決心排除萬難為娘報仇？」

趙盤點頭斬釘截鐵地道：「無論如何，我也要把趙穆和大王殺死！」

項少龍沉聲道：「你不是和太子是好朋友嗎？」

趙盤不屑地道：「他從來不是我的朋友，只懂憑身分來欺壓我，娘從了你後，他整天向人說娘是淫娃蕩婦，若可以的話，我連他也要殺掉。」旋又頹然道：「但就算我像師父那般厲害，仍奈何他們不得，否則師父早就把他們殺掉了。」

項少龍暗暗驚異他早熟聰敏的推論，微笑道：「你要報仇，我也要報仇。不若我們做個分配，趙穆由我對付，孝成王這昏君交給你處置，好嗎？」

趙盤哪想得到項少龍這麼看得起他，瞪大眼睛，呆看著這唯一的「親人」。

項少龍道：「現在我要告訴你一件非常重要的事，假設你眞有爲你娘報仇雪恥的決心，便依足我吩咐的去做，絕不可洩露半句出去，連倩公主和雅夫人也不例外。」

趙盤跳起來，跪倒地上，重重叩三個響頭，兩眼通紅地道：「只要可以爲娘報仇，我趙盤甚麼都肯做。」

項少龍低喝一聲道：「站起來！」

趙盤霍地立起，眼內充滿渴想知道的神色。

項少龍微微一笑道：「我想使你成爲統一六國的秦始皇！」

趙盤呆了一呆，囁嚅道：「甚麼是秦始皇？」

趙雅步入園內時，項少龍剛把玉墜掛到趙盤頸上。由這一刻起，他就是秦國王位的繼承者嬴政。

趙盤的神色又驚又喜，眼神卻堅定不移，充滿一往無前的決心。沒有人比他這個長居王宮的小孩更明白機會是如何難得，亦惟有成為天下最強大國家的君主，他才有能力殺死趙王，為母親妮夫人洗雪仇恨。他不但恨趙王，更恨每一個袖手旁觀、以冷臉向著他的趙人。現在只有項少龍能使他完全信任。

趙雅微笑來到他們師徒身旁，讚道：「從未見過小盤這麼勤力的。」

項少龍向趙盤使個眼色，後者乖巧地溜走。趙雅雖勉強裝出歡容，但臉色蒼白疲倦，顯然昨夜並不好過。

項少龍故意道：「雅兒是否身體不適？」

趙雅微顫道：「不！沒有甚麼事。人家這幾天四出為你打探消息，差點累壞了。」

項少龍皺眉道：「為何無端多了這麼多生面人，趙大他們哪裡去了？」

趙雅早擬好答案，若無其事地道：「我把他們調進宮裡的別院，沒他們幫手，我在宮內行事很不方便。」怕他追問下去，岔開話題道：「計劃進行得如何？聯絡上嬴政了嗎？」

項少龍頹然道：「看來除強攻外，再沒有其他方法，不過烏家的子弟兵人人能以一擋十，我的計劃定能成功，趙穆和孝成王休想活過農牧節。」

趙雅垂下俏臉，不能掩飾地露出痛苦和矛盾的神色。

項少龍暗忖讓我再給你一個機會，訝然道：「雅兒你這幾天總像心事重重，究竟有甚麼心煩的事？不若說出來讓我分擔，沒有事情是不可以解決的。」

趙雅一震道：「哪有甚麼心事，只是有點害怕。」堆起笑容，振起精神道：「少龍最好告訴我當日行事的細節，讓我和三公主好好配合你，才不致會有錯失。」

項少龍微笑道：「不用緊張，過幾天我會把安排詳細地告訴你，因爲其中部分仍未能作最後決定。」心中暗歎，明白到趙雅是要出賣他到底了。

趙雅忽道：「少龍！這幾天有沒有聽到關於人家的閒言閒語？」

項少龍淡然道：「你是說齊雨的事吧！怎麼會呢？我絕對信任我的好雅兒，明白到你是虛與委蛇，以瞞過趙王對我們的懷疑。」

趙雅神色不自然起來，像有點怕單獨面對項少龍般，道：「不去看你的美麗公主嗎？」

項少龍瀟灑地站起來。趙雅呆看著他充滿英雄氣概的舉止神態，秀眸一片茫然之色。

項少龍心中冷哼一聲，想到將來她明白到自己亦在欺騙她，便湧起極度的快意。

接下來的幾天，烏家全力備戰，兵員和物資源源不絕秘密由地道運進城堡。項少龍親自訓練七十七人組成的烏家特種部隊，而他所用的方法，使滕翼這精通兵法的人亦爲之傾倒，哪想得到是來自二十一世紀的訓練方法。

他亦不時往見小盤，教他如何扮演在窮家生活十年的嬴政，到後來反是由小盤告知他自己想出來的東西。項少龍見他這麼精明乖巧，大爲放心。

不知不覺間，離農牧節只有三天時間，情勢頓時緊張起來。

現在項少龍最擔心的是朱姬，若她逃不出來，他們便眞的要強攻質子府，沒有了她，小盤亦當不成嬴政，所以他們另有一套應變計劃。

這天午後，離去整整七天的肖月潭終於回來。

進入密室後，肖月潭神態大是不同，歉然向烏應元和項少龍兩人道：「首先！圖爺著肖某向你們道歉，因爲先前實存有私心，言語間有不盡不實之處。但保證由這刻起，我們會誠心誠意與諸位合作。」

烏應元如在夢中，不知項少龍施過甚麼手段，使這人態度大改。項少龍卻心中一懍，知道圖先是個果敢英明的人物，如此一來，始有可能成事。

肖月潭道：「幸好得少龍提醒，否則圖爺說不定會給趙人抓到。」

項少龍問道：「你們來了多少人？」

肖月潭道：「隨我潛入城者共三十人，均爲一等一的強手。」頓了頓續道：「圖爺身邊有一百二十人，亦是他手下最精銳的好手。」

項少龍道：「肖先生最好命入城的人全到烏府來。」

肖月潭一呆，道：「少龍是否想和趙人打一場硬仗？」

項少龍微笑道：「可以這麼說，也不可以這麼說，先生請恕我賣個關子，後天我會把全盤計劃奉上，事關重大，請先生見諒。」

肖月潭笑道：「少龍如此有把握，我反更爲放心，現在圖爺藏在城外一處山頭的密林裡，靜候我們把政太子和夫人送出城外。」

烏應元笑道：「先生眞行，那幾名服侍過先生的歌姬都不知多麼想念著先生，只要先生一句話，我們會將她們送到咸陽貴府內……」

肖月潭喜動顏色，道：「天下人人稱道烏家豪情蓋天，果是言不虛傳，肖某交了你們這些好朋友。」

項少龍告辭離去，途中遇到來找他的荊俊，原來滕翼有事找他。

抵達靠近城牆的一座成了臨時指揮部的小樓，滕、烏兩人正在研究質子府的詳圖。

項少龍奇道：「哪裡弄來的好東西？」

荊俊得意地道：「是我畫出來的，只要我看過一次，便可默繪出來。」

項少龍大訝，想不到荊俊有如此驚人的記憶力，畫功又那麼了得，誇獎他兩句後，道：「希望不須用強攻質子府的後備計劃，否則縱能成功，我方亦要傷亡慘重。」

滕、烏兩人一齊點頭，可見對攻打質子府，均存有怯意。

荊俊道：「若要把質子府攻破，確是難之又難的事，但若只須救出朱姬，情況便完全不同，只要由我率領那『精兵團』便成。」接著說出計劃，竟然頭頭是道。

三人大訝，同時對他更刮目相看。

項少龍暗忖這小子正是天生的特種部隊，比自己還行，正容道：「由現在開始，你就是精兵團的頭領，你最好和他們同起同息，將來合作起來可如魚得水。」

荊俊大喜，別人忙得喘不過氣來，他卻閒著無聊，只能當滕翼的跑腿，這時忽變成精兵團的指揮，怎還不喜出望外。

一聲呼嘯，逕自去尋他的部下。

烏卓苦笑搖頭，追著去了，沒有他的命令，誰會聽這麼一個乳臭未乾的小子指揮。

滕翼閉目養了一回神後，睜眼道：「我仍放心不下倩兒。」

項少龍道：「照理未到農牧節，他們應不會擺佈倩兒，免得惹起我們的猜疑。」

滕翼道：「在趙王眼中，倩兒已犯下不可饒恕的大罪，我擔心他當天賜她一死，我們便錯恨難返了。」

項少龍給他這麼一說，更多了小盤這項擔心，以趙王的凶殘無情，說不定小孩子也不放過，驚疑地道：「那怎辦才好？」

趙穆逼趙雅把自己的人全部調走，一方面是由他的人監視雅夫人，教她不敢背叛他，同時亦可把趙倩控制，要她生便生，死便死。項少龍絕不想再失去趙倩和小盤，他是關心則亂，腦內一片空白，想不到任何方法扭轉這惡劣的形勢。最大的問題是他們只能待到最後一刻，始可把趙倩救出來。

滕翼道：「假若趙王早一天把趙倩召入宮中，我們便甚麼方法都使不出來了。」

雖值寒冬時分，項少龍仍熱汗直冒，駭然道：「我倒沒想過這麼一著！」

滕翼冷靜地道：「這事包在我身上，趙穆仍不知我們看穿他的詭計，所以不會派大軍駐防夫人府，儘管派人押解趙倩回宮，亦不會勞師動眾，只要我們派人十二個時辰監視夫人府，到時隨機應變，便不怕有失了。」

項少龍有苦自己知，問題是在小盤身上，他立下決心，不把小盤假扮嬴政一事告訴任何人，將來除他和趙倩、烏廷芳有限幾人外，沒有人知道小盤的眞正身分。

滕翼道：「怕就怕趙王狠心到把女兒就地賜死，這事眞傷腦筋。」

項少龍把心一横道：「這事說不定要強來了，我就施壓力逼趙雅讓我把倩兒帶到這裡來，她唯一方法是請示趙王，假若他眞是存心處決女兒，當不會介意女兒到烏家來，還可多加我們一項擄劫公主的罪名，讓他們更可振振有詞。」

滕翼道：「理論上你應把趙雅一起帶走，她難道不會生疑嗎？」

項少龍亦感到這方法行不通，愁懷難舒時，雅夫人派人請他到夫人府去。項少龍匆匆上路，心知肚明是向趙雅攤牌的時候了。

第二十章　錯有錯著

項少龍在幽靜的內軒見到趙雅。

是日天氣晴朗，多天沒有露面的太陽溫柔地照拂銀白色的世界。今次他連小昭、小美都見不著，看來整座夫人府已徹底換上趙穆方面的人。

趙雅一身素黃，精神好了些兒，仍掩不住臉上的悽悵，有種令人心碎的孤獨美態，洩露出內心受到的折磨和矛盾。

項少龍對她沒有半絲同情，暗叫活該。坐好後，獻茶的婢女退了出去，趙雅輕輕道：「事情進行得如何？」

項少龍淡淡笑道：「還算順利，你那處有甚麼新的消息，趙穆有沒有收到風聲？」

趙雅搖頭道：「王兄和趙穆的精神都擺在和燕人的戰爭上，暫時無暇顧及其他事情。」頓了頓續道：「倒是晶王后催促你快點動手，著我告訴你王兄因你與李牧合謀上書一事非常不滿，極有可能在農牧節後對付你和烏家。」

項少龍暗忖這是要加強我動手的決心，趙雅你眞是非常賣力。

趙雅見他沉吟不語，道：「你們與呂不韋他們聯絡上了嗎？若沒有秦人的接應，怎把朱姬母子送回咸陽去？」

項少龍裝作苦惱地道：「早聯絡上了，他們派圖先率人來接應，但仍不信任我們，只說我們若能把朱姬母子偷出城外，便到城西的馬股山與他們會合。」

趙雅怎知這是胡謅出來的，俏目亮起來，加緊追問道：「現在只剩下兩天時間，出城的秘道弄好了嗎？」

項少龍靈機一動道：「一切預備妥當。」接著以最深情誠懇的語氣道：「對我來說，你和倩兒比朱姬母子更重要，所以我決定先把你、倩兒和小盤三人送往城外，才發動對你王兄赴牧場車隊和質子府的突襲，否則寧願取消整個計劃。」

趙雅嬌軀一震，垂下頭去道：「我們眞的是那麼重要嗎？」

項少龍心中暗笑，道：「失去你們，我還有甚麼樂趣，依照往例，你王兄的車隊將於大後天辰時中離城，我會早少許於卯時末在後門處等你們，若諸事妥當，立即派人先送你們到城西，待我劫到朱姬母子後，再來與你們會合，一起由秘道離城。」

趙雅道：「誰負責城外的伏擊呢？」

項少龍道：「當然由烏卓負責，車隊經過長草原時，我們的人會藏在預先挖好的箭坑內，在他們毫無防範下，只是弩弓勁箭，便教他們應付不了，這計劃可說萬無一失。」

趙雅櫻唇輕顫，以蚊蚋般的聲音道：「好吧！到時我會和三公主、小盤溜出來與你會合。」

項少龍見目的已達，過去找趙倩。趙雅則藉詞回宮向晶王后報告，離府去了。項少龍當然知道她是要向趙王稟報最新的情況。

趙倩見到他自是非常開心，但又是憂心忡忡，怕他鬥不過趙王和趙穆。項少龍把她擁入懷裡，一邊輕憐蜜愛，一邊告訴她小盤化身做嬴政一事。

聽得趙倩臉色大變，也不知應害怕還是興奮，吁出一口涼氣，道：「難怪小盤這些天來行爲古怪，不時自言自語，累得我還以爲他念母過度，失了常性，又不敢告訴你，怕分你的心神。」

項少龍道：「除你和廷芳外，便沒有人知悉他眞正的身分，所以無論在任何情況下，你絕不可揭破此事。」

趙倩道：「我明白！」

爲安她的心，項少龍把剛才對趙雅說的話告訴她，再商量怎樣爲小盤掩飾後，才回烏家城堡去。

次日項少龍再到夫人府找趙雅，探聽她的口風。果如所料，趙雅沒有反對這安排。

站在趙穆的立場來說，項、烏一幫人便像是在他的掌心內變戲法，怎樣變也變不出他的手心之外。所以絕不會因此放過一舉把項少龍和烏家所有潛在勢力盡殲的天賜良機。

項少龍微微一笑道：「小孩膽子較小，我想先把小盤帶走，雅兒有甚麼意見？」

趙雅哪會在意一個無關痛癢的孤兒，點頭答應。

項少龍長身而起，正要離去，趙雅輕呼：「少龍！」

項少龍轉過身來，趙雅把嬌軀挨入他懷裡，纖手纏上他脖子，獻上香吻，用盡所有力氣洩出心中的痛楚。項少龍雖半點興趣也欠奉，亦唯有虛與委蛇，裝作熱烈貪婪地痛嚐她的小嘴，唇分後，趙雅的熱淚不受控制的流下來。

項少龍故作驚奇道：「有甚麼心事呢？」

趙雅伏在他肩上失聲痛哭起來，好一會兒後才平復過來，道：「人家太高興哩！故如此失態！」

項少龍心中大罵。

趙雅離開他，拭著淚道：「去找小盤吧！」

項少龍公然領小盤出府，途中爲他換過預備好的破舊衣服，又叮嚀一番後，帶他回烏家城堡。此前他早把嬴政另有其人一事告訴有關人等，烏家各人自是振奮莫名，最高興的還是肖月潭，如此一來，整個局勢頓時扭轉過來。

剛踏入府門，烏應元和肖月潭兩人搶著迎來，跪下高叫太子。小盤詐作慌張失措，躲到項少龍身後，只是嚷著要見親娘。

項少龍向各人道：「他仍未習慣自己的眞正身分，讓我帶他去讓廷芳照顧，待他見到王后再說吧。」

眾人哪會疑心，歡天喜地擁著假太子到內府去。

時間轉瞬即逝，農牧節終於來臨。

天尚未亮，城堡內全部的人都起來了。此時所有婦孺藉口到牧場去慶祝農牧節，均離城去也。婷芳氏和春盈等四女亦是其中一批被送走的人。

烏廷芳大發脾氣，堅持要留在項少龍身旁，眾人拿她沒法，惟有答應。

城內除烏卓手下的二千精銳子弟兵外，還有在忠誠上沒有問題的七百多名武士和二百多男女壯僕，人數達三千人，加上高牆和護河，實力不可輕侮。這也是趙王等不敢輕舉妄動的原因，能把他們引離堅固的城堡，對付起來自是輕易多了。

吃過戰飯後，項少龍領著滕翼、荊俊、肖月潭和他三十名武技高強的手下，與由烏家七十七名精銳組成等同特種部隊的精兵團，摸黑出門。

他們離堡不久，烏卓率領另五十名好手駕著馬車，往夫人府開去。半個時辰後，到達夫人府的後門時，天才微亮。

後門立即打了開來，閃出趙雅和趙倩。有人拉開車門，恭請兩人登車。趙雅隨趙倩跨到車上，只見烏卓和另兩人坐在馬車上，冷冷道：「夫人你好！」

趙雅大感不妥，馬車已朝前開出。

趙雅強作鎮定道：「少龍呢？」

烏卓向那兩人打了個眼色，兩人立即出手，把趙雅綁個結實，還封著她的嘴巴。烏卓則把預備好的衣服遞給趙倩，讓她穿在身上，不一會兒搖身一變，化成男兒模樣，若非近看，絕難發覺破綻，尤其唇上黐的假鬚，更是維肖維妙。

趙雅驚惶的美目看看烏卓，又看看對她不屑一顧的趙倩，終於明白是怎麼一回事，一時愧悔交集。

烏卓厭惡地看著她道：「你這又蠢又賤的蕩貨，竟敢出賣我們項爺，眞是不知自量。」「呸」的一聲向她吐一口唾沫。

馬車這時轉入一條林間小徑，烏卓和趙倩兩人走下車去，馬車才再朝前開出。趙雅的淚水終於忍不住汩汩流下，車窗外忽見雨雪飄飛。

項少龍、滕翼、肖月潭等藏在質子府對面的密林，注視質子府正門的動靜，一切看似全無異樣，門外更不見守衛，似乎毫無戒備。

肖月潭懷疑地道：「夫人會否這麼輕易溜出來呢？」

項少龍看著茫茫的雪花，暗忖史書上確有寫明朱姬母子均安然返抵咸陽，所以看來沒有可能的事，應該會順利發生。充滿信心地道：「一定可以！」

話猶未已，質子府門大開，先是十名趙兵策馬衝出，接著是輛華麗的馬車，後面跟了另二十名騎兵，聲勢浩蕩的來到街上，轉左往城西馳去。

眾人喜出望外，連忙行動。埋伏那方的荊俊接到旗號，立即發出準備攻擊的命令，三十個精兵隊員敏捷地利用早先縛好的攀索，爬上林蔭大道兩旁的樹上，弩箭瞄準迅速接近的目標。

那車隊快要來到伏兵密佈的樹下時，後面蹄聲大作，一名趙兵策馬追來，打出停止前進的手號。指揮車隊的小頭目大訝，下令勒馬停步。忽地箭聲嗤嗤，弩栝聲響，三十一個包括御車者在內的趙兵全部了帳，均是一箭斃命，倒下馬來。

精兵隊員紛紛躍下，準確無誤地落在馬背上，控制了吃驚嘶跳的戰馬。

荊俊則輕若飄絮地躍在馬車頂上，正要一個倒掛金鉤，探頭向裡面的「假郭開」眞朱姬邀功領賞時，「砰」的一聲，一個男子持劍撞開車門衝出來。

眾人大吃一驚，只見此人一身華服，年紀在二十五、六歲間，高度比得上項少龍，長相英俊不凡，生得玉樹臨風，那對眼更有勾魂攝魄的能力，足夠資格做任何娘兒的深閨夢裡人。

他亦非常機警，見到滿地趙兵屍體，四周全是敵人，一聲發喊，企圖竄入道旁的樹林裡，哪知脖子一緊，給車頂的荊俊以獵獸的手法套個正著，手中劍脫手落地。

兩名精兵隊員撲上來，立時把他掀翻地上，還吃了三拳一腳，痛得彎起身體。項少龍、肖月潭等剛趕過來，見到此情此景，都爲之色變。

馬車內空無他人。

項少龍一腳踩在那人腹上，喝道：「你是何人？」

荊俊抓著他頭髮，扯得他仰起那好看漂亮的小白臉。

只見那人早嚇得臉無人色，顫聲求饒道：「大爺饒命，我是齊國派來的特使，與你們無冤無仇。」

項少龍與荊俊面面相覷，想不到齊雨中看不中用，如此窩囊怕死。

肖月潭氣急敗壞的道：「現在怎辦才好？郭開昨夜顯然沒有到夫人房去。」

眾人立時醒悟到眼前此子定是去佔朱姬便宜，得食後現在才離開，那朱姬縱有天下最能誘惑男人的媚法，卻無用武之地，既沒法引郭開到她榻上去，當然沒有機會把他迷倒。

項少龍「嚓」的拔出血浪寶劍，指著齊雨的眼睛喝道：「你要左眼還是右眼？」

齊雨顫聲道：「饒命啊！你要我幹甚麼我便幹甚麼。」

項少龍回復冷靜從容，微笑道：「我只要你回質子府去。」

馬隊冒著雨雪，朝質子府回去。

項少龍和肖月潭兩人坐在車廂裡，脅持著驚得渾身發抖的齊雨，看著這縱橫情場的古代潘安，又好氣又好笑。

中門大開，有人叫道：「齊爺回來何事？」

在項、肖兩人脅迫下，齊雨掀簾向外道：「我遺下重要文件，須到夫人處取回來。」

那兵衛道：「郭大夫有命，任何人不得進入質子府。」

齊雨依項少龍傳入他耳旁的話道：「這文件與貴國大王有關，非常重要，萬事有我擔當，快放行！」

那兵衛顯因他身分特殊，又是剛由府內出去，無奈下讓他們進入。

隨行的趙兵當然由荊俊等人假扮，一來由於下著大雪，兼且這批趙兵專責保護齊雨，與守府的趙兵分屬不同營系，互不相識，一時竟沒有察覺出岔子來。

眾人暗叫僥倖，車隊迅速馳至朱姬宅旁空地。荊俊負責留守宅外，只見花園內處處架起種種防禦敵人攻來的設施，又挖下箭壕，不由倒吸一口涼氣，慶幸不用強攻進來。

項少龍和肖月潭一左一右挾持齊雨，後隨四人，進入宅內，守在石階下的四名趙兵認得齊雨，雖見他臉青唇白，還以爲昨夜「操勞過度」，沒有起疑，其中兩兵隨他們一起入內。

兩名婢女在廳堂打掃，見到齊雨都眉開眼笑，迎了過來。項少龍一聲暗號，四名精兵隊員同時出手，以從項少龍學來的手法，把兩兵、兩婢擊昏過去，立即用繩索綑個結實，塞著口拖到一角。

項少龍寒聲向齊雨問道：「宅內還有多少人？」

齊雨乖乖答道：「還有五個婢女，其中兩人陪著朱姬。」爲了活命，他確是知無不言，言無不盡。

四個精兵隊員正要去尋人，大門忽然打開，郭開興沖沖衝了進來，向齊雨不悅地道：「使節大人爲何去而復返，昨夜尙未盡興嗎？」語氣中充滿酸溜溜的意味。

項少龍知他定是聞報由假嬴政處匆匆趕來，找佔了他朱姬便宜的齊雨發作，心中好笑。

齊雨惟有向他報以苦笑，郭開這時才有空望往齊雨身旁諸人，他目光落在臉露冷笑的項少龍時，立時色變，尙未有機會呼救，早刀劍架頸。

項少龍微笑道：「郭大夫別來無恙！」

郭開顫聲道：「你們絕逃不出去的！」

項少龍淡然道：「誰要逃出去？」說到「逃」字時，特別加重語氣。

肖月潭喝道：「押他們上去。」

兩名隊員先行一步，找尋其他尙未被制服的婢女，項少龍等則押兩人登上二樓，直抵朱姬緊閉的房外。

郭開受脅下，無奈吩咐房內看管朱姬的壯婢開門。門才開少許，項少龍已搶了進去，把兩婢打昏。

朱姬正呆坐在梳妝銅鏡前，玉容不展，忽然見到有個趙兵闖進來動手打人，嚇得目瞪口呆時，肖月潭撲前跪伏地上，低呼道：「小人肖月潭救駕來遲，累夫人受苦！」言下不勝唏噓，差點掉下淚來。

項少龍心想這傢伙倒有些演技，難怪能得呂不韋重用，提醒道：「夫人快些變成郭開。」

朱姬這才認出是項少龍，大喜下跳起來，先來到郭開和齊雨兩人身前，左右開弓，每人賞一記耳光。

項少龍心呼厲害，喝道：「先把他兩人押出去，脫下郭大夫的衣服，然後把他綁起來。」

兩名隊員應命推兩人到房外，在肖月潭這高手幫助下，當朱姬黐上郭開的招牌長鬚，又穿戴上他的官服官帽時，連項少龍亦看不出破綻。

朱姬想起一事，問道：「政兒呢？」聲音顯得抖顫。

項少龍微笑道：「幸不辱命！」

朱姬一聲歡呼，差點要撲過去摟著項少龍親嘴，旋又向肖月潭問道：「他……他長得像不像大王？」

肖月潭乾咳一聲，先偷看項少龍一眼，才有點尷尬地道：「像極了，體質則像夫人那麼好。」

這麼一問一答，項少龍立時知道連朱姬自己亦弄不清楚她這兒子是跟誰生的，當然更想不到快要相見的兒子，根本不是她的親兒。這筆糊塗帳，不知怎麼算才成。

他們不敢逗留，走出房外。

郭開自是給綑個結實，見到「自己」由房內走出來，驚駭得眼珠差點掉下來。

朱姬模仿郭開的聲音道：「給我宰了他！」

郭開和齊雨同時嚇得臉無人色。

項少龍不想下手殺死全無抵抗能力的人，笑道：「留下他的命比殺他更令他受罪。」

朱姬白他一眼道：「你是個好心腸的人！」笑著領先下樓去了。

項少龍等反變成隨從，押著齊雨追下去。

朱姬扮成的郭開一馬當先，走出宅門，學郭開的聲音語氣，向後面的跟班齊雨斥責道：「若非你是由齊國來的貴賓，本官必把你當廷杖責。」

齊雨低垂著頭，一副犯了錯事的樣子。

「郭開」一邊責罵，一邊和齊雨登上馬車，項少龍和肖月潭當然也鑽進去。

車隊開出，來到緊閉的大門前，守門的兵頭走過來道：「使節大人……」

「郭開」揭簾道：「本官要和使節大人往外一趟，你們小心把守門戶。」

那兵頭一呆道：「大人！這處怎能沒有你？」

「郭開」大發官威道：「我自有主張，哪輪到你陳佳來管我，快開門！」

妙在她連對方的名字都叫出來。

兵頭一臉無奈，吩咐大開中門，車隊無驚無險開出質子府。

第二十一章　兵臨堡下

馬車停了下來。趙雅正在自怨自艾，羞愧交集時，烏卓登上車廂，爲她鬆掉繩縛。待她活動手腳後，烏卓命她下車。

趙雅認得這是離烏家城堡不遠處的一座密林，驚惶間，幾個人由樹後轉出來，帶頭者正是被自己出賣的項少龍。

趙雅雙腿一軟，坐倒地上，熱淚奪眶而出，說不出話來。

項少龍將身旁的人一推，使他跌在趙雅身側，冷笑道：「便讓你們這對姦夫淫婦做對同命鴛鴦。」

齊雨顫聲道：「不要殺我，大爺曾答應過啊！」

他的懦弱，連趙雅都感鄙夷厭惡。這好看的男人平時瞧來頂天立地，不可一世，卻原來如此膽怯無能，尤其和項少龍站在一起，與後者漠視生死的英雄氣概比較，立有雲泥天壤之別。令她首次懷疑自己給鬼迷了心竅，竟戀上這樣一個人。

趙雅勉強站起身來，淒愧地道：「少龍！我對不起你，也配不起你，殺了我吧！」

項少龍仰天一陣長笑，冷然無情地道：「我不想讓你這淫婦污了項某人的寶劍。記得嗎？我曾說過任何人要殺死本人，都要付出慘痛代價，現在我就證明給你看，叫你的王兄和趙穆來吧！」

趙雅一呆道：「你不是要逃出去嗎？」

項少龍神秘一笑，道：「當然！我現在立即走，有了朱姬，我已可向秦王交代。」

蹄聲在遠方轟然響起。

項少龍露出頗感意外的神色，叫道：「糟了！給發覺哩！」

烏卓也惶然道：「沒時間哩！先回城堡去。」

趙雅以淚眼目送這曾使自己嘗到眞正愛情滋味的男子離去，所感到的悔恨，像毒蛇般咬噬她的心。

旁邊的齊雨喜叫道：「看！趙兵來了，我們有救哩！」

趙雅和齊雨眼前一黑，昏了過去。

項少龍等大功告成，在烏家戰士的歡呼中凱旋而歸，通過大吊橋，蹄聲轟隆衝入城堡。烏氏倮親自在廣場迎接，小盤則躲在一身戎裝的烏廷芳和趙倩背後，看著回復本來面目的「母親」朱姬入堡下車。

朱姬這時的眼內只看到一個「政兒」，臉上現出無可掩藏、眞摯感人的狂喜神色，往小盤奔過去。小盤亦哭著奔出來，投入她懷裡去，兩母子抱頭痛哭起來。

闊別十年，令她朝思暮想的親生骨肉重投入自己懷裡，她哪能不哭。小盤則是因這「母親」而想起自己的生母，哭得比朱姬更厲害、更眞誠，積蓄的憤怒激流般傾瀉而出。

烏氏倮來到朱姬母子旁，感動地道：「夫人，應是高興的時候才對。」

號角聲起，表示趙軍兵臨堡下。

朱姬抬起俏臉，哭得又紅又腫的秀眸看著烏氏倮道：「我們母子得有今天，全仗烏翁豪情厚義，感激的話不說了，只要我們母子一天在秦國還可以說話，便要保得你們烏家富貴榮華、子孫昌盛。」她已聞悉烏氏倮欲與堡偕亡，以掩護她們逃走的壯烈行爲，所以說出罕有的肺腑之言。

烏氏倮目泛淚光，大笑道：「有夫人這句話，烏氏倮可含笑九泉之下了。」

肖月潭深恐夜長夢多，催促道：「夫人！我們須立即起行了。」

烏應元和荊俊的精兵隊員，加上肖月潭和他的三十名好手，護著她們母子、與項少龍依依惜別的趙倩，往後宅去了，自然是由地道潛往城外，與圖先的部隊會合。項少龍、烏卓、滕翼等全留下來，沒有他們幾員大將，怎抵擋人數多上十多倍，兼後援無窮的趙國大軍。

趙軍沒有立即進攻城堡，只在外面佈防，邯鄲城內外的駐軍不住趕來增援，運來各種攻城的工具，到第三天時終完成整個包圍的陣勢。這正是項少龍等渴望的事，就是把趙軍牽制在這裡不放，好讓朱姬等人安然逃返咸陽。

整個計劃最精采的地方，是趙人以爲嬴政仍在他們手內，所以不大計較其他人逃出去，只要攻破城堡，殺盡烏家的人，便心滿意足。

項少龍不時在城牆露面，還特別安排烏氏倮和烏廷芳到城樓現身，使趙人更不懷疑他們暗有圖謀。

第三天晚上，負責監聽那四條只能通往堡外密林地道的烏家戰士發現有趙兵潛來，忙把浸了脂油的柴火拋入地道內，再加鼓風機吹送，把快到達的趙兵活生生悶死數百人後，再從容把地道以石塊封閉。

那邊的趙王自是氣得七竅生煙，清早便派人到城下大罵一番。項少龍大感有趣，他還是首次見到這種毫無實質意義的「罵城」。

滕翼一言不發，取出他的特製強弓，在趙人目瞪口呆中，一箭把那聲音特大的罵城專家射下馬來，射程超過八百步，比弩弓的射程還要遠上數丈。

烏家戰士喝采聲震天，趙兵則是噤口無言。

忽又有一人策馬衝來，這次學乖了，在千步之外勒馬停定，大聲喝上城堡道：「項少龍，大王要與你說話。」

項少龍心中好笑，我才不會蠢得喊破喉嚨與你對答。

旁邊的烏卓召了個人來，笑道：「當眾折辱一下他也好！」

項少龍會意，道：「叫他有屁就放吧！」說完自己也忍不住先笑起來。

烏卓和滕翼不禁莞爾，對滕翼來說，那是罕見的表情。

那人呆了一呆，大喝下去道：「有屁就放！」

聲音在牆上牆下來回激盪著。

烏家這面人人放聲大笑，充滿喜悅的氣氛，趙人那邊自是無比憤慨。對話還怎樣繼續下去，戰鼓聲中，趙軍開始發動攻城之戰。

趙人圍城的大軍，不計後勤支援的人數，總兵力達三萬多人，以步兵爲主，這已是趙人一時間能召集的所有力量，把城堡重重佈陣困堵。

在孫子兵法〈雄牝城〉篇裡，將城市大分作兩類：凡居於高處或背靠山嶺，又有良好水源的城堡叫「雄城」，非常難被攻克；凡居於低處，或兩山之間，又或背靠谷地、水草不盛的叫「牝城」，只要有足夠力量，一攻立破。

烏家城堡是典型的「雄城」，起初建城時趙王是希望作為城內另一能堅守的據點，哪知竟是變成對付自己的反叛基地。

所以趙人亦不想倉卒攻城，免得元氣大傷，初時還以為堡內人手和糧草均有問題，這時看到城堡上士氣如虹，才知道大錯特錯。

本來眾將均支持長期圍困的策略，豈知項少龍一句話，惹得趙王沉不住氣，下令強攻。

烏家富甲天下，城堡的形式是依當時最嚴格的標準建成，堅固嚴密。城牆又厚又高，足可抵擋敵人的仰攻、攀登和撞擊，護城河既深且闊，城牆上又有精銳的烏家戰士，所以縱然趙軍人數多了他們十多倍，仍沒有破城的把握。唯一的優勢，是趙人後援無窮，足以支持他們打一場消耗戰。

項少龍他們雖有地道之便，但儲存的物資糧食早全部搬來，城外牧場的人又要逃往秦境，頓成孤軍，不過他們的目的只是要守上一段時間，所以心懷舒暢，抱著遊戲的心情和趙人玩一場城堡攻防戰。

項少龍看著舉起護盾，陣容鼎盛又不住逼近的趙軍，皺眉道：「為何他們不把護城河的水源截斷，那樣就不用涉水過河那麼麻煩了呀！」

烏卓笑道：「我們這條是活河，不用引進河水，因為壕底有泉水噴出，想截斷也不可能。」

項少龍恍然，真是經一事、長一智。

滕翼平靜地道：「破解之法，是開鑿支流，把河水引走，那最少要十多天的時間才成，我猜他們正在後方趕建浮橋，橫跨河上，方便攻城。」

項少龍奇道：「那現在下面這些人豈非只是虛張聲勢？」

滕翼道：「圍城軍最忌悶圍，必須讓他們有些動作，當作活動筋骨也好，操練也好，只有如此才能保持士氣。」

項少龍點頭表示明白，在戰爭中，人的心理因素絕不可忽略，古今如一。

驀地下面的趙軍一聲發喊，持盾衝前，直衝到城河對岸處，在盾牌後蹲了下來，數千弩箭手，隨後衝至，躲在盾牌手後，舉弩發射，一時漫天箭雨往牆上灑來。

滕翼大聲傳令，烏家戰士全躲到城垛之後，不用還擊。

滕翼又以比那罵城軍官更大的聲音喝道：「準備沙石！滅火隊候命。」

話猶未已，敵陣中再衝出一隊二千多人的火器兵，以燃著的火箭，往城牆射來，攻城戰終於拉開序幕。

雙方各以矢石、火器互相攻擊，外牆和城頭均有撞擊和火灼的纍纍痕跡，但都只是表面傷痕，不損結構，烏家戰士居高臨下，矢石充足，守得固若金湯，傷亡極少，而趙人一天下來，已傷亡了千多人，可謂損傷慘重。

直到此刻，趙王和趙穆仍不明白對方為何各方面均如此準備充足，因為他們一直密切注視烏家的動靜，只見有人和物資移出城外，從沒見東西運進城堡來。

他們沒有想起地道的存在，亦不能怪他們愚蠢，一來要建一條這麼長的地道，是近乎不可能的事，還有是因為若有地道，項少龍等沒有理由留在這裡，哪猜到這正是項少龍計劃中最關鍵性的環節。

那晚消息傳來，秦人大軍犯境，嚇得趙王臉青唇白，催迫手下大將日夜不斷攻城。第十天，趙人在傷亡慘重下，終於成功建立三條跨河的臨時木橋，搬來雲梯攻城，又以巨木撞擊城門。

烏家戰士則以矢石火器還擊，又以類似長鉤的武器對付敵人的攀攻，並用一鑊鑊的沸水、滾油往下澆去，殺傷敵方近二千人，趙人無奈退下去，勉強守著三座木橋。

烏家方面死了五十多人，傷了百多人，傷者立即被運往城外。至此項少龍才真正感受到在戰爭裡，個人的力量是多麼渺小，那對他來說，絕不是愉快的感覺。

守到第二十天，趙人終於成功把河水引走，又花三天時間以土石把護城河填平，烏家城堡大勢已去。

趙人大舉進攻，把設有護甲保護的攻城戰車，推過填平的護城河。這些戰車各種形式都有，最厲害的是登城車、撞車和飛樓。

登城車高度像城牆那麼高，使敵人能迅速攀車登城；撞車負載堅木，對城門和城牆施以連續的猛烈撞擊；飛樓則供箭手之用，反以居高之勢，向牆頭的守軍襲擊。對付的唯一方法，是以巨石加以轟擊。不到兩天，能用的巨石均已用盡，項少龍終發下撤退的命令。

當趙軍攻入城內時，整個烏家堡全陷在一片火海裡，由於房舍、樹木均抹上火油，要救火也有心無力。趙人坐看著大火燃足十天，剩下一片焦炭、片瓦不留的災場，心中也不知是何滋味，但總不會是好受了。

是役趙人喪生八千多人，負傷萬多人，舉國震驚。

烏家在趙國軍民中一向聲譽良好，趙王硬是把他們逼反，自是怨聲四起。到趙王由瓦礫底發現通往城外的地道，始知中了項少龍之計，不過已是一個月後的事。

趙王雖暴跳如雷，亦只有徒呼奈何。這時他心中頗有悔意，有項少龍這麼好的人才不用，還把他白送了給秦人，確是何苦來哉！

第二十二章　安抵咸陽

秦國的發祥地在渭水上游秦川的東岸。

自先祖蜚廉開始，秦人崇尚武風，以逐水草而居的游牧民族形式，在這片土地上艱苦地掙扎求存，長期與西戎及犬戎作戰，他們的歷史，每一個字都由血和淚寫成。

部落式戰鬥集團的形態，雖使他們與土地的關係薄弱，難以落地生根，卻令秦人先祖不受土地的局限，不斷向未開發的西方移民和與異族雜居鬥爭。

周孝王時，嬴姓的非子因替周室養馬蕃息的功勞，受封於此，建立一個近京畿的附庸；其實卻是爲周王室承擔鎮守邊疆、防衛蠻戎的艱苦使命。

西周四百多年的悠久歲月是秦人最艱辛和困難的歲月，以血汗及無數族人的生命，悍衛周朝共主的西防，同時向西方不住拓展。這種無時無刻不面對嚴酷挑戰和堅毅不移的勇武精神，爲秦國打下堅實無比的基礎。

千載一時的機會終於降臨秦人身上。

周室因幽王無道，致犬戎攻入鎬京，幽王被殺，周室威權至此蕩然無存。

平王東遷，秦襄公因護駕有功，被平王將他晉陞至諸侯之列，秦國終於擁有諸侯國的法定地位。

戰國開始之時，七雄中最弱的卻是秦國，君權旁落。直至不世霸主秦穆公登位，重用外籍客卿如百里奚、蹇叔、公孫枝等人，才奠定了一個強國的基礎。

眞正的富國強兵來自秦孝公和商鞅的改革，「翻箱倒篋」地摧毀傳統的氏族部落結構，革新兵制，以軍功論爵，把王室權力提升至當時的極限。又把國都遷至咸陽，築起宏偉的城闕和宮殿，統一全國的度量衡，將國土併歸爲三十一縣，把舊日封區的疆界廢除，人民可擁私田，由國家直接計田徵稅。

至此秦國一躍而爲天下霸主，深爲東方各國畏懼。

當項少龍長途跋涉，由邯鄲逃至咸陽，秦國正享受著商鞅翻天覆地的改革成果。

咸陽位於九嵕山之南，渭水之北，故又名渭城。

項少龍帶著嬌妻烏廷芳，領著滕翼、烏卓和過千家將叩關入秦，受到守關將領的熱烈歡迎，一邊使人飛報咸陽，又調來五艘大船，免去他們跋涉山林之苦，直抵咸陽之南登岸，烏應元早率家將和趙倩，與呂不韋的頭號手下圖先在渡頭恭候，非常隆重。

烏廷芳父女相見，既歡欣若狂，恍若隔世；又觸起烏氏倮壯烈自殺的悲傷，百感交集；又拉著趙倩說個不休。

肖月潭和另一儒生狀似軍師型的青年，隨圖先欣然迎向項少龍。

這圖先體型瘦長，年在三十歲許間，長得非常結實，皮膚黝黑，動作靈活，舉止間有種驃悍威猛的懾人氣勢，雙目有神，配上一副馬臉，算不上英俊，卻有股陽剛的男子氣魄和魅力。

他大步上前，拉起項少龍雙手，長笑道：「圖先何幸！終於見到心儀久矣的超卓人物，若非項少龍，誰可成此不朽之事？」

項少龍有點不知如何應付這種熱情，連忙謙讓，心中同時想到現在正值呂不韋和烏家關係的蜜月期，圖先自是得到呂不韋吩咐，要好好籠絡他們。

圖先又逐一與滕翼和烏卓見面寒暄，神態親切熱烈。

荊俊這時不知由哪裡鑽出來，久別重逢，各人甚是歡暢。

肖月潭擺出老朋友的姿態，向項少龍介紹那青年道：「這位是楚國來的名士李斯先生，現在是大老爺的舍人。」

舍人就是食客。

項少龍暗忖「李斯」的名字爲何如此耳熟，驀地記起，動容道：「原來是少懷輔助名主一統天下大志的李斯先生！」

李斯渾身一震，垂頭道：「項先生見笑了，李斯哪說得上有甚麼大志，只求能在呂相國領導下一展所長，於願足矣！」

肖月潭閃過奇怪之色，暗忖自己說李斯是楚國名士，只是客氣的抬舉之語，事實上李斯藉藉無名，只不過憑三寸不爛之舌，令呂不韋頗有點好感，今天隨來亦是自動提出要求，想一睹項少龍的風采，爲何項少龍竟像對他聞名久矣呢？不由道：「少龍在何處聽過李先生的事？」

項少龍心中叫苦，難道告訴肖月潭自己是由《秦始皇》那套電影認識到李斯嗎？忙岔開話題道：「呂爺當上相國嗎？」

圖先來到項少龍旁，感激地道：「呂爺著鄙人定要清楚表達他對烏老爺子、應元少爺和少龍的感激，若非姬王后和政太子能安返咸陽，恐怕會是另一回事。姬王后和政太子在大王和呂爺跟前對少龍推許備至，大王特地爲少龍於明晚安排洗塵宴，好讓少龍稍有休息的機會。以後大家就是自己人。」

項少龍心中暗歎，你口中說得好聽，只不過是騙項某去做呂不韋的走狗罷了！他對政治和權力鬥爭早極度厭倦，更沒有興趣參與呂不韋這外族政團與本土權貴的鬥爭，心中暗作決定。

只看烏家在咸陽以十二個三合院落組成的新宅，便知秦人對烏家隆重的禮遇，亦可推知莊襄王對朱姬、由小盤冒充的嬴政的寵愛，以及對呂不韋的寵信。

烏家新宅雖遠及不上邯鄲烏家城堡的規模和氣派，卻位於咸陽宮附近公卿大臣聚居的區域。策馬緩馳約一盞熱茶的工夫，可抵達咸陽宮正中入口的城闕。

咸陽有內外城之分。

內城主要由渭水之北的咸陽宮和渭南的興樂宮組成，橫跨渭水，靠長達二百八十步的渭橋貫連兩岸交通，形成宏偉壯麗的宮殿群組，規模遠非邯鄲或大梁的宮殿可以企及。

兩宮氣勢磅礡，全部均爲高臺建築，有上扼天穹，下壓黎庶那種崇高博大、富麗堂皇的氣魄，隱然有君臨天下之象。

外城比內城大了十多倍，是平民聚居的郡城區，商業發達，旅運頻繁，肆上貨物品種繁多，物美價廉。

當項少龍的車隊路過城東的市集時，目睹各種畜類產品的出售，例如肉、皮、筋、角、脂、膠等等。另外又有陶、木、鐵器、紡織品等手工業製成品，其況之盛，遠非趙、魏兩國能及，可見國勢和經濟實有直接關係。

據同乘一車的圖先介紹，咸陽的營運分私營和官營兩種，政府設有管理市場貿易的機關和官吏，以監察和促進商業的發展。例如置鹽鐵官、管理手工業的「工室」、「工師」及司徒、司馬、司空、治田等官吏，以釐定產品的規格、質量或生產的方向，這都反映了秦國強大的經濟實力。

往烏家新宅路上，所見民風純樸，罕有魏、趙等國到處可見的鮮衣華服，人口卻比大梁繁盛，邯鄲更是不能相比。

項少龍耳目一新，暗忖這才是強國的規模。

行人多佩帶兵器，武風之盛，遠非魏、趙能及。

抵達烏家主宅前的廣場處，圖先等告辭離去，臨行前李斯偷偷向項少龍表示明早想來探訪，項少龍欣然應允，李斯才有點茫然地離開。

整個烏府上下各人全到大門來迎接這批烏家的英雄親信，尤其項少龍，更成爲烏氏一族的明星砥柱，備受尊崇。

烏應元撥出四組房舍暫時安頓各人，大部分子弟兵明早將出發到咸陽北郊的大牧場去，由於秦國地大物博，所以牧場的規模更勝從前。

項少龍應付了親族的歡賀後，春盈等四女擁著他與烏廷芳、趙倩到他新的隱龍居去。

婷芳氏原來受不住旅途的艱困病倒，嚇得項少龍忙趕到她的香閨去。

伊人清減不少，玉容蒼白，病因卻有一半是爲掛念項少龍，見他回來，摟著他喜極而泣，到晚宴前，精神好了很多，已可離榻活動。

看到春盈等眾女歡天喜地的樣子，項少龍愁懷盡解，摟著婷芳氏和趙倩的蠻腰，欣然問道：「今晚由誰伴我？」

兩女俏臉飛紅，自然是都想陪他。

烏廷芳笑道：「不若我們三人一起陪你吧！只怕你應付不來。」

趙倩亦赧然嬌笑道：「還有六個丫頭呢！看你怎生應付？」

項少龍望了春盈等四女一眼，奇道：「何來六個之多？」

婷芳氏笑著道：「忘了倩公主的翠桐和翠綠嗎？」

項少龍一呆，問道：「她們不是留在邯鄲嗎？」

趙倩怨道：「你忘了她們哩！幸好人家央求陶公派人把她們乘亂秘密接了出來，比你們還早十天到咸陽呢！」

項少龍大喜，道：「還不喚她們來見我？」

趙倩一聲嬌呼，只見兩個美麗的俏婢由內堂奔出，拜倒項少龍身前，忍不住痛哭起來。

項少龍心中湧起忽略她們的歉意，憐意大生，起身扶起兩女，撫慰一番，才到主宅大堂和烏應元共進晚膳，與會的還有陶方、烏卓、滕翼和荊俊。

一番勸酒和互相祝賀後，烏應元由衷地致謝道：「我們烏家能有此再生機會，全賴各位協力同心，不顧生死爭取回來的。」

陶方道：「今次我們真的可安居樂業，王后和太子回到咸陽後，呂爺立即被封爲右丞相，只要再立軍功，便有望晉爵封侯，我們烏家得此大靠山，老爺在天之靈，都安樂了。」

提起烏氏倮和隨他一齊殉死的妻妾婢僕，眾人均神色一黯。

烏應元咬牙切齒道：「這筆血帳，呂相國必會爲我們追討回來，圖管家私下對我說，相國已有全盤攻打趙國的計劃，還希望由少龍執行。」

項少龍心中苦惱，說實在的，他的主要仇人只是趙穆，趙王最多僅算是個幫凶，若要他率軍把趙境內的城池逐一攻陷，塗炭生靈，實非他所願。

對侵略性的戰爭，他實感深深的厭惡。還有一個更大的問題，是他怎也不可成爲呂不韋的爪牙，因爲歷史上的秦始皇，即位十年前後，便與呂不韋決裂，他怎可站在呂不韋的一邊呢？

可是看來烏家各人，早視呂不韋爲他們的新主子，一副生死與共、同進同退的樣子。自己又不可以告訴他們歷史會朝甚麼方向發展，亦自問無法令他們相信，這確是頭痛之極的一回事。

歎道：「秦王冊封呂爺爲丞相，難道秦國本地的權貴全無異議嗎？」

烏應元見他對呂不韋準備委他以重任的事毫不在意，奇怪地瞧他幾眼，道：「不但有異議，還反對得非常激烈。」頓了頓道：「秦自衛人商鞅之後，排外的情緒相當強烈，後來爲瓦解蘇秦促成的『合縱』政策，免受東方六國的聯攻，才勉強起用張儀，以『連橫』對抗『合縱』。之後又再重用范睢，採取遠交近攻的策略，應付六國聯手之勢，都可說是在逼不得已下，不能不借助外國的人才爲己籌謀。」

再歎一口氣，道：「可是白起被昭襄王賜死後，秦國軍方非常不滿，終於逼得范睢丟官，仇外的情緒再次壯大起來。我們雖說有秦人血統，可是終被視爲外人，屬呂爺的系統，所以我們定要全心全力匡助呂爺，否則若他倒臺，我們亦不會有好日子過。」

最後這幾句自然是要提醒項少龍。滕翼等人均默然不語，他們三人以項少龍馬首是瞻，只看重項少龍的想法。

陶方插言道：「現在呂爺的策略是要先立軍功，因為秦人一向重武輕商，呂爺做生意賺錢的本事當然誰都不會有疑問，但在軍事上，秦人卻認為他一竅不通，所以他若能在這方面有所建樹，地位即可穩若泰山，我們定要在這方面為他多做功夫。」

滕翼沉聲問道：「秦人方面反對呂不韋的主要有甚麼人？」

烏應元道：「最主要是以陽泉君為首的本地權貴，他們因姬王后曾是呂爺小妾，所以懷疑政太子非大王骨肉，於是抬了大王的次子成蟜出來，這批人是秦國實力派的人物，呂爺對他們非常忌憚，連大王都不敢過分違逆他們，所以雖任用呂爺為右丞相，左丞相仍只得起用陽泉君。」

陶方怕他們不清楚陽泉君是誰，進一步解釋道：「陽泉君乃昭襄王王后之弟，當年大王之所以能成為儲君，他亦曾盡力遊說乃姊，使她向昭襄王說項，所以一直以為自己功勞最大，現在竟然屈居呂爺之下，自然極不服氣。」

眾人恍然。昭襄王乃現今嬴政之父莊襄王嬴異人的祖父，那時異人的父親安國君仍只是儲君身分，對異人毫不重視，否則不會送他去趙國做質子。呂不韋得了異人這「奇貨」後，大施銀彈，買通安國君最寵愛的華陽夫人之姊和陽泉君，使他們分別遊說華陽夫人及昭襄王的后妃，再由她們影響安國君和昭襄王，異人始有問鼎王位的機會。

項少龍知道刻下並非說服烏應元要小心呂不韋的時候，不再多言，岔開話題，一番風花雪月後，晚宴完畢，各自回居所休息。

離開大堂，滕翼和烏卓兩人藉口送項少龍回去，陪他一道走。

滕翼低聲問道：「少龍似乎對呂不韋沒有多大好感，是嗎？」

項少龍苦笑道：「商人只重實利，這種人滕兄願和他交朋友嗎？」

烏卓皺眉道：「可是正如少爺所言，我們的命運已和他掛鉤，若他坍臺，我們亦完蛋。」

項少龍真想把小盤的事告訴兩人，終壓下這不智的想法，微笑道：「這事隨機應變吧！待呂不韋的權位穩定下來後，我們設法和他劃清界線，否則定會給他累死。這是我的想法，切莫告訴任何人，連荊俊和陶方都不可洩露。」

兩人對項少龍早心悅誠服，又見他這麼信任自己，均欣然點頭。

話別後，項少龍回到新的隱龍居。

居內燈火通明，眾女聚在大廳，觀看趙倩和烏廷芳兩人下棋取樂。婷芳氏則因病體尚未完全復元，回房休息。

項少龍先到房內探看婷芳氏，這美女不知是否因環境影響，又或項少龍的愛寵，原本冶豔的風姿，化作姣麗中帶著貴氣的動人氣質，穿了一襲素藍配上淡黃鳳紋的貴婦服裝，刻意為他打扮過的高髻雲鬢，淡掃蛾眉，充滿清雅誘人的風情，臉色雖仍有點蒼白，卻另有一股楚楚動人的柔弱美姿，在燈火映照中，美目藏著對他海樣的深情和依戀。

自大梁之行後，為應付趙人，他少有與她這種單獨相處的機會，禁不住一陣歉疚。

眾女陣陣喧笑聲，隱隱由大廳傳來，卻不至破壞這裡的寧靜，反更增添幸福、滿足和溫馨的感覺。

婷芳氏見他走進房來，「啊」的一聲歡喜地擁被坐起來，玉臉生輝。

項少龍坐到榻沿，把這撲入懷內的美女擁個結實，享受著她酥胸起伏不停，充滿豐盈誘人的生命感覺。

他以面頰摩擦她粉嫩的臉蛋，看著她後頸和領口內一截雪白的內袍，心中一陣激動，比之以前任何一刻，他更有信心保護自己心愛的女子。但在擁有這種信心的旅途前，他已經歷了無數令他心傷魂斷的事。

他想起趙雅，心中一痛，對她再沒有獲知她背叛他時的恨意。不過這又如何呢？他們已沒有修好的可能。

在魏國的紀嫣然知否他已來了這裡？於這通訊困難的古代世界，他們像生活在兩個不同的星球上。難怪古人對離別生出那麼多傷情和感觸，相思之苦確使人受盡折磨，婷芳氏正是因此病倒，爲情消瘦。

現在婷芳氏和趙倩孤零無依，唯一倚憑的是自己，他怎能不寵她們、疼她們呢？

不知是否病中特別使人脆弱，婷芳氏流下情淚，死命摟緊他道：「夫君啊！妾身想得你很苦哩！」

項少龍又念起美蠶娘，一時神傷魂斷，擁著婷芳氏倒到榻上去，項少龍俯頭埋在她的懷裡，緊繃的神經鬆弛下來，同時生出對鬥爭仇殺的厭倦，只希望以後能退隱於泉林之地，把紀嫣然和美蠶娘都接來，過那只羨鴛鴦不羨仙的醉人生活。

腦內勾畫出溪水緩流、芳草濃綠、林木蒼翠、丹山白水的美景。他要求的再非華衣美食，而是原始簡單的生活。

在這地廣人稀的世界，找個世外桃源之地，開墾荒田，種些農作物，由懷中玉人養雞飼鴨，自己則負責捕魚狩獵，直至老死，於願已足。

他想到來時經過的原始森林，途中不時遇上漫天濃霧，又或飛瀉千尋的瀑布、山中的大湖，不由神思飛越，暗下決心，終有一天，他要在山林終老。

對一個二十一世紀的人來說，這種生活，才最是迷人的。

婷芳氏勉力睜開美眸，散發出灼熱的情火，怪他仍不和她合體交歡。

項少龍心神俱醉，忘掉一切，把所有注意力全投到她迷人的肉體去。

終於抵達咸陽。

第二十三章　秦宮夜宴

甜美嬌柔的聲音，把他從最深沉的睡眠中喚醒過來，睜眼一看，初昇的驕陽早散發朝霞，猛然坐起來。

美麗的三公主趙倩嚇了一跳，抿嘴嬌笑著道：「我們三個都輸了，誰都估你爬不起床來的。」言罷俏臉飛紅，羞喜不勝，顯是想起昨晚激烈醉人的「戰況」。

項少龍給她提醒，試試舒展筋骨，發覺自己仍是生龍活虎，哈哈一笑，一把摟著趙倩，倒往榻上，道：「唔！待和乖倩兒再來一次！」

趙倩欲迎還拒，偏又渾體發軟，無力爬起來，嬌吟道：「相國府的李斯先生來找你呢！」

項少龍記起李斯昨天向他密訂的約會，歎一口氣，起身讓妻妾、美婢伺候盥洗更衣，指頭不用他動半個，一切便弄得妥當整齊。

李斯在內軒等他，神色平靜，至少表面如此。

客套兩句，秋盈獻上香茗糕點後，李斯開門見山道：「項先生究竟在何處聽過在下名字，爲何像對李某非常熟悉的樣子？」

項少龍昨晚曾向陶方查問過這將來匡助秦始皇征服六國的一代名臣的身世，知他是韓非的師弟，師事荀子，很想騙他說是由韓非處聽到的，但想到謊言說不定有拆穿的一朝，放棄這個想法。微笑道：「李先生聽過緣分這回事嗎？」

李斯愕然問道：「甚麼是緣分？」

專論「因緣」的佛教要在漢代才傳入中國，李斯自然不明白項少龍在說甚麼。

項少龍呷一口熱茶後道：「命運像一隻無形的手，把不同的人，無論他們出身的背景如何不同，相隔有多遠，最終亦會把他們拉在一起，變成朋友、君臣，又或夫妻、主僕，這就叫作緣分。」

李斯臉露驚訝神色，思索了一會兒後，點頭道：「想不到項先生不但劍術傾動天下，還有發人深省的思想，只不知這和先生知悉在下的事有何關係？」

項少龍淡淡道：「緣分是難以解釋的，項某雖是初見先生，卻像早知道很多關於先生的抱負，衝口便說了那番話出來，或者是因爲曾聞李兄遊學於荀卿的關係吧！」

李斯皺起眉頭，他雖出自荀卿門牆，兩人思想卻有很大分別，正要說話，項少龍岔開話題道：「先生對治國有何卓見？」

李斯呆了一呆，這話若是莊襄王問他，自是口若懸河，說個不停。但項少龍不但尙未有官職，且屬呂不韋系統，假設他李斯和對方交淺言深，抖出底牌，說不定會招來橫禍，不禁猶豫起來。

自到咸陽後，雖曾與呂不韋深談過幾次，呂不韋亦表示對他頗爲欣賞，他卻看出呂不韋不但野心極大，賦性驕橫，遲早會惹出禍來，兼且他治國之道和自己大相逕庭，故很難會受賞識重用，正在心中苦惱。

項少龍微微一笑道：「先生並不甘於只做一個無足輕重的小幕僚吧！」

李斯大吃一驚，忙道：「項先生說笑了！」

項少龍正容道：「要成大事，便須冒大險，先生若不能把生死置於度外，今天的話到此爲止，事後我亦不會向任何人提起，如何？」

李斯凝神看他一會兒，只覺項少龍透出使人心動的真誠，心中一熱，豁了出去道：「未知項先生有何卓建和提議？」

項少龍道：「李先生怎樣看呂相國將來的成敗？」

李斯臉色微變，長長吁出一口氣，歎道：「項先生是有點強人所難了。」

項少龍明白他的苦衷，溫和地道：「李先生現在呂府幹甚麼工作？」

李斯爽快答道：「李某正協助呂相國依他指示編纂《呂氏春秋》，相國希望能以此書擬出一套完整的治國理論和政策，嘿！李斯只是其中一名小卒，『協助』這詞語實在有點誇大。」

項少龍並非歷史學家，還是初次聽聞此事，奇道：「原來竟有此事，不知書內對治國之道有甚麼新的看法？」

李斯嘴角牽出一絲不屑之色，淡然道：「哪有甚麼新的看法？主要還不是集前人的精要，提出『法天地』的主張，那是說只有順應天地自然的本性，才能達到天下大治，所謂君臣各行其道，互不相涉。爲君之道，必要以仁德治國，不時反省，求賢用賢，正名審分，最後達到無爲而治的理想。」

項少龍見他說理清晰，心中佩服，輕聲問道：「先生認爲相國這套主張行得通嗎？」

李斯哪敢答他，問道：「項先生又以爲如何呢？」

項少龍知道若不露上一手，會被這博學多才、胸懷大志、比自己更年輕的人看不起，從容道：「呂相國以韓人而執秦政，重用的多是三晉人，和他結交的王后又是趙女，加上秦國自商鞅變法以來，崇尚以法和武治國，與呂相國的治國思想如南轅北轍，全無調協的地方，將來會發生何事，望先生有以教我。」

李斯拍案而起道：「有項先生如此人才在秦，李斯可回家務農了。」

項少龍一把抓著他手臂，拉得他坐回椅內，誠懇地道：「先生言重了，先不說項某對治國之術一竅不通，最主要是項某無心仕途，以前種種作爲，是求生存而非求名利，終有一天會退隱山林，不理世務，大秦能否一統六國，全賴先生了。」

李斯呆了一呆，暗忖這話若由莊襄王對他說就差不多，項少龍縱得莊襄王另眼相看，可是莊襄王絕非甚麼有爲明主，事事以呂不韋馬首是瞻。在目前的形勢下，他們這些外人，不依附呂不韋還可依附何人？但項少龍卻擺出別樹一幟的格局，確令他費解。

項少龍伸手按在他肩頭，微笑道：「項某這番話，李先生終有一天會明白，安心留在咸陽吧！這是你唯一可以發展抱負的地方。」

李斯告別後，項少龍找到滕翼，共進早餐。

席間滕翼道：「少龍今後有甚麼打算？」

項少龍自然有他的如意算盤，就是憑著他在《秦始皇》那套電影得來的資料，爲小盤的冒牌嬴政建立他的班底，好應付將來發生的呂不韋專權，以及假宦官嫪毒的出現。

現在先找到了李斯，還有是王翦、王賁父子，都是日後爲秦始皇統一天下的名將，有此三人匡助小盤，他可安心退隱田園。

想到這裡，輕鬆地挨到椅背，伸展著身體道：「說眞的，我項少龍胸無大志，宰掉趙穆後，我會到烏家偏遠的牧場，過著田園的隱居生活，閒來打獵捕魚便感滿足了。」

滕翼露出一絲難得的笑意，淡淡道：「假設你做得到，我陪你去打獵。」

這時荊俊旋風般衝進來，神采飛揚道：「來！讓小俊做引路人，領兩位大哥見識咸陽的繁華盛景。」

滕翼皺眉道：「這些日子來你和甚麼人胡混？」

荊俊在兩人對面席地坐下，興奮地道：「當然是相國府的人，在這裡眞刺激，天天打架傷人，前天相國府的劍士在咸陽最大的官妓樓中伏，死了三人、傷了七人，算那些偷襲的賊子走運，我剛去了渭南的太廟偷看寡婦清拜祭先王，否則怎會傷亡這麼多人？」

項少龍和滕翼對望一眼，都暗叫不好，這小子年輕好鬥，說不定會惹出禍事來。

滕翼皺眉道：「秦人不是最重法紀嗎？爲何竟會隨便打鬥？」

荊俊得意地道：「現在咸陽亂成一片，誰管得了誰，尤其牽涉到左、右相國府的人，更是沒有人敢理。」

項少龍肅容道：「這幾天你最好不要惹事生非，我們看清楚形勢後，立即回趙國對付趙穆，明白了嗎？」

荊俊大喜敬禮道：「小俊曉得了，眞好！我可以把趙致弄回來。」

滕翼沉聲喝道：「你愈來愈放肆！」

荊俊最怕滕翼，嚇得俯伏地上，不敢作聲。

滕翼向項少龍歎道：「少龍！這小子年紀太輕，不知輕重，我會管教他的，少龍勿放在心上。」

項少龍笑道：「我怎麼會怪他？」

荊俊抗議道：「小俊最尊敬兩位大哥！」

滕翼喝道：「閉嘴！」向項少龍打了個眼色，表示要獨自訓斥荊俊。

項少龍會意，自行返回隱龍居去，尚未踏進門檻，天井處傳來眾女陣陣的歡叫喝采聲，趕去一看，原來妻婢們全換上輕便短襦，正在拋球爲樂，婷芳氏則坐在一旁含笑觀看。春盈和夏盈擁上來，把他拉入場去。這一天就在充滿歡樂的氣氛中度過。

黃昏時分，烏應元使人來請他同往王宮赴宴。想到即可見到呂不韋這叱吒風雲、影響整個戰國歷史的人物，項少龍亦不由有點緊張起來。

他怎想得到只不過在「黑豹酒吧」打一場鬧架，竟徹底改變了自己的命運呢！

馬車緩緩開進宏偉的大門，由圓拱形的門洞，進入主大殿前的廣場。

大門兩旁設有兵館，駐屯兩營軍隊，由司馬尉指揮循例問過後，使十二騎前後護送項、烏兩人的馬車往內宮馳去。

像趙宮般，咸陽宮雖大上幾倍，仍是「前朝後寢」的佈局，外朝是秦王辦理政務、舉行朝會的地方，內廷則是秦王和諸子、妃嬪的寢室。

前廷的三座主殿巍峨壯麗，設於前後宮門相對的中軸線，兩邊爲相國堂和各類官署；後廷以秦王與王后的後三宮爲主，左右兩方爲東六宮和西六宮，乃太后、太妃、妃嬪和眾王子的宮室。

項少龍沿途觀覽，只見殿堂、樓閣、園林裡的亭臺、廊廓等等，無不法度嚴謹，氣象肅穆，非是趙宮所能比擬。

內廷建築形式比外廷更多樣化，佈局緊湊，各組建築自成庭院，四周有院牆圍繞，不同區間又有高大宮牆相隔，若沒有人引路，迷途是毫不稀奇的事。

想到小盤有一天會成爲這裡的主人，而此事正是由自己一手促成，項少龍不由生出顧盼自豪的成就感。

莊襄王設宴的地方是後廷的「養生殿」，乃後宮內最宏偉的木構建築，是座三層樓式的高臺建築，高臺上是兩層樓閣式的殿堂，殿堂兩旁及其下部土臺的東西兩側，分佈十間大小不等的宮室，有臥室、休息室、沐浴室、盥洗室等，各室間以迴廊、坡道相連。牆上有彩繪壁畫，迴廊的踏步鋪上龍鳳紋或幾何紋心磚，殿堂和長階則鋪方磚，氣派宏偉，富麗堂皇。

馬車停在大殿堂階下的廣場，呂不韋特別遣管家圖先在那裡恭候他們，見面時自有一番高興和客套。

步上長階時，圖先低聲道：「今晚除呂相爺外，還有陽泉君，此人自恃當年曾爲大王出力，專橫驕傲，大王和呂相都讓他三分，兩位小心應付。」

烏應元見他對他們丈婿如此推心置腹，顯是把他們視作自己人，心中歡喜，不斷應諾。

項少龍想起終有一天要與呂不韋翻臉決裂，卻是心中感歎。這或者就是預知命運的痛苦，禁不住意興索然，更增避世退隱之心。

才跨入殿門，一聲長笑撲耳而至，只見一個無論體型和手足均比人粗大的豪漢，身穿華服，虎步龍行般往他們迎來，頭戴絲織高冠，上插鳥羽簪纓，行來時鳥羽前後搖動，更增威勢。

此人年約四十，生得方臉大耳，貌相威奇，只嫌一對眼細長了點，但眸子精光閃閃，予人深沉厲害的感覺。

烏應元慌忙拉著項少龍行跪叩之禮，高呼呂相。

尚未拜下，呂不韋已搶上前來扶著兩人，灼灼眸光落到項少龍身上，訝然道：「難怪姬王后和肖先生均對項少龍讚不絕口，我呂不韋足跡遍天下，還是第一次見到少龍這般人才。」有如洪鐘的聲音，在殿堂的空間震盪迴響。

項少龍見他只比自己矮了少許，氣勢逼人而來，心中暗讚，忙謙讓道：「相爺誇獎哩！」

偷眼一看，只見除在上首設的三席外，大殿左右各有兩席，每席旁立著兩名宮女，暗舒一口氣，不用應付那麼多人，自然輕鬆了點。

呂不韋毫無相爺架子，左右手分別挽著兩人，往設於上首右席走去，低聲在項少龍耳旁道：「本相正苦於有兵無將，少龍來了就好，何愁大事不成。」又哈哈笑起來。

那邊的烏應元歡喜地道：「全賴相爺提攜了。」

項少龍卻是心中叫苦，人非草木，孰能無情，呂不韋這麼看重自己，他還怎能脫身去享受憧憬中的田園生活？

這時三人來到席前，呂不韋先揮手命宮女退開，才低聲道：「本相已和大王說好，任少龍為蒙驁將軍副將。蒙將軍本是齊人，來秦後一直被本地軍將排擠，鬱鬱不得志，其實他兵法謀略，我大秦無人能及，若有少龍為輔翼，立下軍功，本相定不會薄待你們。」

項少龍暗叫厲害，呂不韋的籠絡手法，直接有力，怎不教人為他盡心盡力。先扮作感激的樣兒，才道：「相爺如此看重少龍，縱爲相爺肝腦塗地，亦不會有半分猶豫，問題在於少龍的大仇人趙穆仍然健在，一天不能將此惡賊碎屍萬段，少龍很難分神到別的事情上。」

呂不韋大力抓他的手臂，眼中厲芒一閃，道：「本相亦恨不得把他剝皮拆骨，少龍儘管放手施爲，萬事有本相支持，拿了他首級後，記得帶回咸陽，大王和本相要一睹爲快！」

項少龍至此才眞正領教到呂不韋的厲害，難怪他能以一個商人成爲天下最強大國家的右丞相。而且他只由自己幾句話，便看穿自己準備潛回邯鄲行刺趙穆，可知他的腦筋是多麼靈敏迅捷。

門官唱喏道：「蒙驁將軍到！」

項少龍差點衝口說「一說曹操，曹操就到」，幸好記起曹操尙未出世，連忙忍住。

呂不韋欣然轉身，大笑道：「有甚麼事比見到老朋友更令人欣悅的呢？」

項少龍和烏應元往正門望去，只見一位高瘦的男子，身穿錦袍，氣宇軒昂地大步走入殿內，隔遠便禮拜道：「蒙驁參見呂相！」

呂不韋以他獨特懾人的步姿迎了上去，親熱地與蒙驁把臂而行，往烏、項兩人處走來。

蒙驁臉型修長，年紀約在四十左右，膚色黝黑，滿臉風霜，眉頭像時常皺到一起的樣子，不過雙目藏神，使人有孤傲不群的感覺。身體非常硬朗靈活，顯然因大量運動而保持在極佳狀態中。

項少龍暗忖呂不韋的眼光這麼厲害，給他看得上的蒙驁自非無能之輩。蒙驁和烏應元早已認識，打過招呼後，精光閃閃的眼神落到項少龍臉上。

項少龍不想和他對望，連忙行下輩之禮。

呂不韋爲兩人引介。

蒙驁顯然不大擅長交際，繃緊的臉沒有甚麼笑容，有點生硬地道：「幸會！幸會！」

烏應元笑道：「荊俊那小子來此幾天，便與蒙將軍的令郎們結爲好友，不時結伴到荒郊打獵遊樂。」

呂不韋欣然道：「那小子的身手眞的很好，來咸陽這麼短一段日子，便連續擊敗本地三個著名劍手，他卻誰都不服，只服少龍，害得我們都心癢癢想看看少龍的絕世劍法。」

項少龍這才知道荊俊幹了這些事出來，也不知應歡喜還是憂心，看來暫時他想不站在呂不韋這一方也不行的了。

蒙驁聽到有人提起他的兒子，露出一絲難得的笑容道：「看看少龍甚麼時候有空，請來舍下一敘，小武和小恬都很仰慕少龍呢！」

項少龍尙未有機會答話，門官唱喏道：「左丞相陽泉君、大將軍王齕到！」

蒙驁的笑容立時收起來，呂不韋則冷哼一聲，看來新和舊、外地和本土兩個派系的鬥爭，已到了完全表面化的白熱階段。

項少龍望往大門，只見一個身穿交領華服的矮胖子和一個穿著戰袍的彪形大漢，昂首闊步而來。秦人風氣確與趙人不同，既沒有前呼後擁的家將，亦沒有奏樂歡迎的樂隊，簡單多了，反使項少龍感覺輕鬆寫意。

項少龍心中好笑，呂不韋的右丞相和陽泉君這左丞相，各帶一名將軍出席，顯是並非偶然，而是秦王蓄意讓雙方勢力均衡的安排。

不過這王齕乃秦國軍方首要人物，而蒙驁只是個不得志的將軍，顯然呂不韋仍未獲得秦國軍方的支持，此正爲呂不韋致命的弱點，所以才會如此積極爭取項少龍，否則這務實的商人可能多看他一眼都不願意。

陽泉君和王齕的目光均凝注在項少龍身上。

項少龍和烏應元連忙施禮。

王齕很有風度，微笑還禮。

陽泉君神情倨傲，略一點頭，瞇起那對被肥肉包圍著的陰險細眼，冷冷一笑道：「項兵衛來了多少天呢？本君若非到此赴宴，恐怕仍不能一睹尊駕的風采！」

這幾句話分明怪責項少龍到咸陽後，沒有謁見他這要人。

烏應元心中暗罵，臉上卻堆起笑容道：「愚婿昨天才到，疏忽之處，君上大人有大量，切勿放在心頭。」

項少龍反放下心來，這陽泉君喜怒形於色，庸俗平凡，怎會是呂不韋的對手，反是王齕厲害多了。

「噹！」磬聲響起。

十八名虎背熊腰、身形驃悍的衛士手持長戈，步履整齊地由後堂進入殿內，排列兩旁，接著殿後傳來密集步下樓梯的聲音。

項少龍心中恍然，原來莊襄王一直在上一層的殿堂裡，這時得人通知賓客到齊，才下來主持晚宴。同時猜到先前呂不韋當是在上一層與莊襄王密議，由此可見兩人關係多麼密切。

眾人分列兩旁跪伏迎迓秦王大駕，先是四名內侍肅容步出，後面是八位俏麗的年輕宮娥，服飾以紫色爲主，襯以紅、藍兩色，頗有點土氣，遠及不上趙、魏兩國宮女內侍的華袍繡服。

他們分成兩組，每組二男四女，肅立一側。

環珮聲響，一位體態綽約、羅衣長褂的俏佳人，牽著髮冠華衣、年約十歲的小孩盈盈走了進來。

項少龍偷眼一看，還以爲是朱姬和小盤，等看清楚時，才知錯了。

此時內侍之一唱喏道：「秀麗夫人、成嶠王子到！」

項少龍心想，這就是陽泉君要捧的王子了。這秀麗夫人姿色不俗，應是莊襄王由邯鄲返秦後納的妃嬪，她和兒子能出席今夜宴會，隱有與朱姬和小盤分庭抗禮之勢，可見莊襄王對她頗爲愛寵，否則她早被打入冷宮。

環珮再響，項少龍立時眼前一亮。只見朱姬身穿用金縷刺繡花紋圖案的短襦，熠熠閃光，非常搶眼，下面是觸地裙褂，加上高髻宮裝，走起路來若迎風擺柳，更襯托出她纖腰豐臀的體態和媚在骨子裡的動人風情，立時把那秀麗夫人比了下去。

她一手攬衣，另一手拖著以黑色爲主、短襦錦褲的小盤，正是「羅衣何飄飄，輕裾隨風還」，輕盈柔美，飄逸若神。

項少龍想起曾與她擁眠被內，枕邊細語，又是另一番滋味。低下頭去，避免與她的妙目交觸。

內侍唱喏道：「姬王后、政太子到。」

兩對母子，分別來到宴席旁，下跪等待莊襄王的龍駕。

小盤目不斜視，一眼也不望項少龍。項少龍心中讚許，他曾千叮萬囑地吩咐小盤，對他絕不可神態有異，否則說不定會惹起朱姬或其他有心人的懷疑。

四名內侍一齊唱喏道：「大王駕到！」

項少龍不敢偷看，只能在腦海幻想著對方模樣。

一把柔和悅耳、斯文平淡的聲音在前方響起道：「眾卿平身！」

眾人齊呼道：「謝大王！」

項少龍隨眾人起立，抬頭一看，剛好與莊襄王打量他的眼光直接交觸。

這曾在邯鄲做質子的秦王，年約四十，身材高瘦，頗有點仙風道骨之態。皮膚白皙如女子，臉容蒼白，卻有股罕見的文秀神采，手指纖長，予人一種具良好出身，大族世家子弟的氣質，只可惜雙目神光不足，否則更是氣概不凡。

頭頂冕旒，外黑內紅，蓋在頭頂是一塊長方形的冕板，使他更添帝王之姿。身上當然是帝王的冕服，黑底黃紋，襯金邊，莊嚴肅穆。

看到項少龍遠勝一般人的體型神采，莊襄王的龍目亮起來，唇角露出一絲溫文爾雅的笑意，柔聲道：「能成非常之事，必須非常之人，少龍你沒有令寡人失望。」

項少龍想不到莊襄王直呼他的名字，語氣又如此親切，連忙拜謝。

莊襄王目光落到烏應元身上，溫和地道：「得婿如此，烏先生尙有何求，烏家異日定能因少龍光大門楣，可以預期。」

烏應元大喜謝恩。

陽泉君和王齕交換了個眼色，都看出對方心中不滿。

莊襄王目光掃過眾人，淡淡道：「眾卿請入席！」

磬聲再響。另十八名衛士由內步出，先前的衛士九人一組，移到客席後持戈守立。眾人紛紛來到席旁立定，待莊襄王坐下，侍衛卓立其後，秀麗夫人和朱姬兩對母子亦席地坐下時，方敢入席坐下。

右邊兩席，上首處坐的是呂不韋和項少龍，接著是蒙驁和烏應元；另一邊則由陽泉君和王齕各據一席，涇渭分明。

項少龍故意不看朱姬和小盤，以免莊襄王或其他人發覺他和她「母子」二人的特別關係，這叫「寧教人知，莫教人見」。

宮女穿花蝴蝶般穿插席間，為各人添酒和奉上佳餚。

莊襄王道：「姬后和政王兒均安返咸陽，寡人再無憾事，讓我們喝一杯！」

眾人舉酒祝賀，不過秀麗夫人、陽泉君和王齕等的臉色當然不大自在。

莊襄王的眼光落到朱姬和小盤身上，眼神更溫柔了，以他那充滿感情的好聽聲音道：「政王兒，少龍有大恩於你，還不敬項先生一杯！」

項少龍亦不由為他的風采傾倒，深感成功非靠僥倖。莊襄王能於落魄時被呂不韋看中是「奇貨可居」，後來又打動最被當時孝文王寵愛的華陽夫人，納其為子，最後突圍而出，成為王位繼承者，自有其攝人的特色和風采。否則縱使呂不韋再多花點錢貨，亦只是枉費工夫。

小盤聞言起立，來到項少龍席前，到此刻兩人始有機會眼神交接。

小盤一對眼睛立時紅了起來，射出深刻之極的感情，幸好一閃即沒。

當下自有侍女捧來酒壺酒杯。

項少龍長身而起，恭敬地俯身，舉手過頭，接過小盤遞來的美酒，一飲而盡。

小盤的身體更粗壯了，神色冷靜，當項少龍想到他日後統一天下的雄姿，不由心中一顫。

兩人分別回到席位裡，項少龍忍不住再望了小盤一眼，發覺朱姬正含笑看他，秀眸盡是溫柔之色，嚇得忙垂下目光。

莊襄王逐一和眾人閒聊兩句後，眼光再落到項少龍身上，從容自若地道：「若要攻陷邯鄲，滅掉趙國，把趙穆生擒回來，少龍認爲須多少軍馬？」

朱姬和小盤的眼睛同時亮了起來。

陽泉君和王齕亦露出注意的神色，看他有甚麼話說。

呂不韋哈哈一笑道：「少龍放膽直言，舒陳己見！」

項少龍微微一笑道：「以現在的形勢論，攻陷邯鄲二十萬人即可，但要滅趙，就算舉大秦全國之力，仍未可辦到。」

眾人齊感愕然。

陽泉君冷笑道：「項兵衛對兵家爭戰之事，時日仍短，故有此無知之言，王大將軍可否向兵衛解說一二，以免他見解錯誤仍不自覺。」

他始終堅持稱他作兵衛，正是要提醒別人，他只是個微不足道的小將，亦表明視他爲外人。

莊襄王和呂不韋先是對項少龍之言露出不悅之色，旋又深思起來。

朱姬則是嘴角含春，對項少龍滿懷信心。

烏應元則向項少龍猛打眼色，希望他慎言。

蒙驁雙目亮了起來，顯是體會到項少龍話中的含意。

項少龍從容不迫地看著王齕，虎目精芒閃閃。

王齕給他看得有點心寒，謹慎起來，道：「臣子想請項先生先解釋一下為何有此立論。」

此話一出，莊襄王、呂不韋、烏應元和陽泉君這四個不通軍事的人，立知項少龍非是胡謅一通，否則王齕不會如此有所保留。

項少龍淡然一笑道：「長平一役後，趙國確是遭到致命之傷，不但影響軍心士氣，亦深入打擊王公大臣對國家的信心，不過正是由於這種心態，亦形成上下拚死抗敵之心，燕人的大敗恰是明證，臣下提出能以二十萬人攻陷邯鄲，是趁我們烏家剛撤離趙國，牧場所有牲畜均被毒斃，使趙人在這方面的補給難繼，兼之士氣大損，才有此把握。但這一戰必須以快打快，趁李牧和廉頗分別被匈奴和燕人纏著，無暇分身，故城破則退，不宜久留。」

再沉聲道：「若只為破城，十萬人便可辦到，但若要速戰速決，全師而退，非二十萬人不可。」

王齕呆了半晌，歎道：「項先生這話亦不無道理。」

項少龍禁不住對他好感大增，由於對方不會睜著眼說謊話。

蒙驁沉聲道：「末將完全同意少龍之言。」

陽泉君氣得臉色陣紅陣白，與秀麗夫人交換了個眼色，一時說不出話來。

朱姬一陣嬌笑，媚眼一送，向莊襄王道：「大王啊！人家沒推薦錯人吧！大將軍和蒙將軍似還是首次對同一件事點頭同意呢！」

這麼一說，王齕和蒙驁都尷尬起來。

小盤望著項少龍，湧起崇慕和依戀的情緒。

莊襄王先望了呂不韋一眼，油然道：「少龍所言的舉我全國之力，仍未能滅趙，又怎樣解釋呢？」

最緊張的是烏應元，假設項少龍在此項上不能說服秦王，那剛佔得的一點優勢，便會盡付東流了。

項少龍陳詞道：「戰爭之要，雖說以國力為本，軍力為器，但外交和情報卻是同樣重要，所謂『知彼知己，百戰不殆』。」

陽泉君插言道：「這兩方面的事，我大秦從沒有疏忽過，先王以張儀為相，正是從外交入手，粉碎六國合縱之策，至於情報方面，我們不時有探子到各國偵察，從沒鬆懈下來。」

項少龍愈來愈看不起這秦國元老，不客氣地問道：「請問君上，假設我們傾全力揮軍攻趙，各國會有何反應？」

陽泉君登時語塞，因為若沒有確實情報的支持，如何可回答這假設性的問題。

呂不韋在几下拍拍項少龍的大腿，表示很高興他挫了陽泉君的鋒頭。

王齕終是和陽泉君共乘一船，出言道：「此事確不可輕舉妄動，齊、楚兩國暫且不說，但三晉脣亡齒寒，必會齊起反抗，三國任何一國之力仍未足抗我大秦百萬之師，但聯合起來，則是另一回事。」

如此說，雖似為陽泉君緩頰，卻也等若肯定項少龍的說法。

項少龍不讓眾人有喘息之機，侃侃而言道：「趙國若受攻擊，各國絕不會坐視，縱使開始時抱有隔山觀虎鬥的撿便宜心態，但只要趙人閉關穩守，再派人截斷我軍的補給路線，其他各國遲早必派軍應援，那時我們四面受敵，情勢殊不樂觀。」

莊襄王拍案道：「好一句『隔山觀虎鬥』，這麼精采的語句，寡人還是初次聽到。」

項少龍暗忖難道這句話仍未在這時代被引用？謝過莊襄王讚賞後續道：「況且魏國信陵君仍在，足可影響各國，再來另一次合縱，我們便危險了。」

眾人均默然無語，八年前魏國信陵君聯同各國軍隊，在邯鄲城下大破秦軍，各人自是記憶猶新，仍有餘悸。

莊襄王歎道：「如此說來，難道任由趙穆這奸賊逍遙自在嗎？」

只憑這句話，當知莊襄王沒有統一天下的大志，否則這句話應是「如何才可蕩平六國」。

項少龍肅容道：「若只是要把趙穆擒來，大王則不必費一兵半卒，只須交由臣下去辦。」

眾人同時愕然。

莊襄王精神一振，問道：「可有虛言？」

項少龍道：「絕無半字虛語，臣下只須半年的時間去搜集情報，便可行動，把趙穆生蹦活跳帶到大王御座之前，任憑處置，不過此事最緊要保密，否則臣下恐難活著回來。」

莊襄王拍案道：「誰敢洩出此事，立殺無赦！」

同一時間呂不韋在項少龍耳旁歎道：「這事怎可說出來？」

項少龍知他擔心自己會被陽泉君陷害，探手几下，在他大腿上寫了個「假」字，呂不韋登時會意，讚許地看他一眼。

陽泉君垂下頭去，免給人看破他的喜色。

朱姬嬌笑起來，向莊襄王撒嬌道：「生蹦活跳的趙穆，少龍用語眞是有趣，剛才人家的提議，大王還要猶豫嗎？」

眾人一聽，立知另有文章。

果然莊襄王哈哈一笑道：「與少龍一席話，令寡人痛快極矣，若能把趙穆生擒回來，以洩寡人心頭之恨，定然重重有賞，由今天起，少龍就是寡人客卿兼太子太傅，專責教導政兒劍術、兵法。」

呂不韋大喜，忙向項少龍舉杯祝賀。

要知太子乃王位繼承人，若能成爲他的師父，異日太子登基，自可發揮直接的影響力量，所以這官位實是非同小可，人人眼熱。

陽泉君由席中走了出來，跪伏地上，顫聲道：「大王尙請三思，我大秦立國數百年，以武聞名，能當太子兵法、劍術太傅者，均乃國內最佳兵劍大家，從沒有外人擔任此職，況且項兵衛一無軍功，二來不知劍術是否名實相符，不若待項兵衛擒趙穆回來後，大王再作定奪。」

他這番話亦算合乎情理，可見此人仍有點小聰明，只是莊襄王哪聽得入耳，不悅道：「寡人怎會看錯人，這事就是如此安排，左丞相不必多言。」

王齕忍不住走出來跪陳道：「大王務要三思，否則恐人心難服。」

這大將軍一開腔，等若秦國軍方齊聲反對，莊襄王雖心中大怒，亦不得不猶豫起來。

項少龍見狀跪稟道：「左丞相和大將軍之言不無道理，大王請收回成命，先看臣下能否擒回趙穆再作決定。」

烏應元和朱姬均暗叫可惜，朱姬更暗恨少了與項少龍接觸的機會，小盤則差點想把陽泉君痛揍一頓。

莊襄王歎道：「眾卿請起。」

陽泉君和王齕兩人知他回心轉意，大喜回席。

項少龍亦從容回席去也。

王齕見他毫不介懷，禁不住心生好感。

莊襄王尚未說話，呂不韋一聲大笑，吸引了所有人的注意力。

只見呂不韋正容道：「政太子太傅一職，怎可丟空半年以上。兵法方面，少龍剛才已表現了他超卓的見地，而少龍在趙、魏兩境，以少勝多，大破賊軍，又斬囂魏牟之首，早名震天下，不用贅言。至於劍術，只要陽泉君和大將軍請來心目中我國最有資格的劍術大家，擇日御前比試，立見分明。」

莊襄王大喜道：「就這麼辦，好了！讓我們喝酒作樂。」

一拍雙掌，一隊歌舞姬立時飄進殿來，載歌載舞，可是卻衝不破那緊張的氣氛。

雙方都盤馬彎弓，準備讓對方栽個大觔斗。

項少龍心中苦笑，知道自己給捲進秦廷權力鬥爭的風暴中。這或者就是「人在江湖，身不由己」吧！

第二十四章　遠方音訊

跟著的十天，項少龍度過了來到這古強國後最悠閒的美好時光。

他領著妻婢，與滕翼、荊俊、烏卓和那些隨他由邯鄲前來的家將，到城外烏家新開發的牧場休養生息。

牧場佔地甚廣，快馬一個時辰可勉強由這一端去到另一端，共有十八組簡樸但設備完善的房舍。他們選取一座位於美麗小谷的四合院落，名之為「隱龍別院」。

每天清早起來，便和妻婢在大草原上馳馬為樂，順道練習騎射。又找來滕翼、烏卓和荊俊三個高手對打，練習各種武器的掌握運用，作為與陽泉君等選出來那仍未知是何人的對手決戰前的熱身練習。

「精兵團」由原先的七十七人擴展至三百人，日夜操練，以作將來返回邯鄲活擒趙穆的班底。有項少龍這眞正的特種戰士主持，人人進步神速，掌握到各種深入敵後的偵察與作戰技術。

烏家人丁旺盛，其中不乏懂得冶鐵的巧匠，烏卓遵項少龍之言，在牧場內成立冶煉鐵器的作坊，依照他的設計，製造出攀爬腰索和飛針這類的工具、暗器。

項少龍更不忘依《墨氏補遺》卷上的方法打坐練氣，滕翼發現後大感興趣，從他處學得訣竅，效果比項少龍還要好。

項少龍索性把補遺卷贈他，由他自行鑽研上面寫的兵法和劍術，兩人間的關係，比親兄弟更勝一籌。

樂也融融時，陶方來了，眾人齊集在廳內舉行會議。

陶方神采飛揚道：「有邯鄲的消息，眞是精采。」卻沒有立即說下去。

眾人見他賣關子，急得牙癢起來，只有滕翼不爲所動，沉著如常。

陶方笑道：「逐件事來說吧！今次被我們害得最慘的是趙穆，當趙人發現我們那條直通城外的秘道後，才知上了大當，然後就收到眞正的嬴政返抵咸陽的消息，孝成王氣得大病一場，更把趙穆痛罵一頓，整整一個月都不肯見他，到現在關係始改善了一點，但趙穆權勢已大不如前，反而那郭開不知說了甚麼謊話，竟騙得孝成王那昏君對他信任大增。」

項少龍忍不住問道：「趙雅的情況如何？」

陶方知他仍沒有忘記這善變的美女，歎道：「她也大病了一場，那齊雨還想去纏她，給她轟出府門，很多人都看到呢！」

烏卓奇道：「趙王沒怪她嗎？」

陶方沉吟道：「據說她曾苦勸趙王不要對付少龍，那昏君事後亦有悔意，又見她病得死去活來，或者基於這些原因，趙雅的地位並沒有受多大影響。現在邯鄲人心惶惶，怕我們會引領秦軍攻打趙國。最近孝成王派出使節，希望能聯結各國，以應付秦人的入侵，眞是大快人心。」

滕翼道：「那假嬴政的命運又如何？」

陶方搖頭歎道：「給趙穆處死了，他滿肚子氣，惟有拿這無辜的可憐蟲發洩。」

項少龍心中頗感不忍，不過卻知這是沒有法子的事。

陶方忽然伸手按著項少龍肩頭，低聲道：「告訴你一件事，但千萬莫要動氣。」

項少龍一震道：「甚麼事？」

陶方眼中掠過異樣神色，沉聲道：「終有美蠶娘的消息了。」

項少龍色變道：「死了？」

陶方搖頭道：「不！是嫁到附近一個村莊去了，還生下兒子，丈夫是個頗有名氣的獵戶，據說相當愛護她。」

項少龍呆了半晌，反輕鬆起來，想起分別時的情景，美蠶娘可能早立下決心不離開那和平的地方。這也好！最緊要她有個好歸宿便成。

荊俊湊到陶方旁，輕聲問道：「有沒有給我送信與趙致？」

滕翼一震道：「你那封信有沒有洩露我們回邯鄲的事？」

荊俊嚇了一跳，道：「當然沒有，小俊怎會這麼不知輕重。」

陶方由懷裡掏出一封信來，塞到荊俊手裡，笑道：「看來趙致對你有點意思哩！」

荊俊一聲歡呼，凌空翻三個觔斗，一溜煙走了，看得眾人失笑不已。

陶方見項少龍乍聞美蠶娘的事後，仍然情緒穩定，放心道：「我們到大梁的人有消息回來，聽說紀才女已到楚國去。」

項少龍一震道：「不好！她定是往邯鄲找我。」

眾人同時捕捉到他的意思，紀才女當然不能直接赴趙國找他，惟有先往楚國，再取道齊國往邯鄲去。古代訊息不便，邯鄲發生的事，恐怕到這時紀嫣然仍未知曉。

項少龍卻是關心則亂，決然道：「我們立即到邯鄲去！」

陶方道：「至少要過了大後天才成，秦人推出一個人來和你爭太子太傅之職，定下大後天午前在御前比武，有點身分地位的都會來觀戰。」

烏卓道：「那人是誰？」

陶方回答道：「好像是叫王翦吧！」

項少龍大感錯愕，心想又會這麼巧的。

項少龍在離農莊別院不遠的小瀑布旁獨坐沉思。

在這古戰國時代裡，無處不是桃源仙境，眼前便是罕見奇景，谷內秀峰羅列，萬象紛陳，奇巧怪石，碧水流經其間，飛瀑彩池，自然天成，水動石變間，在陽光下百彩交織，使人怎麼看都不感厭倦。

他坐在一個這樣的水池旁，傾聽飛瀑注入清潭的悅耳聲響，欣賞岸旁綠竹翠樹，浮波蕩漾，水嬌色豔，充盈初春的生機和欣欣向榮的景象，不由心曠神怡。

可是當心神轉到大後天的御前比武上，又愁懷暗結。不論哪一個勝出，恐怕都會有點問題，問題仍是在他能否改變歷史？若答案是否定的話，那他大可甚麼都不理，嘯傲山林，終日享受與妻婢們的魚水之歡，而小盤自然會成爲中國首位皇帝，只恨他不能肯定。

若他擊敗王翦，對方還能否成爲日後統一六國的主要功臣呢？眞教他煞費思量。

但他亦是敗不得，否則烏家將會受到很大的損害，對小盤更是嚴重的打擊，甚至他的邯鄲之行也會受到影響。

苦惱間，少女嬌甜的笑聲傳來。

草樹掩映中，翠桐和翠綠這兩位俏麗的豔婢，每人挑著兩個小木桶到這兒來取水，低言輕笑，並沒有留意到項少龍的存在。

兩女來至池旁，放下挑擔小桶。翠桐坐在一塊石上，翠綠則脫掉鞋子，露出秀美的赤足，濯在水裡，意態放浪自如，不時發出銀鈴般的嬌笑。

項少龍想起與美蠶娘在小谷的溪流，同做水中嬉戲的動人情景，心內不無感觸。

翠桐忽道：「少爺摟過你嗎？」

翠綠嬌笑反問：「你呢？」

翠桐霞生玉頰，點了點頭，有點苦惱地道：「唉！只是輕輕環了人家的腰，吻吻臉蛋便算了。」

翠綠笑道：「小丫頭動了春心。」

翠桐氣道：「你比我好得了多少，昨晚夢中都在喚少爺。」

翠綠大羞道：「不准你再說！」

看到兩女嬌態，愁思難解的項少龍不由怦然心動，由藏身處站起來。兩女忽覺有人，別過頭來，見是項少龍，先是吃了一驚，然後是面紅耳赤，羞得不知鑽到哪裡去才好。

項少龍怕她們不勝嬌羞急急溜掉，迅速移到兩人間，分別抓起兩女柔軟的小手。

兩女渾身發軟，挨在池旁石上，不肯起來，額頭差點藏到酥胸裡。

項少龍威脅道：「想不給人看到的話，就乖乖的隨我去。」

兩女無奈站起來，既羞又喜。

項少龍拉著兩女，沿溪踏著高低起伏的怪石往上攀去，不一會兒來到最高一層的小水池，剛好可俯瞰，盡收谷地的美景。

著兩女和他並肩坐下，摟著她們香肩，共賞這勝媲美人間仙境的樂土。兩人情不自禁的靠入他懷裡，芳香沁人。

文明究竟是好事還是壞事呢？二千多年後的科技，肯定是人類作繭自縛，不住地去破壞美麗的大自然。任何人若能像他般來到這古時代裡，都要爲大自然異日的面目全非心生感慨。

翠桐低聲道：「少爺剛才是否一直坐在那裡？」

項少龍促狹地道：「我睡著哩！聽不到甚麼輕輕摟抱，親親臉蛋，又或有人昨夜發夢囈語那類說話。」

兩女立時窘得無地自容，同聲嬌吟，把臉埋入他懷裡。

項少龍一邊讚歎這時代的男人眞幸福，兩手撫著她們滑嫩的臉蛋，溫柔地摩娑，此時無聲勝有聲。

這時太陽開始往西山落下去，剛好一道白雲橫過天際，赤陽化作一團豔紅，像個大火球般懸在遠空。

項少龍心中一陣感觸，若現在是太平盛世，即使永不能返回二十一世紀，亦有何憾可言。

那晚項少龍縱情歡樂，可是即使在銷魂蝕骨的時刻，他的腦海仍不住閃過紀嫣然、美蠶娘，甚至趙雅的倩影。

眾女知他趙國之行迫在眉睫，神傷魂斷下，分外對他癡纏，難捨難離。

光陰在這種情況下溜得特別快，兩天後他們離開這美麗的小谷，返回咸陽城去。除荊俊外，滕翼和烏卓都留下來繼續操練精兵。

甫抵烏府，烏應元把他找了去，神色凝重地道：「圖先調查過那王翦，據說此人不但劍術稱冠秦國，最厲害是騎射的功夫，可連發三箭，用的是鐵弓銅弦，五百步內，人畜難避。」

想起死鬼連晉的箭術，可能仍及不上此人，項少龍不由頭皮發麻，問道：「這人甚麼年紀？」

烏應元顯是為他擔心，歎道：「今年應是二十來歲，聽說樣子頗斯文秀氣，從外表看誰都不知他這麼厲害。」又沉聲道：「圖先查出陽泉君和王齕等人早內定找他來和你比武，拖了這十多日是讓他利用這段時間加緊操練。那些人不安好心，看準你和妻妾久別重逢，在床笫間必有大量損耗，真虧他們想得到。現在連呂相都很擔心哩！」

項少龍記起昨晚的風流，心生慚愧，同時想到自己是有點輕敵。

烏應元拍拍他肩頭道：「盡量養足精神，我會向芳兒解說的。」

項少龍回到隱龍別院，拋開一切，避入靜室，依《墨氏補遺》的指示，打坐吐納，不一會兒物我兩忘，精神進入至靜至極的禪境。

「叩！叩！」

叩門聲把項少龍驚醒過來。項少龍忙把門拉開，露出烏廷芳悽惶的玉容，顫聲道：「小俊給人打傷了，還傷得很重呢！」

項少龍大吃一驚，忙趕到主宅去。烏應元和陶方全在，還有烏府的兩名府醫，正爲荊俊止血和包紮。

項少龍擠到荊俊旁，吩咐各人退開，詳細檢視他的傷勢。他身上至少有七、八處劍傷，最要命是左脅的傷口，差點刺入心臟，其他傷勢雖嚇人，不外皮肉之傷，不過其中兩劍深可見骨，皮肉綻開來，觸目驚心。

荊俊因失血過多，陷入半昏迷的狀態，只是臉上不時露出痛楚難當的神色。

項少龍雖心痛，卻知他應該可撿回小命，退到烏應元和陶方中間道：「誰幹的？」

烏應元道：「已通知圖先，他們會派人去查的了，幸好這小子身體硬朗，傷得這麼厲害，仍能撐到回來後才倒地，算他本事了。」

陶方道：「這些人分明想要取他的命。」

門衛的聲音傳來道：「呂相國駕到！」

眾人想不到呂不韋會親來探望，轉身迎迓。

呂不韋在十多名手下擁護裡大步走來，先細看荊俊的傷勢，然後和三人到一旁說話，神情肅然道：「定是陽泉君等人的詭計，藉殺死小俊，以打擊少龍的精神，少龍千萬不要上當。」

項少龍平靜地道：「他們顯然低估了小俊的逃生本領，只要小俊醒來，當可知誰人下的手。」

呂不韋道：「無論是誰下手，所有事待明天與王翦一戰後才和敵人算帳。只要少龍奪得太傅之位，本相會全力支持少龍爲小俊討回這筆血帳，教所有人知道我呂不韋並不是好欺負的。」

項少龍心情矛盾，他並不想與呂不韋的關係這麼密切，但看來情勢若依現時方向發展下去，他遲早會變成呂不韋的一黨。

這還不是問題，最怕是大家生出感情，將來更頭痛。

荊俊一聲呻吟，醒轉過來。眾人圍了上去，荊俊只看到項少龍一人，憤然叫道：「大哥！他們好狠！」

項少龍伸手按著他肩頭，道：「不要動！」

呂不韋沉聲道：「誰幹的？」

荊俊冷靜了點，咬牙苦忍身上的痛楚，道：「他們有二十多人，我只認得其中一人叫『疤臉』國興。」

呂不韋吩咐把荊俊抬到後宅養傷，雙目殺氣大盛，道：「這國興在咸陽頗有名氣，是渭南武士行館的三大教席之一，館主邱日昇與軍方關係密切，一向不把我的人放在眼內，少龍遲些替我把那行館挑了，我要讓秦人知道開罪我呂不韋絕不會好過。你要多少人？儘管說出來。」

項少龍暗歎，這不就等於是做他的打手了嗎？口中應道：「區區小事，我們有足夠力量辦妥。」

呂不韋喜道：「有了少龍，我們整個聲勢都不同了，陽泉君等若非畏懼少龍，何用出此下策？」頓了頓道：「明天本相會先來此與你們會合才一起進宮，本相有信心少龍不會教人失望。」

項少龍心中一動，先向烏應元和陶方打了個眼色，道：「讓少龍送呂相國出門吧！」

烏、陶兩人會意，任他獨自一人送呂不韋到門外登車。

呂不韋乃極爲精明的人，低聲道：「少龍有甚麼話要說？」

項少龍微笑不語，直至來到車前，才道：「這十天沒有一刻少龍不在為呂相籌謀苦思，發覺這樣和秦國本土勢力對抗下去，終是下下之策，說不定最後落得兩敗俱傷。」

呂不韋歎道：「凡事以和為貴，我也想過這問題，奈何大利當前，秦人又一向仇外，誰也不相信我有誠意為秦國盡心盡力。」

項少龍從容地道：「他們既是因利益而結合，我們就以利害來分化他們，像陽泉君又或渭南武士行館等死硬分子，我們以無情手段摧毀他們，藉之立威。但像王齕這類並非純為私利的人，大可籠絡施恩，使他靠到我們的一方。」

呂不韋目射奇光，仔細打量項少龍後，點頭道：「少龍似是妙計在胸，快點說來聽聽！」

項少龍輕描淡寫地說出計劃。

呂不韋聽罷，道：「若做得到，自然是最好，只怕一不小心，弄巧成拙，白賠了性命。」

項少龍淡然道：「呂相對烏家恩比天高，我冒點險算得甚麼呢？」

呂不韋哈哈一笑，用力摟了摟項少龍肩頭，欣然離去。

項少龍知道取得呂不韋絕對的信任，轉頭看荊俊去了。

第二十五章　御前比武

咸陽宮主殿旁的大校場裡，萬頭攢動，有若鬧市，人人急不及待觀看即將舉行的比武盛事。

一方是秦國威名最盛的無敵悍將，另一方卻是聲名鵲起、戰績彪炳，從趙國來的不世劍客。誰都希望看到兩人如何分出勝負。

陽光普照下，靠主殿的一方架起三座高臺，擺好座椅，正中的當然是莊襄王和太子、后妃的寶座。左臺坐滿以陽泉君和王齕爲首的大臣和軍方將領；右臺除呂不韋外，蒙驁和親呂不韋的大臣客卿均已列席。李斯亦是其中之一，他本沒有列席的資格，由於關心項少龍，故以三寸不爛之舌遊說得了一個座位。其他地位較低的人，則只能站在校場的四周觀戰。

甲冑鮮明，比其他六國人身材更高大的秦兵，守在正殿長階上和三座看臺的四周，長戈在陽光下閃爍生輝，平添不少莊嚴肅殺的氣氛。

這時呂不韋和項少龍等剛乘車抵達，下車後往右臺行去，立時惹起哄動，均對項少龍指點呼叫。

呂不韋吁出一口氣，在項少龍耳旁道：「秦人好武，最重英雄，此戰是許勝不許敗。」

項少龍今早以《墨氏補遺》卷上的方法行氣吐納，這刻眞是龍精虎猛，信心十足，道：「呂相放心！」

呂不韋道：「左邊看臺那身穿黑色戰服的人是邱日昇，切勿忘記他的樣子。」語氣透出深刻的恨意。

項少龍依言望去，只見臺上近百人的目光全集中到他身上，忙以微笑點頭回應。瞥了那邱日昇一眼，便移開眼光。

呂不韋領他登上看臺，引見諸人後，坐下來問後面的圖先道：「王翦來了嗎？」

圖先答道：「應該來哩！卻不知在哪裡？」

號角響起。禁衛簇擁中，一身龍袍的莊襄王引領小盤、朱姬、秀麗夫人、王子成嶠和一眾妃嬪，由殿內步出，朝中間看臺行去。

所有軍士肅立正視敬禮，其他臺上臺下諸人跪伏迎迓，一時整個校場肅然無聲。

項少龍心中暗讚，只看這情況便知秦王的威嚴和秦人的服從性與重紀律。

直到莊襄王和眾王子、王妃在臺上坐好，近侍宣佈眾人平身入座後，會場回復先前模樣，但人人都停止說話，靜候莊襄王的宣佈。

內侍高唱道：「項少龍何在？」

項少龍連忙起身，順手脫掉外袍，露出他完美的體型，下臺來到主臺前面處，行晉謁秦王的大禮。

莊襄王欣然看著項少龍，不住點頭，表示讚賞。

他長居國外，基本上可算外人，所以對這由趙國來，又救回他妻兒的青年劍手特別有好感。

內侍再呼道：「弁將王翦何在？」

話聲才落，一陣蹄聲響起，只見一騎旋風般由宮門處馳來。

人群爆起震天采聲，紛紛讓路，使來騎直馳場心。

若說聲勢，項少龍明顯輸了一大截。

王翦騎術驚人，短短一程，已做了俯衝、側靠等等高難度的姿勢，快要停下時，竟奇蹟的縮入馬腹下，從另一邊登上馬背，才躍下馬來跪伏地上，大嚷道：「末將王翦！叩見我王！」

眾人再響起驚天動地的喝采和打氣聲音，把氣氛推上澎湃的高潮。

呂不韋臺上諸人，包括對項少龍深具信心的烏應元和陶方，見王翦騎技驚人至此，都信心動搖起來，更不用說呂不韋等未知項少龍深淺的人。

莊襄王露出驚異之色，頻頻點頭。

朱姬因對項少龍別具好感，這時緊張得抓著小盤的手，才發覺小盤手心也在冒汗。

陽泉君那臺上的人卻是人人喜動顏色，好像項少龍的敗北已成定局。

王翦長身而立，往項少龍望來。剛好項少龍含笑看去，大家打了個照面。

雙方同時露出訝色，均爲對方的體型、氣度驚異。

這王翦確如烏應元所說的白皙秀氣，但卻不足描畫出他眞正的形態。

他最多比項少龍矮上半寸，身穿紅黑相間的武士戰服，著了件藤甲背心，肩寬背厚，體型驃悍，予人英姿爽颯的印象。高鼻深目，一對眼深邃莫測，烏黑的頭髮在頭上紮了個短髻，用一條紅繩綁緊，兩端垂至後頸，更顯威風八面。

項少龍心內讚賞，微笑施禮，暗忖如此人才，難怪將來能助小盤打下江山，統一六國了。

王翦見項少龍神色友善，放鬆面容，禮貌地還禮，但眼內仍充滿敵意。

這時主臺處由內侍讀出今次比武的目的和作用，其中自然少不免對朝臣作出勉勵，強調保持武風的重要性。到最後，內侍朗聲道：「今次比武分兩部分舉行，先比騎射，再比劍術。」

項少龍心中叫苦，暗忖自己近來騎技雖大有進步，但若要與王翦相比，回家多練幾年也不成。

王翦高聲領命，項少龍只好學他般應諾。

「嗖」的一聲，王翦以一個美妙的姿態飛身上馬，疾馳開去，直趨場角快要衝入圍觀的人堆時，才勒馬人立，兜轉馬頭，蹄不沾地的轉過身來，倏然停下。

當然又是引來另一陣喝采叫好之聲。兩名軍士早由場邊搬了個箭靶出來，放在廣闊大校場的正中央處。

此時呂不韋使人把「疾風」牽來，項少龍從容一笑，雙足一彈，由馬尾躍上馬背，再一夾馬腹，靠著「疾風」驚人的高速，繞個大圈，抵校場另一角，亦贏來不少喝采聲。

王翦從馬鞍旁拿出他的鐵弓，往頭上一揚，登時惹來一片讚美聲。

項少龍知他信心十足，準備表演箭技，收攝心神，向王翦遙喝道：「死靶怎如活靶，不若王兄射在下三箭如何？我保證絕不用盾牌擋格。」

全場立時鴉雀無聲，不過所有目光都射出難以置信的神色，像在猜度說這人是否找死？

項少龍卻是有苦自己知，與其等著落敗，不若行險一博，憑自己的劍術和身手應付對方的騎射，若能成功，便可應付過這一關了。

王翦顯然不是想佔便宜的小人，沉聲喝道：「箭矢無情，項兄可想清楚了。」

項少龍遙向莊襄王施禮道：「請大王欽准！」

莊襄王猶豫片晌，才以手勢示准此請。

全場近二千人全體屏息靜氣，等候那驚心動魄的場面出現。

王翦一手舉弓，另一手由背後箭筒拔出四枝長箭，夾在五指之間，手勢熟練，使人感到他要把這四箭射出，有若呼吸般輕易。

項少龍心中暗呼親娘，原來這人一直深藏不露，使外人以爲他技止三箭，到現在才亮出眞本領示人。

鴉雀無聲。

王翦大笑道：「末將鐵弓鐵箭可貫穿任何盾牌，項兄儘管用盾又如何，小心了！」微夾馬腹，戰馬放蹄衝來。

項少龍仰天一笑，拍馬衝去，取的卻是靠近莊襄王那一邊，欺他不敢向莊襄王的方向發箭，好洩他的銳氣。

兩騎接近、分開，交換了位置。

王翦一抽馬頭，一刻不待回身馳來。

項少龍心神進入墨家守靜的訣竅，天地似在這一刻完全靜止，捨王翦外再無他物。同時催馬往王翦迎去。只要能貼近王翦，避過四箭，這場騎射競賽當可收工大吉。

兩騎迅速接近，由過千步的距離，拉至七百步內。

「騰！」

王翦先拉一下弓弦，不知如何，其中一枝箭已落到弓弦處，霎時弓滿箭出。

項少龍從未見過這麼快的箭，幾乎是剛離弦便抵面門。幸好他的反應比常人敏捷十倍，一聲大喝，血浪寶劍離背而出，斜劈在矢頭處。

全場不論友敵，一齊轟然叫好。

項少龍策馬、拔劍、疾劈，幾個動作一氣呵成，行雲流水，角度、時間都拿捏得恰到好處，表現出一種動作和力道的極致美態，使觀者無不深感震動，爲他喝采。由此亦可見秦人率直眞誠的性格。

「噹」的一聲清響，鐵箭應聲斜飛墜地。

王翦大叫一聲「好」，倏地消失不見，原來躲到馬腹下。

項少龍心中駭然，剛才對方一箭力道驚人，震得他整條右臂痠麻起來，差點甩手掉下血浪寶刃，這時見不到王翦，即是說連他怎樣發箭都不知道，哪能不吃驚。

大校場寂靜至落針可聞，連呼吸聲都像宣告暫停，只餘下戰馬如雷的奔騰聲，雙方由七百步拉近至五百步。

不聞弦響，以項少龍的角度看去，兩枝箭同時由略往右斜移的馬腹下射出，一取項少龍心窩，另一箭往他大腿射去，絕對地把握項少龍在矢到時的準確位置，教人歎爲觀止。

項少龍知道由於比先前接近二百步，兼之手臂的痠麻仍未復元，絕無可能以臂力挑開對方更強力的勁箭，把心一橫，硬以劍柄往來箭挫下去，同時純憑本能和直覺，閃電飛出一腳，迎往另一勁箭。

眾人仍未有時間分神爲他擔心，「篤」的一聲，劍柄硬把勁箭磕飛，下面則鞋頭一陣火痛，勁箭應腳失了準頭，在項少龍身前斜向上掠，到了最高點才往下掉來。

兩騎此時相距三百步之遙，項少龍忽覺不妥，原來最後一箭竟無聲無息地由馬頭側射來，角度之刁鑽，除非翻下馬背，休想躲過，不過此時已來不及。

項少龍整條手臂這時痛得連舉起或放下都有問題，能拿著血浪只是作個幌子。一聲大喝，左手抽出掛在馬側的木劍，勉強掃在對方這最後一箭上。

「噗！」鐵箭被掃得橫飛開去。

全場歡聲雷動，王翦亦禁不住再叫了聲「好」，把鐵弓掛回馬背側，拔出佩劍，往項少龍疾衝過來。

項少龍不敢大意，血浪回到背上，一振左手木劍，拍馬衝去。

兩人擦身而過，連串的木鐵交鳴聲響徹校場。

項少龍試出對方臂力比自己有過之而無不及，心中懍然，故意馳到場端才轉回馬來，好爭取右臂復元的時間。

觀者此時無不看得一顆心提到咽喉頂處。

王翦高舉長劍，策馬衝來。

項少龍木劍交到右手，深吸一口氣，朝頑強的對手馳去。

兩騎迅速接近，到了五十步許的距離時，項少龍跨著那贈自紅粉佳人紀嫣然的駿驥，忽然增速，箭矢般疾竄，有若騰雲駕霧地來到王翦馬前。

項少龍使出《墨子補遺》三大殺招的「以攻代守」中的「旋風式」，木劍彈上半空，旋轉一圈，力道蓄至極限，一劍掃去。

王翦因對方馬速驟增，判斷失誤，本想憑馬術取勝的計策登時落空，接著又給對方怪招所惑，到劍風迫臉時，才勉強一劍格去。

項少龍出此奇招，就是怕了他的馬上功夫，若讓他摸清楚疾風的速度和自己的劍路，久鬥下必敗無疑，對王翦來說，馬上比馬下更要靈活自如。

「噹」的一聲巨響，王翦差點連人帶劍給他劈下馬去，既因項少龍這一劍藉自然之力加強了勢道，更因木劍本身的重量，才造成此等意外戰果。

王翦仰貼馬背上，防範項少龍乘勢進襲。

項少龍木劍在他右上方幻出數道劍影，同時趁兩馬擦過之際，伸足在王翦大腿處輕點兩下，可是由於所有人的目光全集中到他的木劍處，馬體又阻隔大部分人的視線，因此除交戰雙方心知肚明外，沒有第三個人知道。

王翦當然知他腳下留情。

項少龍知道是時候，向臺上的呂不韋揮了一下木劍，打出約定的暗號。

此時兩騎互換位置，遙遙相對。

王翦一臉頹喪，他乃英雄豪傑，輸贏既定，不肯撒賴，正要棄劍認敗時，呂不韋猛地起立，高喝道：「停手！」

眾人愕然向他望去。

呂不韋走到臺邊，朝莊襄王跪下稟報：「項少龍、王翦兩人無論劍技、騎術均旗鼓相當，臣下不想見他們任何一方稍有損傷，此戰請大王判爲不分勝負，兩人同時榮任太子太傅，負起訓導太子重責。」

陽泉君那一臺的人裡，有一半露出驚愕之色，想不到呂不韋有如此容人大量，雖然他們看不到項少龍點在王翦腿上那兩腳，但剛才王翦給劈得差點翻下馬背，卻是人人目睹，都知他落在下風。

莊襄王微一點頭，朝項少龍道：「項卿家意下如何，肯否就此罷休！」

他這麼說，自然是看出項少龍勝出的機會較大。只要是明眼人，看看王翦的臉色，就不會對他樂觀。

項少龍劍回鞘內，恭敬地道：「王將軍騎射蓋世，劍術超群，臣下至為欽佩，呂相國這提議有若久旱裡的甘露，臣下受命，甘之如飴。」

莊襄王哈哈一笑，站起來宣佈道：「由今天起，項少龍、王翦兩人同為太子太傅，不分高低，共侍太子。」

喝采聲震天響起。

最感激的是王翦，這太子太傅一職對他實在太重要，否則空有抱負，亦難開展。

最高興的卻是呂不韋，項少龍教他這一手確是漂亮之極，使他贏得滿場采聲，在秦國這是他從未嘗過的甜美滋味。

朱姬興奮得緊握小盤的手，湊到他耳旁道：「『久旱甘露』、『甘之如飴』，世上還有人比你這師父說話更動聽的嗎？」

小盤雙眼發光地看著唯一的「親人」，不住點頭。

歡呼聲中，項少龍和王翦並騎來到主臺前，下馬謝恩。

全場跪送莊襄王之際，王翦低聲道：「謝謝！」

項少龍亦低聲答道：「這是你我間的秘密，王兄請我吃頓酒飯如何？」

王翦正擔心他事後宣揚，感激得連聲答應。

此時眾王公大臣擁下臺來，爭向兩人道賀。

項少龍趁機來到王齕身前，誠懇地多謝他予自己這個機會，使王齕立時覺得大有面子，好像項少龍是由他一手提攜出來般。

呂不韋和他早有約定，自不會怪他向王齕示好，逕向王翦道賀，好爭取人心。

莊襄王見結果如此圓滿，泛起一臉笑容。

除陽泉君和幾個死硬派因扳不倒項少龍而臉色陰沉外，眾人得睹如此神乎其技的比武，人人興高采烈，喜氣洋洋。

一場風雨，就這麼安然度過。

第二十六章　巧結奇緣

賽後，莊襄王把項少龍和王翦召到宮裡勉勵一番，又當眾讚賞呂不韋，對他兩全其美的提議表示欣賞。

當夜呂不韋在他的相國府舉行了一個私人宴會，被邀者就只項少龍、烏應元和蒙驁三人，呂府方面，除呂不韋外，只有親信圖先和幾個有地位的客卿，李斯則仍未夠資格參與這種高層次的宴會。

席間呂不韋意氣風發，頻頻向項少龍勸酒，心懷大開。

蒙驁得睹項少龍的絕世劍法和視死如歸的豪氣，對他自是另眼相看。

烏應元見愛婿立此大功，更是心花怒放。

酒過數巡，歌姬舞罷。

呂不韋哈哈一笑，向對席的項少龍道：「本相近日獲得齊人送來三名歌姬，均爲不可多得的絕色美女，琴、棋、舞、曲無一不精，美女配英雄，本相就把她們轉贈少龍、烏先生和蒙將軍，萬勿推辭。」

烏應元和蒙驁暗忖呂不韋送出來的美人兒，還會差到哪裡，大喜道謝。

項少龍自問已應付不來家中的嬌妻美婢，又學不會戰國人的視女人爲工具或裝飾，忙推辭道：「相爺好意，少龍心領了，邯鄲之行，如箭在弦，勢在必發，少龍不想因美色當前而分心，請相爺見諒。」

呂不韋見他不貪美色，心中愈發敬重，加上對方毫不居功自矜，笑道：「那就由烏先生暫且保管，待少龍生擒趙穆回來後，再圓好夢。」

眾人一起起鬨，紛紛向烏應元調笑，擔心他忍不住監守自盜，氣氛鬧哄哄的。項少龍見推辭不得，惟有苦笑受禮。

蒙驁道：「少龍準備何時赴趙？」

項少龍想起紀嫣然，恨不得立即起程，看了看呂府那幾個客卿一眼，猶豫起來。

呂不韋自知其意，笑道：「這裡全是自己人，少龍直言無礙。」

項少龍沉聲道：「待小俊康復後，立即起程。」

呂不韋點頭道：「我會和大王提此事的，到時隨便找個藉口，例如要你到某地辦事，少龍將可神不知鬼不覺地潛往趙境去。」

這時他對項少龍信心十足，雖仍不知項少龍憑甚麼法寶活捉趙穆，卻深信他定會成功。

呂不韋話題一轉，道：「小俊的仇不能不報，少龍準備怎樣對付邱日昇和國興？」

烏應元有點擔心地道：「這事情如鬧大了，大王會否不高興呢？」

呂不韋笑道：「放心吧！剛才本相曾和大王提及此事，他也非常不滿邱日昇的卑鄙手段，少龍儘管放手去做，萬事有本相擔當。」

項少龍對荊俊差點被殺甚感忿怒，雙目寒光一閃，冷然道：「少龍曉得怎樣做的了。」

在這個時代生活了這麼久，他早深悉很多事情必須以武力來解決，否則遲早身受其害。今次若非荊俊脫身回來，連誰殺了他都會如石沉大海，永不得知，就算當一次呂不韋的打手亦顧不得那麼多了。

假若不狠狠教訓對方，同樣的事再發生在陶方或烏應元身上，那就後悔莫及。

酒宴在興高采烈的氣氛下繼續，直至賓主盡歡，才各自回家。

途中烏應元酒意上湧，歎道：「得少龍如此佳婿，不但是廷芳之福，亦是烏家之幸，若非少龍，我們在秦國哪有目前如此風光。」

項少龍對這精明的岳丈生出深厚的感情。幾乎打一開始，烏應元就無條件地支持他，又把愛女許他，怎能不教他心中感激。

烏應元流出熱淚，喟然道：「待少龍把趙穆生擒回來後，少龍至緊要向大王提出爲爹在咸陽建一個宏偉的衣冠塚，想起他老人家屍骨無存，我便……唉！」

項少龍怕他酒後傷身，忙好言勸慰。心中百感交集，看來自己也好應爲趙妮、舒兒和素女三人立塚，至少有個拜祭的對象。

次晨，得知荊俊受傷的滕翼和烏卓趕回來，還帶來十五個劍術最高明的精兵團戰士。

荊俊精神好多了，可以坐起來說話。

滕翼看過他的傷口後，點頭道：「他們的確想要小俊的命。」

荊俊擔心地道：「你們到邯鄲去，絕不能沒我的分兒。」

烏卓道：「那你就好好睡個覺吧！」向兩人使個眼色，退出房去。

項少龍和滕翼隨他來到外廳，烏卓道：「唯一的方法，是以暴制暴，否則遲早會有另一次同樣的事情發生。」

項少龍笑道：「我們還要公然行事，盡量把事情鬧大，讓所有人都知道我們烏家不是好欺負的。」

滕翼道：「事不宜遲，我很久沒有活動筋骨了。」

項少龍大笑道：「那不若立即起程，教訓完那些蠢材後，我們還有時間吃頓豐盛的午飯。」

三人坐言起行，領著那十五名精兵團戰士策馬出烏府，朝武士行館馳去。

街上行人如鯽，車水馬龍，好不熱鬧。

項少龍還是首次在咸陽騎馬逛街，大感有趣，沿途和眾人指指點點，談笑風生，好不得意。

滕翼忽勒馬停定，循聲瞧去，只見行人道上一片混亂，「砰」的一聲，一盤擺在一間雜貨店外售賣的蔬果被撞得散落地上，人人爭相走避。

倏地一個以長巾包裹頭臉的女子由人群裡竄出來，拚命往另一邊行人道搶去，後面追著五、六個凶神惡煞的大漢。

剛好一輛騾車駛來，那看不清面目的女子一聲驚叫，眼看要給騾子撞倒，幸好及時退後，腳下不知絆到甚麼東西，失去平衡，跌倒地上。包紮頭臉的布巾掉了下來，如雲的秀髮散垂地上。

那幾名大漢追上來，團團把女子圍住。

女子仰起俏臉，尖叫道：「殺了我吧！我怎也不回去的了。」

項少龍等全體眼前一亮，想不到這女子生得如此年輕貌美。

滕翼一聲大喝，跳下馬來。

其中一名大漢獰笑道：「我們的事你也敢管，活得不耐煩哩！」

滕翼一個箭步飆前，來到兩名大漢中間。

兩名大漢怒喝一聲，揮拳便打。

滕翼略一矮身，鐵拳左右開弓，兩名大漢立時中拳拋飛開去，再爬不起來。

其他四名大漢紛紛拔出兵刃。

烏卓發出暗號，十五名戰士一齊飛身下馬，擺出陣勢。

滕翼不理那些人，來到少女身旁，伸出手道：「姑娘起來吧！」

少女仰臉深深看著滕翼，粉臉現出淒然之色，搖頭道：「你鬥不過他們的，走吧！否則會連累你們。」

馬上的項少龍心中大訝，自己這方人強馬壯，一看便知非是善男信女，為何這美麗的少女對他們仍這麼沒有信心？對方究竟是甚麼來頭？

滕翼見她在這種情況下仍能為別人設想，心中感動，微笑道：「我滕翼從不怕任何人，大不了是一死！」

少女把手放入他大手掌裡，嬌軀一顫，滕翼把她拉了起來。

那些大漢將倒地的兩人扶了起來，目中凶光閃閃地打量他們，其中一人忽地看到後方高踞馬上的項少龍，失聲叫道：「這位不是項太傅嗎？」

項少龍暗忖原來自己變得如此有威望，眼光一掃圍觀的人群，策馬上前，向那幾名神態變得恭敬無比的大漢道：「這是怎麼一回事？」

領頭的大漢道：「小人叫張郎，是呂相國府的人，剛才奉相爺之命把兩名齊女送往貴府，豈知竟給此女中途溜走。」

項少龍和烏卓交換個眼色後，哈哈笑道：「原來是一場誤會，好了！這齊女就當交收完成，你們可以回去覆命了。」

大漢道：「還有一個，在後面的馬車上……」

項少龍心中好笑，道：「那位就麻煩諸位大哥送往舍下好了。」

大漢們見他謙恭有禮，大生好感，施禮告退。

項少龍拍馬來到滕翼和齊國美女旁，見到那美女小鳥依人般偎緊滕翼，心中一動，道：「我們在附近找間館子坐下再說好嗎？」

項少龍等人分據四桌，要了酒菜。

齊女自然和項少龍、滕翼、烏卓三人共席，喝一杯熱茶後，原是蒼白的面容紅潤起來，更是人比花嬌，難怪呂不韋亦要讚她們美麗動人。

滕翼默然不語，眼內閃動奇異的神色。

項少龍柔聲問道：「怎樣稱呼姑娘呢？」

齊女偷看滕翼一眼，見他目不邪視，有點失望，垂下頭去，黯然道：「我叫善蘭！」

烏卓問道：「爲何來到咸陽還要逃走？在這裡刑法森嚴，以五家爲伍，十家爲什，不准擅自遷居，互相監督，一家犯法，十家得連坐同罪，知情不舉的腰斬，誰敢把你藏起來？」

善蘭兩眼一紅道：「我準備一死了之，哪管得這麼多。」

滕翼虎軀一震，垂下頭，凝視杯內熱茶騰升起來的蒸氣。

項少龍柔聲道：「現在善姑娘既知是要到我們家來，還要逃走嗎？」

善蘭呆了一呆，低聲道：「我不知道！」

項少龍微笑道：「這樣吧！我給姑娘兩個選擇，一是由我們派人把姑娘送回齊國與家人團聚，一是你嫁給我這兄弟滕翼。」一手拍著滕翼的肩頭。

滕翼劇震，往項少龍望來，神情既尷尬，但又有掩不住的感激。

愛情總是來得出人意料之外，善蘭的悽慘景況，楚楚動人的可憐模樣，深深打動了這鐵漢死去的心。項少龍鑒貌辨色，哪還不知滕翼心意。

善蘭再偷看滕翼一眼，兩眼泛紅，以蚊蚋般的聲音輕輕道：「小女子早無家可歸了。」

烏卓大喜拍桌道：「如此就恭喜滕兄。」

滕翼皺起眉頭，道：「少龍！她本應是……」

項少龍截斷他道：「說這種話就不當我是兄弟。唉！滕兄肯再接受幸福生活，我高興得差點想掉淚呢！」

烏卓笑道：「今天似乎不大適合去找邱日昇晦氣。」

項少龍欣然道：「先回府再說吧！」

不由鬆了一口氣，這麼圓滿地解決齊女和滕翼的問題，還能有比這更理想的嗎？

第二十七章　呂氏春秋

才抵烏府，陶方迎上來道：「我剛要使人去找你，幸好你們回來了。」

項少龍一呆道：「甚麼事這麼要緊？」

陶方笑道：「要緊是要緊極了，卻是好事，大王傳旨你立即入宮去見他。」接著把他拉到一旁，壓低聲音道：「少龍勿怪我人老囉嗦，昨天校場比武時，王后看你的眼光很奇怪，你千萬要小心點！」

項少龍明白他話內的含意，肯定地道：「我有分寸的，就算不會牽累任何人，我亦絕不會幹這種傷風敗俗的蠢事。」

陶方知他言出必行，放下心來。

項少龍掉轉馬頭，拒絕烏卓等提議的護送，策馬朝秦宮馳去。

咸陽街道的寬闊，介乎邯鄲和大梁之間，不過那只是指趙、魏首都最大的那幾條街而言。平均來說，咸陽的街道要寬敞開闊多了。

才轉入向南的大道，項少龍泛起給人盯著的感覺，那是很難解釋的一種感應。

項少龍心中驚訝，不知是否勤於打坐運功，自己的感覺竟變得這麼敏銳，亦奇怪為何會有人在暗裡窺伺他。

他裝作瀏覽街景般，不動聲息往四周張望，剎那間把握了周圍的形勢。

這裡地接南區市集，店鋪與民居夾雜，兩邊路旁每隔兩丈許便植有大樹，林木成蔭，青翠蒼綠，若偷襲者要隱起身形，確是輕而易舉。

眼光一掃，他發現了幾個可疑之人。

兩人在一間酒菜館子二樓憑窗據桌而坐，見項少龍眼光望上來，立時垂下灼灼盯緊他的目光，裝作說話。

另一人則是在路旁擺賣雜貨的行腳販，被一群看似是買東西的人圍住，正在討價還價，可是卻給項少龍發現他正專注地看著自己的臨近，緊張得額頭現出青筋來。

那些背朝著他的人中，有兩、三個體型壯碩，極可能是他的同黨。

與這扮作行腳販遙對的另一邊街上，有兩人見到項少龍馳來，忙閃到樹後去，顯然不懷好意。

項少龍想到卻是另外的事，有人佈局殺他不出奇，奇在對方爲何能這麼準確把握他的路線和行徑。

唯一的解釋是對方知道莊襄王下旨召他入宮，所以才能於這前往王宮的必經之路，設下對付他的死亡陷阱。

而敵人的實力應是不怕他有隨行的人員，因爲對方定策時不會想到他是孤身上路的。

想到這裡不禁心中懍然。

這時他幾可肯定要殺他的人是陽泉君，只有他才可通過秀麗夫人清楚知悉秦王的舉動，亦只有他有膽量和實力對付自己。

既然對付得了荊俊，對自己當不用客氣。

馬車聲響。前方街上馳來四輛盛滿草料的馬車，各有一名御者。兩車一組，分由左右靠近行人道馳來，騰空了中間丈許的空位，可容他筆直穿過。

項少龍只憑馬車出現的時間、地點和方式，便知不妥。

生死關頭，他不敢托大，輕提駿驥疾風的韁索，裝作毫不覺察地往馬車迎去，同時暗裡由腰間拔出兩枚鋼針藏在手裡。

雙方逐漸接近。

項少龍心中好笑，輕夾馬腹，與他經過這段日子相處的疾風已明其意，立即增速，剎那間馳入四車之間。

這一著大出對方料外，駕車的四名漢子齊聲叱喝，露出了猙獰面目。

草料揚上半天，每車草料內均暗藏一名弩弓手，從草料下冒起身來，裝上弩箭的弩弓同時瞄準項少龍。

項少龍大喝一聲，疾風箭矢般衝前，同時兩手一揚，鋼針往後擲出。

頭兩輛車上的箭手尚未有發射的機會，面門早插著飛針倒回草堆裡。另兩人倉忙下盲目發射，失了準繩，勁箭交叉在他背後激射而過。

項少龍哈哈一笑，疾風的速度增至極限，剎那間消失在長街遠處，教敵人空有實力，仍莫奈他何。

項少龍在莊襄王寢宮的內廳見到莊襄王和朱姬「母子」，陪客當然漏不了呂不韋。

這廳堂佈置典雅，莊襄王獨坐上首，呂不韋、項少龍居左，朱姬、小盤居右，各據一几。

宮女進來擺上食物美酒後，退了出去。侍衛只在外面防守，使這午宴有點家庭聚會的氣氛。

小盤態度沉著，沒有偷看項少龍。

朱姬收斂很多，美目雖豔采更盛，但再沒像以前般秋波頻送。

廳堂兩旁均開了大窗，可見外面迴廊曲折，花木繁茂，清幽雅靜，不聞人聲。

莊襄王連勸三杯後，微笑道：「相國今早告訴寡人，少龍這幾天便要上路，去把趙穆擒回來好讓寡人得洩心頭之恨，寡人和姬后均非常感動，所以怎也要立即把少龍請來吃一頓飯，以壯行色。」

項少龍對莊襄王大生好感，不但因他文秀的風采，更因他有種發自深心的真誠。不知是否因長期在趙國做人質，受盡冷眼，所以他並沒有像趙孝成王般有著王族奢華不實的習氣。只看他對朱姬情深一片，又這麼眷念呂不韋對他的恩情，與這大商賈對付自己國人，可見他是多麼重情義。

而且還有一個原因，使項少龍對他特別同情。當今世上，只有他一個人知道，這天下最強大國家的領袖，只剩下三年的壽命。

連忙叩首謝過。

莊襄王忽然慈藹地道：「王兒是否有話要說？」

朱姬和呂不韋的眼光落到小盤身上，都射出如莊襄王般愛憐無限的神色。

項少龍心中好笑，這三人全當小盤是他們的寶貝兒子，怎知只是個假貨。

同時暗吃一驚，小盤定是因聽到辱母仇人趙穆的名字，露出異樣神態，被莊襄王看入眼內。

小盤往項少龍望來，失望地道：「太傅尚未有機會指導王兒，便要離開了。」

三人均笑起來。

朱姬蹙起黛眉道：「這事會否令太傅冒太多的危險呢？」

項少龍笑道：「愈危險的事，愈合我心意，姬后請放心，臣下會小心在意的了。」

呂不韋呵呵笑道：「我對少龍卻是信心十足，知他定能功成。」

莊襄王對小盤愛寵之極，微笑向他道：「王兒這麼敬愛太傅，父王高興非常。」轉向項少龍道：「太傅這幾天若有空，可多抽點時間到宮來指點太子，你昨天在校場擋王翦四箭，王兒興奮得向人提個不停呢！」

項少龍忍不住和小盤對望一眼，暗叫厲害，小子如此一番造作，異日若特別對他親密，亦不會被懷疑是另有隱情，當下恭敬答應。

莊襄王歎了一口氣，喟然道：「寡人當年命運坎坷，流落邯鄲，受盡白眼閒氣，從來沒有機會好好讀過書，且每天都要擔心明天是否性命不保。所以王兒回到咸陽，寡人第一件事是要他博覽群籍，要他……」

朱姬嬌嗔地橫他一眼，撒嗲道：「大王一口氣找來十多個人輪流輔導太子，眞怕政兒給累壞了。」

莊襄王欣然一笑，絲毫不因被她打斷說話而有半分不悅。

呂不韋呵呵笑道：「姬后是否想聽聽老臣培育政太子的大計？」

四人同時愕然往他望去。

呂不韋以「慈父」的眼神望往小盤，然後對莊襄王道：「所謂不知則問，不能則學，先聖賢人，兵家劍客，誰最初時不是一無所識，還不是由學習思辨而來。既是如此，爲君之道，更須學習。」

莊襄王訝道：「呂相國是否認爲寡人對王兒的培育仍有所不足？今次請來指導王兒的人，均爲我國在某一藝學上最出眾的人才，例如琴清的詩歌樂藝，不但冠絕大秦，六國之人亦無不心生景仰，與魏國的紀才女並稱於世，相國難道有更好的人選嗎？」

項少龍這才知道寡婦清原來姓琴，也是太子太傅之一，難怪異日秦始皇，嘿！亦即是小盤，會建「懷清臺」來褒揚他這女師父了。

朱姬和小盤好奇地看著呂不韋，瞧他會拿出甚麼話來答莊襄王。

呂不韋胸有成竹地道：「政太子身爲大秦儲君，當然不愁沒有能人指點。但過猶不及，有時太多雜學意見反無所適從，所以臣下針對此點，特招徠天下賢者能人、奇人異士，一齊集思廣益，把治國之道，上至統理天下，下至四時耕種，無所不包，總結在一書之中。異日書成，只要太子一書在手，便能無所不知，無所不曉了。」

項少龍心中感歎，呂不韋爲了這「兒子」，可說是用心良苦。

莊襄王啞然失笑道：「眞虧相國想出這辦法來，假若相國需要甚麼幫助，儘管向寡人提出來好了！」

午宴就在這樣輕鬆融洽的氣氛下度過。

宴罷莊襄王和朱姬返寢宮休息，呂不韋身爲相國，日理萬機，連說多幾句話的時間都欠奉，項少龍把來時遇襲一事告訴他，他聽罷便匆匆離去，剩下項少龍領著小盤到校場練劍。

小盤今非昔比，到哪處都有大批禁衛、內侍、宮娥陪侍一側，累得兩人想說句心事話兒都有所不能。

動手比試前，小盤忍不住低聲道：「師父！不要去邯鄲好嗎？沒有你，我甚麼都沒有了。」

項少龍這時見最近的內侍離他們也有五丈的距離，詐作指導他劍法，問道：「他們對你好嗎？」

小盤兩眼一紅，道：「非常好！我眞的當他們是我親生父母。」

項少龍責道：「這是你最後一次當自己是小盤，由此刻起，就算在我面前，你仍是嬴政。」

小盤明白地點頭，再道：「不去可以嗎？」

項少龍微笑道：「記著我們的君子協定，趙穆是我的，趙王是你的。」

言罷一劍砍去，小盤靈活地跳開一步，擺出架勢。

項少龍看得心中一震，這小子多了以前沒有的一種東西，就是強大的信心，使他的氣勢頓然大爲改觀。

我的娘！這就是未來統一天下，成爲中國第一個皇帝的巨人。想到這裡，心頭湧起一陣難以遏制的衝動。

這時內侍來報，說琴清來了。

項少龍雖很想看一眼與紀嫣然齊名的寡婦清，看她如何貞麗秀潔，卻因於禮不合，亦苦無藉口，何況小盤又要沐浴更衣，惟有打道回烏府去。

踏入門口，守衛報上王翦來找他，正在大廳與烏應元和陶方閒聊，忙趕進去。

王翦見到項少龍，神情欣悅，趨前和他拉手寒暄。

項少龍見他穿上普通武士服，另有一番威武懾人的風姿，不禁泛起惺惺相惜的感覺，誠懇地道：「累王兄久等！」

烏應元和陶方站起來，前者道：「王太傅是來向少龍辭行的。」

項少龍愕然道：「辭行？」

王翦興奮地道：「是的！我立即要起程赴北疆，與匈奴作戰。」

項少龍心頭一陣不舒服，暗忖若他要上沙場，必須莊襄王和呂不韋點頭才成。

秦國自商鞅變法後，部族領袖的權力被褫奪，喪失繼承的權利，官爵以軍功論賞。凡有五十兵員以上的調動，均須秦王批准，這在當時是史無先例之舉，使秦國的中央集權臻達至最頂峰。所有大將平時只持半邊令符，若沒有秦王把另一半發給，便不能調動兵員。除兵符外，還須蓋上秦王印璽的文書才算合法。所以要在秦國造反，比在其他國家困難多了。

烏應元和陶方知他兩人有話說，識趣地藉口離開。

兩人分賓主坐下後，項少龍呷一口侍女奉上的香茗，心想難道呂不韋始終沒有容人之量，故意調走王翦，免得他來和自己爭寵。想到這裡，歉意大起。

王翦奇道：「項兄的臉色爲何變得這麼難看？」

項少龍歎道：「王兄剛晉陞爲太子太傅便給人調走，小弟很替王兄不値，不行！我定要向大王爲王兄說項。」

王翦乃智勇雙全的人物，先呆了一呆，旋即明白過來，感動地道：「現在王翦確知項兄眞的是愛護末將。不過中間怕有點誤會了，今次任命是末將向大王提出來的，唉！實不相瞞，軍中最講論資排輩，沒有一點人事關係，想領兵打仗，眞是提也休提。今次他們不願項兄得太傅之位，才逼不得已捧我出來與項兄分個短長。現在我的身分不同了，今早晉謁大王，大王問末將有何心願，末將立即說出望能到北疆效力。大王和呂相商量後，再問明末將心中所定策略，當場賜末將虎符，讓末將赴北疆當主帥。這是末將一直夢想的事，想不到竟成事實，末將是來向項兄報喜和道謝呢！」

這回輪到項少龍呆了起來，匈奴和胡人長期侵犯秦、趙、燕三國的邊疆，三國爲逐鹿中原，一向對他們採取築長城禦邊的對策，始終奈何不了這些在蒙古高原上逐水草而居的強大游牧民族。所以與匈奴人作戰，無人不認爲是吃力不討好的苦差，一個不好，還要丟命。

匈奴人居無定所，生活清苦，因此特別具有掠奪性，利用騎兵行動迅速的優勢，採取游擊戰略，敵退我進，敵進我退，經常深入中原，對以農業爲主的中原諸國侵擾和掠奪，秦人正是深受困擾的一國。

當日李牧開罪趙王，便給調去北疆，可知那是一種變相的懲罰，所以怎想得到王翦會自動請纓，求人把他調往北疆？

看到項少龍的關心模樣，王翦笑道：「難怪項兄不解，自少以來，我的想法很多都不同於別人。」

項少龍放下心事，好奇心大起，問道：「王兄何不說來聽聽？」

王翦一口把杯內香茗喝掉，正容道：「末將一向心儀趙國的武靈王，若非他以天大勇氣，做出兩項變革，不但使趙國成爲諸強之一，也使天下改變了戰爭的方式。」

項少龍早聽過此事，點頭道：「王兄是否說他的胡服騎射？」

王翦興奮起來，道：「正是如此。那時趙人的衣服，袖子長、腰肥、領口寬、下襬大，這種長袍大褂，騎馬射箭都極不方便。於是武靈王不理國內朝臣甚麼『變古之道，逆人之心』種種食古不化的反對大道理，下令全軍改穿胡服，把大袖子長袍改成小袖的短褂，腰繫皮索，腳踏長靴，裝扮一新。」

項少龍聽得亦覺有趣，笑道：「這改革牽涉到體面和社會風氣的變化，阻力當然不小。」

王翦冷哼道：「比起做亡國之奴，這小小改革算得甚麼？」

續道：「另一更深遠的改革，是棄車戰爲主的戰爭方式，代以騎兵作主兵種，在短時間內建起一支強大的騎兵，不但橫掃匈奴，還披靡中原，所向無敵，名將輩出。若非出了孝成王這昏君，我國縱有白起這種不可一世的軍事天才，恐仍難有長平之勝。」

項少龍恍然，道：「原來你往征北疆，是要效法武靈王當年霸業，開創局面。」

王翦充滿信心地微微一笑，道：「末將作戰經驗雖然不少，但都只是充當先鋒士卒，從沒有領軍的機會，與東南方諸國作戰，何時才輪得到我，所以自動請纓，好試試領軍的滋味。亦可熟習騎射作戰的方式，找匈奴人把我的劍磨利。」

接著壓低聲音道：「當年趙武靈王闢地千里，把林胡人盡劃入疆界之內，精於騎射的林胡人更充當趙國的騎兵，頓使實力大增。末將一直有此想法，這叫『一石二鳥』，一日不逼退匈奴，何言一統天下？」

項少龍伸手搭上他肩頭，心悅誠服地道：「王兄果是非常之人，竟可由一般人視爲苦差事裡，想出這麼多好處來，異日統一大業，必由你的寶劍、弓箭開創出來。」

王翦還是首次遇上有人不說他是蠢材呆子，舉手抓著他的手臂，感激地道：「項兄才是非常之人，末將之有今日……」

項少龍打斷他道：「你再提那件事，就不當我是好兄弟。」

王翦兩眼一紅，誠懇地道：「項兄莫怪末將高攀，今次北征之舉，凶險萬分，說不定末將難以活命回來。今次前來……嘿！」

項少龍見他欲言又止，奇道：「王兄有甚麼話，儘管說出來！」

王翦老臉一紅，道：「其實末將一見項兄便心中傾倒，不知可否和項兄結為異姓兄弟，日後禍福與共，若有半分虛情假意，願教天誅地滅。」

項少龍大喜，道：「是我高攀才對，不過項某有三個肝膽相照的好友，不若就讓我們仿效劉、關、張的桃園結義，留下千古忠義之名。」

王翦一呆，道：「你說甚麼劉、關、張的桃甚麼結義？」

這回輪到項少龍大感尷尬，劉備、關羽和張飛的桃園結義發生在三國時代，王翦當然是聞所未聞。

當下胡謅一番，蒙混過去。又找來滕翼和烏卓，四個人在痊癒了大半的荊俊榻旁，一同行結拜的隆重盟誓。接著大喝大吃一頓，王翦這才歡天喜地的告辭去了。

當晚項少龍心情大好，把煩惱和對紀嫣然的相思之苦都暫且拋在一旁。

忽然間，項少龍深切感受到自己來到人生最得意風光的時刻。只要把紀嫣然接回咸陽，又擒下趙穆，他再沒有其他奢求。

第二十八章　情鎖秦宮

次晨，圖先手下的頭號智囊肖月潭來找項少龍，兩人在內軒的小客廳坐下，肖月潭道：「是相國著鄙人來找太傅，看看有甚麼可幫得上忙的地方。」

項少龍昨夜歡娛過度，又多喝兩杯，頭腦昏沉地道：「先生請勿見外，叫在下少龍便成，無論我官至何職，我們既是曾共患難的朋友，只以平輩論交。」同時揣摩對方來意。

肖月潭見他不擺架子，心中歡喜，謙讓一番後，道明來意道：「爲方便少龍往趙國行事，純靠易容化裝，既麻煩又不妥當，所以相國命肖某特別爲少龍、小俊、滕兄和烏兄四位，依臉型特製了四塊精巧的面具，只要略加化裝，例如修改鬢髮形狀和色澤，保證可瞞過趙穆。當然！少龍等要在聲音和舉止方面多加配合，否則仍會給辨認出來。」

項少龍如夢初醒，大喜道：「相國想得眞周到，不知東西帶來了沒有。」

肖月潭驕傲地取下背上的小包裹，解了開來，赫然是四副面具。

他拈起其中一副給項少龍戴上，項少龍立時搖身一變，成了個滿臉鬚髯的粗豪大漢。

肖月潭伸出手指，在他眼睛四周一陣撫摸，笑道：「設計最巧妙的地方，是接口多在毛髮處，例如露出眼睛的眼形缺口，不但把你的眉毛加濃，還把眼型變圓，所以即使熟識你的人，亦不能由眼睛把你辨認出來，至於頸下的接口，塗上一層粉油，便天衣無縫。」

項少龍忙拿銅鏡照看，讚歎不已。

肖月潭拿出色粉，在面具上畫上符號，才爲他脫下來，道：「這面具仍要做少許修補，三天內即可交貨。」

項少龍訝道：「肖先生眞是神乎其技，只憑記憶竟可製造出這麼恰到好處的面具，這究竟用的是甚麼材料？」

肖月潭得人欣賞，自是高興，欣然答道：「是產於西北一種叫『豹麟』的珍獸，比獵犬大上少許，非常難得，我以高價搜羅，亦只得四張獸皮，今次一下子就用光了。」

項少龍暗忖這種聞所未聞的奇獸，極可能是因肖月潭而絕種，感謝一番後，把滕翼等三人召來，讓他們一一試戴，看看有沒有須修補的地方。

滕翼等均嘖嘖稱奇，對邯鄲之行更是大爲雀躍。

荊俊的體質好得教人難以相信，只這幾天工夫，已可活動自如，當然仍不能動手搏鬥。

肖月潭爲滕翼脫下面具時，奇道：「滕兄是否遇上甚麼開心的事？爲何整個人脫胎換骨似的。」

滕翼破天荒地老臉一紅，唯唯諾諾敷衍過去，更不敢接觸其他人眼光。

肖月潭把東西包好後，壓低聲音道：「昨天少龍在街上被人伏擊一事，圖爺已派人查過，應是渭南武士行館的人，因爲剛巧他們有兩名武士昨天死了，秘密舉行葬禮。」

如此一說，眾人均心知肚明圖先是收買了武士行館的其中某人，否則怎能得知這麼秘密的消息。

肖月潭道：「相國想請少龍暫時忍下這口氣，因爲相國有個更好的計劃，可把陽泉君和邱日昇一舉除掉，所以不欲在此刻打草驚蛇。」

荊俊憤然道：「他們高興便來對付我們，遲早有人會給他們害了！」

項少龍暗忖呂不韋愈來愈厲害，不再只爭一時之氣，那種沉狠教人心寒，制止荊俊道：「肖先生請相國放心，我們知道該怎麼辦的。」

肖月潭顯然和荊俊關係良好，把他拉到一旁解釋一番，保證不會放過邱日昇等人，才離開烏府。

眾人商研烏家上下的保安問題，擬定策略，項少龍道：「你們準備一下，三天後面具到手，我們立即上路。」

向滕翼笑道：「滕兄！好好享受這幾天珍貴的光陰啊！」

滕翼苦笑道：「你也來調侃我！」

此時有內侍到，說奉王后之命，請項少龍立即入宮。

項少龍愕然應命，離府去了。

今次當然跟著大批烏家武士，不像上次般單騎隻影了。

朱姬遣退宮娥內侍後，御花園的大方亭內只剩下朱姬、小盤和項少龍三人，其他最接近的侍衛亦立在十多丈之外，只能遠遠望著，聽不到他們的對答。

有小盤在，項少龍當然不擔心朱姬會「勾引」他，否則那會是非常頭痛的一回事。

朱姬爲他斟滿置在亭心石桌上的酒杯，殷勤勸飲，俏臉不勝酒力的泛起兩團紅暈，使她更顯狐媚無倫。這美女確有種傾國傾城的嬌媚，那迷人風韻使人聯想到紅顏禍水，尤其當項少龍想起將來會發生在她身上的事。

朱姬的表情忽地嚴肅起來，誠懇地道：「今天我請少龍來，是得到大王同意，好讓我母子表示感激之意。現在朱姬再無所求，只望好好栽培政兒，使他將來能當個勝任的君主。」眼光移到小盤身上，露出母親慈愛之色。再低聲道：「還好這孩子並沒有令我失望！」

小盤眼睛微紅，靠近了朱姬。

項少龍心中釋然，這亦非常合理，朱姬縱使是天性淫蕩，但在邯鄲過了這麼多年任人採摘的生活，早應厭倦透了，所以分外珍惜與丈夫和兒子重逢的新生活，至少暫時是這種心境。

項少龍點頭道：「姬后的心事，少龍明白。」

朱姬深深看他一眼後，環視四周御園美景，滿足地吁出一口氣道：「我知道你最明白我，見到你，不但像見到朋友，還像見到親人，一點不須瞞你。你若有甚麼難題，不要怕向我說出來，有些情況由我向大王陳說，會比由相國稟告更爲方便些。」

項少龍也不知她這番話有多少成是眞的，但以她現時的身分，說這種話確是非同尋常。

朱姬拍拍小盤的肩頭道：「政兒！琴太傅來了，快去吧！」

小盤依依不捨地站起來，隨著站在遠處等候的內侍去了。

項少龍知道戲碼開始了，默然靜候。

朱姬白他一眼道：「人家又沒有在你面前擺王后架子，爲何話都不說多半句，忽然變成啞巴呢？」

項少龍見只有他們兩人，輕鬆笑道：「守點君臣之禮，對姬后和我都是有利無害。」

朱姬微笑道：「我和你間很多話均不須說出來，不過人家眞的很感激你。唉！早知道趁在邯鄲的時候，把身體給你就好哩！至少可留下一段美麗的回憶。現在爲做個好王后和好母后，所有私情都要放到一旁，希望少龍能體諒人家的心境。」

項少龍想不到朱姬成了秦國之后，說話仍是這麼直接露骨，可見江山易改，本性難移，一時找不到話題。

朱姬嬌嗔道：「看你！又變啞巴哩！」

項少龍苦笑道：「我可以說甚麼呢？應表示高興還是不高興？」

朱姬淡淡道：「看你還是高興居多，那就不怕給朱姬牽累了。」

項少龍心中好笑，女人眞奇怪，明是叫你不要惹她，但你若眞箇不去惹她時，又會不甘心發起怒來，這是多麼矛盾。

朱姬知道自己過分了點，歎了一口氣後，面容轉寒道：「今趟少龍到邯鄲，可否給我殺兩個人？」

項少龍一震，瞧著她道：「說吧！」

朱姬像變了另一個人似的，雙目殺氣大盛，一字一字緩緩道：「第一個是趙穆的另一條走狗樂乘，但不要問我原因，我連想也不願想起來。」

項少龍知她必是受過此人很大凌辱，否則不會恨成這個樣子，點頭道：「我定給你辦到！」

朱姬斂去殺氣，眼睛露出溫柔的神色，櫻唇輕吐道：「但太危險就不必，最緊要是你能無恙歸來，沒有了你，朱姬會感到失去一個好知己。由第一眼看到你開始，我便感到就算你不是我的情人，亦會是知心好友。」

項少龍糊塗起來，她的話究竟是來自眞心，還是只在籠絡自己的手段？他早看過她迷得趙穆和郭開暈頭轉向的本領，故深具戒心，表面當然裝出感動的神色。

可是卻瞞她不過，朱姬大發嬌嗔道：「你當我在騙你嗎？皇天在上，若我朱姬有一字虛言，教我不得善終！」

項少龍嚇了一跳，忙道：「低聲一點，給人聽到就糟透了！」

朱姬橫他一眼，氣鼓鼓道：「沒膽鬼！信了嗎？」

項少龍無奈點頭，歎道：「還有一個人是誰呢？郭開嗎？」旋又搖頭道：「當然不是他，否則姬后那天早逼我殺了他哩！」

朱姬仍是心中有氣，冷冷道：「算你還懂動腦筋，當然不是郭開，在那些可惡的人中，他對我算是很好的了。」

項少龍好奇心大起，道：「不要賣關子，快說吧！」

朱姬抿嘴一笑，俏皮地道：「是否無論我說出任何人，你都會照人家指示把他宰掉？」

項少龍一呆，道：「還說我是你的知己，爲何姬后總像要看我爲難尷尬的樣子？」

朱姬心中一軟，嬌笑道：「好了！人家不再爲難你了，另一個人就是……就是……」

項少龍皺眉道：「是否要我求你才肯說？」

朱姬垂下螓首，再仰起來時，淚珠由眼角瀉下，淒然道：「當日大王和呂相逃離邯鄲，趙穆知悉後，派樂乘率領大批人凶神惡煞般衝入家來，即時把所有男僕處死，女的給他們集體淫辱，那猙獰可怖的情景，到現在仍歷歷在目，就算白天不想，夢裡仍會重歷那悽慘不堪的景況，下令的人正是樂乘，你說他該殺嗎？」

項少龍熱血上沖，眼中閃過森寒的殺機。

朱姬垂首道：「翌日我和假兒子給帶到趙穆處軟禁起來，那幾天是我一生人最噁心的日子，當時我曾立下毒誓，假設將來有能力活著逃出生天，必報此辱。」

項少龍提醒她道：「你仍未說那第二人是誰哩！」

朱姬淡淡道：「是趙雅！」

項少龍劇震道：「甚麼？」

朱姬冷冷道：「甚麼甚麼？下不了手吧！」

項少龍終明白她爲何要多費唇舌，心中不舒服之極，沉聲道：「她究竟做過甚麼事？」

朱姬竟然「噗哧」嬌笑起來，花枝亂顫般道：「人家是騙你的，只是恨你對人家那毫不動心的可惡樣兒，才找趙雅來嚇唬你。」接著玉臉一寒道：「但除這部分外，其他的話都是千眞萬確。若情況許可，給人家把樂乘的首級帶回來！算朱姬求你吧！」

看她猶帶淚珠的嬌豔朱顏，項少龍只覺頭大如斗。這女人眞不好應付，似乎上天把她生下來就是爲使她能把男人玩弄於股掌之上，難怪趙穆都捨不得殺她。

朱姬舉袖拭去淚漬，輕輕道：「小心點啊！若換過是別人，我會說擔保他榮華富貴。但我卻知道你視功名如糞土，所以只能對你說聲感激。若你有任何要求，只要說出來，朱姬定盡心盡力爲你辦妥。」

忽地又淺笑道：「例如那天下最美麗的寡婦清，少龍要否人家爲你引介，人家才不信她能抗拒得了你的魅力！」

項少龍沒好氣地瞪她一眼，長身而起道：「姬王后若再沒有吩咐，請恕微臣要回家準備邯鄲之行了。」

朱姬幽幽地看他一眼，嬌嗔站起來道：「你這人真是個硬骨頭，老是拿邯鄲之行壓過來，人家想不放你走也不行。」又盈盈一笑道：「不過我正歡喜你那樣子。唉！以後很難再有機會像現在般和你暢所欲言。」

項少龍聞言亦不無感觸，朱姬當上王后的日子仍短，所以依然保存昔日的心態。只看她剛開始時似顯意態堅定，不旋踵又向自己調情，當可知道。

無論如何！兩人間有了道不能逾越的鴻溝，無論如何愛慕對方，日後只能密藏心底。

兩人再默對半晌，項少龍才施禮告退。

第二十九章　膽大包天

內侍領項少龍離開御花園，循迴廊穿園過殿，往外宮走去。沿途哨崗林立，守衛森嚴，保安明顯比他上次來時加強。

項少龍心中大訝，難道秦宮在防備有變故發生？想起陽泉君先傷荊俊，又公然找人在長街伏擊他，可算行為囂張，會謀反亦不算稀奇。問題是秦國軍方還有多少人站在陽泉君的一方罷了。

他當然不擔心，歷史書上早說明呂不韋在被秦始皇罷黜前，一直是縱橫不敗的，而這可是十年後的事了。

思索間，小盤的聲音由左方傳來道：「項太傅！」

項少龍愕然循聲望去，見到小盤由一所外面植滿修竹的單層木構建築奔出來，穿過草地，來到迴廊處，內侍和守護的禁衛嚇得慌忙跪伏地上。

項少龍正不知身為太子太傅應否跪下，小盤叫道：「太傅免禮！」打了個眼色。

項少龍知機地和他走到一角，皺眉道：「你不是要上課嗎？」

小盤喘著氣道：「我早知太傅會經過這裡，所以一直留意著。」

項少龍道：「你有甚麼話要說？」

小盤正想說話，一把清甜但帶著怒意的女子聲音在兩人身後響起道：「太子！」

兩人心中有鬼，齊嚇了一跳，往聲音來處看去。

只見一位容色絕美、頎長苗條的女子，垂著燕尾形的髮髻，頭戴步搖，身穿素白的羅衣長褂，在陽光灑射下熠熠生輝，步履輕盈，飄然若仙地踏著碧草往他們兩人走來，姿態優雅高貴得有若由天界下凡來的美麗女神。尤其走動間垂在兩旁的一對廣袖，隨風輕擺，襯托出儀態萬千的絕世風姿。

更使人震撼的是她臉部的輪廓，有著這時代女性罕見而清晰的雕塑美，一雙眼睛清澈澄明，顴骨本嫌稍高了點，可是襯托起她挺直的鼻子，卻使人感到風姿特異、別具震撼人心的美態，亦使人感到她是個獨立自主、意志堅定的美女。

她的一對秀眉細長嫵媚，斜向兩鬢，益發襯托得眸珠烏靈亮閃。這般名副其實的鳳眼蛾眉，充盈古典美態，其誘人和特異處，項少龍還是初次目睹。縱使以項少龍現在對女色心如止水的心情，亦不由怦然心動。

秀挺的酥胸，不盈一握的小蠻腰，修長的雙腿，使她有種傲然超於這時代其他女性的姿態風采，比之紀嫣然是各擅勝場，難分軒輊。

不過這時她緊繃著俏臉，冷若冰霜，神情肅穆的盯著小盤道：「不知則問，不能則學，不學而能聽說者，古今無有也。太子你見事分心，無心向學，將來如何治國理民？」

小盤終是小孩子，自然是心怯地躲到項少龍背後，變成兩位太傅正面交鋒之局。

領路的內侍嚇得退到一旁，怕遭池魚之殃。四周的禁衛均目不斜視，扮作甚麼都看不見。

琴清雖是生氣，容色卻是清冷自若，氣定神閒，雙手負在身後，仰臉看著比她高了小半個頭的項少龍，柔聲道：「這位該是政太子整天提到的項太傅吧？」

項少龍看她玉潔冰清，眼正鼻直的端莊樣兒，拋開遐思，正容答道：「正是項某人，琴太傅請多多指教！」

琴清淡然一笑道：「項太傅客氣了！太子！還不給我走出來，大丈夫敢作敢爲，須承擔起責任。」

項少龍一呆道：「不是那麼嚴重吧？」

琴清玉顏轉寒道：「項太傅這話大有問題，學習途中溜了出來，本只小事一件，可是見微知著，日後當上君主，仍是這般心性，如何還能處理國事？若項太傅只知包庇縱容太子，如何對得起委重責於太子的大王？」

項少龍苦笑道：「不要說得那麼嚴重好嗎？算我不對，扯白旗投降好了。」伸手一拍背後的小盤，道：「政太子！來！表現一下你敢作敢當的大丈夫英雄氣概給琴太傅過目欣賞！」

琴清聽得目瞪口呆，哪有身爲重臣這麼說話的，就像鬧著玩的樣子。

小盤應聲挺身而出，站在項少龍旁，挺胸凸肚，作大丈夫狀，小臉苦忍著笑，那模樣惹笑至極點。

琴清眼光落到小盤臉上，看到他因忍笑弄得小臉漲紅，明知絕不可以發笑，仍忍不住「噗哧」一聲笑起來，別過臉去，以袖遮臉。

小盤見狀哪忍得住，捧腹狂笑起來，項少龍亦不禁莞爾失笑。

笑意最具感染力，尤其在這種嚴肅的氣氛裡，四周的內侍禁衛，無不暗中偷笑。

琴清垂下衣袖，露出斂去笑態的玉容，蹙起清淡如彎月的蛾眉，輕責道：「笑夠了嗎？」

嚇得小盤和項少龍連忙肅容立定。

笑開來實是很難制止，這時不但項少龍和小盤神情古怪，這美麗的寡婦也好不了多少，勉強繃著臉孔，責道：「不學而能知者，古今無也。但學而不專，等若不學，政太子好好反省今天行爲，假若認爲不能做到專心致志，琴清只好辭去太傅一職。」

小盤忙道：「琴太傅，小政不敢，保證不會有下一次。唉！今趟又要背誦點甚麼東西呢？」

琴清顯然是狠在臉上，其實疼在心頭，歎道：「今次只要你用心反省，好哩！今天到此作罷。」

往項少龍望來，尚未有機會說話，項少龍已瀟灑地向她躬身施禮，姿勢動作均非常悅目好看。

琴清看得呆了一呆，垂下螓首，避過他灼灼逼人的目光，微一欠身，轉身婀娜去了。

項少龍心中欣然，總算還了心願，見到這沒有令他失望的絕代美女，對他來說這已足夠。

今日的項少龍，再沒有「初到貴境」時的獵豔心情。

項少龍回到烏府，岳丈烏應元剛送走一批來訪的秦國權貴，春風得意。

這些天來烏應元展開親善社交政策，不住對有權勢的秦人送出歌姬和良駒，爲在秦國的長期居留打下基礎，否則縱使有秦王和呂不韋在上支持，大處不會有問題，小處給人處處掣肘，亦是頭痛的事。

烏應元乃做生意的人，深明不論國籍身分、貴族平民，無不在求名逐利，於是針對此點，加上圓滑手段，逐步打通原本重重阻滯的關節。

項少龍心念一動，隨烏應元回到主宅的大廳，坐下後說出肖月潭精巧面具一事，道：「我本想扮作行腳商人潛返邯鄲，再出其不意俘擄趙穆回來便算，但這些面具卻令小婿信心大增，決意放手大幹一番。」

烏應元何等精明，笑道：「錢財上絕沒有問題，嘿！若比身家，呂相恐亦非我們對手。」再壓低聲音道：「要不要我弄一批歌姬來給你送人。」旋又失笑道：「我真糊塗，她們會洩露出你們的底細。」

項少龍心想我如何無恥，亦做不出把女人當貨物般送來送去的事，笑道：「我只要一批不會洩露我們底子的一流戰馬。」

烏應元微一錯愕，道：「你眞的準備大幹一場？」

項少龍對烏應元的聞弦歌知雅意讚歎道：「岳丈舉一反三，我眞的要放手好好地整治孝成王和趙穆一場，以出出那口塞在胸頭的忿怨之氣。」

烏應元吁出一口涼氣，道：「賢婿是我認識的人中最膽大包天的一個，不過你這一著肯定押對。我們烏家離開趙國時把牧場所有牲畜全部毒死，使趙人在戰馬牲口的供應上出現短缺的情況，你若帶戰馬去與他們交易，保證他們要倒屣歡迎。」

項少龍道：「我不單要和他們做買賣，還要他們讓我代替烏家在趙國開設牧場。岳丈最熟悉這行業，我們以甚麼身分出現，才最能取信趙人？」

烏應元皺眉想了一會兒，拍案叫道：「我想到了，在楚國夏水處有個以養馬著名的人，叫『馬癡』董匡。我想起這個人的原因，是他本是趙人，父親董平因開罪權貴，舉家逃亡楚國，董平本當上個養馬小官，不知是否性格使然，被楚人排擠，丟官後歸隱荒野，專心養馬。少龍若冒充他後人，一來口音上不會出問題，二來從沒有人見過董匡，又可配合楚人的身分，好騙得趙穆相信你是楚人派去助他的間諜，我實在想不到一個比他更適合的冒充對象了。」

項少龍大喜道：「眞的不能更理想了，岳丈可否撥十來匹沒有標記的戰馬，好讓我充當畜牧業大豪客？」

烏應元抓著他肩頭失笑道：「十來匹馬怎樣向人充闊氣，至少要數百到一千匹才行，而且必須有標記，當然不是『烏』字而是『董』字，這事包在我身上好了。」

項少龍皺眉道：「這事只可讓呂不韋一人知道，否則若讓秦人發覺，說不定會通風報訊，那就糟了。」

烏應元搖頭道：「這事最好連呂不韋都瞞過才萬無一失，放心吧！我們不須趕著數百匹戰馬出秦關那麼張揚，只要有幾天工夫我便可辦妥，路線上反要下一番功夫部署，好讓趙人眞的以爲你們是由楚國到邯鄲去。」

項少龍大感刺激有趣，和他商量妥細節後，這才回內宅去，經過滕翼居所時，忽聞刀劍交擊的聲音，大訝，順步走進去，經侍女指點，在小後園裡找到滕翼，原來此君正和善蘭兩人在鴛鴦戲劍。

騰翼見到項少龍，臉上露出眞摯的感情，著善蘭繼續和手下對打後，拉著項少龍到一旁，欣然道：「昨晚眞痛快，這幾個月來所有鬱結和痛苦都紓解了，現在只希望善蘭能給我生個兒子，好延續我滕家的一點香火，以免我做了滕家絕後的罪人。」

項少龍忍不住開懷大笑起來。

滕翼老臉一紅，佯怒道：「若你再笑我，我和你大戰一場。」

項少龍笑得更厲害，滕翼只是搖頭。

翌日，項少龍領著嬌妻美婢，帶著痊癒的荊俊，與滕翼、烏卓和那批烏家最精銳的家將回到和平安逸的郊野牧場。其他一切有關赴趙的安排，交由烏應元和陶方處理。

項少龍專心陪伴妻妾，閒來則和滕翼等加緊訓練烏家的「特種部隊」，當然少不了灌輸他們有關一切為偽裝身分擬定出來的資料，以免露出馬腳。

十五天後，陶方到牧場通知他們一切安排妥當，在牧場大宅的廳堂裡，眾人聚在一起，聽取有關邯鄲的最新消息。

陶方道：「邯鄲忽然熱鬧起來，不知為了甚麼原因，魏國的龍陽君和韓國最有權勢的大臣平山侯韓闖都同時出使到邯鄲去，定是有所圖謀，據聞齊國的特使亦會於短期內到那裡去，形勢非常微妙。」

項少龍和滕翼等面面相覷，均想到一個相當不妙的問題。

陶方人老成精，早想到問題所在，歎道：「假若楚國亦為這件我們仍不知道的秘密派使者到邯鄲去，雖說不一定會拆穿你們的假身分，但你們勢不能向趙穆冒充是應他請求而來奪取《魯公秘錄》的楚人。」

滕翼冷笑一聲，撮指成刀，做出個下劈宰割的手勢。要知楚國離趙最遠，假設行動迅速，很有機會在楚使到趙國前，搶先把他攔截。

烏卓笑道：「這事交我去辦，橫豎我們須派出先頭部隊，與趙穆取得聯絡和默契，好讓他為我們打通孝成王的關節，使趙人大開城門歡迎我們。」接著向陶方問道：「趙穆與昏君和好如初了嗎？」

陶方歎道：「孝成王是不折不扣的昏君，聽宮內傳出的消息，趙穆這無恥的傢伙在他宮門外跪了半晚便獲他接見，不一會兒又如水乳交融般黏在一起了。」轉向項少龍道：「趙雅更是天生淫婦，現在故態復萌，和多個俊男打得火熱，回復以前放浪的生活。」

項少龍默然無語，陶方故意提出此事，自是要教他死心。唉！這賤人眞要狠狠教訓一頓，才可洩他心頭之恨。想到這裡，暗忖難道自己對她仍餘情未了，否則怎會聞此事而心生恨意？

陶方皺眉苦思道：「他們究竟有何圖謀？」

荊俊道：「當然是要對付我們秦國。」

滕翼呆了一呆，道：「小俊你這麼快便以秦人自居。」

荊俊尷尬地道：「不妥當嗎？」

陶方笑道：「怎會不妥當，你滕大哥只是不習慣罷了。」

滕翼苦笑搖頭，沒再說話。

項少龍心想這時代的人對國家的觀念遠比對家族觀念淡薄，有點像二十一世紀的人在大公司任職，若覺得沒有前途而自己又有點本事的話，轉到第二家公司是常見而非例外。

問陶方道：「呂不韋在秦國的形勢是否大大改善？」

陶方點頭應是，慢條斯理地道：「呂相國現在欠的只是軍功，他卻不敢輕舉妄動，怕因秦人的不合作而吃大虧，那他由少龍你經營出來的少許優勢，便要盡付東流。」

項少龍心中苦笑，這件事他恐怕難以幫忙，雖說在這戰爭的時代，你不去侵略人，別人亦要來侵略你，但若要他項某帶兵去攻城掠地、殺人放火，卻是怎也提不起那種心意。

各人又再商量一會兒，決定由烏卓明天立即起程去阻止楚使到趙，才返回後宅去。

尚未踏入門口，聽到趙倩的聲音在廳內道：「唉！月事又來哩！」

項少龍愕然立在門外。

烏廷芳的聲音應道：「急死人了，人家已不斷進補，仍沒有身孕。」

項少龍不安起來，難道乘坐時空機來時，給甚麼輻射一類的東西損害了這方面的能力？對幸福的家庭生活，特別這時代重視香火繼承的諸女來說，始終是一種缺憾，他自己反不覺得太重要。

廳內沉默起來，項少龍搖頭一歎，加重腳步走了進去。

二十天後，當荊俊回復生龍活虎，眾人立即秘密上路，出秦關，繞了個大圈，由楚境入趙。

項少龍的思慮比以前更周詳，先派出使者向趙國的邊防軍遞上晉謁趙王的正式文書，不片晌趙軍城樓鐘鼓齊鳴，城門放下吊橋，隊形整齊地馳出數百趙軍，向他們的營地迎來。

滕翼一聲令下，由三百烏家「精兵團」組成扮作牧馬人的隊伍，列陣營外，恭候趙人大駕。

帶軍來的趙兵將領是守將翟邊，年約三十，身形短小精悍，眉眼精靈，態度親熱，一見面便哈哈笑著道：「董先生之名，如雷貫耳，今日一見，更勝聞名。」

客套過後，項少龍、滕翼和荊俊伴侍左右，領他觀看帶來的一千匹駿馬。

翟邊身為戰將，自然識貨，憑欄觀馬，驚異莫名地道：「這批戰馬質素之高，更勝敝國以前由烏家豢養的馬匹。」

項少龍等心中好笑，謙讓一番後，教人牽出其中特別高駿的一匹贈與翟邊。

不用說翟邊的態度更親熱了，忙大開城門，把他們這支浩浩蕩蕩的趕馬隊請入城裡，邊行邊道：「大王知道董先生遠道由楚國而來，非常高興，尤其敝國正在急需戰馬補充的時刻，先生來得正是時候。」

項少龍和滕、荊兩人交換個眼色，知道烏卓不辱使命，打通了趙穆的關節。

當晚翟邊設宴款待眾人，席間問起他們在楚國的情況，他們遂以編好的故事從容應付，賓主盡歡。

翌晨，翟邊派一名領軍，偕他們朝邯鄲進發，曉行夜宿，二十天後，項少龍終於回到曾令他神傷魂斷的大都市。

第三十章　重回邯鄲

邯鄲風采依然。

來迎接的是「老朋友」大夫郭開，還有化名為「狄引」的烏卓。

一番禮儀和場面話後，眾人趕著千匹戰馬，昂然進入這代表趙人權力中心的古城去。

郭開和項少龍並騎而馳，笑道：「大王對先生身在楚方，心存故國非常欣賞，今晚特在王宮設宴款待先生。」

項少龍正滿懷感觸觀覽城內風光，聞言以壓低得又沙又啞、放緩節奏的聲調道：「大王能明白小人的心情，小人感動非常。唉！失去國家的人，有若無根浮萍，其中苦處，實不足為外人道。」

郭開微側少許道：「聽貴府狄先生說，董先生準備回來大展身手，未知是否已清楚形勢？」

項少龍心念一動，扮出愚魯誠懇的樣兒道：「小人只懂養馬，其他一竅不通，還望郭大夫多加指點，小人絕不會忘記大夫的恩典。」

今趟的策略就是裝作愚蠢和無知，以應付郭開這種狡猾之徒。

郭開哈哈一笑，才正容低聲道：「不知是何緣故，郭某一見先生便心生歡喜，指點實不敢當，郭某定會竭盡所能，助先生完成心中理想。」

項少龍裝出感激涕零的模樣，道：「有大夫照顧小人，那就安心多了。不知小人須注意甚麼事呢？」

郭開以無比誠懇的語調道：「大王那裡，自有下官為先生打點。但邯鄲有兩個人，先生必須小心提防，否則不但心願難成，說不定還有不測之禍，遭到與烏氏同一的命運。」

項少龍裝出震駭的樣子，瞠目結舌道：「我和任何人均無怨無仇，為何有人要害我？」心中卻是好笑。郭開顯是以為他是草野莽夫，思想單純，故以這種直接的方法籠絡自己，好使自己死心塌地，為他所用。

由此亦可知趙王準備以他取代烏氏，遂令郭開認為自己有被籠絡的價值。

郭開那對閃爍不定的賊眼先梭巡四方，見前方開路的趙兵和後面的烏卓等人，均隔著一段「安全」距離，才壓低聲音道：「第一個要小心的人是郭縱，這人不會容忍另一個烏氏倮的出現。」

項少龍點頭表示明白，郭開所言不無道理，這叫作一山不能藏二虎。不過他的「董匡」若要變成烏氏倮當日那麼財雄勢大，恐怕沒有幾代人的時間休想辦得到，所以郭開仍是在虛聲恫嚇。

郭開神秘地續下去道：「另一個要小心的人是巨鹿侯趙穆。」

項少龍忍不住失聲道：「甚麼？」

剎那間他明白郭開並不甘於屈居趙穆之下，還正在找方法把他扳倒。不過郭開如此向自己一個外人透露心事，實在太不謹慎，禁不住覺得疑雲陣陣。

這時剛抵達用來款待他們的賓館，赫然是當日囚禁朱姬和假嬴政的質子府。

郭開微微一笑，沒有再說下去，陪他進府去也。

郭開又說了一番好聽的話，接收一千匹駿馬這令趙人無可抗拒的重禮後，回宮覆命。

眾人來到內廳，聽取烏卓報告。

烏卓吁了一口氣，道：「我們確有點運道，楚人果然派來使節，幸好給我截個正著，還得到很多珍貴的資料。」

滕翼明白地道：「大哥辛苦了！」

五個結拜兄弟裡，以烏卓居長，所以成了大哥。接著是滕翼和項少龍，然後是王翦和荊俊這位小弟弟。

烏卓點頭道：「的確很辛苦，雖然在截捉楚使時設下陷阱和埋伏，仍損失了五名兄弟，傷十多人，不過這是在所難免的。」

項少龍可想像到當時情況的凶險和激烈，道：「弄清楚他們為何要來邯鄲嗎？」

烏卓道：「還是三弟的疲勞審訊管用，那叫白定年的楚使捱不到三天便崩潰，吐露實情，原來此事牽涉到東周君。」

眾人齊齊動容。

自七百年前由武王肇創、周公所奠定的「封建帝國」，或者可以藉一個累世同居的大家庭來作為形容。

這大家庭先由一精明強悍的始祖，督率著幾個兒子，在艱苦中同心協力，創造出一個以姬氏宗族為中心的大家族，天子與異姓諸侯間，多半有姻戚關係。

整個封建帝國的組織，都是以家族為經緯。只從這點推論，便知這帝國的崩潰只是時間的問題。

危機來自兩方面，首先是「嫡長繼承制」，一旦所傳非人，便會弄得眾叛親離，周幽王是最明顯的例子。

其次是彼此間原本親密的關係，數代相傳後漸顯疏隔，而人口愈增加，良莠愈不齊，難免出現仇怨爭奪、傾軋動武的情況。

亂局一現，誰也無力去阻止歷史巨輪的自然運轉。一旦王室失去駕馭諸侯的能力，立時陷進群雄割據的局面。而外族的入侵，逼得周平王東遷，正提供這麼一個機會。

君臣上下的名分，最初靠權力造成，當維繫的權力消失，名分便成了紙老虎，周室的治權亦全面崩潰。

不過這坍崩是緩緩出現，卻非一瀉而下。

三家分晉前，諸侯間在與周室的關係上，仍存著顧念舊情，不爲已甚的心理，干忤而不過度。所以平王東遷後三百年間，大體上仍維繫對周室精神上的尊重和敬意。

三家分晉前，仍沒有以非公室至親的大夫篡奪或僭登君位的情況出現。分晉後，周室的名位進一步被削弱，威嚴愈減，但東周君仍然是諸侯名義上的共主。

現在東周君針對各國畏秦的心理，做出最後的一擊，確不可輕忽視之。

烏卓繼續道：「今趟東周君派來的密使叫姬重，若讓他促成齊、楚、燕、趙、魏、韓六國的聯盟，秦國勢將處於非常不妙的形勢，如今看來成事的機會相當大。」

滕翼望向項少龍，道：「我們必須設法破壞此事，否則呂不韋將難保他相國的地位。」

項少龍的頭立時大了幾倍，滕翼的話很有道理，說到底呂不韋的相國之位，全賴莊襄王而來，並不穩妥。而秦人最重軍功，若讓六國聯手，此仗定是有敗無勝，那時即使莊襄王亦護不住呂不韋。

若呂不韋坍臺，他們烏家休想立足秦國，天下雖大，烏家勢將沒有安居之所。

原本簡單的事情，一下子變得複雜麻煩起來。

荊俊終於找到插言的機會，道：「燕、趙不是在開戰嗎？為何今次竟有燕人的分兒？」

滕翼道：「這百年來諸侯間誰不是忽戰忽和呢？」接著肅容道：「小俊最好忍耐一點，不要在形勢未明前去找你的趙致，否則洩出底細，我們休想有一人能生離邯鄲。」

荊俊神情一黯，垂頭答應，不過誰都看出他心中的滿不願意。

項少龍道：「趙穆那方面的情況如何？」

烏卓猶有餘悸地道：「幸好我們抓得楚人派來的使節，否則今次定要吃大虧，原來趙穆是楚國春申君的第五子，這楚使白定年正是春申君派來與趙穆聯絡的人，還帶來春申君的親筆密函，省去我不少審訊唇舌。」

滕翼笑道：「大哥當然不會一字不改把信交給奸賊吧！」

烏卓笑道：「這是必然的，密函內容簡單，只是教趙穆信任白定年，好好與他合作，至於合作甚麼，卻沒有寫出來。於是我依信上的印鑑簽押，另外仿摹一封交給趙穆，現在看來他對我們是深信不疑的了。」

項少龍心念一動道：「那封密函仍在嗎？」

烏卓道：「這麼有用的東西，我怎會扔掉，連那楚使亦一併留下，軟禁在邯鄲外一個秘密地方，今次趙穆有難了！」

項少龍大喜，四兄弟再商量了一會兒後，才收拾心情，往趙宮赴宴去也。

路途中項少龍想起那次到趙宮與連晉決戰，不禁大生感觸。

世事之難以逆料者，莫過於此。當時哪猜想得到，兩年後的今天，他會以另一個身分，完全不同的情懷去見趙王？

在趙軍的引領下，項少龍和三位結拜兄弟昂然策騎進入宮門。

禁衛軍擺開陣勢，在趙宮主殿前的廣場上列隊歡迎，鼓樂喧天，好不熱鬧。

項少龍等想不到有如此大陣仗，均頗感意外，亦知趙王非常重視他們的「回歸」。其中一名將領策馬迎出，高唱出歡迎的讚詞，赫然是忘恩負義的老相識成胥。

這傢伙的軍服煥然一新，看來是高陞一級，成爲禁衛軍的頭子。

項少龍依足禮數，虛與委蛇一番，與他並騎馳往宮廷。

成胥親切笑道：「不知如何，末將雖是首次見到先生，竟有一見如故的感覺。唔！先生很像某一位末將熟悉的人，卻一時想不起那是誰。」

項少龍心中暗懍，知道自己縱使改變容貌，但體型依舊，言行舉止方面亦會在無意中漏出少許破綻，遂勾起成胥對他的回憶和感覺。

若無其事地以他「低沉沙啞」、「節奏緩慢」的聲音道：「成兵衛不須奇怪，鄙人亦不時會有這類感覺，就是見到首次相識的人，卻像早曾相識的樣子。」

成胥釋然道：「看來是如此了。」

這時來到內宮玉華殿前的廣場處，成胥首先下馬，項少龍和隨後的滕翼等隨之跳下馬來。

玉華殿臺階兩旁左右排開兩列數十名禁衛，執戈致敬中，趙穆這奸賊在樂乘和郭開兩人傍陪下，迎下階來。

項少龍等看得心底暗歎，想不到孝成王這昏君經過他們一役的嚴厲教訓後，仍然這麼倚重趙穆。

趙穆隔遠呵呵大笑道：「本人巨鹿侯趙穆！董先生來得眞好，大王等得心都焦了。」

項少龍裝出惶恐的樣子，恭敬地道：「若教大王心焦，小人怎擔當得起。」

趙穆趨前，伸手和他相握，向他打了個眼色，微笑道：「大王親自看過先生送來的戰馬，非常滿意。我們大趙得先生之助，定能大振軍威。」

項少龍見趙穆認不出他來，放下心事，欣然道：「能令大王高興，小人已感不虛此行了。」同時與郭開交換個眼色。

趙穆親切地爲他引介樂乘，項少龍則爲滕、荊兩人引見，客氣話後，各人輕鬆地往趙宮去。

剛步進宮門，大殿內的侍衛動作整齊地端立敬禮，樂隊奏起迎接貴賓的喧天鼓樂。

項少龍等和趙穆三人趨前下跪。

趙王哈哈一笑，離開設在位於殿端的龍座，步下臺階，急步走來，一把扶起項少龍，欣然親切地道：「董先生乃寡人上賓，不用執君臣之禮。」又向滕翼等人道：「諸位請起！」

項少龍剛站起來，後面的荊俊竟「嘩」一聲哭出來，包括項少龍等人在內，全愕在當場。

當所有人的眼光集中到垂頭痛哭，賴在地上不肯爬起來的荊俊身上，這小子嗚咽地道：「小人失禮，可是看到少主終於回國效力，完成多年來的願望，使我激動得……」竟又哭了起來。

項少龍等心中叫絕，想不到荊俊有此要哭就哭的本領，若非他們心中有數，還以爲他眞是感動得忍不住落淚。

趙王當然更不會懷疑，走過去把荊俊扶起，勸慰一番後，向項少龍道：「董先生有此忠僕，令寡人感動不已。」

項少龍這時才有機會打量殿內的環境，趙王后韓晶亦出席了晚宴，席位設於孝成王右旁稍後處，正目光灼灼地瞧著自己。幸好看表情只是出於好奇，並非看出他甚麼破綻來。

趙王左右下首處各設四席，應是每人一席，那便有一席空出來，只不知何人架子這麼大，竟連趙王的晚宴都斗膽遲到？

口中誠懇應道：「小人等雖長期身處異國，但無時無刻不期望回國效力，可是因著烏氏倮的關係，害怕……」

趙王冷哼一聲，打斷他道：「休要再提此人，難得先生如此念舊，由今天起，安心爲寡人養馬，寡人必不會薄待先生。」

項少龍等忙跪下謝恩。

正要入席時，門官唱喏道：「雅夫人到！」

項少龍等嚇了一跳，齊往大門望去。

趙雅除俏臉多添幾分滄桑外，仍是豔光四射，風采依然，一身白底紅藍花紋的華貴晚服，像隻彩蝴蝶般飛進殿來。

項少龍念起往日恩情，禁不住黯然神傷。

趙雅美目飄到項少龍身上時，明顯地嬌軀一震，停下步來。

項少龍等心叫不妙，趙雅非比趙穆和孝成王等人，對曾朝夕與共、肌膚相親的男人，只憑女性對愛侶敏銳的直覺便可察知旁人一無所覺的東西。

幸好孝成王、晶王后還以爲這著名蕩女只是因看上董匡，才有這等奇怪表情，哈哈笑道：「王妹又遲到哩！待會定要罰你三杯，還不過來見過董先生！」

趙雅回過神來，疑惑地打量項少龍後，忽地秀眸黯淡下去，移前向趙王下跪施禮，才站起來向項少龍施禮道：「趙雅見過董先生。」

項少龍等暗鬆一口氣，乘機入席。

他們以項少龍爲首，依次佔坐右方四席。另一邊則是趙穆、趙雅、樂乘和郭開。

侍女奉上酒菜，一隊三十多人的歌舞姬輕盈地跑進來，在鼓樂聲伴隨下，載歌載舞。

趙雅入席後一直低垂俏臉，神情傷感，看來似被勾起情懷，暗自悲苦。

舞罷主賓照例互相祝酒。趙穆卻不肯放過趙雅，重提罰酒三杯的事，逼她連乾三杯。

微醉的趙雅放浪起來，不住嬌笑撒嗲，雖看得項少龍心頭火發，卻的確爲宴會帶來無限熱鬧和春光。這美女放蕩起來時，沒有男人不看得心癢難熬。尤其她回復昔日的浪蕩樣兒，對在場諸人秋波拋送，眉目傳情。滕翼和烏卓還好一點，荊俊早暈其大浪，頻頻和她舉杯對飲。

鬧了一會兒後，趙王向項少龍道：「先生準備如何在此開展大業？」

項少龍沙啞著聲音緩緩道：「小人只是先行一步，還有幾批戰馬和種馬正在赴運途中。事不宜遲，明天小人到城外視察，看看有甚麼適合地點，好開設牧場。」

趙王歡喜地道：「這就最理想不過！」

趙雅向項少龍飛一個媚眼過來，道：「先生的家眷是否會同時抵達？」

項少龍見她放浪形骸，心中不喜，冷然道：「待一切安頓好後，小人便派人回去把她們接來。」

樂乘奇道：「董先生如此舉家遷來我國，不怕招楚人之忌嗎？」

項少龍從容答道：「小人的牧場設在楚、魏邊疆處，只要每年向楚人交出五百匹戰馬和五千頭牲口，楚人從不過問小人的事。今次來前，小人早有安排，不虞他們在短期內有任何發現。」

趙王哈哈一笑，道：「今晚不談正事，只說風月，來！讓先生看點好東西。」

言罷一拍手掌，樂聲再起。

眾人瞪大眼睛時，四名歌舞姬以曼妙的舞姿來到席前，表演另一輪歌舞。

她們不但姿色遠勝剛才的歌舞姬，更使人要命的是美麗誘人的肉體上只分別披上紫紅、鮮黃、淡綠和清藍色的輕紗，手持長劍，翩翩起舞。若隱若現間，青春動人的胴體春光隱現，美不勝收。尤其長劍和女體剛柔的對比，更令她們倍添狂野之態。

舞罷歌姬退下去後，趙穆笑道：「這是燕人獻給大王的十名燕族美女中的精品，是大王贈送先生的見面禮，先生認爲還可以嗎？」

這種贈送美女的盛事，乃這時代權貴交往間的例行風氣，但項少龍現在的形勢卻是不宜接受，正容道：「大王的好意，小人心領，只是現在開設牧場之事百廢待舉，實不宜耽於女色安逸，大王請收回成命。」

趙王愕然半晌後，感動地道：「先生果非常人，難怪有『馬癡』之譽。既然如此，這四名燕女暫留在宮內，俟諸事定當後，再送往貴府。」

趙雅大感興趣地打量著項少龍，道：「不知先生何時到城外視察？」

項少龍知她對自己的見色不動生出好奇心，暗叫不妙，皺眉答道：「明天日出前出發，還望樂乘將軍安排城關開放的問題。」

他猜想趙雅既回復以前放浪靡爛的生活，怎也不能絕早爬起床來，故有此說。

趙雅果然露出失望之色，沒再說話。

宴會繼續進行下去，雖說不談正事，但因項少龍扮作一個只知畜牧的粗人，話題始終繞在這方面。當趙王問起楚國的情況時，項少龍早準備答案，輕鬆地應付過去。

最後賓主盡歡。宴後趙穆藉詞送項少龍回去，與他共乘一車，乘機秘密商議。

趙雅後的第二個危機來了。

車子開出宮門。

趙穆立即扳起臉孔，冷冷道：「是誰人想出來的主意，竟要把一千匹上佳戰馬送給趙人？」

項少龍心中好笑，淡淡道：「當然是春申君的主意。」

趙穆的臉色陰沉起來，雙目厲芒閃閃，冷然看著項少龍，沉聲道：「你眞是那『馬癡』董匡嗎？」

項少龍壓低聲音道：「當然不是，眞正的馬癡確有返趙之心，早給君上處死，還抄了家當，這千匹戰馬只是他部分家業。」

趙穆不解地道：「我只叫你們派人來奪取落在郭縱手上的《魯公秘錄》，爲何現在卻大張旗鼓來到邯鄲，有起事來，說不定連我都會被牽累在內。」

項少龍從容答道：「這是春申君的奇謀妙計，要知趙國經烏家一役，元氣大傷，外強中乾，說不定會便宜了鄰近的秦、魏、齊諸國，君上有鑑於此，所以改變策略，希望公子能取趙王而代之，那我們大楚可不費一兵一卒，置趙國於版圖之內。」

趙穆渾身一震，雙目喜色閃動，失聲道：「君父竟有此想法？」

自從抵達趙國後，他的權勢與日俱增，但心情亦是矛盾之極。

春申君的原意是要他控制趙王，好以趙人之力牽制秦人，破壞三晉合一的密謀。但人非草木，經過十多年的長期居趙，趙穆不由對趙國生出歸屬之心。不過這只能空想一番，他仍是給楚人遙遙控制著。若有異心，楚人可隨時把他的身分揭破，那種感覺絕不好受。

但假若他能篡奪趙王之位，那就是完全不同的局面。人望高處，這正是趙穆心中的夢想。

項少龍見他神色，已知命中要害，加重語氣道：「小人怎敢欺騙公子，今次隨小人來此的戰士均是第一流的好手，稍後還有數千人假借趕送牲畜入趙，只要能除掉像廉頗、李牧這種有影響力的將領，趙國就是公子囊中之物。」

趙穆喜道：「原來如此，待我回去想想，看看應如何進行計劃。」探手搭著他肩頭，湊到他耳旁低聲道：「若我眞能成爲趙國之君，必不會薄待先生。」

兩人對望一眼，同時大笑起來，當然是爲了截然不同的理由而開懷。

回到前身爲質子府的華宅，滕翼對項少龍道：「那蕩婦對三弟很有興趣，須小心點才好。」

荊俊羨慕地道：「三哥以另一身分，再幹她幾場，不是精采絕倫嗎？」

項少龍尚未有機會說話，滕翼不悅地責難荊俊道：「你總是滿腦子色慾之想，卻不知好色誤事之弊，那蕩婦和你三哥以前關係親密，若有肉體接觸，包保能從感覺上揭破少龍的眞面目，只是氣味這項，便瞞她不過。」

項少龍心中大懍，暗生警惕，說實在的，他對趙雅的肉體仍十分眷念，不會視與她合體交歡爲苦差，卻沒有想過會被趙雅「嗅出」眞相的可能性。

笑道：「幸好我扮的是個只愛養馬不愛美人的馬癡，就算她對我有意亦沒用。」

各人商議明天要做的事後，回房睡覺去了。

回房後，項少龍脫下面具，躺到榻上，思潮起伏，沒法成眠。

主要還是因爲趙雅，這曾兩次背叛他的蕩女，顯然對他仍是餘情未了，否則不會因自己這馬癡而勾起她對項少龍的思念，並生出興趣。

他心中湧起說不出的恨意，那或者是出於對她放蕩的妒忌，又或是純粹報復的念頭，連他自己都弄不清楚。

他戴上面具後的樣子絕不算英俊，膚色有著曝曬過多陽光後的黝黑，可是配合他的身形體魄，卻總有股骨子裡透出來的魅力，尤其是改變眼型的眸子，仍是那麼閃閃有神，充滿攝人的異力。

接著又想起紀嫣然這情深義重的女子，思潮起伏下，更是不能入睡，索性起榻到一旁依墨家心法打坐。

不一會兒心與神守，睜眼時天色微明。

項少龍匆匆換衣，戴上面具，出廳與滕翼和烏卓會合，一起出門。

荊俊因別有任務，沒有隨他們一起去。

樂乘派來一個叫謝法的武將領著一隊趙軍來做嚮導，在大廳恭候他們，客氣幾句後，眾人策馬馳上邯鄲剛開始新一天活動的大街上。

蹄聲在後方響起。眾人愕然回首後望，一隊人馬追了上來，赫然是趙雅和十多名護送的家將。

項少龍和滕、烏兩人交換個眼色，無奈下勒馬等候。

誰也想不到趙雅對項少龍的「興趣」這麼大。

笑臉如花的趙雅先遣走家將，其中包括趙大等人，才策馬來到項少龍旁，笑臉如花道：「董先生遠來是客，怎可無人相伴？」

項少龍見她一身淺藍的緊身騎馬裝束，短襖長褲，足蹬長靴，把她動人的線條暴露無遺，心頭一陣感觸，竟說不出話來。

趙雅白他一眼道：「董先生是否不歡迎人家哩？」

項少龍以他沙啞的聲音淡淡道：「夫人勿要多心，小人有夫人作伴，歡喜還來不及呢！」

趙雅發出一陣銀鈴般的嬌笑聲，領先策馬而出，叫道：「那就隨我來吧！」

項少龍心中一歎，策馬追去。

他們由東門出城，放蹄疾奔。目睹春夏之交的山林野嶺，項少龍心懷大開，拋開所有心事，同時下定決心，立意好好大幹一場，鬧他趙人一個天翻地覆，不會再因心軟而有所保留。

第三十一章　狹路相遇

趙雅縱情拍馬飛馳，累得眾人追在馬後，越過城外的大草原，趙雅離開官道，朝東北丘陵起伏處奔去。

地勢開始變化，奇峰異石代替重重草浪，沿途飛瀑危崖，雲飛霧繞，幽壑流泉，明麗如畫，構成動人心魄、層出不窮的美景。

穿過一座山谷後，來到一道長峽處，兩邊陡壁凌霄，多處只窺見青天一線，形勢險奇。

趙雅在前方放緩下來，項少龍正要趕上她時，滕翼馳到他旁低聲道：「少龍！你若以剛才那種神態語氣和趙雅說話，遲早會給她看穿底細。」

項少龍大是懍然，知道滕翼旁觀者清，往後望去，烏卓正纏著謝法指點環境，不虞會聽到他們的對話，忙虛心求教。

滕翼道：「董匡是出名只懂養馬的人，其他方面則是粗人一個，你自己斟酌看看吧！」

項少龍有會於心，沉默下來。

長峽已盡，眼前豁然開朗，林木參天，陽光由濃葉成蔭的樹頂透射下來，彩光紛呈，美得難以描擬。樹叢山石間溪流交錯，涓涓細流，潺湲靜淌，似若不屬於這世界的仙境，教人心怡神醉。

趙雅似乎對這地方非常熟悉，領他們來到一座小丘之上，四周景物立時盡收眼下。

項少龍策馬來到趙雅之旁，環目四顧，看清形勢，始發覺立馬處恰是一幅廣闊盆地的核心，遠處奇峰峻嶺層層環護，翠色濃重，水草肥茂，山重水複中地勢開闊，滿眼綠蔭，遠近飄香，禁不住哈哈一笑，道：「他奶奶的兒子，夫人怎知有這麼一處好地方？」

趙雅聽他語氣粗鄙，秀眉大皺，沒有答他。

滕翼等來到兩旁，同時讚歎。

謝法道：「此地名藏軍谷，唯一的入口是剛才的一線天，當年我大趙的武靈王與戎狄作戰，曾藏軍於此，以奇兵得勝，自此後這處便命名爲藏軍谷，董先生認爲還可以嗎？」

項少龍暗忖我怎知可不可以，忙向烏卓這畜牧專家打了個眼色。

烏卓略一頷首，表示同意。

項少龍裝模作樣地細看一番後，讚歎道：「呀！眞是要操他的娘！」

滕翼和烏卓兩人心中好笑，謝法和雅夫人卻是聽得爲之皺眉。

項少龍忍著笑道：「鄙人一見好東西，會忍不住要說幾句操他娘。這麼美好的地方，不是更要大操他的娘嗎？」

謝法喜道：「如此說，先生是否要選此谷作牧場呢？」

趙雅此時往項少龍望過來。

項少龍故意狠狠地在她高挺的胸脯盯了一眼，點頭道：「唔！這地方甚合鄙人眼緣，由今天開始，藏軍谷就是鄙人建立第一個牧場的地方，他奶奶的！想不到這麼順利便揀到場址。」

趙雅見他語氣神態，粗鄙不文，以爲這才是他的眞面目，心中不悅，冷冷道：「董先生既找到理想的場址，可以回去了嗎？」

項少龍故意色迷迷打量著她，道：「鄙人還要仔細勘察這裡的水源、泥土和草質，他奶奶的，夫人這麼急著趕回去做啥？」

趙雅聽他說話粗魯無禮，更是不悅，微怒道：「我還有約會，哪來時間多陪先生呢？」

心中暗責自己定是鬼迷心竅，昨晚回府後不住念著這個人，夜不能寐，所以天甫亮便來找他。不過這也好，此人外型雖有項少龍的影子，相去卻是千萬里之遙，自己可以死心。自項少龍後，她再不希望有任何感情上的牽纏。

項少龍一不做，二不休，索性絕了趙雅對他的任何念頭，怪笑道：「未知是誰令夫人這麼急著回去？」

趙雅再忍不住，怒道：「這是我的事，與先生半點關係都沒有。」一抽馬首，掉頭往原路馳去。嚇得謝法忙分出一半人護送她回城。

項少龍心頭一陣痛快，只要能傷害她，便感快意。雖說她對自己仍有餘情，可是若上次被她陷害成功，他的屍骨早寒，所以兩人間再不存在任何情義了。

裝模作樣勘查一番後，他們在日落時分回到行館。

趙穆的人早在候他，邀他到侯府赴宴。

項少龍沐浴更衣後，獨自一人隨來人往侯府。

趙穆見他來到，神情欣喜，趁時間尚早，把他帶入內軒密議，未入正題前，笑道：「聽說你把趙雅氣得半死，怎麼了？對這蕩婦沒有興趣嗎？現在的她比任何時候更易弄上手呢！」

項少龍心中既罵趙穆，又恨趙雅作踐自己，嘴上應道：「我怕她是孝成王的奸細，哪敢惹她。」

趙穆顯然對他的審愼態度非常欣賞，拍他一記肩頭，親切地道：「是否奸細，誰比我更清楚？若對她有意，我自會給你安排。」

項少龍暗中叫苦，忙轉移話題道：「那件事侯爺想過沒有？」

趙穆精神大振，哪還記得趙雅，肅容道：「現在邯鄲，誰不是我的親信，只要能除去幾個人，我必可安穩地坐上趙國君主之位。」

項少龍微笑道：「首先要殺的兩個人是廉頗和李牧吧！」

趙穆讚歎道：「有你這種人才助我，何愁大業不成，不過這兩人身旁猛將如雲，恐怕很難下手。」

項少龍淡淡道：「若是容易，侯爺早下手了，這事可包在我身上，只要我能得到他們的精確情報，必能一擊成功。聽說現在他們都不在邯鄲，最好有方法把他們召回來，我使人做好埋伏，乾手淨腳把他們幹掉。」

趙穆懷疑地道：「你眞的如此有把握？這兩人只是家將親兵足有數千人，相當不易對付。」

項少龍道：「沒有人比我更精刺殺之術，侯爺放心好了。」

趙穆哪會相信他空口說白話，沉聲道：「這事須從長計議才成，你最好先建牧場，打下根基，這方面有我在孝成王跟前說項，定可順利達到。」

項少龍心中好笑，他說這番話，就是要趙穆自己明白到此事不可操之過急，這時見目的已達，自然不會蠢得去逼他，點頭恭敬道：「鄙人全聽侯爺吩咐，這也是君上的指示。」

趙穆見他這麼聽話，心中大悅，微笑道：「孝成王現在對你印象絕佳，但記著牧場的事要加緊進行。哈!你這一招命中趙人的要害，沒有比趙人更需要你這救星了。」

項少龍道:「我已選定場址，明天立即著手進行。」

趙穆長身而起，道:「來吧!客人也應該來了，今晚請來的除了幾個在邯鄲最有權勢的人外，還有爲東周君的事來此的各國使節，趁這機會見見他們吧!」

項少龍知道自己現在成爲趙穆的寵信心腹，所以特別得他垂青，站起來隨他往侯府的主宅走去。

兩人並肩在迴廊漫步，遇到的家將婢僕，無不跪地施禮。經過位於侯府正中的大花園時，一群達百人之眾的歌舞姬正在練舞，一時衣香鬢影、嬌聲軟語，教人看得眼花撩亂。

項少龍眼利，一瞥之下發現指導她們歌舞的導師赫然竟是趙致，不禁多看幾眼。

訓練並沒有因趙穆經過而停止，趙致明明看到趙穆，卻充作視而不見，不住發出命令，使眾美姬翩翩起舞，五光十色的彩衣，在燈火照耀下教人目爲之眩。

趙穆湊到項少龍耳旁道:「看上她嗎?此女叫趙致，父親是趙國有德行學問的大儒，師父則是劍術大家，我也拿她沒有辦法。」

項少龍不置可否地一聳肩頭，繼續前行。

過了花園，兩人踏上直通府前主宅的長廊，對比下似是忽然靜下來，一名女婢迎面而至，看見趙穆，忙避在一旁，跪了下來。

就在此時，項少龍心生警兆，自然而然地右手握在血浪的劍把上。

他心中奇怪，不由往女婢望去，只見她的手縮入廣袖裡，低垂著頭，下跪的姿勢很特別，使人有種怪異的感覺，似乎她隨時可由地上彈起來，做出種種動作。

這純粹是一種直覺，若非項少龍在來邯鄲途中，每晚均依墨家心法靜坐練功，感覺恐亦不能變得如此敏銳。

趙穆一無所覺，繼續前行。

項少龍大感矛盾，若此女是來刺殺趙穆，當是自己的同道中人，他現在固然要保住趙穆，因為不但須活捉他回秦，還要藉他進行殺死樂乘的計劃、打探東周君派使來趙的陰謀，但若害得此女落入趙穆手中，卻是於心何安。

不過此時不容多想，兩人走至離女婢十步的近處，項少龍忽由外檔移到趙穆和女婢之間，希望能教她知難而退。

趙穆生出警覺，望往項少龍。

女婢猛地抬頭，露出一張俏秀堅強的面容，美目射出熾熱的仇恨，同時兩手由袖內伸出來，運勁外揚，兩道白光，一上一下往趙穆電射而去。

趙穆猝不及防下大驚失色，還未有時間呼叫或閃避，項少龍血浪離鞘而出，閃電般上挑下劈，準確地磕飛兩把匕首。

女刺客顯然沒有第三把匕首，一聲尖叱，就在兩人身前滾出廊外去。

項少龍作勢追趕，眼前黑影一閃，原來是女刺客手上揮來的軟鞭。

他藉機退到趙穆前，似是保護他，其實是擋著已拔劍出鞘的趙穆的進路。

女刺客知道失去良機，毫不停留滾入一堆草叢裡，在夜色中消失不見。

趙穆差點撞在項少龍身上，忙舉手按他肩頭，煞止衝勢。

項少龍看著掉在地上的兩把匕首，刀鋒在燈光映照下透出藍芒，顯是淬了劇毒。

趙穆猶有餘悸道：「今趟幸有你在，否則吾命難保。哼！那些人全是酒囊飯桶，給刺客潛進來仍一無所知。」

項少龍心中欣慰，這樣一來既更取得趙穆的信任，另一方面亦讓女刺客安然遁走。

他並非首次遇到這身手高明的女刺客，當日他乘坐趙穆的馬車離開侯府時，便給這女刺客誤會他是趙穆，把毒蛇投入車廂向他行刺。

只不知她和趙穆這奸賊有甚麼深仇大恨，必欲置諸死地才甘心，且兩次都因自己而不成功。不過趙穆壞事做盡，仇家遍地乃必然的事。

宴會在侯府廣闊的大廳舉行，筵開四十多席，採「雙席制」，直擺滿整個廳堂。

項少龍此時對這時代宴會的禮儀已有相當的認識，見狀嚇了一跳，作夢也想不到今晚的宴會隆重且人多至此。

君主款待朝臣貴賓的宴會，人少時多採一人一席的「單席制」；倘或百人以上的大宴會，則採前後席，每席四人以上的「多席制」。至於一般大臣、公卿、權貴的宴會，多採「雙席制」。

他們抵達大廳時，離開席尚有一段時間，只來了趙穆的心腹樂乘和一肚子壞水的郭開，兩人與趙穆關係密切，早點來好幫忙招呼客人。

趙穆應酬兩句便消失了，自然是去責難手下保衛侯府不力，看來定有人要遭殃了。

樂乘和郭開親切地迎上來，扯著項少龍聊天，先問牧場選址的事後，樂乘歎道：「今次我是左右做人難，在邯鄲所有自認有點頭面的人，都爭著來參加今晚的宴會，但席位卻是有限，唉……」

郭開亦苦笑道：「我也遇到同樣的難題，惟有把責任全推到侯爺身上，教他們直接向侯爺詢問，爲何沒有被列於邀請名單上。」

項少龍大訝，自問沒有這種吸引人的魅力，皺眉道：「今晚的宴會爲何如此熱鬧？」

樂乘奇道：「侯爺沒有告訴先生嗎？與秦國寡婦清齊名的大才女紀嫣然來邯鄲作客，侯爺本沒有把握將她邀來，豈知她毫不猶豫答應，累得所有人都要擠到這裡來，好一睹她的風采。」

項少龍心頭劇震，熱血上沖，一時說不出話來。

謝天謝地！我的絕世佳人終於來了。

郭開訝然地打量著他道：「哈！想不到董先生是另一個『才女迷』！」

項少龍的心神全轉移到紀嫣然身上，哪還有興趣和他們胡扯，告了個罪，由側門步出園林裡，以舒緩興奮的心情。

想到今晚即可和心中玉人聚首，立感飄然欲仙，如身在雲端。

今晚怎也要和她共圓鴛夢了。

心中同時奇怪，爲何她明知趙穆是他的大仇人，還肯前來赴宴？

急碎的腳步聲在身後響起，項少龍驚覺地猛轉過身來，剛好與一位千嬌百媚的美人兒打了個照臉。

美女嚇了一跳，踉蹌跌退兩步，俏臉轉白，由驚喜變成失望，垂下頭去，幽幽地道：「對不起！奴家認錯人哩！」

在遠處昏暗的燈火映照下，入目的是曾與他有合體之緣的孿生姊妹花中的姊姊，越國美女田貞。

項少龍心中恍然，她定是路過此處，看到自己的背影，認出他是項少龍，等看到他扮成董匡的尊容後，才大失所望。

由此可知她對自己的印象是何等深刻難忘。心生憐惜，柔聲道：「沒有關係！你叫甚麼名字？」

田貞嬌軀一震，掩口道：「你眞是項爺，奴家發夢也記得你那難忘的聲音。」

項少龍登時冷汗直流，想不到一時忘記改變口音，即洩露身分，忙壓得聲音沙啞地道：「姑娘誤……」

田貞一聲歡呼，撲過來死命摟著他道：「奴家死也忘不掉你，我們都不知多麼爲你擔心呢！現在大爺沒事，多謝老天爺哩！」

項少龍知瞞她不過，摟她到林木深處，先來一個熱吻，才湊到她耳旁道：「現在我的眞正身分是個大秘密……」

田貞乖巧地接口道：「奴家明白，就算死都不會洩露大爺身分。」

項少龍加重語氣道：「連妹子也不可透露此事。」

田貞猶豫片晌，無奈點頭道：「好吧！不過她亦像奴家般思念大爺呢！」

項少龍放下了點心事，低聲道：「只要你乖乖的聽話，我會把你們姊妹帶走，絕不食言。」

田貞感動得熱淚盈眶，以最熱烈的方式獻上香吻，動人的肉體似要擠入他體內去。

項少龍壓制已久的慾火立時熊熊燃燒起來，只恨這非是適當的時候和地方，癡纏一番後，臉紅耳赤的田貞在他苦勸下，依依不捨地返回內宅。

項少龍苦笑搖頭，才往大廳走去。走了兩步，一對男女由他剛才出來的側門步入園裡，低聲商議，赫然是趙穆和趙雅。

他心念一動，隱身在一叢草樹間，靜心窺聽。

只見趙雅緊綳著俏臉，冷冷道：「不要說了，我怎也不會去陪那種粗鄙不文的莽夫，你手上多的是美女，爲何不拿去送他？例如你最疼愛的田家姊妹花，不是可更令他滿意嗎？」

趙穆探手過去環著她的小蠻腰，陰陰笑道：「是否你仍忘不掉項少龍呢？」

趙雅愕了一愕，怒道：「不要胡言亂語，誰說我忘不了他！」

項少龍見到兩人親熱的情態，聽著趙雅無情的話，雖明知她不得不如此表態，仍心頭火發，湧起惱恨和報復的念頭。

趙穆伸出另一隻手，把她摟個結實，笑嘻嘻道：「不再想他自然最好，今趟若我們六國結成聯盟，儘管秦國亦難逃被瓜分的厄運，那時我要項少龍死無葬身之地，他就算死了，我也要鞭屍始可洩心頭之恨。」

趙雅冷冷道：「你有那本事才說吧！噢！」

衣衫「窸窣」，顯是趙穆正藉身體的緊擠，大佔趙雅便宜。

項少龍聽得眼噴焰火，暗恨趙雅不知自愛，如此作賤自己。

她的呼吸不能控制地急促起來，顫聲道：「你還不回去招待客人嗎？」

趙穆「嘿嘿」淫笑道：「你不要我先招待你嗎？」

趙雅的粉拳無力地在他背上敲了幾下，嗔道：「放開我！」

趙穆道：「你答應我去陪董匡，我才放開你！」

項少龍恍然而悟，原來趙穆是要藉趙雅來討好自己，原因當然是自己不但剛救了他一命，還顯示出過人的機警和絕世劍術，使他對自己另眼相看，更爲倚重。

趙穆將己比人，當然認爲須以權位、美色、財貨等利益去籠絡他，而趙雅則是他現時想到的最佳禮物。

趙雅奇道：「你爲何這麼看重董匡？」

趙穆乾笑兩聲道：「不是我看重他，而是你的王兄有命，至緊要好好籠絡此人，你還不明白嗎？」

聽到是趙王的意思，趙雅軟化少許，低聲道：「或者他不好女色呢？否則爲何昨晚他連王兄送他歌姬都拒絕了。」

趙穆歎道：「只要是眞正的男人，誰不好色，我看是他眼光過高，看不上那些歌姬吧！我們的雅夫人怎可同日而語。」

趙雅冷冷道：「眼光高便去追求紀嫣然，我趙雅算甚麼？」

項少龍聽她語氣中充滿酸澀的味道，知她嫉忌紀嫣然，不由升起個報復的主意。

趙穆哄她道：「紀嫣然是出名無情的石女，怎及得上溫柔多情的趙雅，不要多說了，聽說董匡走出來透透氣，你幫我找他回來吧，那麼緊張幹嘛？又不是要你今晚便陪他入房登榻。」

趙雅默然無語。

項少龍知道再聽下去也沒有新意，緩緩溜開去。

項少龍坐在涼亭裡，仰望點點繁星的夜空，耳內響起趙雅由遠而近的足音。

他忽然改變對趙雅的想法，決意玩弄她一個痛快，以示對她的懲罰。

趙雅來到他身後，勉強壓下心中對他的討厭，和聲道：「董先生爲何離群獨處？」

項少龍沙啞著聲音，凝視天空道：「鄙人一向不喜熱鬧，看！天空多麼迷人，它與我們的關係是多麼密切，全靠它懷抱裡的星辰，我們才可辨認路途，知道季節時間，人死了後，便會回歸到它深幽之處。它象徵我們最崇高的理想，冥冥中主宰著大地上每一個人的命運。」

趙雅哪想得到這麼一個粗人，竟懂說出如此深具哲理的話來，呆了一呆，坐到他身後的石凳上，一時默然無語。

項少龍心頭一陣感觸，歎了一口氣後，苦笑搖頭道：「想起無論是墨翟或孔丘，武王或周公，當他們抬起頭來，看到都是同樣的天空，我們怎能不感到天空的恆久長存，人類生命的渺小和短暫。可憐大多數人仍忘不掉權位之爭，爲眼前淺窄的利益，朝夕不讓，爭個你死我活，所以我董某人從來對爭權奪利沒有好感，只希望自由自在地養我的寶貝馬兒，愛說甚麼就說甚麼！操它奶奶的天空，我實在太愛它，所以要操它，就像去操我心愛的女人那樣。」

他雖連說三句粗話，但今次聽來，趙雅卻有完全不同的感受，因爲他賦予這三句粗話無比深刻的感情和含義，變成完全的另一回事。

趙雅低聲道：「今天人家冒瀆先生，眞不好意思。」

項少龍瀟灑地一聳肩頭，長身而起，轉過身來，以灼灼的目光盯著她的俏臉，微笑道：「夫人看到鄙人是怎樣就怎樣算了，何誤會之有？就像這夜空，假若你只看一眼，可能一無所覺，但假若你定心細看，你會看到愈來愈多的星辰，愈是深黑的晚夜，每顆星辰都有它的故事。沒有開始，亦沒有終結。」

趙雅抵敵不住他的目光，垂下頭去，幽幽地道：「先生的話眞動聽！」

項少龍心中好笑，沒有人比他更知道怎樣打動這蕩女的心。伸個懶腰道：「好了！我也應回到那人間的俗世裡，只希望時間快點過去，可趁早回家睡覺。夢中的世界，不是更美麗嗎？」

趙雅生出依依之情，只希望聽他繼續說下去。

忽然間，她感到即使要陪他睡覺，再不是苦差事。何況他那雄偉的軀體，使她難以克制地聯想起項少龍。和他歡好，是否亦如與項少龍纏綿時那麼使她迷醉呢？

她很想知道答案！

第三十二章　舊情難遏

項少龍和趙雅並肩返回舉行宴會的大廳時，該處已鬧哄哄一片，驟眼看去，至少來了五十多人，大半都是舊相識，包括郭縱等人在內，分成十多組在閒聊和打招呼。

郭開見到兩人，先向項少龍打了個曖昧的眼色，接著把他拉到正與趙穆交談的郭縱處，將他介紹給這大商賈認識。

趙雅則像蜜糖遇上蜜蜂，給另一群男人圍著討好奉承，可見她的魅力絲毫未減。

項少龍暗忖趙雅的生命力與適應性真強，這麼快便從自己予她的打擊中回復過來。唉！自己都是放過她好了，說到底總曾有一段真誠的交往。

郭縱親切地道：「董先生遠道來此，郭某怎也要做個小東道，不知先生明天是否有空？侯爺和郭大夫當然要做陪客。」

項少龍微笑道：「郭公這麼客氣，沒空都要有空哩！」

郭縱大喜，與他約定時間。

趙雅脫身出來，來到項少龍旁，尚未有機會說話，一人大笑走過來，道：「今天終於見到夫人了！」

項少龍轉頭看去，只見一個年約三十歲，長相威武英俊的男子大步走過來。此人腳步有力，腰佩長劍，氣勢懾人之極。

趙雅看到他，美目明亮起來，置項少龍不顧，媚笑道：「平山侯這麼說，眞折煞妾身了，好像人家是很難才可見到的樣子。」

原來這人就是韓國此次派來的使節平山侯韓闖，看來頗是個人物。

趙穆哈哈笑道：「你們暫停打情罵俏，闖侯來，讓我介紹你認識名震天下的『馬癡』董匡先生。」

韓闖目光落到項少龍臉上，神情冷淡，敷衍幾句後，把趙雅拉到一旁，親熱地喁喁私語起來。

項少龍心中有氣，又恨自己始終不能對蕩女忘情，幸好有面具遮蓋眞正的表情，可是說話興致大減。

趙穆看在眼裡，藉個機會扯著他走往一旁，道：「趙雅包在我身上，必教你有機會一親芳澤。不過我卻有個忠告，此女人盡可夫，先生和她玩玩無礙，切勿認眞。」

項少龍知道誤會愈來愈深，忙道：「正事要緊，這檔事對我來說實在可有可無。」

趙穆哪會相信他，尚未有機會說話，門官報道：「魏國龍陽君到！」

大廳內立時靜下來，顯然與會諸人，大多尚未見過這位以男色馳名天下的美男子。

趙穆乃好此道者，雙目立時放射異采，盯緊入門處。

環珮聲響處，「煙視媚行」的龍陽君身穿彩服，在四、五名劍手護持下，臭臭娜娜步進廳堂來。

廳內立時響起嗡嗡耳語的聲音，話題自離不開這男妖。

趙穆拍拍項少龍肩頭，迎了上去。

郭開來到項少龍旁，低笑道：「世間竟有如此人物，不是精采之極嗎？」

樂乘亦走到他另一邊，搖頭歎道：「侯爺有得忙的哩！」

項少龍看趙穆與龍陽君低談淺笑，亦是心中叫絕，同時暗生警惕。這龍陽君對男人既有興趣又特別留心，自己一個不小心，說不定會給「他」發現破綻，那就糟透了。

趙雅的聲音在他身後響起道：「看你們目不轉睛的樣子，是否受不住男色引誘呢？」

項少龍無法壓下對她與平山侯韓闖那親熱態度的反感，冷哼一聲，走了開去。

趙雅追到他旁嬌笑道：「董先生為何神情不悅？是否人家開罪你哩？」

項少龍心中懍然，至此才眞正確定自己對蕩女猶有餘情，故忍不住升起嫉忌之心，失了常態。忙收攝心神，停步往她瞧去，微微一笑道：「夫人言重，夫人又沒有做過甚麼惹鄙人不高興的事，何出此言？」同時想到趙雅剛才可能是故意半眞半假地藉韓闖來測試自己對她的心意。

趙雅橫他一眼，道：「那為何人家只說一句話，董先生竟就要避開呢？」

項少龍知沒法作出解釋，索性不加解釋，淡淡道：「我這人歡喜做甚麼便做甚麼，從沒有費神去想理由。」

趙雅給他的眼睛盯著，心頭泛起既熟悉又迷惘的感覺，而他那種自然的男性霸氣，更令她芳心軟化，幽幽歎道：「你這人眞的變幻莫測，一時比任何人都溫柔，一時又像現在般冰冷無情，教人不知如何應付你。」

項少龍這時瞥見趙致伴著趙霸步入場內，加入趙穆的一組，趙穆則招手喚他過去與龍陽君相見。便向趙雅微微一笑道：「這裡有足夠的人令夫人大費心神，何用把寶貴的精神浪費在我這粗人身上。看！平山侯又來找你了。」

趙雅循他眼光望去，韓闖剛和龍陽君客套完畢，朝她走來，不禁暗恨韓闖，怪他來得不是時候。失去項少龍後，她感到無比的失落和空虛，無奈下回復以前勾三搭四的生活方式，希望藉別的男人麻醉自己和作踐自己，以減輕歉疚和思念項少龍的痛苦，可是總沒有人能代替項少龍。

這韓闖初來趙國時，她便與他打得火熱，過了一小段快樂的光陰。但不旋踵發覺這人代替不了項少龍，熱情逐漸冷卻，只好尋找別的新鮮和刺激。

所以當遇上身形「酷肖」項少龍的董匡時，便像發現了新的天地。今早雖給他粗鄙的神態語氣惹怒，但無可否認確也予她另一種刺激。到董匡剛才在園裡向她說了那番使她心神俱醉的話，令她像重溫與項少龍相處的醉人時光，一顆芳心早轉到此人身上。

董匡愈表現出男性陽剛硬朗的氣魄，愈使她感到對方是項少龍的化身，遂更爲之傾倒。在這種情況下，韓闖反成了討厭的障礙。

思索間韓闖早來到身前，項少龍瀟灑一笑，告了個罪，離開兩人，朝趙穆和龍陽君等人走去，趙致和龍陽君同時往項少龍瞧來。

項少龍故意改變步姿，充滿粗豪之態，啞聲拱手道：「董匡拜見龍陽君！」

龍陽君的「美眸」閃過驚異之色，應道：「久仰先生大名，今日得見，幸何如之！」

趙致則仍瞪大雙眼，一瞬不瞬地瞧著他。

趙穆哈哈一笑，把趙霸等和幾位趙國的大臣逐一爲項少龍引見。

龍陽君媚笑著道：「先生確是當世豪士，難怪引得我們女兒家個個目不轉睛！」

趙致俏臉一紅，才知因這人身形酷肖項少龍而失態，垂下俏臉，又狠狠瞪了龍陽君一眼。

項少龍給龍陽君看得心頭發毛，心中祈求他不要看上自己才好。

趙霸哈哈一笑道：「龍陽君和董先生均爲用劍高手，不若找天到行館來大家切磋切磋，豈非武壇盛事？」

龍陽君滴溜溜的眼睛環視全場，笑道：「若能把我們的紀才女也邀到趙館主的行館去，說不定這裡所有人都會去趁熱鬧，那才是眞正的盛事哩！」

眾人陪笑起來。

趙致又忍不住偷看項少龍兩眼，神情古怪。

項少龍心中叫苦，猜到應是荊俊這傢伙漏了點消息，否則趙致的神情不會如此奇怪。

就在此時，門官特別提高聲音唱喏道：「紀嫣然小姐芳駕到！」

全場吵鬧聲倏地消退，不論男女，無不朝大門瞧去。

項少龍的心房霍霍急躍起來。久別了的紅粉俏佳人，是否風采依然呢？

第三十三章　咫尺天涯

在全場賓客期待中，紀嫣然姍姍而至，同行的還有當代五行學說大家老朋友鄒衍。

紀嫣然清減少許，卻無損她的國色天香，而且她那種秀氣和清麗是無與匹敵的。

趙雅和趙致均是出色的美女，但在她比對下，立即黯然失色。

紀嫣然一對秀眸多了點淒迷之色，只不知是否因思念他而引致的。

鄒衍則是神采飛揚，伴著紀嫣然步入大廳堂。

項少龍怕紀嫣然認出自己的身形，忙躲到趙霸和趙致身後。

看得發呆的趙穆這時清醒過來，大步迎前，高聲道：「歡迎紀才女、鄒先生大駕光臨。」

眾人均忍不住往入口處靠過去，爭睹這以才貌名聞天下的美女，項少龍反給擠了出去。

趙致的聲音在耳旁響起道：「董先生！」

此時趙穆正逐一爲紀嫣然和鄒衍引介與會賓客，項少龍嚇了一跳，回頭向身後的趙致瞧去，只見她美目射出灼熱的亮光，深深地盯著自己，忙微微一笑道：「趙姑娘有何見教？」

趙致輕柔地道：「先生像極趙致的一位故人哩！」

項少龍鬆一口氣，知道荊俊只是漏了點消息，沒有眞的全洩露出來，裝出滿有興趣的樣子道：「那是否趙姑娘的情郎呢？」

這句話明顯帶有調侃的味兒，他知道趙致定然受不起，最好是以後都不睬他，那就謝天謝地。豈知趙致俏臉立時染上一層紅霞，嬌羞地垂下俏臉，忽又搖搖頭，走了開去。

紀嫣然的笑聲在人群那邊銀鈴輕響般傳來，項少龍卻正在抹了把冷汗。這是怎麼一回事？趙致不是愛上荊俊嗎？爲何又像對自己大有情意的樣子，那他豈非成了荊俊的情敵？她若不喜歡荊俊，爲何竟給他回信？

心亂如麻中，輪到趙雅來找他。

趙雅臉上明顯有著呷乾醋的神色，偏裝作若無其事地道：「人人都爭著認識紀嫣然，何故先生卻避到這兒來？」

項少龍對她恨意正濃，故意戲弄她，湊到她耳旁啞聲道：「我這人天生對女人有驚人的魅力，若讓紀嫣然接近鄙人，她定會情難自禁，所以還是避開爲妙。」

趙雅聽得呆了起來，天下間竟有如此厚臉皮自誇有吸引女人魅力的男人，何況說話的對象還是她這樣一位女性，豈非明指她也正是因受不住他的誘惑送上門來。

她差點要拂袖而去，只是一對玉腿偏不聽話，硬是留在那裡。縱是給他侮辱，似乎亦有一種被虐的快感。

看她臉上明暗不定的難過樣子，項少龍大感快意，變本加厲道：「鄙人更怕和女人歡好，因爲那些女人嘗過鄙人的雄風和快樂的滋味後，保證離不開鄙人，唉！那時就眞箇頭痛。」

趙雅更是瞠目結舌，哪有第一次見面的人，敢對她說這種不知羞恥的髒話。偏偏又是這個人對她說出自項少龍以來最令她感覺深刻入骨的動人言語。

她心情矛盾之極，無意識地道：「這裡誰個男人不想得到紀才女的身心，何故獨先生是例外？」

項少龍對作弄她大有趣味，微微一笑道：「人說『懷璧其罪』，鄙人也認爲很有道理。若鄙人得到紀才女，她又纏著鄙人不放，定會招來嫉忌，惹來不必要的煩惱，對鄙人在此建立家業的大計最是不利。故此鄙人惟有壓下色心。嘿！坦白告訴你，在楚國時，鄙人每晚無女不歡哩！」

趙雅聽得粉臉通紅，但又感到一種粗野的莫名刺激，垂著頭道：「先生對初相識的女子說話都是如此肆無忌憚嗎？」

項少龍心中好笑，嘿然道：「鄙人對女人一向想說甚麼就說甚麼，你不愛聽的話請自便，鄙人就是這副德性。」

趙雅的自尊終禁受不起，色變道：「先生太不顧女兒家的面子，誰受得起這種說話。」

項少龍見全場的注意力全集中到紀嫣然身上，沒有人留意他們，哈哈一笑道：「女人就像馬兒，只要你把握到牠們的喜好，便可馴得牠們貼貼伏伏，任君馳騁。嘿！給董某人看中的馬兒，沒有一匹最後不馴服在鄙人的鞭下。」

這番話更是露骨，趙雅再忍受不住，不悅道：「先生對女人太霸道，把人當作畜牲般的驅策，難道半點不理人家的感受嗎？」心中竟糊塗起來，更弄不清這馬癡究竟是怎樣的一個人，一忽兒像不沾女色的君子，一忽兒又像色中狂魔。

項少龍暗忖夠她好受了，淡淡道：「對鄙人來說，馬兒比人有更高尚的品德，當牠認清主人後，再不會三心兩意。」

趙雅呆了起來，這幾句話恰好勾起她的心病。

項少龍這時發覺到趙致正在人群裡偷偷看他和趙雅說話，促狹地向她眨眨眼睛，氣得她忙別轉頭去。

趙雅發覺了，皺眉道：「先生和趙致說過甚麼話？」

項少龍心想這關你屁事，又不見老子問你和平山侯韓闖說過甚麼，再湊到她耳旁道：「她是一匹野馬，夫人則是另一匹。」

趙雅此趟眞的受不起，勃然色變，正要加以痛斥，那邊傳來趙穆的聲音道：「董匡先生到哪裡去，紀小姐想認識今晚的主賓哩！」

眾人紛紛回頭朝他兩人望來。

項少龍向趙雅打了個曖昧的眼色，笑著去了，心中大感快意，總算大出一口鳥氣，最好以後趙雅對他失去興趣，免去很多不必要的煩惱。

唉！若她肯修身養性，躲在家中懺悔，他說不定心中一軟便原諒她，現在卻是另一回事。

好不容易擠過人群，來到趙穆之旁。紀嫣然的眼光落到他身上，立時異采連閃，但看清楚不是項少龍時，又神色轉黯，玉容的變化清楚明顯。

項少龍強壓下心頭的激情和熱火，施禮道：「董匡參見紀小姐、鄒先生。」

紀嫣然回復自然，禮貌地微笑道：「聞先生之名久矣，嫣然也是愛馬之人，有機會定要向先生請益。」

項少龍有著咫尺天涯之歎！暗忖如不把握這千載良機，與她暗通款曲，日後就須大費周章，若她因找不到自己，又或打聽得他到了秦國而追去，那就更是失諸交臂。

當下點頭道：「鄙人怎當得小姐讚賞，聽說紀小姐良驥名『疾風』，可否給鄙人一開眼界？」

紀嫣然和鄒衍同時愕然。

紀嫣然立時變得神采飛揚，明媚的秀眸一瞬不瞬地盯著他道：「先生若有空，不若明早到嫣然處一行，嫣然可請教高明了。」

四周的人無不向項少龍投以豔羨的眼光，想不到他因擅養馬之技，便獲得與這才藝雙全的絕世美女親近相處的機會。

龍陽君嬌聲嚦嚦插言道：「奴家的馬兒亦有幾匹病倒，董先生可否移駕一看。」

這兩句話惹來另一種羨慕的目光。

項少龍大感頭痛，暗叫了聲我的媽呀！敷衍道：「君上來此長途跋涉，馬兒只是不堪勞累，多休息一段時間就會好的。」

此語一出，人人清楚項少龍不好男風。

龍陽君嗲聲道：「我和馬兒們早休息了個把月，何況牠們只是近兩天才染病，先生不是愛馬的人嗎？如何可見死不救呢？」

趙穆怕他開罪龍陽君，順水推舟道：「董先生怎會是這種人，明天本侯找個時間陪董先生來訪君上吧！」接著又向紀嫣然道：「本侯亦想見識一下能使董先生念念不忘的神驥。」

項少龍和紀嫣然心中一起大罵，卻又拿他沒法。後者無奈地道：「嫣然當然歡迎之至，侯爺和董先生一道來吧！」

人叢裡的趙雅又是另一番滋味，她造夢都想不到紀嫣然竟會主動約會語無倫次的怪人，難道他對女人眞有天生的吸引力？而且自己確被他弄得六神無主，不知應歡喜他還是討厭他。

趙穆道：「宴會應開始了，紀小姐請入席。」

紀嫣然按捺不住，向鄒衍打了個眼色。

鄒衍這老狐狸哪還不會意，笑道：「嫣然和董先生均爲愛馬之人，今天得此良機，讓老夫和董先生調換席位如何？」

今次連趙穆都醋意大盛，幸好人人曉得紀嫣然一向對奇人異士有興趣，卻全與男女之私無關，哪會想到兩人確有私情。

項少龍壓下心中的興奮，欣然道：「這眞是求之不得，只怕鄙人識見淺薄，有污紀小姐清聽。」

紀嫣然綻出一個甜甜的笑容，看得眾人都呆了，再柔聲道：「應是嫣然受寵若驚才對。」不敢再看項少龍，轉身隨趙穆的引領朝左方最前的一席盈盈舉步，水綠配玉白的仕女服和烏黑閃亮的髮髻吸引了所有人的目光。

趙雅恨不得插董匡兩刀，才說過不會親近紀嫣然，現在又示威地與她兜搭到一塊兒。忽然間，她驚覺到自己竟完全忘掉項少龍，心中只有這個令她又惱又愛、高深難測的粗豪野漢。

項少龍入席後，發覺仍是難以說話，一來因兩人相距達五尺之遙，更因兩人身後立著漂亮的侍女，殷勤服侍，累得他們空有萬語千言都難以傾訴。

對席坐的是趙穆和趙雅，後者故意不看項少龍，氣氛頗爲尷尬。趙穆則以爲趙雅因自己強迫她去接近項少龍，心生怨憤，反不以爲異。

近百張几席坐滿人，甚爲熱鬧。鄒衍則與郭開同席，言笑甚歡。

紀嫣然坐下後，亦感沒有機會與項少龍說話，因她乃宴會的眾矢之的，人人均想在她面前表現一番，使她應接不暇。她敏捷的才思、高貴的談吐，與會諸人無不傾倒。

有兩對眼睛不時飄到項少龍身上來，一對屬於居於下首一席的龍陽君，另一則是與趙霸同席、於對面趙穆數下來第五席的趙致。

先前不將他放在心上的平山侯韓闖，見到項少龍竟得到與紀嫣然同席的殊榮，狠盯了他幾眼。

這時有人向紀嫣然問道：「不知對紀小姐來說，世上最能令你動心的事物是甚麼呢？」

眾人大感有趣，定神看著紀嫣然，瞧她如何回答。

紀嫣然秋波流轉，美目顧盼，微笑道：「這個問題很難回答哩！在人生的不同階段，會有不同的答案，或者到嫣然芳華逝去時，最想得到的就是永不回頭的青春吧！」

眾人知她故意迴避，紛紛表示不滿，逼她作答。

項少龍怎忍心玉人受窘，哈哈一笑道：「紀小姐早答了這問題，那就是得不到的東西，永遠教人最是心動。」

眾人全靜下來，細心一想，均覺非常有理。例如誰不想做一國之君，亦正因自知沒有分兒，才更爲心動。

郭縱讚賞道：「想不到董先生在養馬之技外還另有絕學。」

眾人都笑了起來。

龍陽君嬌聲道：「不知董先生又會爲甚麼事物心動呢？」

平山侯韓闖插言道：「當然是那永得不到能日馳千里的寶馬啦！」

這句話再惹來哄堂大笑，氣氛熱烈。

項少龍知道此時正是在這些趙國統治階層建立粗豪形象的良機，高嚷道：「非也！非也！縱有一、兩匹寶馬，對大局依然無補於事，鄙人要的是萬頭能給我王帶來勝利的戰馬。」

與座的趙人都聽得點頭稱許。

趙雅忍不住道：「然則能令董先生心動的又是甚麼不能得到的事物呢？」

項少龍粗豪一笑，繼續以那已成他招牌的沙啞聲音，盯著趙雅道：「鄙人一向缺乏想像力，明知絕不可能得到的東西從不費神去想。不過！嘿！一些或可到手卻偏又尚未能到手的東西，確會令董某心癢得睡不著覺。」

在座的男人別有會心地笑起來。

趙雅見他盯著自己說話，又怒又喜，垂下頭去避開他的眼光。

旁邊的紀嫣然想起自己亦正是他快要到手而尚未得手的東西，俏臉不由紅了起來，偷偷白他一眼，恨不得立即投身到他懷抱裡去。

此時忽有侍衛走入廳來，到趙穆身旁向他低聲稟告。趙穆現出訝異之色，向項少龍望來。

項少龍正摸不著頭腦時，趙穆長身而起公佈道：「今晚我們多了位剛抵步的貴客，他就是楚國春申君客卿裡的大紅人李園先生。」

項少龍一聽下立時魂飛魄散，冷汗直流。

第三十四章　遠方來客

於眾人注視下，一身華服，年約二十五、六的李園在趙穆的迎接下瀟灑地步入廳堂。

無可否認他是個很好看的男人，清秀而又顯得性格突出，肩寬、腰細、腿長，身形高挺筆直，腰佩長劍，予人文武全才的印象。一對眼睛更是靈活有神，可見此人足智多謀，不可小覷。

項少龍一顆心霍霍跳動起來，他要擔心的事情多得連他自己也難以弄清楚。最糟是李園可一眼看穿自己並非「馬癡」董匡，那時他休想活著離開侯府。其次是他和趙穆的關係，假設李園是楚國春申君黃歇派來與趙穆秘密聯絡的人，那趙穆會立即悉穿項少龍用來對付他的計謀。還有是李園若知道楚使仍未抵達邯鄲，當然會猜到在途中出了事，這亦會惹起他與趙穆的疑心。

任何一個問題發生，都可令他們全軍覆沒。這刻的他如坐針氈，完全想不到應付的辦法。

唉！怎會平白鑽了這麼一個人出來？

李園步入廳堂，一邊聆聽趙穆對他說話，一邊風度翩翩的含笑向兩旁席上的賓客打招呼。

項少龍但願李園永遠走不完這段路。

紀嫣然心靈質蕙，早發覺他神態有異，微笑道：「董先生！楚國人才濟濟，不但出了你這養馬專家，還有李園先生這才學、劍術均名聞天下的超卓人物，他妹妹李嫣嫣乃楚王新納的愛妃，聽說已有身孕，若能誕下兒子，將會成為楚國的儲君，所以現在誰都認為他的前程無可限量。」

項少龍明白她是礙於身後的女侍，故意以這種方式提點李園的來歷。她來邯鄲前曾先到楚國，所以自然得知有關楚國的最新消息。不過他卻感到當她說到李園的名字時，神情有點不大自然。

李園的眼睛看到紀嫣然，立時亮了起來，主動來至席前，禮貌地向項少龍打個招呼道：「董先生你好！我們雖曾同是楚臣，想不到要來到千里之外的邯鄲始有機會碰頭。」

項少龍放下最迫在眼前的心事，稍微鬆了一口氣，起立還禮。

趙穆忽地向他打了個奇怪的眼色，望向李園的眼神掠過一絲殺機。

李園並不大在意項少龍，目光落到紀嫣然處，立即閃動攝人的神采，躬身一揖地道：「紀小姐不辭而別，把在下害得苦透了。」

他壓下聲音，除趙穆和項少龍外，其他賓客還以爲他在作禮貌的客套。

項少龍再放下心頭另一塊大石，恍然李園原來正苦纏著紀嫣然，看來在楚國他們還有一段交往，否則李園不會說出這麼酸溜溜的話來。此人看來亦是天生情種，不然怎會千里迢迢，由萬水千山外的楚國直追到這裡來。想到此，又多了另外一件心事。自趙雅曾背叛他後，他對女人再沒有以前那種盲目的信心。這李園人品出眾，對愛情又有不顧一切的熱誠，怎知會否由他項少龍手上奪去紀嫣然，假若事實如此，對他的打擊會比趙雅更嚴重。

紀嫣然偷看項少龍一眼後，微微一笑道：「李先生言重，嫣然怎擔當得起。」

趙穆笑道：「兩位原來是舊相識，現在大家都在邯鄲，何愁沒有聚首暢談的時刻。李先生不若加入本侯那一席，欣賞歌舞姬的表演。」

李園灑然一笑，深深地再看紀嫣然一眼後，才隨趙穆離去，坐到趙穆和趙雅的中間去了。

紀嫣然似亦被李園直追到來邯鄲的表現感動，垂下俏臉，秀眸蒙上茫然之色。

項少龍的心更不舒服起來。

音樂聲起，一隊百多人的歌舞姬來到場中，載歌載舞，彩衣飛揚，極盡視聽之娛。

「喂！」

項少龍微一愕然，只見紀嫣然正妙目深注地看著他，眼中包含濃濃的情意。

此時歌舞姬隔開了李園、趙穆那方的視線，兼之人人均全神欣賞歌舞，音樂聲又有助掩蓋他們的說話聲，不虞給人聽到，確是訴說密話的良機。

項少龍露出一個不大自然的笑意。

紀嫣然白他一眼，道：「不要對人家沒信心好嗎？人家想得你不知多苦啊！」

項少龍暗忖這叫「一朝被蛇咬，十年怕草繩」。低聲問道：「你住在哪裡？」

紀嫣然迅速道出，接著道：「不要來找我，讓嫣然去找你，龍陽君一直懷疑人家和你有問題，在這裡也差人監視我。」

項少龍知她智謀過人，手段又極爲高明，並不擔心她會有閃失，點頭答應。

紀嫣然忽地斂容不語，項少龍醒覺地詐作全神欣賞歌舞。

原來眾舞姬這時聚到廳心，築成一個大圓，大圓內又有小圓，紛紛做出仰胸彎腰等種種曼妙姿態，項少龍與趙穆之間的視線已回復了暢通無阻。

趙雅顯然對李園相當有興趣，不時逗他說話，看得項少龍心中暗恨，連自己都不明白爲何對她仍有這種妒忌的情緒。

李園很有風度地對答著，但眼神大多時間仍停留在紀嫣然身上。

那平山侯韓闖顯然對紀嫣然很有野心，不時狠狠盯著她，似恨不得一口把她吞下去。

很多本來對這天下聞名的才女有心追求的人，見到李園的出現，無不感到自慚形穢，均死去追求她的這條心，何況紀嫣然還似乎對他頗有情意。假若李園不是身分特別，劍術亦高明之極，說不定早有人想把他幹掉。

兩人直至宴會完畢，再無說話機會。

紀嫣然率先和鄒衍離去，堅決拒絕李園陪行，當然是藉此向項少龍表明心意，看得項少龍和其他有心人都大為快慰。

李園頹然離去後，項少龍正要溜走，卻給趙穆拉著一起在大門歡送賓客。

郭縱走時叮囑他明晚的宴會，輪到趙霸和趙致，後者深深地看了他一眼，才與趙霸離開，龍陽君的臨別秋波則教他寒毛倒豎。

到最後只剩下趙穆、趙雅、郭開、樂乘、韓闖和項少龍六個人。

韓闖看來是在等待趙雅，項少龍不由心頭火起，故意不看那美目不時向他飄來的趙雅。

韓闖向趙穆興奮地道：「除燕國外，所有人都來哩！」

他雖是說得顛七夾八，沒頭沒尾，項少龍卻清楚把握到他的意思，亦知他誤會李園是代表楚國來參與東周君召開抗秦會議的人。

形勢異常微妙，六國中，最重視「合縱」的當然是在強秦前首當其衝的韓、趙、魏三國。齊國也頗著緊這聯手抗秦的策略，因為若三晉失陷，下一個對象必是齊國無疑，然後才輪到楚人。

現在韓闖以為楚國肯派使臣來，當然大為高興。至於燕國，剛被趙國名將廉頗攻得氣也喘不過來，在其他國人眼中地位大降，來與不來似沒太大關係。

趙穆冷哼一聲，道：「李園今趟來，恐怕與密議沒有關係。」

韓闖笑道：「他現在是楚王跟前的大紅人，聽說他妹子有傾國傾城的美貌，楚王尚未有兒子，只要她爭氣點生個太子出來，李園就是國舅爺了，所以只要他肯美言幾句，何愁楚王不參與今次的壯舉。」

趙穆眼中又閃過森冷的寒芒，連臉上那道劍痕也像深刻了很多。

項少龍旁觀者清，知道趙穆對李園心懷不滿和憤恨。

郭開笑道：「夫人累了嗎？讓平山侯送你回府吧！」

韓闖彬彬有禮地向趙雅道：「不知韓闖有否那榮幸呢？」

郭開和樂乘都會心微笑，韓闖這話不啻是向趙雅詢問今晚能否再一親香澤。

趙雅神情有點尷尬，望往項少龍。

項少龍則望往門外的廣場去，該處有四輛馬車和許多趙兵在恭候。

趙穆想起自己曾答應董匡爲他與趙雅穿針引線，縱使今晚不成，但任由韓闖當著他面前把趙雅「拿走」，面子亦掛不住，出言道：「平山侯請早點回去休息，待會我還要和夫人入宮見大王。」

韓闖無奈先行一步。

趙穆對郭開和樂乘道：「本侯還有幾句話想和董先生商量，你們先回去吧！」

郭開背著趙穆向項少龍使個眼色，著他小心，才和樂乘談笑去了。

剩下趙穆、趙雅和項少龍三個人，氣氛頓顯有點尷尬。

趙穆向趙雅道：「我和董先生說幾句話後，由他伴你回夫人府吧！」

趙雅俏臉一變，嗔道：「我自己不懂得回去嗎？」言罷狠狠瞪趙穆和項少龍各一眼，出門登車走了，剩下大失面子的趙穆和項少龍面面相覷。

趙穆苦笑道：「有些女人就像匹永不馴服的野馬，非常難駕馭。」

項少龍附和道：「這種女人才夠味道。」

趙穆拉著他離開府門，沿迴廊往內府的方向走去。時雖夜深人靜，侯府仍是燈火通明，有如白晝。最後到達當日趙穆與他分享越國美女姊妹花田貞、田鳳那個內軒，席地坐下。

侍女奉上香茗後，退了出去。

趙穆似有點心事，沉吟片晌，道：「你應該知道我爹和李園的關係吧！」

項少龍心中叫苦，他冒充的正是春申君的親信，到來協助趙穆發他做君主的春秋大夢，自不能推說不知道，而他唯一知道的，就是李園的妹子叫李嫣嫣，還是靠她名字裡有兩個字音和紀嫣然相同，否則恐怕連名字都忘記了。

硬著頭皮道：「侯爺說的是否嫣嫣夫人的事？鄙人一直在外爲君上辦事，所以和李園沒見過面，這些事均是由君上親口告訴我的。」

豈知趙穆竟然點了點頭，歎道：「正是此事，不要看這李園一表人才，但心計的厲害處，我爹府內雖有數千家將食客，卻是無人能及。更切勿因他追求紀才女直追到這裡來，誤認他是個情癡，我肯定背後定另有原因。沒有人比他的機心更多、野心更大的了。哼！看來爹並沒有向他洩露我的秘密，幸好如此！」

項少龍知道危機尚未度過，若讓趙穆再多問兩句，自己將立即暴露出身分來，順著他口氣道：

「鄙人眞不明白君上爲何如此信任李園？」這句話自是不會出漏子。

趙穆悶哼道：「爹這叫作『智者千慮，必有一失』，說到底仍是女色誤事，是了！你剛由那裡來，李嫣嫣生出來的是男是女？」

項少龍隱隱捕捉到點頭緒，卻無法具體描述出來，惟有道：「只是聽說快要臨盆。」

趙穆臉上陰霾密佈，憤然道：「想不到呂不韋的詭計，竟給李園活學活用，爹總不肯信我的話，將來若給李園得勢，他怎肯再容許爹把持朝政，爹今趟眞是引狼入室。」

項少龍若還不明白，就不用出來混了。趙穆既提到女色誤事，又說李園仿呂不韋之計和春申君引狼入室，憑著這些線索，他已把事情猜出個八、九不離十。忙陪他歎道：「李嫣嫣不知是否李園的眞妹子。」

趙穆道：「這事看來不假，而且爹與李嫣嫣相好時，李園根本沒有機會見到李嫣嫣，爹亦派人調查過他兄妹的關係。」接著疑惑地看著他道：「這事你不會不知吧！」

項少龍心中叫糟，自己竟猜錯了，原來李嫣嫣肚內的孩子不是李園而是春申君黃歇的。媽的！怎想得到內中竟是如此曲折。

從容道：「怎會不知道？不過那負責調查的人叫合權，這人除擅長拍馬屁外甚麼事都馬馬虎虎，我怕他給李園騙倒了。」

他這番話盡是胡言，把握的是趙穆的心理，連人名都有了，趙穆哪能不相信。

大奸人果然給他蒙混過去，沉聲道：「問題應不是出在這裡，他們該是親兄妹無疑，眞想不到爹這麼大意。」

項少龍今次眞的恍然大悟，已弄清李園兄妹和春申君的關係。

李園這人的確厲害，先把妹子獻給春申君，有孕後，再由春申君將懷了自己骨肉的美人兒送給沒有兒子的楚王，那麼生下來的孩子大有機會成爲楚國的儲君，這正是重演呂不韋把朱姬贈給莊襄王之計。

弄清這點後，項少龍鬆了一口氣道：「今次李園送上門來，正是除掉他的天賜良機，那時李嫣嫣便逃不出君上的掌握了。」

趙穆正容道：「萬萬不可，否則將惹起軒然大波，甚至連我都脫不掉關係，而且他劍術高明，人又其奸似鬼，今次隨他來的家將均是楚國的高手，一個不好，你的人給他拿著，本侯也救不了你。」

項少龍冷笑道：「侯爺放心，那我就待他離開趙境才動手如何？」

趙穆見他如此落力，欣然拍了他的肩頭，冷笑道：「殺人不一定要動刀動劍的，這事讓我想想看。是了！你是否眞懂馬性，否則明天說不定會在紀才女面前丢人露醜。唉！這麼動人的美女我還是首次遇上，可惜……」

項少龍道：「侯爺請放心，不懂馬性怎扮馬癡呢？」

趙穆道：「今晚趙雅是不行的了，不若由我給你發配幾個美人兒吧！」

項少龍道：「今晚可免了，明天還要早起到紀才女處，我們是否各自去呢？」

趙穆想起明天又可見到紀嫣然，精神大振道：「我來接你一起去吧。」又感激地道：「今天全仗你了。」

項少龍知他指的是女刺客的事，謙讓幾句，告辭離去。

趙穆把他直送至大門，看著他登上馬車，在家將拱護下駛出外門，才掉頭回府。

第三十五章　春宵苦短

馬車於夜色蒼茫和衛士們的燈籠光映照下，在邯鄲寂靜的街道以普通速度奔馳。

在車行的顛簸中，項少龍思潮起伏。

直到此刻，他仍未想到有何良策可活捉趙穆、割下樂乘的首級，然後安然逃離邯鄲。

趙穆今晚剛給人行刺，以後肯定倍加小心，保安勢將大幅增強，在這種情況下，殺死他都不容易，更不要說活捉他了。

至於樂乘此人乃邯鄲城的太守，城內兵馬全由他調遣，想殺死他又豈會是易事。

現在六國的使節和要人陸續抵達，趙人爲保持機密，又爲防止秦人間諜混入城內，城防必然十倍甚至百倍地加強，想遣人溜出城外也是危險的事，皆因出入均有人作詳細記錄。更何況時間有限，若趙人發覺他許下的大批戰馬牲口快將抵達邯鄲的諾言不會兌現，他的處境會更不樂觀。

幸好尚有數百匹戰馬會在旬日內抵達，希望那能暫時緩和趙人的期待。

和趙穆在一起亦是非常危險的事，只要說錯一句話，動輒有敗亡受辱之虞。

至於私人感情方面，更是一塌糊塗。

首先誰也不能保證紀嫣然會否不變心，經歷趙雅的教訓，他對自己這方面的信心大不如前。

至於和趙雅的恩怨交纏，則更令自己備受困擾，有時覺得她很可憐，但大多數時間更感到她的可恨。

唉！算了！忘記她好了，她確是水性楊花的女人，見一個愛一個，恐怕那李園向她勾勾指頭，她便會投懷送抱。

想到這裡，報復的火焰又燃燒起來，心情更是矛盾。

趙致分明看穿了點東西，人心難測，假設她要出賣他們，他們的下場亦會很悽慘，力戰而死是很好的結局，最怕給人佈局生擒，那時就生不如死。

終於回到前身是質子府的府第，項少龍走下馬車，進入府內。

滕翼、烏卓、荊俊全在等候他回來，跟他直進有高牆環護，以前軟禁假嬴政的府中之府。三人見他臉色不豫，不敢發問，隨著他到議事的密室裡。

四人坐定後，項少龍臉寒如冰地向荊俊道：「小俊！你究竟向趙致透露過甚麼？不准有任何隱瞞。」

滕翼和烏卓兩人一起色變。

在這遍地仇敵的險境，正是步步如履薄冰，一步走錯，立刻是滅頂之禍，更何況洩露底細。

荊俊一震，垂下頭去，惶恐地道：「三哥見到趙致了嗎？」

項少龍先不說出趙致沒有直接揭破他，以免荊俊抵賴，只點了點頭。

滕翼拍几大罵道：「你這無知小子，不分輕重，你是否想所有人爲你的愚蠢行爲喪命，我們早警告過你。」

荊俊苦笑道：「那警告來得太遲了，我早告訴她我們會在短期內回來。」

烏卓鐵青著臉，道：「你難道不知趙致是趙人嗎？若她愛趙國的心多過愛你，會是怎樣的後果。」

荊俊頹然道：「她根本不愛我，愛的只是三哥。」

三人為之愕然。

滕翼皺眉道：「你莫要胡言亂語，圖開脫自己的責任。」

烏卓道：「是她親口告訴你的嗎？」

荊俊哭喪著臉道：「她僅當我是個淘氣愛玩的小弟弟，肯和我說話，只是想多知道點三哥的事。」

項少龍沉聲道：「她最後給你那封信說甚麼？」

荊俊慚愧地囁嚅著道：「她問我何時來邯鄲，要不要接應。唉！我也不是沒有想過她是趙人的問題，而是她告訴我與趙穆有深仇，所以我才相信她不會出賣我們。」

項少龍發起怔來，表面看趙致與趙穆相處融洽，還為他訓練歌姬，一點看不出異樣的情況。她為何痛恨趙穆呢？

烏卓道：「她和趙穆有甚麼冤仇？」

荊俊茫然搖頭，道：「她不肯說出來。」

滕翼沉吟道：「說不定是和女兒家的貞操有關。」

烏卓問道：「趙致的家族有甚麼人？」

項少龍和滕翼均露出注意的神色，這問題正是關鍵所在，若趙致在趙國有龐大的親族，怎肯為一個男人犧牲所有族人。至少她便不能不顧她的親父，但若要她爹陪她一起走，是絕不會得到她父親同意的。

荊俊道：「她好像只是與她爹相依爲命，我……我甚麼都不知道。」

滕翼頓足歎道：「你眞是糊塗誤事。」荊俊是因他而來，使他感到要對荊俊所做的事負責。

烏卓道：「你不是回信給她嗎？信裡說甚麼呢？」

三人中這時以烏卓最冷靜，句句問在最關鍵性的節骨眼上。

荊俊終是小孩子，哭了出來道：「我告訴她我們將會以僞裝身分在邯鄲出現，到達後找機會與她聯絡。」

項少龍心中不忍，拍著他肩頭安慰道：「情勢尙未太壞，她雖似認出是我，一來還不大肯定，二來沒有揭破我，可知仍有轉圜的餘地。不過我眞不明白，若你明知她只當你是小弟弟，爲何仍要與她糾纏不清？」

荊俊嗚咽著道：「我都不明白，不過假若她成了你的女人，小俊絕不會有絲毫不滿。」

滕翼淡淡道：「我們不能讓命運操縱在一個女人手裡，小俊你給我帶路，我要親手殺掉她，以免夜長夢多。」

荊俊渾身劇震，駭然瞪大眼睛。

烏卓點頭道：「看來這是唯一的辦法。」

四人中已有兩人同意殺人滅口，荊俊驚得忘了哭泣，求助的目光投向項少龍。

項少龍暗忖，若要保密，怕要把田貞也殺掉才行，自己怎辦得到？淡淡道：「這樣做會未見其利，先見其害，趙致今晚曾多次與我說話，又對我特別注意，這情況會落到一些有心人眼裡。假若她這麼見我一面後，當晚立即被殺，終有人會猜到我頭上來。」

烏卓冷然道：「那另一方法是把她變成你的女人，使我們可絕對的控制她，同時可查清她的底細。」

項少龍看了荊俊一眼，見他噤若寒蟬，垂首頹然無語，心生憐惜，歎道：「小俊是我的好兄弟，我怎能奪他所愛？」

荊俊感激地道：「有三哥這麼一句話，小俊已深切感受到兄弟之情，事實上三哥早讓小俊享盡人間榮華富貴，小俊尚未有報答的機會。今次又是小俊犯錯，差點累死所有人。」倏地跪了下來，向項少龍叩頭道：「三哥請放手處置趙致，小俊只有心服口服。」

至此三人無不知荊俊眞的深愛趙致，爲保她一命，寧願放棄自己的感情。換一個角度看，則是自動引退，好成全趙致對項少龍的情意。

項少龍苦笑道：「我對趙致雖有好感，卻從沒有想到男女方面的關係去，腦筋一時很難轉過來，何況更有點像要去奪取自己好兄弟的女人似的。」

滕翼正容道：「這事誰都知少龍是爲所有人的生命安危去做，不須有任何顧忌，若因小俊而誤了大局，滕翼萬死不能辭其咎。」

烏卓道：「就這麼辦，事不宜遲，不若少龍立即去找趙致，問個清楚明白，若有問題，狠心點也沒得說的了，總好過坐以待斃。」

荊俊道：「三哥！我立即帶你去！」

項少龍大感頭痛，拖延道：「我聯絡上紀嫣然了！」

眾人大喜追問，項少龍把宴會中發生的事一一道出，三人都聽得眉頭深鎖，忽然又鑽個李園出來，對今次的行動有害無利，亦把形勢弄得更複雜。

正煩惱間，敲門聲起。

烏卓露出不悅之色，誰敢在他們密議時刻來打擾，荊俊待要開門，給謹慎的滕翼一把抓著，怕人看到他哭腫的眼睛，親自把門拉開。

精兵團大頭領烏果在門外道：「有位不肯表露身分的客人來找姑爺，現在客廳裡等候。」

接著又扼要描述那人的衣著和外型。眾人聽得此人可能是女扮男裝，均面面相覷，難道竟是趙致找上門來。

項少龍長身而起道：「我去看看！」

項少龍步出客廳，一看下大喜衝前。

那全身被寬大袍服遮蓋的美女不顧一切奔過來，投入他懷裡，嬌軀因激動和興奮而不住抖顫，竟是豔名蓋天下的才女紀嫣然。

項少龍感受著懷裡充滿青春火熱的生命和動人的血肉，今晚所有愁思憂慮立時給拋到九霄雲外。他掀開她的斗篷，讓她如雲的秀髮瀑布般垂散下來，感動地道：「想不到嫣然今晚就來找我，項少龍受寵若驚了。」

紀嫣然不理在旁目瞪口呆的烏果，用盡氣力摟著他粗壯的脖子，道：「嫣然一刻都等不下去，這大半年來人家每天均度日如年，飽受思念你的折磨，若非可與鄒先生不時談起你，人家更受不了。」

美人恩重，項少龍攔腰把她抱起來，向烏果道：「告訴他們是誰來了！」竟朝臥室走去。

紀嫣然的俏臉立即火燒般灼熱起來，連耳根都通紅了，雖把羞不可抑的俏臉埋在他的頸項間，但心兒急遽的躍動聲卻毫不掩飾地暴露她的羞喜交集。

但她並沒有任何反對的意思，嬌軀酥軟得除了嬌喘連連外，話都說不出來了。

項少龍雖非如此急色的人，一來的確對這情深義重的女子想得要命，而她又是誘人無比，更重要是他生出快刀斬亂麻的心意，要盡早得到這絕世美女的身體，免致節外生枝，給李園這工於心計的人乘虛而入，或以甚麼卑鄙手段奪去紀嫣然。

他本對李園印象甚佳，但自知他與春申君藉妹子李嫣嫣進行的陰謀後，觀感完全改變過來。

由客廳回到寢室這段路程，似若整個世紀般漫長，兩人都緊張得沒有說過一句話。

關上房門後，項少龍與她坐到榻上，用強有力的手臂環擁著她，使她動人的肉體毫無保留地挨貼在他身上。

項少龍溫柔地吻她修美的粉項和晶瑩得如珠似玉的小耳朵，還放肆地啜著她渾圓嬌嫩的耳珠。

紀嫣然完全融化在他的情挑裡，檀口不住發出令人神搖魄蕩、銷魂蝕骨的嬌吟。紀嫣然再忍不住，玉臂纏上他，狂熱地與他擁吻。

所有因相思而來的苦楚，都在此刻取回了最甜蜜迷人的代價。

此時兩人融入渾然忘憂，神魂顛倒，無比熱烈的纏綿中，在項少龍的挑動下，紀嫣然被煽起情慾的烈焰。項少龍溫柔的愛撫，更刺激得她嬌軀抖顫，血液奔騰。

只聽愛郎在耳旁溫柔情深地道：「嫣然！項少龍很感激你的垂青，你對我太好哩！」紀嫣然

「嗯」地應了一聲，旋又轉爲呻吟，這男子的手早熟練地滑入了她的衣服裡，接著身上的衣服逐一減少。

紀嫣然星眸半閉，任由項少龍爲所欲爲，偶然無意識地推擋一下，但只有象徵式的意義，毫無實際的作用。

高燃的紅燭映照中，她羊脂白玉般毫無瑕疵的美麗肉體，終於徹底展露在項少龍眼底。

項少龍偏在這時咬著她的小耳珠道：「這樣好嗎？」

紀嫣然無力地睜開滿溢春情的秀眸，白了他一眼，然後芳心深許地點了點頭，再闔上美目，那撼人的誘惑力，惹得項少龍立即加劇對她嬌軀的活動。使她身無寸縷的肉體橫陳仰臥後，項少龍站了起來，一邊欣賞這天下沒有正常男人不想得到的美麗胴體，一邊爲自己寬衣解帶。

紀嫣然轉身伏在榻上，羞不可抑地側起俏臉，含情脈脈地帶笑朝他偷瞧。

項少龍笑道：「老天爺多麼不公平，嫣然早看過我的身體，我卻要苦候大半年才有此扳平的機會。」

紀嫣然嬌嗔道：「人家只是爲你療傷，最羞人的部分都是由你的倩公主一手包辦，哪有像你眼前般對待人家啊！」

項少龍微笑道：「紀才女終於回復說話的能力了呀！」

紀嫣然不依道：「你只懂調笑人家。」她很想別過頭去，好避開眼前男兒羞人的情景，偏是眼睛不爭氣，無法離開項少龍充滿陽剛美的身體，更不願看不見他。

項少龍單膝跪在榻沿，俯頭看她，歎道：「我的天啊！這眞是老天爺令人感動的傑作。」

紀嫣然被他這新鮮迷人的情話誘得呻吟一聲，嬌喘道：「項郎啊！天亮前人家還要趕回去呀！」

項少龍笑道：「那還不轉過身來？」

紀嫣然今次不但沒有乖乖順從，還恨不得可鑽入榻子裡藏起來。

項少龍坐到榻上，溫柔地把她翻過來。

紀嫣然雙眸緊閉，頰生桃紅，豔光四射，可愛動人至極點。

芙蓉帳暖，在被浪翻騰下，紀嫣然被誘發了處子的熱情，不理天高地遠地逢迎和癡纏項少龍。

項少龍至此對紀嫣然的愛完全放下心來，暢遊巫山，得到人人羨慕的豔福、紀嫣然珍貴的貞操。

雲收雨散後，紀嫣然的手足仍把他纏得結實，秀目緊閉，滿臉甜美清純。

項少龍感到這美女是如許的熱戀他、信任他，心中不由泛起因懷疑她而生的歉疚。

項少龍貼著她的臉蛋，柔聲道：「快樂嗎？」

紀嫣然用力摟緊他，睜開美眸，內中藏著狂風暴雨後的滿足和甜蜜，檀口輕吐道：「想不到男女間竟有這麼動人的滋味，嫣然似感到以前都是白活了。」

這幾句深情誘人的話，比甚麼催情藥物更見效，立時又惹起另一場風暴。

至此兩人水乳交融，再無半分間隔。項少龍清楚感到自己對她的深情，才會因李園的出現而緊張煩困。

紀嫣然吻他一口道：「你是否怕人家喜歡上李園呢？」

項少龍尷尬地點頭。

紀嫣然柔情似水地道：「你太小覷嫣然了，美男子我不知見過多少，除你外沒有人能令嫣然有半絲心動。項少龍所以能打動紀嫣然，亦不全因他長得比別人好看，而是因他的胸襟氣魄、超凡的智慧和一種令人無法抗拒的英雄氣概。」接著垂下頭去輕輕地道：「現在還加上床笫的纏綿恩愛、男女之樂。」

項少龍差點要和她來第三回合，只恨春宵苦短，雞鳴聲催促再三下，邊纏綿邊爲她穿上衣裳。

紀嫣然寄居的大宅是邯鄲著名大儒劉華生的府第，離項少龍的住處只隔兩條街，項少龍陪她循著橫街小巷，避過巡邏的城卒，溜了回去。

紀嫣然由後園潛回府內前，項少龍還要放肆，弄得這美女臉紅耳赤後，才放她回去，箇中抵死纏綿處，只他兩人始能體會得到。

回家時，項少龍心中塡滿甜蜜溫馨的醉人感覺。

忽然間，所有困難和危險，都變成微不足道的事。

《尋秦記》卷二終

國家圖書館出版品預行編目資料

尋秦記／黃易著. --初版.--台北市 ：
蓋亞文化，2017.08－
冊; 公分. --

ISBN 978-986-319-289-3 (卷2 : 平裝)

857.83　　　　106009564

尋秦記

卷 02

新編完整版

作者／黃易
封面插圖／劉建文
封面題字／練任
裝幀設計／克里斯
出版／蓋亞文化有限公司
地址◎台北市103赤峰街41巷7號1樓
電話◎（02）25585438　傳眞◎（02）25585439
部落格◎gaeabooks.pixnet.net/blog
服務信箱◎gaea@gaeabooks.com.tw
投稿信箱◎editor@gaeabooks.com.tw
郵撥帳號◎19769541　戶名：蓋亞文化有限公司
法律顧問／宇達經貿法律事務所
總經銷／聯合發行股份有限公司
地址◎新北市新店區寶橋路二三五巷六弄六號二樓
電話◎（02）29178022　傳眞◎（02）29156275
初版一刷／2017年08月
定價／新台幣 370 元
Printed in Taiwan

GAEA
ISBN／978-986-319-289-3